陸《おか》のやつらに、俺たち船乗りの気持ちがわかってたまるか。
波はうねり、風は荒れ狂う。
だが俺たちの心はくじけない。

——「船乗り魂」(十八世紀)

ハヤカワ文庫NV
〈NV1449〉

ハンターキラー 潜航せよ

〔上〕

ジョージ・ウォーレス＆ドン・キース
山中朝晶訳

早川書房
8328

FIRING POINT
by
George Wallace and Don Keith

Translated by
Tomoaki Yamanaka
First published 2019 in Japan by
HAYAKAWA PUBLISHING, INC.
This book is published in Japan by
direct arrangement with
THE JOHN TALBOT AGENCY, INC.

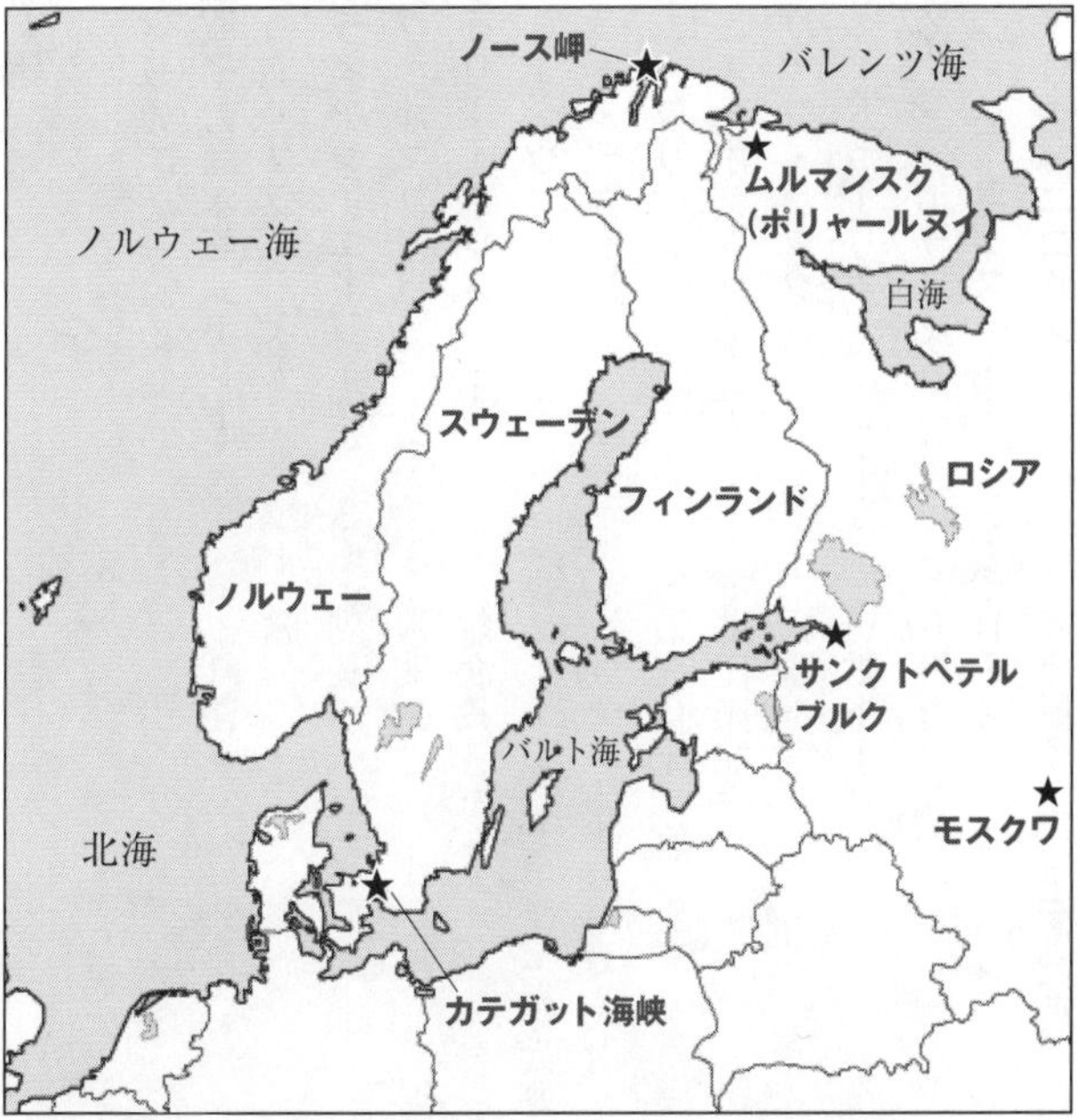
ノース岬
バレンツ海
ムルマンスク
(ポリャールヌイ)
ノルウェー海
白海
スウェーデン
ロシア
フィンランド
ノルウェー
サンクトペテル
ブルク
バルト海
モスクワ
北海
カテガット海峡

登場人物

〔アメリカ〕

海軍原子力潜水艦〈トレド〉

ジョー・グラス……………………艦長
ブライアン・エドワーズ…………副長
ダグ・オマリー……………………機関長
ジェリー・ペレス…………………航海長
トミー・ツィリヒ…………………ソナー室長。上級上等兵曹
パット・デュランド………………システム操作担当。大尉
サム・ワリッチ……………………最先任下士官
デニス・オシュリー………………主任操舵手
エリック・ホブソン………………兵器士官
ビル・ドゥーリー…………………魚雷下士官
〝ドク〟・ハリデー………………衛生下士官
ダン・パーキンス…………………DSRV〈ミスティック〉の操縦士。大尉
ゲイリー・ニコルズ………………同副操縦士。上等兵曹

ビル・シュワルツ…………DSRVチームの臨時メンバー

海軍原子力潜水艦〈マイアミ〉
ブラッド・クロフォード…………艦長
アンディ・ガーソン…………副長
ビル・ウィットストローム…………大尉
デイヴィッド・クローリー…………海洋学者
ビル・シュット…………当直士官
アロン・ミラー…………ソナー室

海軍イージス巡洋艦〈アンツィオ〉
ボブ・ノークエスト…………艦長。中佐

海軍特殊部隊SEAL
ビル・ビーマン…………部隊長
ジョンストン…………上等兵曹
カントレル…………隊員

ブロートン……………………同
トニー・マルティネッリ……同
ジョー・ダンコフスキー……同
ジェイソン・ホール…………同。通信士官
ヘクター・ゴンザレス………ＡＳＤＶ特別乗務班のリーダー。大尉

アメリカ海軍
トム・ドネガン………………情報部長。大将
ジョン・ワード………………大西洋潜水艦隊司令。准将

サミュエル・キノウィッツ…国家安全保障問題担当大統領補佐官
アドルファス・ブラウン……アメリカ大統領

〔ロシア〕
海軍原子力潜水艦〈ゲパルド〉
セルゲイ・アンドロポヨフ…艦長。中佐
ディミトリ・ピシュコフスキー…一等航海士。少佐

テトリャソイ……………………准尉

海軍原子力潜水艦〈ヴォルク〉
イーゴリ・セレブニツキフ………艦長。中佐。ドゥロフ提督の甥

海軍原子力潜水艦〈ヴィーペル〉
アナトーリ・ビビラフ…………艦長。中佐
アニストフ・ドモリスチ………一等航海士

ロシア海軍
アレクサンドル・ドゥロフ………北方艦隊提督
グレゴール・ドビエシュ…………ポリャールヌイ潜水艦基地司令。大佐
ワシーリー・ジュルコフ…………ドゥロフの副官。大尉

ロシアマフィア
ボリス・メディコフ…………マフィアのボス
ニコライ・ブジュノヴィチ………メディコフの手下

ヨシフ・ボガティノフ……………同
ミハイル・ジコイツキー…………同。経理担当者
グレゴール・スミトロフ…………ロシア大統領

〔金融関係者〕
証券取引委員会（SEC）
キャサリン・ゴールドマン………監査官
アルステア・マクレイン…………市場規制局局長
スタン・ミラー……………………市場規制局局長代理
バリー・サンダーソン……………新任の監査官

オプティマルクス社
アラン・スミス……………………CEO
カール・アンドレッティ…………技師長
ドミトリ・ウスティノフ…………テスト部門責任者
マリーナ・ノソヴィツカヤ………プログラマー。ボリス・メディコフの姪

シェリル・ミッチェル……………役員秘書
マーク・スターン………………ベンチャー企業投資家
チャック・グルーバー…………ニューヨーク証券取引所の技術者

ハンターキラー潜航せよ

〔上〕

プロローグ

セルゲイ・アンドロポヨフ中佐は分厚いアザラシの毛皮のコートを着こみ、海軍司令部の建物から北極圏の酷烈な風のなかへ踏み出した。この荒涼とした土地の灰色の冬には気が滅入るばかりだ。太陽が水平線の上に昇ることはなく、数マイル北のバレンツ海から氷のような風が牙をむいて襲いかかってくる。

セルゲイはときおり、これほど荒《すさ》んだ土地になぜ潜水艦基地を造ったのか不思議に思ったが、答えは自明だった——水路があるからだ。まだ海洋強国だったころ、母なるロシアは世界の大洋へ乗り出す海の道を必要としていたが、そのために最適の場所がここだったのだ。温暖な南部の港湾都市はことごとく陸地に挟まれた内海に面しているが、この暗くわびしいコラ半島の港なら、西側諸国へ直接出られる。潜水艦は氷の張っていない開氷域で出航してバレンツ海に乗り出し、広大な北極海の氷の下に潜りこむ。この苛酷な環境で潜水艦部隊を運用するには、精強な兵士と頑丈な艦艇を要するが、わが国の海兵も艦艇も祖国のために奉仕し、その務めをよく果たしてきた。

アンドロポヨフ中佐はキツネの毛皮の帽子で耳を隠し、かじかむ手に厚い毛皮の手袋をしっかりはめた。短い階段を下り、横殴りに降りしきる雪を見まわす。北方艦隊ポリャールヌイ潜水艦基地の陰鬱な灰色の建物群にはなんの彩りもなく、荒涼とした景色の慰めにはならない。ナイフのように鋭く冷たい風が、建物の狭間でかえって強くなるばかりだ。

アンドロポヨフは建物の前のぬかるんだ通りを足早に歩き、縁石で待っている旧型の黒いジルの後部座席に飛びこんだ。長身痩軀の男が車のドアを開けて待っていたが、アンドロポヨフはひと言も声をかけなかった。ツィエルシュキー准尉は強くドアを閉め、運転席に乗りこんだ。

「艦《ふね》に戻るのですか、中佐?」両手で鼻を揉みほぐしながら、彼は訊いた。

「そうだ《ダー》、ツィエルシュコーヴィチ」アンドロポヨフは目も上げずに答えた。「また船乗りに戻るときだ」

アンドロポヨフが思い出せるかぎり、二人の男たちはずっと航海をともにしてきた。レニングラードのソビエト海軍兵学校を出たばかりのアンドロポヨフが初めて乗艦したとき、ツィエルシュキーは召集兵として古い潜水艦〈コンモセレット〉に乗り組んでいた。あれから、何もかもが変わった。レニングラードはふたたび旧名のサンクトペテルブルクになり、ソビエト連邦はもはや存在せず、ソ連が誇った北方艦隊はいまや船体を錆びつかせている。

だが、セルゲイ・アンドロポヨフの新型潜水艦は例外だ。新造なったばかりのK-475〈ゲパルド〉は、オレニヤ湾シュクヴァルの潜水艦ドックで、海に出るのをいまや遅しと待っている。

「命令があったんですか?」ツィエルシュキーは上官に顔を向け、目を見ひらいた。

「潮の流れに乗って出航する」アンドロポヨフは痩身の部下を見つめ、怒ったふりをして目をすがめた。「わたしの無礼な運転手が、本部の前に居座っておしゃべりをしていたせいで遅れたとあっては、ドゥロフ提督はいい顔をしないだろう」

ツィエルシュキーはにやりとし、エンジンを始動させた。アンドロポヨフの好みに合わせてすでにジルの車内は暖めていた。中佐はいかつい手袋と毛皮の帽子を脱ぎ、乱れた白金色の髪を露わにした。年輩の准尉が氷の張った路面で車体を滑らせながら縁石を離れると、アンドロポヨフはシートに深く腰かけてため息をついた。

でこぼこした急勾配の通りを車に揺られながら、彼を待つ乗艦へと向かう。そのあいだアンドロポヨフは、いましがた終わったばかりの概況説明《ブリーフィング》を思い返した。北方艦隊のドゥロフ提督はいつものように傲岸だったが、アンドロポヨフはこれまで、けさのような提督の振る舞いを見たことがなかった。

これまでの長い軍歴で、ドゥロフは独力で、ソ連海軍北方艦隊を世界最大にして最強の潜水艦勢力へと育て上げた。しかし提督は、聞く耳を持つ者には彼自身で語るように、モスクワの弱腰の政治家どものせいで、艦隊が崩れ去るのを目の当たりにしてきたのだ。セルゲイ・アンドロポヨフはこれまでに何度も、提督が口角泡《こうかく》を飛ばして、手塩にかけてきた潜水艦部隊がアメリカ人だけでなく自国のお利口な資本主義者をなだめるために骨抜きにされてきた、とわめき散らすのを見てきた。そうした連中は全能の力よりも多くの金を、至高の国家よりも自らの安逸を求めるのだ。

けさの老提督は、いつもより感情を抑えていた。奇妙なほど抑制されていたように思えた。とはいえ、社交辞令を言いそうな雰囲気ではなかった。ドゥロフはアンドロポヨフの挨拶にふんとうなって答えたきり、手を振って座るよう促した。紅茶がまだやけどしそうなほど熱いうちに、提督は作戦の概況を説明しはじめた。すぐに言わなければ、情報が冷めて使い物にならないと思っているかのように。

「セルゲイオヴィチ、これまできみはよくやってきた。わたしが受けた報告では、K－475は予定より早く最初の試験航海に出られるそうだ。あの艦は祖国の誇りになるだろう。十年ぶりの新造艦だ！　やつらに見せびらかしたいのはやまやまだが、アメリカのスパイ衛星でさえも、まだ存在すら摑んでおらん。いや、モスクワの小役人どももほとんど知らんのだ。できるだけ長く、隠しておかねばならん」提督は紅茶をすすり、クッション入りの豪奢な革製のソファに身体を埋めながら、脚を組み、笑みらしき表情を浮かべていた。アンドロポポヨフはまじまじと見ないようにした。この老提督がこれほどくつろいでいるのは初めて見た。ふたたびドゥロフが口をひらいたとき、アンドロポポヨフは全身を耳にして聞かなければならなかった。「夕潮に乗って出航するんだ、中佐。Ｋ－４６１が試験海域まで護衛につく。きみたちの艦にはまだ武器の携行が認められていないので、Ｋ－４６１が守ってくれるわけだ」

「承知しました」アンドロポポヨフは言った。ほかに言うべきことが思い浮かばず、紅茶をすする。聞こえるのは机の置き時計の音と、建物の周囲を吹きすさぶ風の甲高い音だけだ。

ドゥロフは長いことティーカップを見つめた。まるで紅茶のなかに何か隠れていないか探しているようだ。やがてカップを置き、凝った装飾を施した骨董的価値のある机の抽斗を開けた。取り出した大きな淡黄色の封筒には、ロシア海軍の紋章が赤い封蠟で押されている。

「命令書だ、中佐。潜航を開始し次第、ムルマンスク・フィヨルドの入口に達する前に、すみやかに開封せよ」分厚い封筒を机に置く。「今夜はアメリカの偵察衛星は上空を通らないが、バレンツ海をアメリカの潜水艦がうろついていることは予想しておかねばならん。やつらは傲慢にも〝門番作戦〟と呼んでいるがな。やつらに見つからないように、うまくかわせ。わかったか？」

ブリーフィングが終わったのは明白だった。アンドロポヨフは立ち上がり、敬礼して、きびきびと答えた。「はっ！〈ゲパルド〉は提督、そして祖国を失望させることはありません」

「よろしい。全力で任務にかかれ」

提督の突き放したように冷たい口調は、バレンツ海を吹きすさぶ風さながらに無情に響いた。

アンドロポヨフは封筒を手に取り、その厚さに驚きながらも踵《きびす》を返して、執務室を出た。新造艦での任務を与えられたのを喜びつつも、提督の奇妙な物腰にはどこか引っかかった。

いま彼は、ジルのドアミラー越しに遠ざかってゆく本部の建物群を見つめ、ドゥロフ提督の執務室の窓に目をやった。息でウインドウが曇り、指で拭き取る前に、ずんぐりした建物は降りしきる雪のなかに姿を消した。

アレクサンドル・ドゥロフ北方艦隊提督は旧型のジルが縁石を離れていくのを見守っていた。彼はやにわに窓から背を向け、執務室に座っているもう一人の男をじっと見た。

「さて、これでやつは消えた。あの礼儀知らずの男は。おまえの準備はできているのか？」ドゥロフは訊いた。

イーゴリ・セレブニツキフ中佐はウォッカの入ったクリスタルグラスを、値段のつけられないルイ十四世様式のテーブルにたたきつけるように置いた。貴重なテーブルのワニスに液体が流れ落ち、表面を台無しにしたが、セレブニツキフはどこ吹く風だ。彼はよく磨かれた提督の机から足を下ろし、立ち上がって窓辺の年輩の男のかたわらに立った。

「ええ《ダー》、準備万端ですよ。わたしが戻ったらすぐにでも、〈ヴォルク〉は出航できます。セルゲイ・アンドロポヨフをこの世から消し去れると思うと、喜びもひとしおですよ。あの高慢ちきな男にはうんざりしていましたからね。レニングラード時代から、わたしはあいつに――」

ドゥロフは片手を上げて制し、甥に向かって、めったに見せない笑みを浮かべた。「まあそう急くな。おまえがアンドロポヨフ中佐に個人的に恨みを抱いているのはわかるが、今回の作戦にはそれよりはるかに重大なことがかかっているのだ。おまえは辛抱強く振る舞い、アメリカの潜水艦を最初に誘いこめ。アンドロポヨフには生贄《いけにえ》の子羊になってもらう。彼の死によって、あの国会《ドゥーマ》の弱腰の老人どもも目を覚ますだろう」提督は顔を朱に染め、怒りに目を細くした。「あの腰抜けどものせいで、母なる祖国は世界の指導者という正当な地位を奪われたのだ。やつらの愚かさゆえに、われわれの愛するロシアは中世に逆戻りしてしまった。おまえの働きが成功すれば、やつらは必ずやクレムリンから追い出されるだろう」

セレブニツキフの表情がこわばった。「わたしは失敗しませんよ、伯父さん。では、艦に戻りますので」

ドゥロフは横柄に手を振って〝下がれ〟の合図をしたが、そこで甥の肩を痛いほど強く摑んだ。年若の男はたじろぐのをこらえた。

「古代ローマの兵士の言葉を思い出せ――『盾を持ち帰るか、さもなくば死か』だ。万一おまえが失敗したら……わが国を失望させたら……そのときには、戻ってこないほうがはるかにましだ」

セレブニツキフはありったけの勇気を奮い起こし、うなずいて部屋から退出すると、重厚な両開きの木の扉を後ろ手に閉めた。

ドゥロフは、廊下を遠ざかり玄関を出ていく甥の足音を聞いた。それから今度は、机のいちばん下の抽斗を開け、そこにしまっておいた携帯電話を取り出した。番号を入力し、暗号化装置が作動する信号音を待つ。相手が応答するや、彼は話しはじめた。

「あいつらは今夜、出航する。すべて順調だ。こちらの計画は動きだした。もはや引き返すことはできない。直接会って、そちらの進捗状況を聞かねばならん。あさって、ソチの別荘《ダーチャ》で会おう。ニューヨーク側の進捗状況をすべて聞かせてもらいたい」

ドゥロフは電話を抽斗に戻し、椅子にもたれた。セレブニツキフが仕事にかかるころには、ドゥロフは黒海の温暖な海岸にいるだろう。計画が齟齬《そご》をきたしたら、遠くにいたほうが知らぬ顔を決めこめる。

血が沸き立つのを覚えた。複雑精妙な機械の歯車がすべて動きだす感覚。それこそが彼に必要なものだった。軍人が生きていくうえで必要なのは、行動なのだ。長年にわたる周到な計画、秘密の会合、オルガニザツィヤすなわちロシアマフィアとの関係構築、それらがあいまって、勝利の栄光をもたらそうとしている。

彼は窓辺に戻り、冷たくなった紅茶を味わうことなくすすると、遠くのフィヨルドに目をやった。その白い頂上では、風が容赦なく吹き荒れている。

誇りを傷つけられ、苦い思いで失意をこらえるのも、もうすぐ終わりだ。彼とその祖国は早晩、あまりにも長く拒まれてきた栄光を勝ち得るだろう。

あの暗い、氷の張った海の下ですべてが動きだすとは、この鬱屈した思いにいかにふさわしいことか。

1

北からの嵐が容赦なく猛り狂い、風速一〇〇ノットで海を鞭打ち、一〇階建てのビルに匹敵する怒濤を巻き起こして、信じがたい力で海面にたたきつける。大嵐を飛び交う飛沫《しぶき》は瞬時に弾丸のような氷と化した。ねずみ色の空と暗灰色の海が溶け合ってひとつになり、水平線は舞い散る雪と氷にかすんでいる。

峻烈なバレンツ海の海中深くでは、アメリカの潜水艦が、穏やかな夏の夜のブランコさながらに揺れていた。三〇〇フィート頭上で吹きまくる恐ろしい冬の嵐がまるで嘘のようだ。アメリカ合衆国軍艦《USS》〈マイアミ〉、原子力潜水艦《SSN》755の将校たちは士官室のテーブルを囲み、くつろいでデザートとコーヒーを楽しんでいた。夕食の残りは片づけられている。残っている将校たちは、その日の出来事や今後の予定を話し合っていた。潜水艦の航海士や技術担当者たちは、テーブルの片隅でトランプをしながらぼんやり会話を聞いている。

ブラッド・クロフォード艦長はアイスクリームを平らげて皿を押しやり、椅子に身体をあずけて伸びをした。

「ホエールウォッチングは順調かな、博士？　何を話しているかわかりそうかね？」

考え事に耽っていたデイヴィッド・クローリー博士は、はっとしてデザートを載せた皿から目を上げた。鼻梁の読書用眼鏡の位置を直し、残り少ない髪を撫でつけて、艦長の何げない質問に慎重に言葉を選ぶ。

「録音はきわめて順調です、艦長。もちろん厳密に言えば、われわれは彼らの意思疎通の内容ではなく、やり取りの様式だけを分析しようと試みているのですが」

頭のはげた長身の科学者は、テーブルを囲んでいるなかでただ一人の民間人だ。クローリー博士をリーダーとする海洋学者の一団はウッズ・ホール海洋学研究所に所属しており、〈マイアミ〉に搭乗してイッカクの回遊パターンを研究していた。クジラの夏の行動様式については研究が進んでいるものの、北極圏に棲息するクジラの冬の生態についてはほとんど知られていない。声を発し、社会性があって、牙を持つイッカクを冬季に見た人間自体がきわめて少ないのは、海面が人を寄せつけないほど荒れ狂うせいだ。このほど海軍と〈マイアミ〉はクローリー博士に協力し、冬の北極圏でこの哺乳動物を追うことを許可したのだった。

クロフォード艦長は両手を上げて降参のポーズをし、声をあげて笑った。「博士、わたしはただ、調査は順調かどうか訊いただけだ。イッカクは協力してくれるかい？」

「そういうことでしたら、もちろんです。協力してくれますとも」クローリーは答えた。「申し分のない録音データが取れました。最低でも六本の新たなデータを入手できましたよ。本当に夢のようです。この季節にモノドン・モノケロス（イッカクの学名）と同じ海で研究ができるなんて。艦長の潜水艦がなければ、とてもこのような調査はできませんでした。とくにきょうの午後は収穫がありましたよ。録音データに、新たなタイプの意思疎通の声がいくつもあったんです。とても興味深いハーモニーで――」

そのとき、〈マイアミ〉副長のアンディ・ガーソンが割って入り、艦長に助け舟を出した。「艦長、一九一五時に衛星からのデータ受信があります。覚えていましたか？　ウィットストローム大尉が潜望鏡深度に操艦するのを監督していただかないと」

クロフォードは苦笑した。博士は好人物で、くどいのを別にすれば、面白い話し相手ですらある。博士がこよなく愛するクジラの話題になると、いつ果てるとも知れないほど饒舌になるのだ。クロフォードが思うに、これは民間人と話をする潜水艦乗りとよく似ていた。彼らもまた、潜水艦のこととなると話がくどくなり、一般人には理解できないような言葉で話す。

「ああ、そうだった。博士、すまないね。そろそろ上に戻らないと。ミスター・ウィットストロームはとてもよくやっている。資格を満たせば、優秀な当直士官になるだろう。しかし今夜は、彼にとって試練のときになる。海面近くへの浮上に備えて、物品を所定の位置に格納しておくことだ、副長。海面が近づくにつれ、振りまわされることになるからな」

クロフォードは頭上を指さし、席を立った。士官室を踏み出し、中央通路に出る。肩幅ぐらいしかない、艦首近くの艦長室から兵員居室まで伸びる廊下だ。この通路こそ艦の大動脈だ。左舷には狭苦しい衛生下士官室と乗組員の寝室がある。右舷は士官室と上級将校の特別室だ。通路から梯子が伸び、下の魚雷室と上の発令所へ通じている。

クロフォード艦長は梯子を昇り、発令所に入った。右舷側に踏み出し、ソナーリピーターに数分間目を凝らす。海面で荒れ狂う嵐は騒音を作り出し、海面の船の音をかき消してしまう。だが〈マイアミ〉の優れたBQQ-10ソナーシステム・コンピュータは嵐の騒音を除去し、船の音だけを抽出できるのだ。とはいえ、百パーセントの確率ではない。クロフォードが見たかぎり、近隣に船舶が通航している徴候はなかった。これほど大荒れの夜に北極海を通る船はいないはずだ。

「ミスター・ウィットストローム、潜望鏡深度までの浮上準備はいいか？」

まだ若い下士官は緊張していたが、応答する声はしっかりしていた。「イエッサー。準備よしと判断します。一五〇フィートまで浮上して、周囲の安全を確認します」

クロフォードはうなずいた。「了解。浮上せよ」

穏やかな水中から〈マイアミ〉が浮上し、大荒れの海面に近づくにつれ、潜水艦の縦揺れと横揺れが激しくなった。同艦が深度一五〇フィートに達するころには、両舷に二〇度以上傾いた。艦首は一五度以上も上下している。こうなると、誰もがしっかりしたものにつかまらなければ床に投げ出されるか、梯子から転落しかねなかった。

ウィットストロームは潜水艦を回頭させ、艦尾に接近する船舶がいないのを確かめた。潜水艦のスクリュー音で、艦尾方向にソナーは効かないのだ。画面はまだ、嵐の音しか映し出していない。

「艦長、ソナー探知はありません」下士官が報告する。「潜望鏡深度へ浮上し、衛星データを受信する許可を求めます」

クロフォードはソナーリピーターを険しい目で見つめた。「ミスター・ウィットストローム、海況は？」

「艦長、ソナーの報告では海況は8ないし9です」

クロフォードはウィットストロームを見据えた。「思ったとおりだ。つまり波の高さは三〇フィートから六〇フィートということになる。針路を北に向け、波に沿って進むことを提案したい。そうすれば多少は横揺れが収まるだろう」

〈マイアミ〉が針路を変更すると、確かに横揺れは少しやわらいだが、縦揺れはかえってひどくなった。

ウィットストロームは足を踏ん張り、叫んだ。「第二潜望鏡、上げ！」

彼は頭上に手を伸ばし、大きな赤い環を回転させた。潜望鏡がなめらかに格納部から滑り出す。接眼レンズが出てくると、ウィットストロームは両側に突き出した黒いハンドルを掴み、レンズを覗いた。そしてゆっくり一回転し、潜望鏡をまわして海上の虚空を見わたした。

どこもかしこも、不吉なほどの漆黒の闇だ。光はどこにも見えない。

潜望鏡から目を離さないまま、彼は叫んだ。「潜航し、六二フィートに深度を保て」

ウィットストロームはゆっくり回転を続けた。潜水艦乗りが〝恰幅のいい女性とのダンス〟と呼びならわす動作だ。船底や氷山の一部のような障害物がないかどうかを確かめているのだ。浮上とともに衝突してはたまったものではない。荒れ狂う暗闇の海で、そうした障害に出くわす可能性は低いものの、慎重な確認が不可欠だった。極寒の海で事故が起きたら、助けはまず期待できない。

ウィットストロームは安全を確認し、〈マイアミ〉は海面に向かって上昇した。縦揺れと横揺れはいや増し、艦《ふね》ごと暴れ馬に乗っているかのようだ。真冬の海のロデオ。潜航士官と二名の舵手が、経験と技能のかぎりを駆使して〈マイアミ〉の深度を保とうとしたが、海の猛威にはかなわなかった。〈マイアミ〉はほどなく海面に飛び出し、逆巻く怒濤にコルクさながらに翻弄された。

発令所の下の調理場から、耳をつんざくような音がした。収納されていた食器類が、海の力の前にひとたまりもなく投げ出されたのだ。そのほかクリップボード、本、コーヒーカップなど、およそ固定されていないものはことごとく床に落ち、潜水艦の縦揺れと横揺れで前後左右に飛ばされ、けたたましい音をたてた。クロフォードは潜望鏡を囲むステンレスのレールを掴み、両手でしがみついた。

こんな海面に長居することはできない。すでに負傷者が出たかもしれない。ありがたいことに、通信士が間髪を容れず、艦長専用通話装置（21MC）で告げた。「送受信が完了しました」

クロフォードは潜航せよと口をひらきかけたが、ウィットストロームのほうが先に叫んだ。「潜航士官、三〇〇フィートに潜航せよ。第二潜望鏡、下げ」

彼は手を伸ばし、赤い環を時計回りにひねった。潜望鏡は格納され、〈マイアミ〉はふたたび穏やかな水中へ戻った。

そこにいれば、今夜は安全だ。

「ドミトリ、テストの具合は？」

アラン・スミスはエレベーターに乗りながら、彼の会社のテスト部門の責任者に声をかけた。扉が閉まるあいだに二七階のボタンを押し、エレベーターが上昇を始めると手すりにもたれた。

ドミトリ・ウスティノフは質問を聞いていないような無表情で、小柄なイギリス人を一瞥した。まだ二十二歳のウスティノフは、クマのような身体に似合わず、高度に訓練された知性の持ち主だ。げじげじ眉毛、垂れ下がったまぶた、猫背のせいで愚鈍そうに見えるのだが、この男の特殊な技能は現在進行中のプロジェクトにうってつけなのだ。ウスティノフは複雑怪奇なコンピュータ・システムに通じているのみならず、証券やその他の金融商品の取引にまつわる、愚かしいほど入り組んだルールにも詳しかった。そのため彼は、この会社で厚遇を受けているのだ。その若さにもかかわらず、ウスティノフはオプティマルクス社が新規開発している革命的な証券取引システムの責任者を任されていた。

「全米店頭市場システムの統合には、いろいろ問題がありまして」一五階を通過したときにウスティノフは答えた。アメリカに移住して十年も経つのに、いまだにかすかなロシア訛りが抜けない。「証券取引委員会（SEC）は俺たちに目を光らせています。追い払うのに、あと何週間かかることか」

スミスはうんとうなって同意した。いつだって政府の官僚どもは邪魔をしにかかる。そうした障害には慣れていたが、鼻持ちならない連中だ。「ニューヨーク証券取引所（NYSE）のチャック・グルーバーはなんと言っている？」

「あてになりませんね。市場間取引システム（ＩＴＳ）の更新にかかりきりで、こっちの助けにまわる時間はなさそうです」

「驚きはしないな。そろそろＩＴＳも更新しないと。あの骨董品みたいなシステムは、とっくにお払い箱になってスミソニアン博物館に展示されてもおかしくない代物だ」エレベーターの扉がひらき、二人はオプティマルクス社の広々としたオープンスペースのオフィスに出た。広いオフィスは無数の仕切りに隔てられている。スミスはＣＥＯ専用の執務室へ向かって左に進み、ウスティノフは右に曲がった。スミスは彼の角部屋に足を踏み入れた。壁全体を占める窓からは、ニューヨーク港の対岸にニュージャージー州が見え、自由の女神、ロウアーマンハッタンも一望できる。ハドソン川を北へ向かってフェリーが航行し、両岸のヘリポートからは絶えずヘリコプターが発着している。スミスは現代的な黒革の椅子に座り、絶景を背にしてスモークガラスの机に向かった。朝のメールチェックをしようとしたところで、机のインターコムが鳴り響き、邪魔をした。

朝の挨拶もそこそこに、神出鬼没の役員秘書シェリル・ミッチェルが、マーク・スターン様からお電話ですと告げた。彼女によると「いつもどおり怒っている」らしい。

マーク・スターンは西海岸のベンチャー投資企業プライベート・パシフィック・パートナーズ（ＰＰＰ）を主導する投資家だ。アラン・スミスのオプティマルクス社が運営できるのは、スターンとＰＰＰが潤沢な資金を供給しているからである。

スミスは顔をしかめた。深呼吸してから、受話器を取って話しはじめる。「おはよう、マーク。きょうも早いね。ええと……西海岸はまだ……六時ごろじゃないのかな？」

「アラン、いま何時かぐらい、いちいち言われんでもわかる」スターンは不機嫌になった。「わたしが訊きたいのは、果たしてあんたには状況がわかっているのかということだ。われわれはこれまで、あんたの会社に五千万ドル以上も注ぎこんできた。ところが、見返りに得られたのは度重なる延期の知らせだけだ。あんたらの技師長とやらが、何やらごたくを並べて言いわけしていたよ。いわく〝ITS〟だの〝SIAC〟だの〝POPs〟だの、なんのことやらさっぱりわからん頭文字ばかりだ。アルファベット講座にはもううんざりだよ、アラン。わたしが聞きたい頭文字は、〝ROI〟だけだ。つまり投資収益がほしいということさ。そんなに難しいことかね？」

そのときシェリルがオフィスに足を踏み入れ、フォルダーの束を机に置いた。スミスは保留ボタンを押し、ため息まじりにぼやいた。

「ろくでもない投資家どもめ。誇大妄想で、頭もあそこもでかいと思いこんでやがる」

シェリルはハーフフレームの眼鏡を指で下げ、レンズの上からスミスを見た。「仲良くやってください」唇の形でそう伝えると、背を向けて出ていった。スミスは保留ボタンを解除した。

「マーク、まあ落ち着くんだ。延期はほんの少しだけで、それもSECの連中がわが社の計画を検査するからだ。わずか二、三日のことだよ。大きな問題ではない。うちではスケジュールどおりに開発を進めているんだ。アルゴリズムのテストも順調だが、これはなかなかすごいことでね。ウスティノフがよくやってくれているおかげだ」

「だったら、あのとんまのアンドレッティを外して、ウスティノフに技師長を交替させればいいじゃないか」受話器の向こうでスターンが大声を出した。

ベンチャー投資家が怒鳴り散らすあいだ、スミスは受話器を耳から離した。そして頃合いを見計らい、精一杯穏やかな声でふたたび呼びかけた。「マーク、きみとは長いつきあいだ。少しだけ聞いてほしい。いいかい、わが社がやろうとしているのは革命的なことなんだ。予想しえない問題が見つかることだってある。技師長のカール・アンドレッティは毎日、奇跡を起こしてくれているよ。わが社には彼が必要なんだ。今晩、こちらからまた電話しよう。役員会で西海岸へ向かう前に。きみには最新の数字と、進捗状況を伝えたい。いい知らせになるよ、約束する」

スミスは楽しげな口調で「ごきげんよう」と言い、受話器を置いた。それから鼻筋を揉んだ。まったく、神経をすり減らす電話だ。ベンチャー投資家というのは、世界で最悪の連中だ。忍耐心というものがない。つまるところ、金の亡者だ。とはいえ、金がなければ事業は築けない。

さて、次にやらねばならないのは、あのたわけのカール・アンドレッティ対策だ。スミスは扉に向かって叫んだ。「シェリル、アンドレッティにすぐ会いたいと伝えてくれ」

「防護服を着てくるように伝えましょうか?」彼女が叫び返した。

「そのほうがやつのためだな」


セルゲイ・アンドロポヨフ中佐はロシア海軍潜水艦K-475の発令所から、長い梯子を伝って艦橋へ昇った。彼はこの新造艦を愛していた。これまでの軍歴で乗り組んできた、錆びついた旧式の艦艇とは比べ物にならない。いまや大半の艦艇はポリャールヌイの埠頭に係留され、朽ち果てて忘れ去られようとしていた。

〈ゲパルド〉は最新鋭の装備を備え、その先端技術はアメリカのどの潜水艦にもひけをとらなかった。アクラ級II型の艦で、アクラとはロシア語でサメを意味する。いかにもふさわしい名前だ。

アンドロポヨフはハッチを通り抜け、暖かく心地よい艦内を出て、潜水艦のセイル上にあるコクピットに立った。コンクリートと鉄で固められた巨大な潜水艦ドックが、彼の頭上と両側に広がっている。埠頭にいる艦艇はK-475だけで、少し離れたところにはK-461〈ヴォルク〉が係留されている。やや古いアクラ級I型の潜水艦だ。同艦は〈ゲパルド〉を追ってバレンツ海に出、試験航海のあいだ護衛を務めることになっている。

艦長は数年前の基地の光景を思い出した。当時、司令部の建物はつねになんらかの動きがあり、活気に満ちていた。艦艇はアメリカに立ち向かって祖国を守るべく、いつなんどきでも暗く寒いバレンツ海に出られる準備を整えていた。困難な哨戒任務から帰投した艦艇は消耗が激しく、休息と修理を要していた。明確な目的意識と行動に明け暮れた当時に比べ、いまの不気味な静寂は耐えがたい不安をかきたてる。

埠頭の端にある巨大な扉はすでにひらかれており、その向こうにはオレニヤ湾とムルマンスク・フィヨルドが見える。突き刺す風が吹きすさび、潜水艦ドックの内部まで凍えるような冷気が入りこんできた。錆の浮いた砕氷艦がドックの建物の入口に待機し、一本だけの大きな煙突から煙をたなびかせている。湾内やフィヨルドにいかに氷が張ろうとも、この船が割って通り道を作り、K－475を開氷域へと導いてくれるのだ。

アンドロポヨフは腕時計に目をやった。一等航海士のディミトリ・ピシュコフスキーを振り返る。「ディミトリ、時間だ。案内人を務めてくれるかな?」

小柄で浅黒い白系ロシア人は笑みを浮かべた。「もちろんです、艦長。また海にご案内できて光栄です」

ピシュコフスキーは耳元に受話器を当て、簡潔に指示した。埠頭に並んでいた兵士たちがさっと散り、〈ゲパルド〉をつないでいた双係柱へ急いで、もやい綱の扱いにかかる。

一等航海士はふたたび電話に向かって指示した。〈ゲパルド〉の広く丸みを帯びた主甲板に立っていた乗組員たちが、索止めからもやい綱をほどき、水中に落とす。もやい綱の回収にあたった桟橋の兵士たちは、氷のように冷たい濡れた綱に怨嗟《えんさ》の声をあげた。

ピシュコフスキーは二基の予備スクリューの始動を命じ、〈ゲパルド〉を前進させた。アメリカの潜水艦と異なり、同艦は巨大なメインスクリューの両側に、小型の電動スクリューを備えていた。主推進システムに万一の事態が生じたときでも帰還できるよう設けられたのだが、港の出入りの際にもこまわりが利いて便利なのだ。右舷スクリューを後進、左舷スクリューを前進させることで、ピシュコフスキーは〈ゲパルド〉の艦首を埠頭から離しつつ、艦尾の位置にも配慮した。

潜水艦と埠頭の距離が二メートルになったところで、ピシュコフスキーはK－475の主推進システムの始動を命じて、潜水艦ドックから艦を出した。直径六メートルの七枚スクリューが回転しはじめ、艦尾の水面が白く泡立つ。黒い潜水艦は水を得た魚のように、楽々と水面を進んだ。

錆だらけの古い砕氷艦が〈ゲパルド〉を先導し、湾を覆う氷の層を砕いて、広い水路を切りひらく。航跡の黒い水面には砕かれた氷が浮いていた。湾を囲む高く険しい山々が、雲の浮かんだ空を覆う。分厚く垂れこめた雲は、ポリャールヌイ海軍基地やフィヨルドを南下したところにあるセヴェロモルスク造船工廠の照明を反射していた。

アンドロポヨフは足を踏みしめ、硬い鋼鉄の甲板で少しでも暖を取ろうとした。鞭打つような風が、湾内を移動する潜水艦の艦橋に吹きつけ、凍てつく寒さに思わず叫び声が漏れた。

「嵐になるぞ、ミスター・ピシュコフスキー。バレンツ海の海面をうろつくのは、居心地が悪いだろう。フィヨルドをまわったところで潜航しよう。手遅れにならないよう気をつけるんだ」

「了解しました、艦長。手遅れにならないように潜航します」一等航海士は手袋をはめた両手を打ちつけた。「くそっ寒い！」

砕氷艦はオレニヤ湾を出て、ムルマンスク・フィヨルドに入ったところで大きく曲がった。フィヨルドは北側を向き、高くそびえる岩だらけの山々が両側に並んで、そこを吹き降りる北極圏の風は、狭い水路で身を切るような烈風と化す。備えもなしに甲板に居合わせた不運な人間は、風にまともに襲われることになる。肌を露出すれば瞬時に凍傷にかかるのだ。二人の将校はコクピットの端に寄って身を守り、下のハッチからほのかに昇ってくる暖気にわずかな慰めを見出した。二人は交互に背を伸ばして行く手の水面を見やり、それから吹きすさぶ風に身を縮めた。

二隻の艦艇は北上してコルスキー・ザリフに入った。バレンツ海へのフィヨルドの出口だ。さらに北にはスピッツベルゲンやゼムリャフランツァヨシファのような、氷に覆われた荒れ地の島々があるばかりだ。その先には極冠氷しかない。開氷域はうねりが大きいため、氷が張らない。潜水艦の縦揺れと横揺れが大きくなってきた。

歯が痛くなり、頬が刺されるような烈風にもかかわらず、アンドロポヨフはにやりとした。「海はいいものだな、ディミトリ？」

ピシュコフスキーは風のなかで叫び返した。「いいですね、艦長。海はいいものです。潜航して、暖かい発令所で紅茶にありつけたら、もっといいでしょうね」

アンドロポヨフはうなずいて答えた。「ああ、そのとおりだ。そろそろいいだろう。砕氷艦に、潜航すると合図してくれ。それから海に潜ろう」

ピシュコフスキーはモールス信号を発する携帯用のオルディスランプを砕氷艦に向け、点滅させた。砕氷艦は信号用ランプを点滅させて応じ、基地へ引き返した。二人の将校はハッチを降り、しっかりと閉めて艦内へ戻った。

こうして彼らの任務が始まった。

2

イーゴリ・セレブニツキフはK‐461の艦橋でむき出しのコクピットに立ち、ひとかたならぬ興味をもって、出航して潜水艦ドックを離れ、夜闇に消えていく〈ゲパルド〉の姿を見ていた。潜水艦を先導する砕氷艦の明かりだけが、新造された〈ゲパルド〉の航跡を示している。

彼は陰惨な笑みを隠そうともしなかった。〈ゲパルド〉は美しい艦だ。セレブニツキフの傷だらけで錆びついた旧式の〈ヴォルク〉とちがい、真新しく性能も格段によい。セルゲイ・アンドロポヨフが〈ゲパルド〉の艦橋に陣取り、本来なら自分が指揮していたはずの艦を動かしている。そう思うと傷心はいや増すばかりだ。何年ものあいだ、自分が艦長候補者のリストのトップに載るよう慎重に工作してきたのに、その努力は水泡に帰してしまった。政治家に働きかけ、担当の役人にも賄賂を渡してきたのに。さらに我慢ならないのは、伯父のアレクサンドル・ドゥロフ提督が潜水艦部隊を指揮していることだ。これほどの優位に恵まれながら、なぜ自分が新造艦K‐475の指揮を任されなかったのか、セレブニツキフには理解できなかった。

しかしけさの面談で、彼にはひとつ重要なことがわかった。伯父の温めてきた計画の一部に、自分もかかわっているのだということが。ドゥロフはやり直しの利かないチェスのような大勝負に出ており、提督の甥である自分は、そこで最重要な役割を演じるのだ。この任務に成功した暁《あかつき》には、ロシア軍のなかで想像もしなかったような高みに上れるだろう。雪と飛沫にまみれて遠ざかる砕氷艦の明かりを見守りながら、彼は動きだすのを待ちきれない思いだった。いまこそ、持てる技能と人脈と政治的な嗅覚を駆使して、自らにふさわしい地位を勝ち得るのだ。

それでもセレブニツキフがK‐461の出航を命じる声は、冷静沈着だった。静かな暗がりに包まれた潜水艦ドックを〈ヴォルク〉が出たころ、K‐475はすでに岬を曲がってムルマンスク・フィヨルドに入っていた。ふたたび凍結しはじめた海面の氷を、旧式の潜水艦が砕いて進み、バレンツ海の冷たい深みをめざしている。


ドミトリ・ウスティノフはすり切れた事務用椅子に腰を下ろした。コンピュータが起動するのを待ちながら、甘ったるいクルーラーを口に入れる。エレベーターでめめしいイギリス野郎のボスに出くわしたのは、運が悪かった。

デスクトップのアイコンが出てくると、彼は周囲をうかがい、それからマウスをクリックしてメールをチェックした。ローマンから一通届いている。先週末、保養地のハンプトンズへいっしょに出かけたことになっているのだ。大した出来事もなく、当たり障りのないメールだった。ウスティノフはそのメールを机のプリンターで印刷し、受信トレイとメールサーバーから削除して、さらにコンピュータのハードディスクからも消去して痕跡が残らないようにした。

ウスティノフはふたたびオフィスを見わたし、誰かに見られていないか確かめた。そして顔をしかめ、臆病すぎる自分に腹を立てた。モスクワで少年時代に受けた教育が、ドミトリ・ウスティノフの精神に大きな影響を及ぼしていた。彼はいまだに、隠然たる力を持った何者かにすべてのメールを監視され、すべてを見ている誰かに一挙一動を見張られているような気がしてならなかったのだ。暗号化されたメールを受信したというだけで、その監視者の注意を引き、何か重要なことを隠していると思われるにちがいない。何も隠さないことですべてを隠すほうがはるかに賢明だ。白昼堂々と事を運べば、不必要な注意を引かなくてすむ。

さらにマウスを何度かクリックし、八桁のパスワードを入力して、ウスティノフはコンピュータの計算ソフトをひらいた。彼は受信したメールの文字をすべて数字に変換し、その数字の列を打ちこんだ。数列は一瞬で自動処理され、合計欄に一〇桁の数字が表示された。ウスティノフはその数字を暗記し、印刷したメールをシュレッダーにかけて、結果を保存せずに計算ソフトを終了させた。

いま一度、彼はオフィスの周囲を見まわし、自らの行動が誰にも見られていないのを確認した。誰もウスティノフには注意を払っていないようだ。そのとき、肘のかたわらにある電話が鳴り、彼はぎくりとした。けたたましいベルが二度鳴らないうちに、ウスティノフは受話器をひっ摑み、耳に押し当てた。「ウスティノフだ」

「ドミトリ、おはよう。こちらはニューヨーク証券取引所のチャック・グルーバーだ。おたくと共同で、次期の取引決済システムの新しいモジュールのテストをしている」

そろそろ来るだろうと思っていた電話だ。ウスティノフは背もたれに身をあずけた。

「どうも、チャック。何か問題があったのかな？　うまく機能しないとか？」

机に足を載せたとき、通路を挟んだブースにいるうら若いプログラマーが目に留まった。前の日に初めて知ったマリーナ・ノソヴィツカヤだ。東洋的な細長く黒い目に、スラブ系の高い頰骨、金色がかった長い亜麻色の髪。目の保養になる、なかなかの美人だ。ぴったりした革のジーンズときつめのセーターから、完璧なほど均整の取れた身体が透けて見えるようだ。これまで彼女の存在に気づかなかった自分が信じられなかったが、いまのウスティノフは彼女に大いに興味を抱き、時間と手間をかけて履歴を調べていた。それによると、彼女は才色兼備の女性だ。ロシアでも名声高い、ウラジオストック数学コンピュータ科学大学の応用数学・情報テクノロジー学科を首席で卒業している。これはいよいよウスティノフの興味をかき立てた。アメリカへ来たロシア移民同士、大いに親睦を深めようではないか。

　マリーナがこちらの視線に気づいた。コンピュータの画面から目を上げ、はにかんだような笑みを浮かべる。モニターの光がその瞳に反射した。ウスティノフはじっと見つめ返し、クルーラーの屑をワイシャツとネクタイにつけたまま、笑顔で応えた。受話器の向こうでグルーバーが何やらまくし立てている。新たなソフトウェアのテストが難航しているとかなんとか。ウスティノフはときおり生返事をして聞いているふりをしていたが、その間、若くてかわいいプログラマーからは決して目をそらさなかった。

もうすぐこの女はものにできるだろう。ウスティノフは確信した。

　だが、グルーバーのひと言がウスティノフを白昼夢から覚ました。

「もうひとつある。モジュールをテストしていたときに、白い小さなボックスみたいなものがあったんだ。もしかしたら、きみが処理してくれるかもしれないけどね。そこには、意味がよくわからないコードが表示されていた。そのコードはプログラムになんの関係もなさそうなんだ」

　ウスティノフは一瞬間《ま》を置き、それから慎重に言葉を選んだ。「ああ、なるほど。言っていることがわかったよ、チャック。その点は心配無用だ。あれはＳＥＣの連中が検査用に入れろとねじこんできたコードなんだ。必要があった場合、追跡できるように入れてほしいというお達しでね。こっち側ではすでに修正をすませてある。そのコードはきちんとした理由のあるものだ。たとえそれがお役人様のご要望だろうと」

ウスティノフは息を詰め、反応を待った。グルーバーは果たして、額面どおり受け取ってくれるだろうか？ それともさらに、返答に窮するような質問を浴びせてくるのだろうか？

グルーバーはそれ以上追及しようとせず、うんとうなずいた。「そうか、政府の連中のお達しか。やつらは何にでもくちばしを突っこんでくるんだな」

ウスティノフは安堵の息をついた。NYSEの技術者は作り話を信用してくれた。上層部が請け合っていたとおりだ。用心のため、ウスティノフはさりげなく話題を変えた。

「チャック、気分転換に出かけないか。ビレッジのサリバン通りに、すごくいい店を見つけたんだ。プリンス通りとヒューストン通りのあいだだよ。ニューヨーク一のジャズを聞かせてくれる。いいジャズの店には、必ずいい女が寄ってくる。招待したい女性が一人いてね。あすの夜なんかどうだい？」

「共産圏から来た同志よ、なかなかやるじゃないか。このプロジェクトには根詰めてやってきたから、ちょっと息抜きしても罰は当たらないだろう」

ウスティノフは受話器を置き、苦笑した。くそまじめなグルーバーとひと晩過ごすことを考えただけで、うんざりする。いま彼は、高めの剛速球を投げてストライクを取ったのだが、相手は打席に立っていたことさえ気づいていないのだ。

ウスティノフはいかにもアメリカ的な言いまわしが思い浮かんできたことに喜び、紅茶のお代わりを取りに行った。あとは二六番ブースのプリンセス、かわいいマリーナをとくと眺めるとしよう。


セルゲイ・アンドロポヨフ艦長はK－475の発令所の片隅に立ち、乗組員の働きぶりを観察した。ほんの数カ月前まで、彼らは訓練の行き届いていない烏合の衆だった。だが、厳しい訓練を積んできた甲斐あって、いまは精妙な機械のように息の合った動きをする。

それは彼の真新しい潜水艦も同じだ。

ディミトリ・ピシュコフスキーは潜望鏡のかたわらに立ち、目の前に並ぶ計器類を精査していた。その右側では、一人の准尉がトリムタンクに注水し、長い任務に備えて積みこんだ糧食や物品の重量とバランスを取っている。潜水艦にとって、重量のバランスを一定に保っておくことは最重要であり、絶えざる注意を要する仕事だ。とりわけ、経験のない新造艦が初めて潜水するという状況では、文字どおり浮沈にかかわる。信ずべき根拠は、設計者の机上の計算だけなのだ。どこかひとつの計算ミスのせいで、沈んだまま浮上できないという事態もありうる。さらにまずいことに、潜水できないという事態も。

ピシュコフスキーから一メートル離れた発令所前方では、さらに二人の准尉が艦首潜舵と艦尾潜舵の動作をチェックしている。艦首とスクリュー近くの艦尾にそれぞれ二枚ずつ取りつけられた潜舵で、潜水艦は上下の動きおよび前後の角度を制御するのだ。

すべての準備が整った。ピシュコフスキーが誇らしげな声で、「艦長、潜水準備完了しました」と報告する。

アンドロポヨフはうなずき、いま一度発令所を見わたした。そして満足した。口元から笑みがこぼれる。「ピシュコフスキー一等航海士、ご苦労だった。これより潜水を開始する」

ピシュコフスキーは下令した。「テトリャソイ准尉、バラストタンクのベント弁を開放せよ。全潜舵、深度三〇メートルまで潜航用意」

ベント弁が開けられ、〈ゲパルド〉の分厚い耐圧殻を包む巨大なバラストタンクから空気を逃がした。タンクの上部から空気が排出されると、艦底の空いた区画が海水で満たされる。こうして〈ゲパルド〉は漆黒の海へ深く潜り、海面にはその存在をうかがわせるさざ波も立たなくなった。深度三〇メートルで、潜水艦の姿勢は水平になり、バレンツ海へ向かった。

テトリャソイ准尉はトリムタンクへの注排水を続け、エンジニアの計算のささいな誤りを修正した。五〇〇〇リットルの海水を前部トリムタンクに追加し、後部トリムタンクから一万リットルを排水した。一定程度注水したら、傾斜計のガラスチューブの気泡を見る。

さらに注水と計器の確認を続ける。数分後、テトリャソイは満足げにうなずいた。〈ゲパルド〉は安定している。

ピシュコフスキーは前に踏み出し、アンドロポヨフの隣に立った。「艦長、セヴェロモルスク造船工廠のエンジニアは、いい仕事をしてくれました」

アンドロポヨフはうなずいた。「ああ、そうだな、ディミトリ。彼らはよくやってくれたようだ」ふたたび、せわしげな発令所を一瞥する。「ディミトリ、わたしは士官室に下がる。そろそろ命令書を開封し、ドゥロフ提督がわれわれとこのぴかぴかの新入りにどんな任務を命じているのか確かめるときだ。きみはここにいて、全体を監督してくれ。K-461を探知したか、本艦を追尾してくるアメリカ潜水艦の徴候を認めたら、知らせてほしい」

アンドロポヨフ艦長の言葉に、ピシュコフスキーはうなずいて承諾した。艦長は踵を返し、梯子を降りた。

イーゴリ・セレブニツキフは〈ヴォルク〉の艦橋の梯子を降り、暖かい発令所でひと息ついた。波の飛沫が黒く濃い顎鬚にかかり、氷の塊になっている。飛沫は毛皮の帽子やコートにもかかり、凍結していた。早くも溶けかかった氷が足下に垂れ、塵《ちり》ひとつない床を濡らしている。

部下から湯気の立つ熱い紅茶を差し出され、セレブニツキフは受け取った。水をしたたらせながら、立ったまま紅茶をすすり、K－461艦内の様子を見守る。彼の乗艦はK－475から一時間遅れて、潜水を開始した。彼は針路を北東にとるよう命じ、海岸線に沿って進むことにした。ザパドヌイ・キリディン島から一キロ足らずのところを通過する。ムルマンスク・フィヨルドの東側に立ちはだかる島だ。

政治的なコネや買収工作によって海軍で現在の地位を得たにせよ、イーゴリ・セレブニツキフは経験豊富で有能な潜水艦の艦長だった。この人界離れた海域で、アメリカ潜水艦を欺き、裏をかく方法を知り抜いていたのだ。確かに彼の艦の装備では太刀打ちできないが、知恵と策略を駆使すれば互角に勝負できる自信があった。ロシア軍内部の泥沼の権力闘争はコネと政治的嗅覚で生き延びてきたが、この凍てつく北の海を渡るには技能と胆力が不可欠だった。

セレブニツキフは海岸沿いに進むことで、旧式の潜水艦がたてる騒音も波音にかき消され、アメリカ潜水艦の耳をごまかせるのを知っていた。水深の浅いペチョラ海や、バレンツ海とカラ海を分かつ、人を寄せつけないノヴァヤゼムリャ島の付近を通れば、うまく欺けるだろう。

ドゥロフ提督がアンドロポヨフに試験海域まで直進ルートをとるよう命じたのは知っていた。そうすればアメリカ潜水艦は必ずや、K－475を追尾するだろう。彼らは思いがけないことに、新造艦がポリャールヌイから遊弋《ゆうよく》してきたのを探知するにちがいない。そして収穫に喜ぶあまり、東に大きく迂回ルートをとってくる〈ヴォルク〉は見逃すだろう。こうしてアメリカ人どもは疑いもせず、まんまと罠にはまるのだ。自らの飢えに気を取られ、生まれたての子羊のあとをつける悪賢い狼さながらに。

周到に張りめぐらされた罠だが、セレブニツキフが配置に就くには、すばやく行動しなければならなかった。迂回ルートをとることの問題は、それだけ時間がかかることだ。中央司令部にお伺いを立てるような悠長なまねをしている暇はない。論外だ。セレブニツキフは海中で独立した指揮権を持てることの喜びを噛みしめた。長期間孤立を余儀なくされるのは、一方で陸にしがみつく官僚どもによけいな口出しをされないという特権も意味する。

イーゴリ・セレブニツキフは海図の上で真鍮の分割コンパスを動かし、潜水航路の距離を計測した。それによると〈ヴォルク〉は一六〇〇キロを踏破しなければならないのに対し、〈ゲパルド〉の所要距離は一〇〇〇キロだ。両艦の会合地点は流氷の限界から四〇〇キロ以上北、氷に閉ざされたノヴァヤゼムリャ島から二〇〇キロ西だ。伯父のアレクサンドル・ドゥロフは考えに考えを重ね、これ以上ないほど孤立した海域を選んだにちがいない。

セレブニツキフはコンピュータに会合地点までの距離と、到達希望時間を入力した。アンドロポヨフが着くより最低八時間は早く到着し、隠れるのに適した場所を探す必要がある。コンピュータは一、二秒考えてから、時速四五キロという数字をはじき出した。そうすると彼らは、浅海を猛スピードで突っ切らなければならない。

セレブニツキフは海図台から向きなおり、一等航海士に叫んだ。「時速四五キロに上げろ」

あっけにとられた部下が口をひらかないうちに、艦長はさっさと発令所を出た。梯子を降りて狭苦しい特別室へ向かうあいだに、潜水艦が速力を上げるのがわかった。部屋に入るや、彼は熱い紅茶より気つけになるものをぐいとあおった。

ためらいがちなノックに、オプティマルクス社のアラン・スミスCEOは顔を上げた。カール・アンドレッティ技師長が戸口に立ち、スミスがうなずくのを待っている。長身で肥満した技師長は部屋に入り、後ろ手に扉を閉めて、港を見下ろす大きな窓に面した黒革のソファにドスンと座った。ネクタイは曲がり、上着は皺《しわ》くちゃで、緩いボタン穴から丸々とした白い腹が覗いている。

「話がしたいんだって、アラン？」

スミスは目を通していた報告書を押しやり、金のモンブランをケースに置いた。拡大鏡を大仰に外して報告書の隣に置き、それぞれの位置が重要であるかのように少しずつ直す。

それからアンドレッティをじっと見た。「そのとおりだ。さっきマーク・スターンと電話で話して驚いたんだがね。きみはマークとやりあったそうじゃないか」

アンドレッティは無頓着に答えたが、深くくぼんだ小さな目には警戒の色が宿っていた。彼はひと言話すたびに、唇をなめた。「ああ、きのうの午後、電話が来てね。スケジュールについて話したいということだった。やっこさん、俺の雇い主だと思いこんでいるよ。だから俺は、クオートフィールドの統合や通信プロトコルの設定で多少問題があると言ったんだ。別に驚くような話じゃなかったし、向こうも納得してくれたと思っていた」

スミスはうなずいてから、静かな、落ち着いた声で言った。アンドレッティは身を乗り出し、話を聞こうとした。「カール、そうした電話を受けたときには、わたしに知らせてほしい。彼らの質問にどう答えるべきか、何度も話し合ってきたじゃないか。役員会のメンバー、とくにスターンは、自分たちで思っているほどにはテクノロジーについてこられないんだ。そもそも、オプティマルクス社のアイディアを思いついたシカゴの博士連中だって、いまのテクノロジーについてはちんぷんかんぷんで、計算尺を使ったほうがいいようなありさまだ」

アンドレッティは安堵したような表情でうなずいた。共通の敵に団結する仲間同士というわけだ。「まさしく同感だよ、アラン。あいつらは象牙の塔にこもっていて、現実を知らないんだ。口をひらけば市場構造だの、現実離れした小難しいご高説ばかりで――」

　スミスは片手を上げ、技師長の言葉をさえぎった。それから小言を言うときよりもいっそうイギリス訛りを目立たせ、早口で歯切れよく話しはじめた。「カール、最後まで言わせてくれ。きみにはぜひわかってほしいんだ。われわれが……つまりきみとわたしが……金の鉱脈の真上に座っていることを。ベンチャー投資家も発明家も、われわれが主鉱脈を掘り当てようとしていることにまったく気づいていない。連中はただ、われわれが画期的な株式取引システムを構築しているとしか思っていないんだ」スミスは椅子の上で身体を前後に揺らした。「われわれが手持ちのカードを正しく使えば、南太平洋の島で引退生活を送れるどころじゃない。カール、そのときはまるで小銭を出すような気分で、島ごと買い取れるだろう。何よりすばらしいのは、何が起きているのか誰にも知られずにそれができることだ」スミスは椅子の向きを変え、アンドレッティに向き合った。よく晴れた朝の陽ざしが水面に反射し、窓ガラス越しにアンドレッティの粗暴で頑固そうな顔を照らし出す。「手を携えて仕事を進めよう、カール。計画をやり遂げるには、きみが好き勝手に動くのを黙って見ているわけにはいかないんだ。そうすれば、いらぬ疑いを招いてしまう。わかってくれるか、カール？」

　アンドレッティはうなずいたが、何も言わなかった。スミスはさらに低い声で続けた。

「よかった。ではきょうの午後一杯で、スターンに出す進捗状況の報告書を用意してほしい。いい数字を並べて、スケジュール的にも予算的にも予定どおりに進んでいると思わせるんだ。いいな、カール？　連中に疑問を抱かせてはいけない。詳しいことは空港で打ち合わせよう。きみが進めている画期的な取引決済用モジュールを見せてほしい。飛行機は今晩六時に離陸する。テターボロ空港の自家用機ターミナルで待ち合わせよう」

アンドレッティはうなずいた。「わかった。二時間で報告書をまとめる」

大柄な男は立ち上がり、スミスにウィンクしてから背を向けて、執務室を出ていった。アンドレッティは広いオフィスを端から端まで歩き、自席に戻って扉を閉めたところで、かすかに笑みを浮かべた。

上着のポケットに手を入れ、小型のデジタルレコーダーのスイッチを切った。これまでの録音データはディスクにして、金庫に保管してあった。彼が加わっている複雑で危険なゲームが頓挫《とんざ》したときに備え、ちょっとした保険を用意しているのだ。

アンドレッティは歯ぎしりした。あのめめしいイギリス野郎が、俺を怠け者の高校生みたいに扱いやがって。今回の件で巨額の利益がかかっていなければ、顔面に思いきり一発お見舞いしてやるところだ。実際に開発を進めているのがいったい誰なのか、思い知らせてやる。これがもたらす富を最も多く受け取るに値するのが誰か、肝に銘じるがいい。

それでも彼は呼吸を落ち着かせ、机に座ってマウスを動かし、スリープモードにしていたコンピュータを起動して、スミスに頼まれた報告書の作成に取りかかった。

3

アメリカ潜水艦の発令所で、21MCスピーカーが沈黙を破った。

「艦長、ソナー室です。曳航アレイに新たなコンタクトがありました。推定方位〇三五ないし一二五」

ジョー・グラス艦長は背筋を伸ばし、目から汗を拭った。唇を引き結び、SSN769、USS〈トレド〉の狭苦しい発令所を見わたす。最近まで乗り組み、副長を務めていた旧型の〈スペードフィッシュ〉とはかなり様子がちがった。蛍光灯で煌々《こうこう》と照らし出される〈トレド〉の発令所は、ハリウッドのSF映画からそのまま切り取ってきたかのようだ。

艦首左舷側の一角は宇宙船の制御ステーションを思わせる。潜航士官と二人の舵手が向き合う壁には、赤く明滅するLEDディスプレイや液晶スクリーンが所狭しと並び、『スター・トレック』のカーク船長が見たらさぞ喜びそうだ。だがここには、北大西洋の暗い海を潜航するのに必要なあらゆる情報が表示される。

左側では当直士官が席に座り、やはりディスプレイ、計器類、スイッチがひしめく壁と対峙している。彼の持ち場の背後には重厚な鉄パイプや太い配線が無数に伸び、艦内の隅々とつながっていた。当直士官はここから複雑な高圧空気システム、水圧システム、トリムシステムを制御している。頭上には大きな真鍮の取っ手が二本ある。これは緊急浮上スイッチで、バラストタンクに四五〇〇ポンド毎平方インチの空気を供給するものだ。

右舷側のBYG－1は、コンピュータ化された射撃指揮システムだ。ここでは〈トレド〉のあらゆるセンサーから上がってくるデータを分析し、精査する。その情報は〝解析《ソリュー》値《ション》〟となり、潜水艦が発射可能な魚雷やミサイルの照準を絶えず修正している。

発令所の中央には、潜望鏡操作台《スタンド》が二基鎮座していた。樽のような輝く鋼鉄が床のくぼみから突き出し、天井まで伸びてセイルまでつながっている。この中央部から、ジョー・グラス艦長は複雑な操艦を指揮監督するのだ。

先月艦長に任命されてから、グラスが任務行動中の乗組員を見るのはこれが初めてだ。〈トレド〉は大西洋に遊弋するロサンゼルス級原潜のなかで最も新しく、訓練航海を重ねて、新艦長を迎えた。グラスは笑みを抑えきれなかった。新車のスポーツカーを買ったばかりのティーンエイジャーのような気分だ。海軍に入隊して以来、これほどうれしかったことはない。何せ、ぴかぴかの新造艦を思いのままに動かせるのだ。

お楽しみはこれからだ。21MCのアナウンスが、獲物が見つかったと告げている。TB－16曳航アレイは全長二〇〇フィートに及ぶソナーすなわち水中聴音器であり、〈トレド〉の艦尾から長く伸びる曳航ケーブルの末端に取りつけて、深海で敵潜水艦がたてるごく微細な音を探知するために開発された。この敏感な装置のおかげで、〈トレド〉は敵艦に居場所を悟られずに、広大な海域を探索できるのだ。ただし問題は、その音が左右どちらから来るのかアレイだけでは判断できないところにあった。いましがた探知したコンタクトの出所には、ふたとおりの可能性がある。正しいのはどちらかひとつで、どちらにも解釈できるのだ。

グラスは彼の持ち場から、ブライアン・エドワーズ副長を見た。収集した情報から、あらゆる可能性を探り出す射撃指揮班を束ねている男だ。長身痩軀の副長は優秀な男であり、彼もそれを自覚していた。さまざまな点でグラス新艦長とは対照的だ。小柄でずんぐりしたグラスは、物静かで思慮深い。一方、若い副長にはすでにいささかうぬぼれの徴候が見える。彼は即断即決を旨とし、すばやく行動に移すのだが、グラスは熟慮を重ね、慎重に行動するタイプだ。エドワーズは〈トレド〉で二年の乗艦経験があり、艦の隅々まで熟知していた。しかしそれが、任務活動での自己過信につながっていた。そしてグラス新艦長と見解が対立したときや、艦長の決断に時間がかかりすぎると思うとき、この若い将校の目にはただならぬ光がよぎるのだった。

グラスはエドワーズの働きぶりを見ながら、笑みを浮かべた。危機的な状況になった場合、優柔不断なうすのろよりは、優秀な人間がそばにいたほうがいいはずだ。それにこれから、この若者の鼻っ柱をへし折ってやる機会はたんとあるだろう。

いまのところグラス、エドワーズ以下二〇名の乗組員は、安モーテルの客室並みの狭いスペースで押し合いへし合いしながらも、よく連携して任務を遂行している。彼らは静かにそれぞれの職責を果たしていた。エドワーズは彼らをよく訓練していた。

副長がグラスのかたわらにやってきた。「艦長、ソナー室からの報告では、曳航アレイにコンタクトがありました。方位〇三五のコンタクトをS31、方位一二五をS32とします。受信周波数は五〇・二。きわめて微弱なコンタクトです」

グラスはうなずいた。「了解した、副長。捜している標的はそいつか？」

エドワーズは肩をすくめた。「まだ確たることは言えません。しかしいまのところ、ほかにコンタクトはありません。方位も周波数も妥当です」

「わかった。では、それが最善の手がかりだな。コンタクトを追跡し、そいつが標的かどうかを見きわめよう」

エドワーズはBYG－1射撃指揮システムのコンピュータスクリーンへ近づいた。システム操作を担当しているパット・デュランド大尉は、数字や点や線が複雑に並ぶディスプレイから目を上げた。彼はエドワーズに向かってうなずいた。「副長、この先、針路変更したほうがよさそうです。操艦の準備をお願いします」

グラスはシステムのキーボードをすばやく動きまわる若い大尉の指に目を奪われた。手品師さながらの手つきだ。まるでピアノを弾くように、コンピュータのキーボードを操っている。機器を操作しながら頭を揺り動かすしぐさもまた、忘我の境地で演奏するピアニストのようだ。

エドワーズは位置記入用の海図を確認した。〈トレド〉のあらゆる動きを記録し、新たなコンタクトに関する情報もすべてここに書きこまれる。その海図は発令所後方のガラスのテーブルに載っており、潜望鏡スタンドの陰にあった。ガラスの下には〝虫〟と呼ばれる小さな×の光が動いており、潜水艦の現在位置を示している。

「艦長、針路一八〇に取り舵をとり、標的の方位を決定願います」エドワーズが言った。

グラスは若い副長に向きなおり、内心で笑みを浮かべた。彼自身、いままでに何度、この若者と同じ状況を経験してきただろう？　これまでに何度、上官だったジョン・ワードに旧式の〈スペードフィッシュ〉の舵取りを進言してきただろう？　そしていま、グラス自身が副長から、彼が指揮を執る原子力潜水艦の操艦を進言されているのだ。それは子どものころ、故郷のアイオワで夢見たとおりの光景だった。少年時代の彼の寝室は潜水艦の写真を壁一面に飾り、本棚は潜水艦や艦艇のプラモデルで一杯だった。いまもってグラスは、高性能の原潜とよく訓練された乗員の指揮を任されていることがときどき信じがたくなる。

「取り舵一杯。針路一八〇」グラスは命じた。

エドワーズが装着したヘッドセットに向かってつぶやいている。ソナー室の操作員に、これから転回すると警告しているのだ。ソナーアレイは全長二〇〇〇フィートものケーブルの後ろについている。潜水艦が方向転換すると、アレイはたわみ、鞭をしならせたようになる。転回中に得られた情報はすべて使い物にならず、切り捨てなければならない。〈トレド〉が新たな針路で姿勢を安定させても、アレイが安定してコンタクトを得られるまでには数分を要する。

その間ずっと、彼らは耳をふさがれたも同然なのだ。アレイがようやく安定するころ、コンタクトはとっくに消えたということもよくある。そうするとふたたび、狩りは最初からやりなおしだ。

羅針盤が向きを変えている。〈トレド〉乗員にとってそれだけが、艦が方向転換していることを知るすべだった。針路は一八〇すなわち真南を示していた。曳航アレイが安定するまでには五分も待たねばならず、待つのは気が気ではない。標的がまだ探知可能であることを祈るしかなかった。忍耐力を試される時間だ。そして戦いに勝つには、ゆっくりと忍びやかに獲物を追わなければならない。超音速で極限の集中を要し、恐ろしいほど瞬時にすべてが決着する空中戦とはまったく異なる。水中での戦いはむしろ、大きな獲物をゆっくり慎重に追う猟師の動きと似ているだろう。獲物を見つけ、こっそり忍び寄り、標的に存在を知られないうちに撃つ。そうしなければ、追う者が追われることになるのだ。

エドワーズはヘッドホンを耳に押し当て、一心に聴いた。片手を上げ、沈黙を促す。

「ソナーが回復しました。針路〇三二のＳ31が標的です。Ｓ32は除外し、Ｓ31のほうを追跡します」

狩りがふたたび始まった。敵潜水艦はまだ周囲にいる。〈トレド〉では標的の方向を北と定めた。

エドワーズはふたたび、グラスのかたわらに立った。ヘッドホンを耳からずらし、ひと息入れる。

「これまでのみなの働きぶりを、どう評価しますか、艦長？」彼は訊いた。

副長が知るように、重圧がのしかかる状況下でグラス新艦長が乗員の行動を評価するのは、今回が最初の機会だ。グラスは一同に好印象を与えたかった。「いまのところはよくやっているよ。この先は様子を見よう」

潜水艦同士の戦いというものは、漆黒の闇のなかで展開される。追うほうは標的の音に耳を澄まし、どこにひそんでいてどこへ向かっているのかを決めなければならない。そのための手がかりと言えば、方位と受信音の周波数だけだ。それだけの断片的な情報で、標的までの距離、標的の速度と針路を推断するしかない。たいがいの場合、作戦の要諦《ようてい》は静かに耳を傾け、敵の方位と周波数の変化を聴き取って、それに合わせて自らの針路を変え、その作業を繰り返すことに尽きる。可能性のある答えを検討し、誤っているものを除外していくことで、やがて答えはひとつに絞られるのだ。

そのために必要なのは、標的と同じ針路をとり、同じ速度を保ちつづけることだ。それができなければ、最初からやりなおしを余儀なくされるか、戦いに敗れることになる。

「ツィリヒ上級上等兵曹の報告では、別の音が聞こえはじめたということです」エドワーズは言った。「断定はできませんが、遠くにいる味方艦のように思われます」

グラスはうなずいた。艦長就任の命令を受けたときから、ソナーシステムに関するトミー・ツィリヒの伝説的な能力は耳にしていた。乗組員は一様に、その能力を神秘的とたたえている。もし上級上等兵曹が空飛ぶ円盤に小さな緑の人々がたくさん乗っていたと言えば、きっと火星人は辞書に載るだろう。

「わかった、副長。方向転換の必要が生じたら、知らせてくれ。標的までの距離を計測し、螺旋状に旋回したい。距離五〇〇〇ヤードで、斜め方向から魚雷を撃ちたいんだ。そのために必要な行動をしてくれ」

エドワーズは「イエッサー！」と答え、射撃指揮システムのコンピュータ画面に戻っていった。

肩越しにのぞきこんできたエドワーズに、パット・デュランド大尉は顔を上げた。デュランドはキーボードを操作する手を止めている。心配そうな表情だ。

「副長、上級上等兵曹の報告を聞きましたが、こちらの分析では、標的は接近しています。

考えられる唯一の解答は、距離五〇〇〇ヤードです」デュランドはパネルのボタンを押し、キーボードの小さなスイッチをつまんだ。「周波数は上がっているので、接近しているのがわかります」

エドワーズはコンピュータの画面をじっと見据えた。デュランドは信頼できるが、ツィリヒは伝説的な存在だ。二人とも同じものを聴いていれば、話は簡単なのだが。

「遠くのほうの解答を採りましょう」エドワーズは進言し、彼の流儀である即断即決に踏み切った。「ツィリヒ上級上等兵曹の意見を採用したいです」

デュランドは納得がいかない顔だったが、ともかくうなずき、文字盤を操作して、黒い海中を遠くまで捉えようとした。画面には九〇〇〇ヤード以上の距離に、速力二〇ノットで斜めに移動する標的が表示された。ツィリヒが言ったとおりだ。デュランドはそれでも得心できない様子でかぶりを振った。確かにそれでもデータどおりではあるのだが、近距離の標的ほどはデータと一致していない。デュランドが見上げると、副長はうなずいた。ツィリヒが言ったとおりだと思って安心しているようだ。遠くの標的こそ、捜していた獲物だと。

エドワーズはグラスのほうを向いた。「艦長、もう一度針路を変更しましょう。コンタクトS31、現在の方位〇二一、予想距離九二〇〇ヤード。針路一二五に変針願います」

グラスは状況を脳裏に思い描いた。副長の解答どおりだとすれば、標的は北東から南西に向かっていることになる。敵艦は〈トレド〉に探知されないように、距離を保って周囲をうろついていたのだろう。こちらが準備を整えたら、後方から標的を撃てる。哀れな標的は〈トレド〉がいることにさえ気づかないうちに、ADCAP魚雷の音を聞いて、死の逃避行を始めるにちがいない。獲物の位置がツィリヒ上級上等兵曹の言うとおりだとしたら、大変賢明な戦術だ。あとは時間の問題だろう。

グラスは操舵手を向いて命じた。「取り舵一杯、針路一二五」

舵が左に切られ、コンパスが左舷方向を指した。

突如、21MCでツィリヒ上級上等兵曹の切迫した声が響いた。

「魚雷発見！　方位三五五」

グラスは躊躇なく命じた。「全速前進！　面舵一杯！　針路二四五！　回避装置発射！」

ソナーリピーターに幅広の白い魚雷の航跡が表示されている。敵艦はどこからともなく現われ、攻撃に打って出てきた。まさしく、追う者が追われる羽目になってしまったのだ。こうなったら逃げるしかない。

一〇〇フィート後方の機関制御室で機関士が潜水艦のスロットルを開放し、〈トレド〉は猛然と進みだした。蒸気は咆哮《ほうこう》をあげてスチームパイプを流れ、巨大なタービンが回転を速める。蒸気は一次冷却水からエネルギーを奪い、温度を下げて、炉心に冷たい水を送り返すことでより大きな力を起こし、炉心はより出力を増して温度を上げる。原子炉の温度を下げるには、さらに多くの冷却水を流す必要がある。原子炉の技手が立ち上がり、大きな黒い原子炉冷却ポンプのスイッチを摑んだ。技手がそれを引っ張ると、巨大なポンプが速度を上げ、冷却水が奔流となって炉心に流れこみ、熱を下げるのだ。

こうした一連の作業は流れるように進み、五秒足らずで完了した。

「方位三五五に魚雷！　アクティブ！」

〈トレド〉は死に物狂いで速力を上げた。追いかけてくる魚雷をなんとか振り切るのだ。二〇ノット、二五、三〇、もっと速く。

「方位三五五の魚雷を特定！　イギリスの〈スピアフィッシュ〉です」

グラスはスクリーンのそばに立ち、〈トレド〉の航跡と接近してくる魚雷の画像を見つめた。すでに回避装置で目くらましできる段階はとうに過ぎている。魚雷を混乱させるため、〈トレド〉のシグナル発射機から放たれたものだ。グラスの推測では、〈スピアフィッシュ〉はそうしたノイズ発生装置など一顧だにしなかった。グラスの推測では、高速で迫ってくる魚雷から逃げまわれるのはあと一分ぐらいだろう。

「深度一〇〇フィートまで上昇！」彼は叫んだ。

〈トレド〉の床が上を向き、海面へ近づく。

「艦長、こうなったら浅海で盛大に空洞雑音《キャビテーション》を作りましょう！」エドワーズが叫んだ。

「われわれの位置を知られてもかまいません」

「副長、あの〈スピアフィッシュ〉は後ろにまわって、とっくにこちらの位置を摑んでいるだろう。海面のノイズで魚雷を撒《ま》けたらしめたものだ。見こみは薄いが、やってみる価値はある」

すでにセイルからはマシンガンのように打ちつけるキャビテーションの騒音が聞こえ、スクリューからはすさまじい勢いで泡が沸き起こっている。これは潜水艦の航跡で圧力がきわめて低くなり、短時間に気泡が発生と消滅を繰り返すことによるものだ。

ツィリヒの声が、キャビテーションの騒音をしのいだ。「方位三五六に魚雷！　接近してきます！」

「回避装置、発射」グラスは命じた。もとよりはかない抵抗だが、接近する魚雷をそらしてくれればもうけものだ。

「艦長、ソナー室です。魚雷が最終攻撃態勢に入りました。完全に捕捉されています！」

スクリーンもそれを裏づけている。魚雷は脇目もふらずに近づき、ついに〈トレド〉と重なった。誰もが呼吸を忘れた。

「艦長、ソナー室です。魚雷が回頭しました」報告するツィリヒの声は、完全に打ちのめされていた。

ジョー・グラスはエドワーズのほうを向き、口をひらいた。「副長、これが演習ではなく実戦だったら、われわれはとっくに死んでいるところだ。きみはデータが示す方向よりも、熟練の乗員の勘を信じた。しかし決断を下す前に、データを再検討する時間はあったはずだ。ときには行動に出る前に、自分の考えが正しいかどうか確かめることも必要だ。きょうの教訓を生かしてくれることを期待する」

エドワーズの返事は、やにわにソナースピーカーから響いてきた大音量の音楽にかき消された。オペラ『軍艦ピナフォア』で歌われる「万歳《ナウ・ギブ・》三《スリー・》唱《チアーズ》」だ。古き良き時代の楽しげな演奏である。

「われこそは海の王者
女王陛下の海軍を統《す》べ、
大英帝国をたたえて万歳を……」

グラスは思わず笑ってしまった。エドワーズの表情が滑稽でたまらなかったのだ。「これがきみの判断への答えだ、副長。くそいまいましい〈タービュレント〉の連中は、さぞかし楽しんでいるだろう。港に戻ったら、最初の一杯をおごる羽目になりそうだ。さて、仕事に戻ろう。今度は連中に目に物見せてやるんだ」

〈トレド〉の演習海域からはるか北東の海で、〈マイアミ〉のブラッド・クロフォード艦長は自室の机に向かっていつ果てるとも知れない書類仕事をこなしていた。少し片づけたところで、電話が鳴った。当直士官のビル・シュットだった。

「艦長、発令所へ来ていただけませんか。ソナーが曳航アレイから面白いものを拾ったんです。ぜひ見ていただきたいと思いまして」

TB-29A曳航アレイは全長一〇〇〇フィートに及ぶ超高性能の低周波水中聴音器で、〈マイアミ〉から一マイル以上後方まで曳航されている。その長大さによって、クジラの鳴き声のような低周波の音まで聴き取れるのだ。潜水艦のはるか後方まで曳航されているので、数百マイル、場合によっては数千マイル離れた音まで聴取できる。アレイと曳航ケーブルは、使用しないときにはリールで巻き取られて〈マイアミ〉の後方バラストタンクに格納されている。

クロフォードはシュットが通話を終える前に席を立ち、通路に出て発令所へ向かった。BQQ-10ソナーリピーターの前に、当直士官が立っている。彼は山脈を思わせる画面に目を凝らしていた。

クロフォードはそのそばで立ち止まった。「何か見つかったのか？　クジラが交尾でも始めたのかな？」

シュットはにやりとした。画面を示し、「艦長、この音はいま聞こえてきたばかりです。データライブラリーのアクラ級の音とほぼ同じですが、一五ヘルツから四〇ヘルツまでと、一一ヘルツの音域はまったく新しいデータです。ライブラリーに同じものはありません。

いま目にしているものと同一のデータは見つかりませんでした」

クロフォードは画面に目を注いだ。いま捉えている音は潜水艦のものにちがいないが、すでに知られているロシア艦艇のパターンとは一致しないということだ。山頂のような形のグラフは、時刻歴と各周波数での音響エネルギーを示している。大変興味深い形だ。

シュットが言うとおり、アクラ級の潜水艦を思わせるところもある。ロシア海軍が建造してきたなかで最高の潜水艦であり、〈マイアミ〉に匹敵する性能を有する。しかしここ数年は基地に係留されたまま、活動していないはずだ。諜報機関の報告でも、一隻も稼働していないと書かれていた。その〝サメ〟たちの一匹が出てきたとしたら、目的を見きわめる価値は大いにある。

だが、画面が示すグラフの形にはどこか腑《ふ》に落ちないところがあった。従来アクラ級潜水艦の追跡に使われてきた周波数帯の音はほとんど拾えないのだ。だとしたら、これは最新型の艦で、TB‐29の超高性能の耳をもってしても、ほとんど聴き取れないということか。

二人の軍人はまったく同じことを考えていた。これが新造艦だとしたら、さらに近づいてみるべきだ。

クロフォードはシュットのほうを向き、ウィンクした。「ホエールウォッチングは一時中断しよう。射撃指揮・追跡班に追跡の指示を出すんだ。これからはサメ狩りといこう」

4

イーゴリ・セレブニツキフは〈ヴォルク〉の潜望鏡を覗いたが、何も見えなかった。探照灯を使っても、一面灰色の暗がりだ。年数の経った潜水艦に鞭打ち、急がせてきたおかげで、予定より五時間も早く会合地点に到達できた。そして海域を入念に探索した結果、まさしくうってつけの場所が見つかった――これ以上のところはどこにもないだろう。あとは居心地のいい場所にじっと身をひそめ、パレードのお通りを待てばよい。

冬の北極海に固まった氷山も好都合だ。その下側は岩場のようにごつごつしており、彼はただ、〈ヴォルク〉が隠れるのにちょうどいい大きさのくぼみを見つければよい。ソナーで氷山の下面の形状を計測すれば、山脈を逆さにしたような頭上の様子がある程度わかるが、やはり実際に見るのがいちばんだ。そのためには潜望鏡が必要だが、慎重の上にも慎重を期さなければならない。下に突き出た氷骨にぶつかったら、たちまちレンズが割れて使い物にならなくなるからだ。

あと一時間あまりで、セルゲイ・アンドロポヨフと〈ゲパルド〉は会合地点に到着するはずだ。セレブニッキフは彼らが現われてこちらを探知しないうちに、隠れ場所に身をひそめたかった。K-475の最新式の装置をもってすれば、隠れ場所ははるかに簡単に探せただろうが。さらにセレブニッキフは、必ずや追跡してくるアメリカ潜水艦にも見つかりたくなかった。万が一アメリカ人に〈ヴォルク〉の存在を嗅ぎつけられたら、長年練ってきた作戦は台無しになる。すべて最初からやりなおしだ。そんなメッセージを伯父に出すわけにはいかない。

いったん分厚い氷の陰に隠れてしまえば、〈ヴォルク〉はアンドロポヨフの新造艦のソナーにも、追尾してくるアメリカ潜水艦のソナーにも引っかからないだろう。南へ向かって漂流する巨大な氷塊がこすれる音もまた、〈ヴォルク〉を覆い隠してくれる。

セレブニッキフは潜望鏡の接眼レンズにじっと目を凝らし、とうとう目当ての場所を探し当てた。逆さになった氷の谷間は、幅も深さも〈ヴォルク〉の船体にちょうどいい大きさだが、深すぎてソナー聴音器を隠してしまうこともなさそうだ。しかもその谷間は、まっすぐ一キロ先の会合地点のほうを向いている。

完璧だ!

ロシア海軍の乗組員たちは潜水艦を、めざす氷の谷間からほんの数メートルの場所に停止、浮遊させた。トリムタンクから数千キロの水を排水し、〈ヴォルク〉の浮力を確保して、旧型の潜水艦がくぼみにぴったりはまるように巧みに操る。

艦がゆっくり上昇するあいだ、セレブニツキフは潜望鏡で様子を見守った。隠れた氷骨がなく、順調に操艦できていることを確かめ、潜望鏡を下げる。こうして〈ヴォルク〉は、氷の小さな谷間にうまく隠れ、セイルの上端を頭上の氷に強く押しこんだ。浮力で上昇しながら、自らを氷に固定したのだ。

セレブニツキフはこのテクニックを旧ソ連艦隊の歴戦の潜水艦長たちから教わった。〝アイスピック〟と呼ばれ、冷戦時代にこの氷に覆われた海域でアメリカ潜水艦から身を隠すのによく使われていた方法だ。

当時有効だった方法は、いまでも充分通用する。

セレブニツキフ率いる〈ヴォルグ〉は、準備万端整えた。あとは隠れ場所にじっとひそみ、憎きアンドロポヨフがぴかぴかの新造艦〈ゲパルド〉に乗りこんでのこのこ現われるのと、アメリカ原潜が跡を尾けてくるのを待つだけだ。

〈ヴォルク〉の艦長は両手をこすり合わせ、乗組員から怪訝《けげん》な視線を向けられてもなんとも思わなかった。この機会が来るのをどれだけ待ったことか。最後の一秒まで楽しんでやる。

〈マイアミ〉艦内で、ブラッド・クロフォード艦長は目の前の戦術スクリーンをじっと見ていた。彼らが探知したアクラ級新造艦は一路北東をめざし、流氷域の下を一定の速度で直進している。TB‐29アレイはこの謎めいた潜水艦に関する情報を刻々とBYG‐1射撃指揮システムに送りつづけていた。射撃指揮・追跡班はそこから有用な情報をすべて抽出し、紙の海図に書きこんでいる。クジラの群れを追いかけるより、こちらのほうがはるかにやりがいがあった。

クロフォードは〈マイアミ〉の舵を取ってロシア潜水艦の航跡を追い、針路と速度を割り出した。それによると針路はほぼ真北でやや東寄りだが、ひたむきに同じ方向へ進んでいる。得られた数値は針路〇三五、速度八ノットだ。このアクラ級原潜は急ぐ気配をまったく見せず、追跡されているなどとは夢にも思っていないようだ。〈マイアミ〉が追尾を始めて二十四時間、ただの一度も全周探知を行なっておらず、針路も変更していない。普通ならどんな潜水艦乗りでも、一度ぐらいは旋回して、追尾されていないかどうか周囲を確かめるものだ。それともこの新造艦のロシア人艦長は、あえて追尾させようとしているのだろうか。

二隻の潜水艦は開氷域を出てから、二〇〇マイル以上も航行していた。いまや両艦の海面は分厚い氷で覆われ、しかも氷はあらゆる方向に何マイルも伸びている。なんらかの事情で浮上しなければならないときには、比較的氷が薄く割りやすい氷湖《ポリニヤ》を探さなければならない。しかしいまは真冬なので、ポリニヤは少なくまばらだ。

クロフォードは首筋を揉みほぐし、顔をゆがめた。追跡当初の昂揚感は、とっくに失せていた。青い作業服はよれよれで汗染み、顔は紙やすりのようにざらついている。彼はコーヒーの残りに目を落とした。すっかり冷たくなっている。

発令所をひとわたり見わたすと、誰もが彼と同様に疲れているようだ。アンディ・ガーソンは射撃指揮コンピュータスクリーンの前に、背中を丸めて座っている。彼はビル・ウィットストロームと何か話していた。たとえ疲れていようと、追跡をやり遂げ、謎の潜水艦に関して可能なかぎりの情報を集めようとしていることには変わりがない。

ビル・シュットは海図から目を上げた。「艦長、向こうはどうやらノヴァヤゼムリャの北端に向かっているようです。そのまま太平洋へ出ようとしている可能性はありませんか？」

クロフォードは立ち上がり、伸びをして、海図のかたわらに近づいた。北極海の海図には、〈マイアミ〉と謎のロシア潜水艦の位置が示されている。両艦の針路は確かに、氷に覆われた最果ての島の北端をさしていた。そこから直進すればゼムリャフランツァヨシファの沖合を通過する。ほとんど人が住んでいない群島で、大半が氷河に覆われており、北極海の流氷の限界付近に位置している。その先をたどれば、ベーリング海峡を通って太平洋に出られる。

クロフォードは顎に手をやり、丸一日剃っていない無精髭を撫でて黙考した。

それもありうるな」艦長は答えた。「ロシアの連中は久しく大洋間横断をしていない。それにわたしの記憶では、これまで冬期間にそんなことをやってのけた例はない。もしそれが連中の狙いなら、われわれは長丁場に備える必要がある。ポリニヤを探しておくんだ。そろそろ司令部に報告しておいたほうがいい」

シュットはテーブルの下から、巻いてあった別の海図を引っ張りだした。それを広げてコーヒーカップで四隅を押さえる。その海図は数十年にわたる北極圏調査の成果と言うべきもので、冬期間の北極海に例年出現するポリニヤの予想位置も記されていた。それでも、いまから迅速に浮上し、ノーフォークの大西洋潜水艦隊司令部（ＣＯＭＳＵＢＬＡＮＴ）に報告するには相当な技量が必要だ。それもロシア潜水艦のソナー探知を続けながら、である。大いに好奇心をかき立てられるこの相手を見失いたくはない。

シュットは海図を丹念に見ていたが、やがてかぶりを振った。「この近辺にはなさそうですね、艦長。いちばん有望なのはノヴァヤゼムリャの近海でしょう。海図によれば、そのあたりまで行けば好条件のポリニヤがありそうです」

「わかった。そこまで行こう」

ガーソンが海図台の二人に近づいた。

「まだコンタクトは良好です」彼は報告した。「ＴＢ‐29は二〇〇〇〇ヤードの距離にやつを捉えています。わかっているかぎり、依然として一定の速度で直進を続けています。

もう少しだけ距離を詰めて、詳しいことを調べてみたくはありませんか？」

クロフォードは首を振った。「やめておこう、副長。あの連中と角突き合わせていた時代をきみは知らないだろう。われわれはいま、危ない橋を渡っているんだ。もし本当にあの艦《ふね》がアクラ級だったら、四〇〇〇ヤード以内に近づかなければ船殻のソナーで探知することはできないはずだ。そこまで近づいたら、向こうにも探知される危険がある。逆探知されるのはまずい」

ガーソンはうなずいて同意した。「おっしゃることはわかります。確かに不利になりますね」

「それに、われわれには相手の目的がわかっていないんだ」クロフォードは続けた。「太平洋まで横断するつもりがなく、単なる試運転か何かだとしたら、とんだ肩すかしだ。やはり距離を保ち、向こうの狙いを見きわめるべきだ」

三人はともに海図に目を落とし、ロシア潜水艦を表示した印を凝視した。まるでそうすれば、相手の狙いがたちどころに見抜けるかのように。しかし何もわからなかった。それでも追跡の昂揚感が、彼らを鼓舞した。

ブラッド・クロフォード艦長は潜望鏡のそばの自席に戻りながら、下手な口笛を吹いた。

ディミトリ・ピシュコフスキーはブザーを押した。数秒待ってから、もう一度強く押す。

強く押したところで、音が大きくなるわけではないのだが。受話器の向こうに、セルゲイ・アンドロポヨフ艦長の疲れ切った声が聞こえた。

「ああ、ディミトリ、どうした？」

〈ゲパルド〉の艦長は特別室でごくわずかな仮眠を取っていたところだった。

「艦長、会合地点到達まであと一時間になったら、起こしてくれとおっしゃってましたよ。目標地点まであと一〇キロです」

「ありがとう、一等航海士。K‐461から連絡はあったか？」

ピシュコフスキーは受話器を片手に、空いた手でソナーリピーターのボタンを押した。この二時間で、もう百回はディスプレイをすべて確認している。まさしく艦長と同じことを気にしていたからだ。ピシュコフスキーはソナースコープから目を離し、受話器に向かって言った。「艦長、K‐461の形跡はありません。いったいどうなっているんでしょう。こちらは命令どおりの場所へ、時間どおりに来ているんです。航路表示もチェックしました。どこにいるんでしょうか？」

「すぐそっちに行く。たぶんイーゴロヴィチ・セレブニツキフは、遅れて到着するのかもしれない」

あるいは、あの下劣な男は何か企んでいるのかもしれない。アンドロポヨフはセレブニツキフのことを、片鱗も信用していなかった。あの男が昇進するためにどんな汚い手を使ってきたか、いやというほど知っている。自らの野望にかなうのなら、あの男はアンドロポヨフをどれほどひどい目に遭わせても平気だろう。

ピシュコフスキーも納得がいかないようで、それは声に表われていた。

「そうかもしれませんがね」彼は受話器を置き、ふたたびソナースクリーンで僚艦を探した。

イーゴリ・セレブニツキフ中佐はソナースクリーンを見て、喜色満面の笑みを隠そうともしなかった。ぼやけた白い線は、南西から現われた〈ゲパルド〉にちがいない。アンドロポヨフのとんまが、この先どうなるかも知らず、まんまと罠に飛びこんできた。しかし、アメリカ潜水艦はどこだ？ 画面には一隻しか表示されていない。画面のほかの部分は背後の雑音でうっすらと曇り、もう一隻の潜水艦がいる気配はまったくなかった。セレブニツキフのすぐ近くを〈ゲパルド〉が通過した。彼が隠れている氷塊のくぼみから一キロ先で、こちらの存在には気づいていない。アメリカ人どもが跡を尾けているのはまちがいないはずだ。雌犬につきまとう、盛りがついた犬のように。新造艦はゆっくりとすぐそばを通過し、ソナーの圏外に出て画面から消えた。

彼は画面をじっと見つづけた。やはりアメリカの潜水艦は現われない。

それでもセレブニツキフにはわかっていた。身体が感じるのだ。わが国の海をうろつく外国の潜水艦のにおいがする。

計画を修正すべきときだ。アメリカ人どもは、もっと強力な餌で罠におびき寄せよう。ドゥロフ伯父の命令どおりではないが、伯父は暖かい執務室でのうのうとしているのだ。この凍てつく氷塊の下にいるのではなく。

セレブニツキフは決断を下した。作戦の成功はひとえにわが臨機応変の才にかかっており、いまはそれを発揮すべきときなのだ。結果こそすべてだ。伯父も最後には、俺の手腕を認めるだろう。

〈ゲパルド〉の航跡がふたたびソナーの画面に現われた。今度は北東からだ。

こっちを探しているんだな、とセレブニツキフは思った。なんとうるわしい同志愛！

〈ゲパルド〉が〈ヴォルク〉の一キロ先に姿を現わしたところで、セレブニツキフは高周波の水中電話のボタンを押し、人間の可聴域よりはるかに高い音域で、特別な暗号を施したパルスを発した。その信号は〈ゲパルド〉のバラストタンクに隠された二台のトランスポンダーに受信された。それらは三年前、まだ〈ゲパルド〉が建造中だったころ、ひそかに仕掛けられ、乗員に気づかれないまま、この信号を待ちつづけてきたのだ。

一台のトランスポンダーは後部バラストタンクに隠され、巨大なメインシャフトの真下で、耐圧殻を突き破った。セレブニツキフの送ったパルスに反応したトランスポンダーが、極小のマイクロスイッチを閉じて、エネルギーを伝達する回路を完成させたのだ。すなわち微弱な電流を雷管に伝え、小さな爆発を起こして炸薬に引火させたのである。爆発力の大半は下側と外側に放出され、瞬時に後部バラストタンクを大破させた。上方への力は太さ一メートルのメインシャフトを右に曲げ、新造艦の艦尾区画を隔てる厚さ一〇センチの高強度鋼を貫通して、直径五〇センチの穴を開けた。

もう一台のトランスポンダーと炸薬は、魚雷室の下にあるバラストタンクに仕掛けられ、こちらもパルスを受信して反応した。しかし、わずかな漏電が回路に影響していた。マイクロスイッチの配線は腐食しており、そのため回路は完成しなかったのだ。電流が不充分だった結果、こちらは不発に終わった。

それでもセレブニツキフは水中を伝わる爆発音と振動を感じ、にやりとした。あとはひたすら、瀕死のウサギの悲鳴を聞きつけて狼が来るのを待つことだ。

ルディ・ツィエルシュキー准尉は〈ゲパルド〉最後尾の区画で寝台に横たわり、痛む筋肉を休めるのに最善の姿勢を探していた。彼以外の乗員は前部の食堂で映画を観ていた。古いアメリカの西部劇だ。いつもならツィエルシュキーも観たがるのだが、今晩は疲れ切っていた。寝台に横になり、二、三時間でも睡眠をとって英気を養いたかった。

長くつらい一日だったのは、セヴェロモルスク造船工廠のばかどもがぞんざいな仕事をしていたからだ。まったく民間人の労働者ときたら、その日のウォッカの配給にありつけさえすればいいと思っているにちがいない。

　この日の午後の仕事は蒸留器の水漏れの修繕だった。溶接の甘い箇所から海水が漏れだし、蒸留器をだめにしていた。彼は首を折り曲げ、片腕を熱交換器に入れながら、背中にバルブのハンドルを食いこませて、溶接をやりなおさなければならなかった。

　そんな作業をするには年を取りすぎていた。潜水艦に乗り組むのは、若者の仕事だ。今回の航海を終えたらそろそろ引退して、黒海の温暖な砂浜で、長年患っている妻といっしょに過ごそうか。

　と、なんの前触れもなく起きた爆発でツィエルシュキーは上に投げ出され、上段の寝台の裏側にぶち当たった。数秒間、衝撃で気を失った。だが次の瞬間、聞きまちがいようのない海水のどっと流れこむ轟音で、彼ははじかれたように起き上がった。

　潜水艦乗りにとって最悪の悪夢だ――氷のように冷たい海水が艦内に押し寄せ、艦底のビルジには水があふれて、艦尾から沈没していくのは。

　しかしいまは、パニックを起こしているときではない。ツィエルシュキーは寝台を降り、後部隔壁にぶつかった。

　水はすでに腰の高さまで達し、骨までかじかむ。

　ツィエルシュキーにはわかっていた。もうハッチまで達して後部区画を出ることはできない。仮にハッチまで行けたとしても、独力で恐ろしく重いハッチを閉めるのは無理だ。

置かれた状況をじっくり考えるまでもなかった。もはや彼は死んだも同然なのだ。引退し、妻子とともに黒海の砂浜で過ごす望みはもうかなわない。

彼は艦を救うためにやらねばならないことをした。

ツィエルシュキーはかじかむような冷たい水に飛びこみ、艦尾の隔壁に取りつけられた大きな赤い油圧ハンドルまで泳いだ。指でハンドルを探り当てると、ぐいと動かしてみたが、凍える冷たさで握力を失い、感覚の麻痺した指は脳からの命令を拒んだ。もう一度上に思いきり引いてみると、作動油がピストンに流れこみ、緊急用閉鎖システムを動かすのがわかった。

ハッチは音をたてて閉まった。

ルディ・ツィエルシュキーはそこに漂ったまま、後部区画が水で一杯になるのを待った。妻と二人の息子たち、足の裏に感じることのなかった黒海の温かい砂浜のことを考えると涙があふれ、流れこんでくる海水と混じった。

突如起こった爆発はセルゲイ・アンドロポヨフを床に投げ出し、ピシュコフスキーを発令所の奥にたたきつけた。艦長は呆然とし、一瞬、彼の新造艦の艦尾が沈没しはじめたのかという恐怖に駆られた。艦が深みに滑り落ちていくにつれ、深度計の数値がどんどん下がっていく。

ピシュコフスキーは意識を失い、配管に身体がだらりともたれている。一等航海士の頭から鮮血が流れ落ち、傾いた床にしたたった。

アンドロポヨフは気力を奮って身体を起こし、どうにか主推進制御ステーションに近づいた。後部隔壁にたたきつけられないよう、支柱や配管にしがみつく。

推進用コントロールパネルを持ち場にしていた准尉の姿はなかった。アンドロポヨフは後部隔壁で弛緩した准尉の四肢を見つけた。爆発で吹き飛ばされたのだ。

艦長はコントロールパネルのスイッチをぐいと引いた。緊急時にスクリューを回転させ、前進させるためのスイッチだ。しかし何も起こらず、艦長は信じがたい思いだった。スクリューが反応しない。

もはや〈ゲパルド〉は前進しない。

それどころか艦は後ろ向きに滑り、バレンツ海の冷たい深淵へ飲みこまれようとしている。

あらゆる徴候が、恐ろしい異変を示していた。原因不明の爆発により、艦尾のどこかが浸水したのだ。開氷域で異変に見舞われていたら、取るべき措置は明白だ。バラストタンクから排水し、緊急浮上するのだ。

しかし海面に厚さ一〇メートル以上の硬い氷が張っていては、そんなことはできない。〈ゲパルド〉は氷塊に激突して卵の殻のように潰されるだろう。それも、これほどの急角度でタンクに空気を注入できたらの話だ。

アンドロポヨフは絶体絶命の状況に置かれた。艦が後ろ向きに沈没するにつれ、深度計の数字が急降下する。

〈ゲパルド〉の艦尾が海底の軟泥にぶつかったとき、深度計は三三〇メートルを示していた。沈下が急に止まり、艦尾は全長一五メートルもの深い溝に突き刺さった。海底にぶち当たった衝撃で、アンドロポヨフはしがみついていた配管から投げ出され、ふたたび床に身体を打ちつけた。窮地に陥った絶望のなかで、彼は呼吸をしようとあがいた。

こうして、世界で最も人を寄せつけない苛酷な海の底に、〈ゲパルド〉乗員は孤立無援のまま閉じこめられた。

5

「うわっ！　なんだ、いったい……」

アロン・ミラーはヘッドホンを引きはがして床に放り、激しく頭を振って、両耳に指を入れた。爆発音がBQQ‐10ソナー受信機で増幅され、耳をつんざいたのだ。ソナースクリーンにはぼんやりした白い塊が広がり、激しい音がそれ以外の海中の音をすべてかき消した。

ミラーはふたたびかぶりを振った。頭上のマイクに手を伸ばし、ひっ摑む。まだ耳鳴りが治まらないまま、彼はマイクに向かって叫んだ。「艦長、ソナー室です！　方位三四七に大きな振動あり。なんらかの爆発音と思われます」

アンディ・ガーソンは射撃指揮コンピュータを一瞥し、この二十四時間追ってきた謎のアクラ級潜水艦の位置を確かめた。まちがいなく方位は三四七だ。

ビル・ウィットストロームは狭帯域の追跡装置《トラッカー》を見、対象のシグナルが消えているのに気づいた。

「トラッカーがアクラを見失いました！」彼は大声で告げた。

ブラッド・クロフォード艦長ははじかれたように立ち上がり、ソナーリピーターに向かって目を見ひらいた。確かに、謎の潜水艦を示すシグナルは忽然と消えている。艦長は計器のボタンを操作し、潜水艦を捜したが無駄だった。

ロシア潜水艦の音は徐々に小さくなったのではない。いきなり消えてしまったのだ。どういうことなのか。爆発音が大きかったにせよ、広帯域のみならず、狭帯域のシグナルまで消えてしまうとは。潜水艦はどこへ行った？

クロフォードはすぐに答えを知る必要に迫られた。21MCのマイクを握りしめる。

「ソナー室、艦長だ。アクラに何が起きた？」クロフォードは質《ただ》した。

ソナー室長もまた、艦長と同じく面食らっていた。一心不乱にボタンを操作し、狭帯域のデータを見る。

「艦長、シグナルは突然消えてしまいました」彼は答えた。「爆発と同時に消失したのです。記録データもチェックしましたが、やはり同じでした。こちらの機器の不具合ではありません。動作に問題はないです」

だとすると、考えられる説明はひとつだ。それは朗報とは言いがたい。

原因はともあれ、謎のロシア潜水艦が爆発に巻きこまれた可能性が高い。これはどう考えても、まったく朗報ではない。これまで追跡していた潜水艦が艦内で事故を起こしたとすれば、いまこの瞬間にも、僚艦が彼らの救出にあたっているかもしれない。

クロフォードは下唇を嚙み、今後起こりうる事態と取るべき行動を考えてみた。流氷に覆われた北極圏の海で潜水艦が事故に遭遇したら、基本的に自力で解決するしかない。救助を呼びかける方法は皆無に等しく、艦が事故に遭ったことがわかっても、迅速に現場に駆けつけることは難しい。

クロフォード艦長は現場に近づき、何が起きたのか突き止める決心をした。助けを必要としている人間がいたら、なんらかの援助ができないかどうか確かめるべきだ。

彼は発令所を見わたした。全員の目がこちらに注がれている。指揮官であることの重圧が、冷たい水の奔流のようにブラッド・クロフォードに押し寄せてきた。乗組員たちにはいま起きたことをどう解釈すべきなのか、見当がついていない。あるいはこれからどう動くべきかも。それを決めるのは艦長である彼自身の仕事だ。

したがっていまは、なんらかのプランを部下に示すべきときだ。ただ問題なのは、口をひらきかけたときですら、クロフォード自身、なんのプランも持ち合わせていないことだった。

「ううむ、爆発のような音が聞こえたのと同時に、われわれはアクラのコンタクトを見失ってしまったようだ。爆発とアクラは同じ方位だ。アクラがなんらかの事故に見舞われた可能性が非常に高い」いったん間《ま》を置き、深呼吸する。「これからの行動を説明する。われわれは相手を最後に確認した位置へ接近し、事態を見きわめる。総員、くれぐれも警戒するように。これからいかなる事態が起きるのか、まったく予測がつかないからな」

セルゲイ・アンドロポヨフは床からどうにか起き上がり、折れた歯のかけらとおぼしきものを吐き出した。目をしばたたき、傾いた艦内でバランスを取ろうとする。

〈ゲパルド〉はついに静止した。深度計は三三〇メートルを示している。傾斜計は左舷方向に二〇度、艦首方向に一〇度を指していた。

もう疑う余地はない。完成まもない彼の潜水艦は、海底に擱座《かくざ》したのだ。

発令所は死んだような静寂に包まれていた。航行中の潜水艦に特有のエンジン音は聞こえてこない。

それでも照明は消えていない。まだ電力は生きているのだ。

アンドロポヨフは発令所を見わたした。ディミトリ・ピシュコフスキーが片隅にうずくまり、血まみれの布を頭の傷に当ててうめいている。発令所のいたるところで当直の乗員が身を起こし、呆然としたまなざしで周囲を見まわしつつ、事態に順応しようとしているようだ。

アンドロポヨフは発令所を歩きまわり、まだ機能しているものとそうでないものを見分けようとした。艦内の他の区画から報告が次々に入りはじめている。艦長はそれを聞きながら、目視点検を続けた。全区画から乗組員の報告があった——後部区画だけを除いて。そこからはなんの知らせもなかった。

艦長は与圧計を確かめ、後部区画に海水圧がかかっていることを知ったが、意外ではなかった。艦は後部から海底に沈下したのだから、後部区画のどこかが破裂し、浸水したにちがいない。

誰かがハッチを閉め、水の流入を止めてくれたのだ。さもなければ、蒸気タービンやエンジンを格納する前部の区画も浸水していたところだ。

原子炉は停止していた。爆発の衝撃を考えれば、それも不思議ではない。バッテリーはフル充電のまま、支障なく使えるようだ。しばらくはもつ。節約すれば、数日は使えるだろう。

つまり、まだ希望はある。それだけ時間があれば、イーゴリ・セレブニツキフのK‐461が会合地点に到着し、彼らの窮地に手を差し伸べてくれるだろう。

もしかしたら〈ヴォルク〉は近くにいて、彼らを探知しているのかもしれない。爆発音を聞いた可能性もある。一刻も早く〈ゲパルド〉から救助要請を発信し、旧型の潜水艦に現在位置と状況を知らせるべきだ。

「一等航海士、起きろ。おまえが必要だ」アンドロポヨフはピシュコフスキーを一喝した。

「水中電話を受け持ってくれ。〈ヴォルク〉に沈没したことを知らせて、見つけてもらうんだ」

ピシュコフスキーはどうにか立ち上がった。まだ額の傷に血染めの布を当てている。彼はうなずき、おぼつかない足取りで水中電話のところまで行った。トグルスイッチで電源を入れ、マイクを手にして呼びかける。だが彼がマイクの音量を調節する前に、アンドロポポヨフが手を伸ばし、別のスイッチを入れた。

「ディミトリ、艦首側の水中電話のほうがいい。艦尾側は泥に埋まっている」

ピシュコフスキーはうなずき、マイクを手にしたまま、崩れるように腰を下ろした。マウスピースに向かって弱々しく呼びかける。「〈ヴォルク〉、〈ヴォルク〉、こちら〈ゲパルド〉。救助を乞う。本艦は沈没した」

彼は倦むことなく、何度もこのメッセージを繰り返した。

乗組員からの知らせを取りまとめた准尉が、艦長に報告した。「艦長、後部以外の全区画から報告がありました。一五名が死亡、一〇名が重傷、一名が行方不明です。第七区画には、艦尾区画から配線保護用のチューブを通じて多少の浸水があった模様です。チューブを締めようとしていますが、汚水溜《ビルジ》めはどこも満水です。それ以外に浸水の報告はありません」

アンドロポポヨフはうなずいた。懸念していたよりもずっとましだ。浸水は食い止められ、損害は艦尾に限定されているようで、海底に沈下してからは上向きの姿勢で安定している。深海とはいえ、救助活動が困難をきたすほどの深度ではなさそうだ。ありがたいことに、もうすぐ僚艦が到着して救出してくれるだろう。

少なくとも孤立無援ではない。

しかし犠牲者が一五名、重傷者が一〇名も出てしまった。乗組員は全部で六〇名だ。すなわち、まだ動ける乗組員は三五名である。

問題は彼自身、彼らをどう動かせばいいのかわからないことだ。

〈マイアミ〉は謎の潜水艦を最後に確認した位置へ向かった。ブラッド・クロフォードはすぐにも駆けつけて助けになれるものか確かめたい気持ちと、慎重に接近して状況を見きわめるべきだという思いのあいだで揺れ動いていた。

結局彼は慎重に行動すべきという判断を選択した。〈マイアミ〉はゆっくり近づいた。最初にヘッドホンからの声を聴いたのは、アロン・ミラーだった。彼にはその男が何を言っているのか理解できなかった。外国語、おそらくロシア語だが、弱々しく、緊迫したような声で同じことを何度も単調に繰り返している。周波数はロシア軍が使用している最新型の長距離水中電話と同じ四・七キロヘルツだ。

生存者がいて何かを呼びかけているのは確かだ。標準的な水中電話の有効範囲から推して、二、三マイル以内のところにいる。

「艦長、ソナー室です。水中電話の声が聞こえます。方位三二一です。ロシア語と思われますが、意味はわかりません」

クロフォードはスクリーンを凝視した。謎の潜水艦を最後に確認した場所ときわめて近い。水中電話を使ってロシア語で呼びかけているということは、救助要請ではないか。問題はクロフォード麾下《きか》の乗組員に、ロシア語を解する人間が誰一人いないことだ。

そのとき彼は、ふと思いついた。ウッズ・ホールから来た科学者たちだ。クジラの言葉がわかるのなら、ロシア語だって少しはわかるかもしれない。クロフォードはクローリー博士を呼びに部下をやった。

長身痩軀の科学者は、戸惑いを浮かべた表情で発令所に足を踏み入れた。〈マイアミ〉が潜水艦狩りに乗り出してから、乗組員たちはホエールウォッチングにも彼の研究にも興味を失っていたのだ。科学者たちは科学者たちで、それまでの録音データの文字起こしやクジラの音声データの解析に余念がなかった。

クロフォードは海図から目を上げた。「クローリー博士、来てくれてありがとう。力を貸してほしいんだ。きみのチームで、ロシア語が話せる人材はいないだろうか？」

クローリーは笑みを浮かべた。「艦長、北極海でクジラを研究しようとするなら、日常会話程度のロシア語は話したり読んだりできないと困ります。われわれのほぼ全員が話せますよ」

「それはよかった！　だったら通訳してほしい」クロフォードは科学者をソナー室に案内し、ヘッドホンを手渡した。「なんと言っている？」

クローリーはヘッドホンを耳に押し当て、雑音混じりのかすかな声に一心に耳を澄ました。聴きながらうなずく。彼はメモ帳の紙片を破り、書きはじめた。『ウルフ、ウルフ、こちらレオパルド。助けてくれ、われわれは沈没した』

クローリーは聴き取った言葉の意味に気づいて目を見ひらき、顔面蒼白になってクロフォードを見た。

「これがメッセージです」クローリーはメモ用紙を手渡した。「何度も同じことを繰り返しています」

クロフォードはうなずいた。心配していたとおりだ。

「クローリー博士、ここにいて通訳を続けてくれないだろうか？　何か変化があったら知らせてほしい」

「返答しましょうか？」

「いまはまだやめておこう。様子を見たい」

艦長はソナー室を出て発令所へ戻った。そしてガーソンとシュットを海図台のまわりに呼び集めた。事は人命がかかっている。どうすべきか決めなければならない。クロフォードは水中電話での救助要請の翻訳を二人に見せた。

シュットは海図をじっと見た。〈マイアミ〉の現在位置から沈没した潜水艦まで三マイルあまりだ。水深はせいぜい二〇〇尋程度。深いとはいえ、潜水艦が沈下しても耐圧船殻を潰されることはない。彼はクロフォードを見上げた。

「艦長、彼らが沈没したのなら、一刻も早く救助すべきです。ほかにできることと言えば、祈りを唱えるぐらいしかありません」

ガーソンもうなずいて同意したが、クロフォードは副長の眉が寄っているのを見て取った。「副長、何か心配なのか？　何か引っかかることがあれば言ってほしい」

「わたしが読んだところ、この男は〝ウルフ〟という名の相手に呼びかけているようです。あるいは〈ウルフ〉という名の艦《ふね》かもしれません。呼びかけている男は、この近辺にもう一隻の潜水艦が来ると予期して、水中電話で救助を求めているとは考えられませんか？」

クロフォードは首を振った。「われわれが調べたところ、その徴候はない。潜水艦は一隻しか探知していないんだ。高性能のTB‐29をもってしても、だ。ここにいるのはわれわれのほか、海底に沈んでしまった哀れな潜水艦だけだろう。こちらから彼に呼びかけ、救助要請を聞いたことを知らせよう。たとえ〝ウルフ〟が聞いていなかったとしても」

ガーソンはうなずいたが、懸念を帯びた表情は晴れなかった。

ディミトリ・ピシュコフスキーの疲労と落胆はいや増した。もう何時間もここに座り、同じ哀願を執拗に繰り返している。痛みで不明瞭になった言葉が、冷たく凍りついた北極海にむなしく吸いこまれるばかりだ。なぜわざわざ、こんなことをする必要がある？　士官室にしまってあるウォッカのボトルで、感覚を麻痺させてあの世へ行ったほうがずっと楽じゃないか？

しかし、アンドロポヨフがそんな安易で臆病な死にかたを許してくれるはずはなかった。長年仕えてきたこの上官の不撓《ふとう》不屈の魂を、ピシュコフスキーは知り抜いていた。艦長は部下の誰にも、途中で投げ出すことを許さない。氷のように冷たい海水が艦内に押し寄せ、肺から最後の空気を奪うまであきらめないだろう。たとえそうなっても、今度は海に向かって号令をかけるかもしれない。

ピシュコフスキーが通話ボタンを放し、返答がないかどうか耳を澄ましたら、なんと返事があった。それは思いがけない声だった。

「〈ゲパルド〉、〈ゲパルド〉。こちらアメリカ潜水艦〈マイアミ〉だ。貴艦の水中電話を聞いた。そちらの状況は？」

ピシュコフスキーはかぶりを振った。こんな応答を誰が予想しただろうか？　まさか、この海域にほかの艦がいたとは。しかも、〈ヴォルク〉がまだ到着していないとは。

彼は顔を上げた。その拍子に額に痛みが走り、首筋に突き抜けた。

「艦長、すぐ来てください！　応答がありました！」

海図台で乗員を救出する方法を考えていたアンドロポヨフは、さっと立ち上がった。電話の声に耳を澄ます。ロシア語で話しているが、たどたどしいアメリカ訛りは聞きまちがいようがなかった。

「ディミトリ、われわれはアメリカの艦艇に発見されたのか」ロシア海軍の軍艦がこの応答を受けていいものだろうか、と彼は思った。かつて、アメリカ人の援助は断固として拒絶していた時代があった。その時代であれば、どこで道草を食っているのかわからない〈ヴォルク〉の到着をあてにして、いつまでも待ちつづけたことだろう。たとえどのような運命が降りかかろうとも、憎きアメリカ人に屈して艦を降りるのだけはごめんだ、と。しかしそんな時代は、もはや過ぎ去った。「救助がすぐに必要だと伝えてくれ」

ピシュコフスキーはマイクを唇に当てた。「〈マイアミ〉、こちら〈ゲパルド〉だ。われわれは海底に沈没した。なんらかの爆発が起こり……推進システムが破壊されて、後部区画が浸水した。乗組員に重傷者が出ている。救助を乞う」

了解したというアメリカ側からのメッセージは、これまでディミトリ・ピシュコフスキーが聞いたなかで最も甘美な声に思えた。

ブラッド・クロフォード艦長はゆがんだ笑みをたたえてガーソンを見た。「副長、これではっきりした。彼らを救出するためには深海救助艇（DSRV）を積載した潜水艦を、できるだけ早く呼ぶしかない」艦長はシュットに向きなおった。「ポリニヤを一刻も早く見つけてほしい。すぐにでも司令部に連絡しなければ」

〈マイアミ〉は浮上し、ロシア潜水艦が沈没したことを無線連絡して、DSRVを載せた潜水艦を派遣してもらう必要があった。そのためにどの程度の時間を要するか、〈ゲパルド〉の乗組員があとどれぐらい持ちこたえられるかはわからない。

シュットは海図を確認した。「艦長、少しは運が向いてきたようです。ここから三マイル東、ノヴァヤゼムリャの方向に一カ所あります」

クロフォードはクローリーを呼び寄せた。「博士、助けを呼びに行くと伝えてくれ。二時間で戻ってくると」

クローリーがそのメッセージを伝えてから、〈マイアミ〉はすみやかに氷の穴へ向かった。

彼らが知らないうちに通りすぎた暗がりには、一隻の潜水艦が音もなく浮遊していた。流氷の底にセイルを突き入れ、狭く逆さになった氷の谷に船殻を隠して、洞穴でとぐろを巻く蛇のようにひそんでいたのだ。〈マイアミ〉は潜伏している〈ヴォルク〉の前を大急ぎで通りすぎたため、不意を突かれたロシア人はなんの反応もできなかった。

ポリニヤは海図どおりの場所にあった。〈マイアミ〉は薄い氷の下でいったん停まった。

〈ヴォルク〉のセレブニツキフが見せたような巧みな操艦で、クロフォード艦長は〈マイアミ〉を薄く軽い氷の下にぴったりとつけ、周囲の分厚い氷に衝突せずに浮上できるよう準備を整えた。

充分に確認した艦長は、バラストタンクの排水を命じた。〈マイアミ〉がまっすぐに浮上を開始する。艦はポリニヤを覆う氷を下から砕き、凍りついた海水の破片を四方八方に吹き飛ばした。浮上した〈マイアミ〉は吹きすさぶ北極圏の風のなか、セイルを海面に高々と突き出した。

クロフォードは熟慮した文面のメッセージをCOMSUBLANTに打電し、状況をかいつまんで報告した。そして、これから沈没した潜水艦のところへ一度戻り、十二時間後にふたたび無線通信を行なうと打電してしめくくった。クロフォードはいままでの経験から、司令部の幹部たちがこうした衝撃的なニュースを受け入れ、対策を協議するにはそれぐらいの時間が必要であることを知っていたのだ。彼はまた、〈マイアミ〉は〈ゲパルド〉のそばにいたほうが有益だと考えていた。そのほうが彼らを精神的に支えられ、DSRVを載せた潜水艦を誘導することもできる。

メッセージの送受信をすませた〈マイアミ〉はふたたび潜航し、沈底している〈ゲパルド〉のところへ向かった。

「急がなくてもいい、副長。どのみち助けが来るまで、時間をつぶさなければならないのだ」クロフォードは言った。彼は安全を期して一二ノットを指示した。「かわいそうに、彼らはどこにも行けないだろう」

〈マイアミ〉は〈ヴォルク〉から一キロほどの場所を、ゆっくりと進んでいる。さっき助けを呼びに急いでいたときとはちがい、イーゴリ・セレブニツキフは余裕をもって彼らの通過を待ち、好きなときに照準を合わせて発射できた。

聞きまちがいようのない音に最初に気づいたのは、アロン・ミラーだった。ショックで一瞬口を開けたものの、すぐにわれに返って警告を発した。「艦長、ソナー室です！　魚雷発見！　針路〇二一！」

長年の訓練でたたきこまれた技能は、第二の本能と化す。クロフォードも唖然としたが、躊躇なく命令を発した。

「全速航進！」大音声だ。「取り舵一杯！　針路一四〇！」

〈マイアミ〉はすぐさま反応した。これは生死を賭けたレースなのだ。

「魚雷方位〇二一！」

〈マイアミ〉は飛ぶように水中を駆け、推力七〇〇〇トンの巨大なスクリューで三〇ノット以上まで速力を上げた。だが、魚雷は七〇ノットで迫ってくる。もとより勝負にならない。

潜水艦は魚雷前部に取りつけられている誘導装置に捕捉されないようにしなければなら

なかった。

　ミラーは自分の言葉を本当とは思えなかった。

「艦長、ソナー室です。魚雷を二発発見！　方位〇二一と〇一八！　シグナルは強くなっています！」

　クロフォードは絶句した。二発の魚雷――典型的なロシア海軍の戦法だ。まんまと罠にかかってしまった。敵はどこかに〝アイスピック〟して待ち伏せし、こちらが低速で近づいてくる機会をうかがっていたにちがいない。さっき救助要請をしていたのと同じ艦だろうか？　だったらなぜ、助けの手を差し伸べようとしている相手を撃つようなまねをするのか？

「方位〇二一と方位〇一八の魚雷、接近してきます！　どちらもアクティブです！」

　いったいどうしたら、恐ろしい威力を秘めた二発の魚雷をかわして回頭し、反撃できるだろう？

　魚雷をかわすすべはない。

　氷山の下に隠れたら魚雷を撒けるかもしれない。いちかばちか、可能性はそこしかない。

「深度一二〇フィートまで潜航」

　ガーソンはクロフォードに目をむいた。「艦長、少なくとも一五〇フィートのところまでは氷骨が突き出しています！」彼は反駁した。「衝突したら即死です！」

クロフォードは言い返した。「どのみち魚雷をかわせなかったら即死なんだ。氷山の下に潜って逃れるしか手はない」

〈マイアミ〉は高速で深度を変えた。行く手に大きな氷骨がないかどうか確かめる暇はない。三〇ノットでは、氷山の下面を計測したくてもソナーの性能が追いつかないのだ。氷骨は深度九〇フィートのところまでしか突き出していなかったが、それでも〈マイアミ〉の主甲板と同じ高さだ。

ぎざぎざになった氷の塊がディスプレイに現われた。ソナー係が警告の叫びをあげる。だが手遅れだった。

潜水艦は氷骨に激突、花崗岩のように硬くなった氷の塊が〈マイアミ〉にぶち当たり、セイルをきれいに切断した。氷のように冷たい海水がハッチからどっと艦内に流れこみ、潜望鏡をはじめ、多くの構造物を破壊した。艦は一気に停止した。乗員ははずみで投げ出され、硬い配管や突き出た機器類にたたきつけられた。

やにわに停止した〈マイアミ〉が、海水の奔流の重みで沈み、氷骨から離れはじめたちょうどそのとき、ロシアの魚雷二発が同時に着弾した。

一発は機関室の下で爆発し、分厚い鋼鉄製の船殻を破砕した。凍りつくような水が裂け目から襲いかかる。爆発力はばかでかいメインタービンを底板から引きはがし、船殻側面にたたきつけた。切断されたスチームパイプから熱い蒸気が機関室にぶちまけられ、そこにいた全員を焦熱地獄に送りこんだ。

もう一発の魚雷は乗員の居住区画のすぐそばで爆発、船殻を吹き飛ばして榴散弾の雨あられをまき散らし、ひしめく乗組員を切り刻んだ。彼らは何が起きているか気づかぬままに即死した。

凶運に見舞われた潜水艦は、ゆっくりと沈没し、船体の裂け目から絶えざる海水の浸入を受けながら、無情にも海底に吸いこまれていった。

〈マイアミ〉が一〇〇〇フィート下の海底に沈んだとき、情け容赦ない海は潜水艦を無惨に破壊し尽くし、生存者は一人もいなかった。


イーゴリ・セレブニツキフは高笑いしながら、大喜びで近くの隔壁をたたいた。部下は何が起きているか完全には理解できないまま、艦長を怪訝そうに見ている。彼の正気を疑う者もいた。

セレブニツキフは彼らの視線など意に介さなかった。

ついにやり遂げたのだ。

死にゆく潜水艦の骸《むくろ》になだれこむ海水の音が聞こえる。氷のように冷たい水が、焼けるように熱いパイプに触れて沸騰する音や、恐ろしい水圧で隔壁が潰される音も。

とどめは、いっさいの機能を停止した潜水艦が船体をきしらせ、引き裂かれながら、固い海底に激突する音だ。

アメリカ潜水艦が最初に通過したとき、追跡しなかったことでセレブニツキフはほぞを嚙んでいた。あのとき魚雷を撃つ余裕はなく、音をたててこちらの存在を知られるリスクも冒したくなかったのだ。

しかし、彼にはわかっていた。あの連中は窮地に陥っている潜水艦を見捨てるようなことはしないし、必ず戻ってくると。そこがアメリカ人どもの弱みであり、単純なところだ。彼の見立てに狂いはなかった。

あとは退屈で単調な日々を待つだけだ。〈ゲパルド〉の水中電話での呼びかけが絶えるまで。それまで待てば、この海域に目撃者は誰一人いない。

それから帰還し、この苛酷な海で彼が成し遂げたことを伯父に報告しよう。

母なる祖国の栄光を取り戻した祝杯とともに。

帰還し、新たなる革命を成功に導くのだ。

6

アレクサンドル・ドゥロフ提督は黒海の青い海を眺めながら、海辺の別荘《ダーチャ》のポーチに腰かけていた。吹き抜ける暖かな微風、心地よい潮の香り、夜の海に出る漁師たちのざわめき。太陽が焼けつくようなオレンジ色に燃え、海のかなたに沈んでいく。ニージェニエ・ジェメテの明かりがすでに瞬き、ダーチャの北に広がる丘陵地帯に沿って白い真珠のネックレスのように輝いていた。

ドゥロフはこの土地をこよなく愛していた。いまはほとんどの時間をコラ半島の凍てついた荒れ地で過ごさなければならないが、ここは別世界だ。生家はここからわずか数キロ北だった。入隊したばかりの時代は、ここから三〇キロ南のノヴォロシースクにある広大な海軍基地にいた。

この土地が風光明媚で快適なのはまちがいないが、アレクサンドル・ドゥロフには、ロシアの未来がここよりはるかに北の極寒のコラ湾にかかっていることがわかっていた。世界の大洋に直接乗り出すことができるからだ。この温暖だが陸地に挟まれた黒海では、そうはいかない。

ボリス・メディコフはウォッカをすすり、提督のほうを見た。日没が鋭い眼光に赤々と反射している。

「アレクサンドローヴィチ、心ここにあらずのようですね」

ドゥロフは彼を振り向き、かぶりを振った。「いや、ボリス、そんなことはない、わが友よ。わたしはここにいるよ。気持ちのいい暖かな空気に、老骨を癒しているところだ」

メディコフはふかふかのクッションにもたれ、ため息をついた。黒っぽい髪に端整な顔立ちの持ち主だ。実年齢の五十歳より十は若く見える。しかし、最も印象に残るのはその目だ。暗く深みを帯びたまなざしは、見ひらいたときでさえ半ば閉じているようだ。

「それはよかった。ここは本当に過ごしやすいですね。モスクワも凍えるような風が吹きまくっていますから。ただ率直なところ、ここのナイトライフはわたしの好みよりずいぶんのんびりしています」

ドゥロフは顔をゆがめ、自分のウォッカをぐいと飲んだ。「おまえたちモスクワっ子はみんな同じだ。せわしなく刺激を求めたあげく、人生で最も大切なものをみすみす逃している。静かな生活を楽しむ余裕がないんだ」水平線に向かい、ゆっくりとグラスをかざす。「この景色を見ろ。なんと穏やかな眺めだ。見ているだけで、痛めつけられた心を癒してくれるではないか」

メディコフは声をたてずに笑った。「ご老人の心は慰めてくれるかもしれませんね。だがわたしとしては、毛皮にくるまれた女性のほうが心を癒してくれます」

「なんとたしなみのないことだ《ニェ・クリトゥールヌィ》」ドゥロフはつぶやき、かぶりを振って立ち上がった。腰を上げると、胸骨のあたりがかすかに痛むのだが、それには取り合わなかった。「こっちに来い、ボリス。毛皮を着た女たちから引き離してまできみを呼んだのは、何もわざわざこの老人といっしょに夕陽を見てもらいたいからではない。重要な話があるからだ」

両びらきの扉からダーチャに入る。メディコフは慌てて追いかけた。

二人は本がぎっしり並ぶ提督の書斎に足を踏み入れた。大半が使いこまれた海戦史の本や、軍事戦略に関する浩瀚《こうかん》な書物だ。興味深いことに、そのなかには証券取引や国際金融の専門書も混じっていた。書棚には海軍での長年の貢献をたたえるトロフィーや記念品も飾られている。そのほかには精密な艦船の模型や、年季の入った真鍮のクロノメーターなど航海用具の骨董品が目についた。どっしりしたジョージ王朝様式のマホガニーの机が、部屋の大半を占めている。片隅にはレンガ造りの暖炉があるが、いまは使われておらず、その前には二脚の赤い革張りの肘掛け椅子と、優美なティーテーブルが並んでいた。テーブルには白ワインの大きなボトルが銀のアイスペールに浸かり、クリスタルのワイングラスが二脚置かれている。

二人の男たちはよくここで歓談しているかのように、思い思いに肘掛け椅子に座った。

メディコフはアイスペールからワインボトルを取り出し、ラベルを眺めた。

「前に贈ったチョーク・ヒル・シャルドネを開けるんですね、提督」

「きみに敬意を表してのことだ」提督は答えた。「ふだん自分で飲むときには、ロシアのシンプルなワインがいちばんんだ。きみが高給で雇っているアメリカの情報源も、この点ではわたしを堕落させることはできなかったというわけだ」

ドゥロフのグラスにワインを注ぎながら、メディコフは黒海の壮麗な夕陽の前では控えてきた話題を切り出した。「アメリカと言えば、こちらの進捗状況を話しておかなければ」

ドゥロフはワインを味わった。「オークの風味があるが、繊細さでは上質なロシアワインに及ばん」

メディコフはくすくす笑った。「繊細？　そんなものを持ち合わせているアメリカ人はめったにいませんよ。もっとも、そこがわれわれの有利な点です。わがほうの人間をオプティマルクス社に潜りこませました。彼らの報告によると、中心となるアルゴリズムをわれわれの目的に合わせて書き換えたということです」

ドゥロフはうなずき、横目でメディコフを見た。「大変結構だ。だが、その書き換えが嗅ぎつけられる可能性は？」

メディコフは首を振った。「われわれはオプティマルクス社内のテスト部門に食いこんでいます。ソフトウェアのテストができる人材養成に関しては、ロシアが群を抜いており、アメリカ人でさえ、そのことは理解しているのです。それに、書き換えはひそかに浸透させ、ベースとなるコードにはまったくアクセスしていないので、誰にも暴かれる心配はありません。仮に見つかったとしても、それがなんなのかはわかりませんし、調べるには途方もなく時間がかかります」

ドゥロフは立ち上がり、大きな窓辺へ向かって海を眺めた。だがその目は、暗くなっていく景色を見ていない。眉間には不安げな皺が寄っている。

「だとしても、暴かれる可能性はつねにあるわけだ」にべもない口調だ。「それは受け入れられない」

メディコフは提督の心配を、おかしくもなさそうに笑い飛ばした。「アレクサンドローヴィチ、あなたはずいぶん小心な犯罪者です。心配しすぎですよ。さっき言ったように、書き換えは慎重に隠されているのです。それに加えて、万一発見されて書き換えが特定されたとしても、すべては強欲なアメリカの証券トレーダーのせいにできます」

ドゥロフはやにわに向きなおり、座っているメディコフをじっと睨みつけた。おもむろに口をひらいた声は鉄のように冷たく、命令的だった。「ボリス、信じがたい愚鈍さだな。すでにわれわれの作戦は動きだしている。誰に責めを負わせるにしろ、コードは絶対に暴かれてはならない。計画実行に踏み切るタイミングを台無しにしかねない要因は、命取りになる危険がある」

メディコフはワイングラスを小さなテーブルに置き、両手を使って訴えた。「アレクサンドローヴィチ、ニューヨークでの作戦は巨額の利益を生み出せるんです。われわれはみんな、億万長者になれますよ。それに比べれば、ほかは余興みたいなものです」

ドゥロフは顔を朱に染め、机を拳でたたいた。さっきまで穏やかだった老提督の目は、沈む太陽のように激しく燃え上がっている。「まだわからんのか、この愚か者が？　アメリカの取引市場からかすめ取るのは、子ども騙しにすぎん。すべては母なる祖国のためなのだ」

提督はワインをひと口すすって気を落ち着けたが、グラスを持つ手はまだ怒りに震えていた。老提督は片手を胸に当て、こねるように揉んだ。メディコフは口をひらこうとしたが、ドゥロフがさえぎった。

「われわれがなすべきことを、もう一度説明するからよく聞け」ドゥロフ提督の声は、物わかりの悪い生徒に教えるいらだった教師を思わせた。「ロシアが強く繁栄した国家になるためには、母なる祖国はかつてのように、世界から尊敬され、畏怖される国にならなければならん。わが人民は共通の目的に向かって団結しなければならないのだ。ピョートル大帝はそのことを理解していたからこそ、絶大な権力を行使できたのだ」

ドゥロフは書棚から一冊の本を取り出し、ページをめくった。「ロシアを西欧列強と肩を並べるような国にすることが彼の目標だった。しかし愚かな貴族どもは、自分たちのことしか考えず、その目標を葬ってしまった」さらにページをめくる。「レーニンはその目標を理解していた。スターリンもだ。ところが、政治官僚どもがふたたび主導権を奪い返した。われわれの計画は、実現寸前まで来ている。あと数年で、母なる祖国は難攻不落の要塞となるのだ。そのことがわからないのか？」

「やれやれ、まさかあなたも頑迷固陋な共産主義者の残党だったとは」メディコフは鼻を鳴らした。「わたしはもう少し分別があるつもりですよ」

「いいや、われわれは愛国者だ。イデオローグではない。きみがまだゴーリキー公園をうろつくチンピラだったころから、われわれはこの計画を練り上げてきたんだ」ドゥロフは侮辱を言い放ってワインをすすった。メディコフは気づかないふりをした。「モスクワのばかどもはわが国の解体を進めてわれわれを烏合の衆にし、互いに争わせ、血も涙もない人間の集団にしようとしている。あの腰抜けどもは一刻も早く排除されてしかるべきなのだ。いまやわれわれには、そのための武器がある。計画は進行中だ。もうすぐセレブニッキフから報告があるだろう。甥がやるべき仕事を果たせば、わが国の新造艦Ｋ－４７５の沈没を、お人好しのアメリカ人どものせいにできる。それによって国際的危機が招来されるのは必定だ。われわれはそのとき迅速に行動できるよう、いまから準備しておかねばならん。さて、母なるロシアの栄光に満ちた未来のために、きみの動くタイミングがいかに重要になるか、わかったかね？　地球上で最も強力な連邦国家が復興し、最後の勝利を収めるために？」

メディコフは不承不承うなずき、アメリカ産のワインを口にした。


大西洋潜水艦隊司令ジョン・ワード准将の物思いは、けたたましい電話のベルに破られた。机には旅行パンフレットが何冊も広げられている。新婚旅行以来、エレンとの二十年ぶりの海外旅行だ。

まるまる二週間もの大旅行だ。どこへ行こうか？　カリブ海？　パリ？　ローマ？　エレンは客船クルーズに大いに興味があるようだ。エーゲ海の島めぐりに惹かれているらしい。ワード自身は懐疑的だった。船は海軍でさんざん乗っているのだ。それなのに、二週間の船旅だと！

電話のベルは二度鳴り響き、事務係下士官が受話器を取った。もうずいぶん前、ワードが原潜〈スペードフィッシュ〉で初めて艦長に任命されたときに学んだ教訓だ——指揮官たる者、自ら受話器を取ってはならない。相手は『60ミニッツ』の看板記者マイク・ウォレスかもしれないのだ。現在ノーフォークで大西洋潜水艦隊の司令を務めるワードにとって、この教訓はますます重要だった。ワシントンDCではメディアの連中が鵜の目鷹の目で付け入る隙を探している。ゆめゆめ油断してはならない。

幸い、今回はちがうようだ。事務係下士官の女性が執務室の戸口に顔を突き出した。電話の取り次ぎに来たのだ。

「ドネガン大将からお電話です」

ワードは旅行パンフレットを押しやり、受話器を取った。「ワードです」

「ジョン、元気か。きみが第六戦隊の指揮を執ってこのかた、きみとエレンには会っていないがね。まあ、そのうち顔を合わせよう。今度国防総省《ペンタゴン》にはいつ来られる?」

トム・ドネガン海軍大将とは、家族ぐるみの古いつきあいだ。ジョンが幼くして父を亡くして以来、彼が父親代わりだった。どら声で葉巻をくわえている大将は、海軍情報部長に昇進している。だが要職に就いたことで、大将は愛するハワイを離れ、ワシントンとペンタゴンの喧噪《けんそう》のただなかに身を置くことを余儀なくされた。

「大将、そちらへ顔を出したいのはやまやまなんですが、ご想像のように落ち着きませんで。まだ勉強中といったところです。何せ大西洋艦隊の流儀は、われわれが太平洋艦隊にいたころとずいぶんちがいますから」

「確かにそのとおりだ」ドネガンはくっくと笑った。続いて、かすかなためらいがあった。ワードの目には、葉巻を唇の端から端へ移し替えるドネガンの姿が浮かぶようだった。話題を変えるときの癖だ。「ジョン、ご機嫌伺いに電話したわけではない。きみにやってほしいことがある」

いよいよ仕事の話に入るのだ。ワードはメモ帳を用意し、ペンを取った。「どういったことでしょうか？」

「〈マイアミ〉からメッセージを受信した。科学者を乗せて、バレンツ海の流氷の限界付近へクジラの鳴き声を聴きに行っているんだ。ところが、艦長のブラッド・クロフォードが……ブラッドのことは知っていると思うが……ロシア潜水艦が氷山の下で沈没し、生存者がいると知らせてきたんだ」

ワードは驚きを露わにした。「なんと！　でしたらすぐに、DSRVの出発準備にかかったほうがいいですね。確か、ジョー・グラスと〈トレド〉がアイリッシュ海でイギリス海軍と演習しているはずです。〈トレド〉が現場のいちばん近くにいる、DSRVを積載可能な母艦です」

「われわれもそう思っていた。六時間以内にDSRVを輸送機に積みこんで、ノースアイランド基地を出発させる。C-5がスコットランドのプレストウィックに着くのは十時間後だろう。〈トレド〉をファスレーンの桟橋で待機させ、DSRV積載の準備をさせる。十二時間以内に出航させたい」

ワードは机の前の壁を向き、大西洋とヨーロッパの海図を見た。「トム、ファスレーンからバレンツ海までは一二〇〇海里以上あります。DSRVを積みこんだら、速力は二〇ノットに制限されてしまいますから、〈トレド〉が現場海域に到達するには三日かかります。ロシア海軍が救出に乗り出したほうが、ずっと早いのではないでしょうか？」

ドネガンは咳払いした。「ジョン、ロシア海軍は行方不明になった艦艇などないと主張するだろう。やつらはこのごろ、昔ながらのでたらめをまたぞろ並べ立て、バレンツ海はわが国固有の領海で主権の範囲内なのだから、外国艦は出ていけと言い出している」

「なるほど、つまり彼らは面目を守るために支援を求めないということですね。〈クルスク〉が沈没したときに、まさしく同じ事態が起こりました。そしてわれわれも、あのときは干渉しませんでした。今回はどうなるでしょう？」

ドネガンはしばし無言だった。ワードは不意に、背中に悪寒を感じた。机の旅行パンフレットから、いかにも幸せそうなカップルがクルーズ船の手すりで手を振っている。

「もうひとつあるんだ、ジョン。〈マイアミ〉は前の通信で、十二時間後にまた連絡すると書いていた。ところが、二十四時間経っても連絡がない。ジョー・グラスに、くれぐれも警戒を怠らないよう伝えてくれ」


煌々と照らされたハンガーから大型トレーラーが現われ、C‐5Bギャラクシー輸送機の開け放った貨物ハッチに近づいた。カリフォルニア州サンディエゴ近郊にあるノースアイランド海軍航空基地のこの一角全体が、にわかに活気を帯びている。箱を運ぶ男たちが駆けまわり、フォークリフトがギャラクシー輸送機の後部ハッチにパレットを積みこんでいた。

トレーラーのサスペンションが、荷台にくくりつけられたカーキグリーンと白の巨大な円柱の重量できしみ、待機している輸送機に向かって近づいていく。その円柱の側面には黒々と、DSRV-1〈ミスティック〉と大書されていた。

夜の太平洋から吹いてくる暖かな風が、ダン・パーキンス大尉のブロンドの髪をかき乱す。彼はハンガーから出てきた愛機をじっと見ていた。自分が〈ミスティック〉の操縦士に任命されたことに、パーキンスはいまだに驚きの念を振り払えなかった。誇らしさの入り混じった驚きだ。たたき上げの潜水士を操縦士に抜擢するとは、海軍もうってつけの人選をしたものだ。潜水士として昇進を重ねてきたものの、パーキンスはこの仕事を夢見てきた。そしていま、夢が現実になったのだ。そう思うたびに、笑みがこみ上げる。

「おーい、パーキンス大尉」ゲイリー・ニコルズ上等兵曹が呼ばわった。「そこをどかないと轢かれるぞ」

パーキンスは近づくトレーラーに、後ろに飛びのいた。いつものように、ニコルズは彼を事故に遭わせないよう気を配ってくれる。いままでいっしょに仕事をしてきたなかで、最高の上等兵曹だ。

パーキンスはニコルズのかたわらに立ち、DSRVが積みこまれるのをいっしょに見た。

「ニコルズ上等兵曹、どこへ向かうのか聞いてるかい？」

パーキンスの長年の経験上、昔からの海軍の格言は本当だった——上等兵曹は公式発表のずっと前から、何が起きるか知っている。

だが今回は、ニコルズも首を振って眉を寄せるばかりだ。「それが何も聞いてないんだ。ただ、装備一式を積みこめという命令だけでね。演習でもあるのかもしれん。ほら、どこかの辺鄙な基地まで行かされて、また戻ってくるやつさ。ただ、やればできることを証明するためだけの」

「ああ、おおかたそのあたりだろうな」

しかしパーキンスは、内心ではそう思っていなかった。直感的に演習とはちがう気配を察したのだ。

DSRVを積んだトレーラーが傾斜路を上り、ぱっくりと口を開けたC－5の胃袋に飲みこまれていく。積荷はわずか数インチの隙間を残し、ぎりぎり一杯で輸送機の巨体に収まった。

機首のハッチがきしみながら閉じられ、ロックされた。DSRVの操縦士はちっぽけな乗員用ハッチから機内に飛びこんだ。

数分後、四発のゼネラル・エレクトリック製TF－39ターボファンエンジンを轟かせ、輸送機は夜空に離陸した。サンディエゴの楽しげな夜景は瞬く間に消え去った。

「ディミトリ、みんなの様子はどうだ?」セルゲイ・アンドロポヨフ中佐が訊いた。

彼はこの三十分間、マニュアルをじっと見ていた。

「さらに二名の重傷者が死亡しました」ピシュコフスキーは悲しげに答えた。「あと数時間で、リュドミラもあとを追うでしょう。スチームパイプで重度のやけどを負ったのです。ここでは鎮痛剤を打つぐらいしかできません」いらだちを募らせ、板金のロッカーを拳で強打する。「あのアメリカの連中はどこへ行ったんです? いったいどうなっているんですか?」涙があふれ出し、顔を伝い落ちる。「艦長、なぜわれわれは見捨てられたんでしょう?」

アンドロポヨフは一等航海士の肩を強く摑んだ。「落ち着け、ディミトリ。おまえが必要なんだ。気をしっかり持ってくれ。われわれ二人がひるまず自信を持っていれば、乗組員も冷静でいられるというものだ」身を乗り出し、ささやき声で続ける。「わたしの考えでは、さっき聞こえた爆発音が、アメリカ潜水艦から連絡が来ない理由だろう。あの艦もわれわれと同じ運命をたどったのではないかと思いはじめているところだ」

ピシュコフスキーは恐怖に見ひらいた目を艦長に向けた。「つまり、われわれは事故に遭ったのではない!」アンドロポヨフはうなずいた。「〈ヴォルク〉はどうなったんでしょう、艦長? いまごろにはとっくに着いているはずです」

「わからん。まだ全体像が見えてこない。しかしいまは、もっと差し迫った問題がある。

わたしを助けてくれ。艦内の電源を原子炉に切り替えなければならない。バッテリーはもうすぐなくなってしまう。切り替えができれば、助けが来るまで持ちこたえられる」彼は原子炉の制御盤にもたれ、〝制御棒ラッチ〟と書かれたスイッチを引いた。

しかし、何も起こらなかった。アンドロポヨフはふたたび試したが、結果は同じだ。

彼はピシュコフスキーを見て言った。「まったくわからん。保安回路はすべて迂回したのに、制御棒を保持できないとは。回路はすべてチェックしたんだ。原子炉区画に損傷があったにちがいない」艦長はしばらくマニュアルのページを見つめ、それからかぶりを振った。「原子炉は使えないだろう、ディミトリ。バッテリーをもたせるにはどうすればいい？」

ピシュコフスキーは電子機器の計器類を確かめ、ざっと計算した。「艦長、発令所の暖房と照明以外をすべて消せば、あと三日ほどもちそうです」計算を再確認する。そして絶望にこわばった表情で艦長を見た。「そうすれば、艦内は真っ暗になり、ものすごく寒くなりますが」

7

ジョー・グラスは士官室のテーブルで端の席に座った。大急ぎで昼食をかきこまなければならない。英国海軍軍艦（HMS）〈タービュレント〉との演習はまだ続いている。〈トレド〉の艦長が八時間食事をとれなかったことなどおかまいなしだ。さっきの戦闘訓練ではイギリス側に〝撃沈〟されてしまったが、そのときよりもグラスは意気軒昂だった。いましがた、〈トレド〉は〈タービュレント〉への接近に成功し、ADCAP魚雷で〝撃沈〟に成功、やり返したばかりなのだ。いまは魚雷回収艇が出動し、二隻の潜水艦が次の訓練の開始地点に向かうあいだ、任務にあたっていた。士官の半数とともにそそくさと昼食をとるには、恰好の空き時間だ。サンドイッチなどの軽食を飲みこんだら、すぐに残りの半数と席を替わり、次の戦闘準備にかからなければならない。

ブライアン・エドワーズ副長が発令所に残り、全体に目配りしているので、艦長が食事休憩を取っているあいだも、〈トレド〉の操艦については心配なかった。

〈トレド〉が深度六〇〇フィートで潜航しており、浮上しなくてもいいのがジョー・グラスにはうれしかった。海上で任務に携わっている魚雷回収艇の乗員たちに同情の念を覚える。彼らは全長わずか一〇〇フィートほどの小型艇で、冬の荒々しい北大西洋の波に翻弄されながら、重量四〇〇〇ポンドもの濡れて滑りやすい魚雷と格闘しなければならないのだ。

グラス艦長の右隣はいつもならブライアン・エドワーズの指定席だが、このときはジェリー・ペレス航海長が座っていた。小柄で浅黒い肌と漆黒の髪を持つペレスは、最近腹が突き出しかけている。その話しぶりや物腰は、ハンバーガーやフライドポテトを扱うときと同じく、慎重でゆったりしていた。クールで物静かな南カリフォルニアのサーファーのイメージを醸し出そうと努めていたが、その仕事ぶりを見た人間なら誰でも、彼が頭脳明晰で洞察力に富んでいるのが一目瞭然だった。

グラスの左隣、ペレスの反対側に座るのは、ダグ・オマリー機関長だ。オマリーはあらゆる点でペレスと好対照だった。長身で赤髪、体格はのみで削ったように筋骨隆々としている。北寄りの中西部出身で、マシンガンのようなスピードでまくし立てる。

一見両極端のオマリーとペレスは、親しい友人同士だった。

「艦長、俺たちの仕事ぶりをどう思います？」オマリーはひと口でサンドイッチの四分の一ほどにかぶりつき、飲みこみながら訊いた。「〈タービュレント〉はなかなか手強いですし、〈スピアフィッシュ〉魚雷には手こずりましたが」

グラスはうーんとうなり、ハンバーガーを咀嚼しながら数秒ほど返答を保留した。ハンバーガーに〝スライダー〟という別名があるのは、脂ぎっていて食道をスムーズに滑り降りていくからだ。それでもジョー・グラスはうまいと思いながらむさぼり食った。「まだまだ改善の余地はある。海図位置記入班《プロッティングチーム》は、情報フローに沿って作業するべきだ。細かい情報が多すぎるとかえって混乱する」

ペレスはオマリーを一瞥し、かぶりを振った。片手のフライドポテトを友人に向けて言い放つ。「機関長さんよ、問題なのはあんたがずっと艦尾にこもって原子炉の話ばかりしていることだ。少しは俺たちを見習って、潜水艦の話をしたらどうだ」

オマリーはフライドポテトに嚙みついた。「やいジェリー、わかってるだろうが――」

ジョー・グラスは両手を上げて制した。「まだ艦長になって日は浅いが、それでもきみたち二人の話は聞き飽きたよ。老夫婦よろしく口喧嘩ばかりしているじゃないか」言いながら、にやりとする。艦長の面前で乗員がこうした軽口をたたけるのは、互いの気心が通じてきた証《あかし》だ。艦長に就任して最初の何週間かは、誰もが用心していた。

ブザーで食事が中断された。グラスはテーブルの下に手を伸ばし、艦内通話用の電話を取った。「艦長だ」

「艦長、こちら副長です。〈タービュレント〉より水中通信を受信しました。緊急メッセージがあるので、浮上してほしいとのことです」

テーブルを囲む士官たちは、艦長の笑みが消え去ったのに気づいた。

「副長、了解した。〈タービュレント〉に、北に安全針路をとり、潜望鏡深度を保つよう要請してほしい。本艦は針路を北にとり、深度一五〇フィートに上昇する。すぐそっちに行く」

二隻の潜水艦が同じ針路すなわち〝安全針路〟をとることで、同じ深度での衝突を防ぐのだ。

グラスは電話を戻し、不本意ながら食事を残したままコーヒーカップを摑み、士官室を出た。裏口から発令所に入ると、いつもどおりの喧噪に満ちている。エドワーズは射撃指揮コンピュータを睨み、水上艦のコンタクトがある位置を確認していた。パット・デュランドはBQ‐10ソナーリピーターのディスプレイを操作し、コンタクトの位置を見ながら、それらがどう動くか予測している。

サム・ワリッチ最先任下士官は、潜航士官の席に座り、乗艦したばかりの新米二人を指導している。舵手と艦尾潜舵手が〈トレド〉の舵を取り、命令どおりの深度に変更した。彼らの持ち場は大型旅客機のコクピットを思わせ、操縦桿や計器類やコンピュータ画面が壁一面を埋めつくしていた。操縦桿のようなものが舵輪で、これで潜水艦を操る。もう一本の操縦桿を押したり引いたりすることで、艦首と艦尾の潜舵を上下させる。その点では航空機の操縦桿と似通っていた。旅客機とちがうのは、窓から行く手を見ることができない点だ。

グラスはエドワーズのかたわらで足を止めた。二人でしばし、コンピュータ画面に目を凝らし、水上艦の位置を見積もる。

「どうした、副長？」グラスは訊いた。

エドワーズは画面で〈トレド〉のいちばん近くに光る点を指さした。「〈タービュレント〉はこの位置で安全針路をとり、潜望鏡深度にいます。同艦からの報告では、水上艦のコンタクトはないそうです。われわれが捕捉しているそれ以外のコンタクトはS92、方位〇七二、距離は一九〇〇〇ヤードで、すでに進行最接近点を通過してひらけた海面に出ています。魚雷回収艇と思われます」

グラスはうなずいた。問題ない。艦長はパット・デュランドのほうを向いた。「ミスター・デュランド、潜望鏡深度への上昇準備は？」

「イエッサー、準備よしです。潜望鏡深度への上昇許可を願います」

「潜望鏡深度へ上昇せよ」グラスは応じた。ソナーリピーターの前へ踏み出し、潜水艦を海面へ向けて操艦する若い大尉を見守る。

デュランドは頭上に手を伸ばし、赤い潜望鏡制御用リングをまわして声を張った。「第二潜望鏡上げ！」

光沢を放つ潜望鏡接眼・操作部が滑り降りるのと同時に、ワリッチは大声で言った。

「速力七ノット！」

この安全確認の手順は、潜水艦の速度を確実に落として、潜望鏡を損傷させないためのものだ。長年にわたり、潜水艦がまだ速度を落とさないうちに未経験な若い士官が潜望鏡をうっかり上げてしまい、推力でたわんでしまう例が後を絶たない。こうしたケアレスミスは納税者によけいな負担を強いるのみならず、さらに致命的なことに作戦の失敗を招きかねない。

デュランドは黒いハンドルを下げて接眼レンズに目を当て、ぐるりと歩いて一回転しながら、海面を音もなく近づく船を見落としていないかどうか見まわした。だが見えるのは、北大西洋の灰色がかった青い海だけだ。

「潜航士官、深度六二フィートまで上昇」彼は言った。

「アイサー、深度六二フィートまで上昇」ワリッチが呼応した。身を乗り出し、二人の新入りのあいだに頭を突き入れて、口をひらく。「オーケー、二人とも抜かりなくやるんだ。艦長の前で、俺に恥をかかせないでくれよ。舵中央。艦首潜舵を一杯に上昇。艦尾潜舵を七度上げ」

〈トレド〉は暗い深淵から明るい海面へ向かって浮上を開始した。ワリッチが深度変更を指示する声が響く以外、発令所は水を打ったように静まりかえっている。誰もがデュランドの号令に耳を澄まし、不測の事態がないかどうか神経をとがらせていた。ひとたび障害が現われたら、〈トレド〉は安全な海中に引き返さなければならない。乗組員各自が、そのときに何をすればよいかを考えていた。

潜望鏡が海面に現われた。デュランドは潜望鏡を二回転させ、〈トレド〉に衝突しかねない船がいないかどうか目を光らせた。グラス艦長はテレビモニターに目を釘付けにし、デュランドが潜望鏡で見ている光景を確認した。

デュランドが叫ぶ。「近接コンタクトはありません」

これでようやく、ひと息つけるというものだ。

グラスはデュランドに身体を近づけて言った。「BRA-34を展開し、衛星通信をダウンロードしてくれ。うちのボスがわれわれに急用があるらしいからな」

潜水艦にはBRA-34通信マストが装備され、広域にわたる周波数の無線シグナルの送受信が可能だ。この装備のおかげで、艦は安全な海面にとどまったまま、全世界の艦艇や基地と交信できるのだ。

ものの数分で、当直通信士が21MC回線で報告した。

「受信が完了しました。艦長は通信室へお越しください」

グラスは無線室へ向かう前、エドワーズの隣に立った。「副長、わたしが通信室にいるあいだ、状況を掌握してくれ。電文を読み終えるまでは潜望鏡深度を保ってほしい」

グラス艦長は裏口から発令所を出ると、頭上のESGN慣性航法ジャイロをくぐり抜け、扉の暗号錠に番号を入力して、通信室に入った。ひらいた扉の向こうには電子装置のパネルがずらりと並び、通信装置の電子音が聞こえて、赤く塗った暗号装置が作動している。ここが艦内で最も厳重に立ち入りを規制されているのもうなずけた。

通信士はグラス艦長に、アルミニウムのクリップボードを手渡した。その蓋には高さ二インチの文字で『機密扱い』と記されている。グラスは蓋を開け、電文を読んだという署名をして、内容を読みはじめた。

機密扱い、特段の慎重な取り扱いを要望

宛先：SSN769、USS〈トレド〉艦長

発信者：大西洋潜水艦隊司令部（COMSUBLANT）

本文始め

1　直ちに最大速力でファスレーン潜水艦基地に急行し、N2埠頭に停泊せよ。

2　DSRV〈ミスティック〉および装備一式を積載せよ。

3　積載が完了し次第、すみやかに出航せよ。

4　到着と同時に、特別措置による命令ならびに続報を受領せよ。

グラスは電文を読みなおし、そっけないメッセージの行間に秘められた意味がないかどうか探した。何かあるのかもしれず、それがなんであれ、重要なことにちがいない。この電文に、潜水艦の事故が起こったのかどうかは触れられていなかった。DSRVを要するのなら、それが最もありそうな事態だ。グラスは機密文書の蓋を閉じた。しかし、あれこれ憶測したところで任務を遂行するうえではなんら益するところはない。しかるべきときに、COMSUBLANTから追って知らせがあるまでは。

発令所に急いで引き返す。入ったそばから、エドワーズにぶつかりそうになった。グラスは機密文書のクリップボードを副長に渡した。エドワーズは一度読み、それからもう一度読み返した。艦長に目を上げながら、彼は口笛を吹いた。「どういうことでしょう。何が起きているのか、これだけではなんとも」

「わたしにもよくわからん。だがきみは、航海長のところへ行ったほうがいいな。ふた皿目のデザートは脇に置いて、とっととケツを上げろと言うんだ。仕事が待っている」

エドワーズはおかしそうに笑いながら、梯子を降りて階下に向かった。ペレスが甘いものに目がないのは、艦長も見逃さなかったらしい。

グラスは左舷の位置記入用テーブルに向かい、広げられた海図を見た。主任操舵手のデニス・オシュリーが海図台にのしかかるように、頭上のGPSレシーバーと見比べながら、〈トレド〉の最新位置を記入している。はっと目を上げると、そこにはグラスが立っていた。

「艦長、ご用ですか？」

オシュリーはいつも謹厳実直で、ふだんはめったに団欒の輪に加わらない。〈トレド〉の大半の乗組員と同じく、自らの職務を粛々と果たす男だ。その仕事ぶりはきわめて誠実だった。グラスは内心で、一度彼と世間話をし、この男を駆り立てる動機がなんなのか確かめてみたかった。この若者が四六時中きまじめな理由を訊いてみたいものだ。

「ファスレーンまでどれぐらいかかるだろうと思ってね」グラスは言った。

オシュリーは分割コンパスを手に取り、たったいま位置を記入した場所から、スコットランド西海岸の英国海軍潜水艦基地までの距離を海図上で測った。「艦長、ここからの距離は一五五マイルです」彼は円形の計算尺を取り出した。古式ゆかしい道具だが、場合によっては、いまなおこれを使うのが最も早い。「たとえばですが、一二ノットの場合は十三時間で到着します」

「艦長、黒ビールを一、二杯いかがですか？」パット・デュランドが訊いた。

「そそられるが、しばらくそんな時間はなさそうだ。デニス、最短距離の航路を割り出してくれ。イギリス側に領海内の潜航許可を求める時間が惜しいので、ずっと浮上したまま航行する」

オシュリーは驚いてグラスを見上げた。だが、この奇妙な命令にそれ以上の説明がなかったので、肩をすくめて分度器を操作し、航路の作成にかかった。

グラスはすでに潜望鏡スタンドに上がっていた。デュランドがまだ潜望鏡を覗きながら、歩いて回転し、接近してくる艦船がいないか見張っている。彼は接眼レンズから目を離し、目をこすった。「今度はどうしますか、艦長？　潜航ですか？」

「いいや、ミスター・デュランド。浮上させる。そしてそのまま目的地へ向かう」

デュランドはグラスをまじまじと見た。「いま、浮上とおっしゃいましたか？」

「いかにも、ミスター・デュランド。さあ、準備にかかれ。ここで油を売っている暇はないぞ」

十分後、潜水艦は浮上し、ファスレーンまでの長く寒い洋上での航海に備えた。

オマリーが発令所に入ってきた。まるでピルズベリー社のマスコット、ドゥボーイにオレンジ色の服を着せたようだ。彼が着用している防水耐寒服はひどくかさばり、どうやっても粋に着こなせる代物ではないが、ともかく暖かくて防水性能に優れ、万一洋上に転落しても浮いていられるので、文句を言う者はいなかった。

「上部ハッチの開放許可を求めます」彼はデュランドに向かって言った。

「上部ハッチを開放せよ。艦内の気圧がわずかに高いぞ」デュランドが応じた。

オマリーは梯子を昇った。数秒で、わずかに開けられたハッチから風がうなる音が聞こえてきた。バラスト制御パネルの『ハッチ閉鎖』を示すライトが消えるのと同時に、グラスは気圧変化による耳鳴りを感じた。気圧が外気と同じになると、艦内から風が巻き起こったが、それもすぐにやんだ。オマリーが重厚なハッチを開け放ち、まだ海水がしたたる艦橋コクピットへと昇った。

グラスも自分の防水耐寒服を着て長い梯子を昇り、艦橋へ向かった。水平線の上には、陰鬱な後知恵さながらに弱々しい太陽が、灰色の冬空にぼんやりとオレンジ色の光を投げかけている。この時期、ここ亜北極地方で太陽は毎日数時間しか昇らず、寒く荒涼とした土地をわずかに暖めるだけだ。厳しい風が海に吹きつけて白波を巻き上げ、ときおり起きる疾風がプレキシガラスの風防に飛沫をたたきつける。

「行き先はどちらですか、艦長？」グラスがハッチから現われ、コクピットで並んで立つと、オマリーは訊いた。

「ノース海峡に出るまでは〇九〇に針路をとれ。キンタイア岬を通過したら、針路一三〇に変更する。航海長が海図に位置を記入したら、きみにも行き先がわかるだろう。さあ、速力を一八ノットに上げるんだ。先を急ぐぞ」

〈トレド〉が速力を増すと、荒波が艦首に打ちつけ、高く上がってセイルまで達してから、白く泡立つ海面へ落ちていった。冬の海に乗り出す潜水艦から、白い航跡が広がっていく。

〈トレド〉は航進を続け、スコットランドのストラスクライド県と北アイルランドを隔てるノース海峡を通過し、そこから東に転じてクライド湾に入り、わびしく荒涼としたエールサクレーグ島を通過した。さらに北東に転じてエアーシャー海岸とアラン島のあいだを進む。ここの海峡は広く、入り江の奥にはグラスゴー港があるので、船舶の往来が絶えない。

入り江を進むにつれ幅が二マイルほどまで狭まり、ガロッホ岬を通ると、左舷にビュート島、右舷にカンブレー諸島が見える。ありがたいことに、この山がちな土地は北大西洋から吹きつける凍えるような風からさえぎられていた。オマリーとグラスはこの水路を行き来する船舶に目を配り、〈トレド〉との衝突を避けるのに余念がなかった。あらゆる種類の船がせわしなく行き交っている。巨大な貨物船、小型の輸送船、漁船。フェリーもまた、時刻表どおりに海峡を行ったり来たりしていた。

「あの船に気をつけろ」グラスはオマリーに警告した。乗用車やトラックを満載した大型フェリーが〈トレド〉の艦首付近を横切り、鈴なりになった乗客がこちらに手を振っている。「あの船はてこでも針路を譲る気はなさそうだ」

「そうですね」

それで〈トレド〉はゴウロックのあたりで大きく回頭し、グラスは左舷の入り江を示した。

「あそこはホーリーロッホだ。イギリスのトライデント級潜水艦が進水する前は、わが国の弾道ミサイル潜水艦がこのあたりを哨戒していたものだ。わたしが少尉だったころ、一度来たことがある。湾を吹き抜ける風は一〇〇ノットに達することもある。あれは本当にいやなものだ」艦長は思い出してくすくす笑った。「風があまりにもひどいので、乗員を運ぶボートが支援艦までたどり着けないこともあった。ハンターズ・キーにはいい酒場が一軒あって、信じられないようなスコッチウイスキーを飲ませてくれる」

オマリーは寒風に身震いした。「いますぐ行ってみたいものです」

「左舷の艦首付近に、赤い光が点滅しているのが見えるか？　あれはたぶん、ロスニース岬の灯台だ」グラスは三マイルほど前方に明滅する小さな光を指さした。岬の向こうには町の夜景が煌々と輝き、灯台の光はほとんどかき消されている。「そこを曲がったあたりでタグボートが待機しているはずだ」

〈トレド〉はストローン岬を通過し、ロング湾の広い湾口を抜けて、北西への長く険しい道行きを経て、ロスニース岬をまわり、ゲア・ロックへ入った。英国海軍のタグボートが二隻、ロスニース湾で合流し、歓迎してくれた。ささやかな艦隊は列を組んでロスニース海峡を進み、ゲア・ロックへと向かった。

英国海軍ファスレーン潜水艦基地の明かりが見えてきた。

二隻のタグボートが〈トレド〉を押して桟橋に横付けすると、グラス艦長はDSRVを初めて目の当たりにした。それは〈ミスティック〉で、見上げるほど大きな埠頭のクレーンにぶら下がっている。〈トレド〉がなぜここに来たのか、改めて実感した。

その艇は海底深くに沈んだ潜水艦を救助するために設計されたものだ。そして〈トレド〉は、ある場所へ救助艇を運ぶためにここへ呼び出された。これは明らかに、単なる演習ではない。海の仲間たちが深海のどこかで絶望にさいなまれ、グラスとその部下たちと救助艇が、最後の頼みの綱かもしれないのだ。

8

「ミスター・スミス、役員のみなさんともどもご足労いただき感謝する」ひときわ目立つ長身の男が午前九時きっかりに姿を現わし、室内に三台はあるデジタル時計がいっせいに時報を鳴らした。「ミーティングにお時間は取らせないが、やはりこうして実際に顔を合わせておくのが大事だと思ってね。みなさんの会社で開発したシステムの導入を控えて、うちのスタッフとも緊密に連携してもらうことになるのだから」

アルステア・マクレインはSEC市場規制局の局長だ。豊かな銀髪、射抜くような鋭い眼光、威厳ある存在感から、彼が主導権を握っているのは明白だった。アメリカ政府のこの分野における規制の権限は、マクレインが一手に担っているのだ。絶大な威光の持ち主である。

オプティマルクス社CEOのアラン・スミスは、マクレインに向かってうなずき、座ったまま背筋をやや伸ばした。彼自身の未来も社運も、この男が一手に握っているのだ。

「ありがとうございます」彼はそれだけ言った。

スミス、カール・アンドレッティ、ドミトリ・ウスティノフの三人は、広々とした会議用テーブルを囲み、マクレインのほか二人の部下と向かい合わせに座っていた。一人は安物のスーツを着た特徴のない男、もう一人は一見愛想のいい中年の女性だ。マクレインは手でその二人を示した。

「ご存じかと思うが、スタン・ミラーはわたしの代理だ。それからきょうは、キャサリン・ゴールドマンをみなさんに引き合わせたくてね。ミズ・ゴールドマンは情報テクノロジー部の部長を務めており、いまからオプティマルクス・プロジェクトの窓口になってもらう」

ここ最近、オプティマルクス社の三人の役員は、SECの威圧的な本部庁舎に足繁く通っていた。ワシントン都心部の大公園モールから、北に二ブロックのところにそびえる建物だ。ここを本拠地として、この強大な政府機関はアメリカ証券市場の取引関係者の一挙一動に目を光らせている。本部の外観と公共スペースはその権力を象徴するような壮麗さだが、執務用のスペースは簡素をきわめていた。会議室は当然、執務用のスペースに属する。窓のない薄緑の壁が実用一点張りの備品を強調している。プラスチックの椅子には一般調達局の登録番号が表示され、最安値の入札価格で調達したものだとアピールしているようだ。かろうじて人心地がつくものと言えば、合成樹脂のテーブルの中央に置かれたコーヒーポットと積み重なった陶器のマグぐらいだ。

オプティマルクス社の役員はゴールドマンに自己紹介し、社交辞令をかわしつつ、スタン・ミラーをおざなりにしないよう努めた。ミズ・ゴールドマンが彼らの新たな障壁となって立ちはだかることになるのは明らかだ。彼女は小柄で、魅力的と言えなくもなかったが、ビジネスライクな空気を強く発散させていた。

ドミトリ・ウスティノフは内心、彼女が髪を伸ばし、ちらほら混じる白髪を隠して、化粧にもう少し気を遣えば、かなりいい女になるのではないかと思った。アラン・スミスは彼女に袖の下は通用するだろうかと思った。カール・アンドレッティはこの思いがけない展開に、二人の同僚は何を考えているだろうと思った。

マクレインがふたたびおもむろに口をひらいたので、室内は静寂に包まれた。彼はテーブルに用意した文書を読み上げた。

「本日の会合はSEC執行方針規約34–27445号『自動化監査規定』(ARP)に基づくものだ。今回のARPの対象はニューヨーク証券取引所の新システムだが、われわれが担当する。キャサリンは全段階のモニタリングに責任を持つチームリーダーだ」

ゴールドマンは自分の名前にすばやくうなずき、渡されたバトンを手際よく引き継いだ。

「これから二カ月間、みなさんと密に連絡を取り合って共同作業をしていくことになるので、よろしくお願いします。わたしたちは御社のオプティマルクス・システムを徹底的に検査し、予想される最大の取引高に対応できるよう万全を期す所存です。そもそも自動化監査規定は、まさしくそのために定められた指針ですから」彼女は立ち上がり、三人の会社役員を睥睨《へいげい》した。わずか五フィートあまりの身長にもかかわらず、彼女は権威に満ち、それをないがしろにするわけにはいかなかった。「当然ながら、わたしたちは御社のシステムがあらゆる金融商品の取引決済ルールに則り、SECの執行方針をも遵守していることを確認すべく、テストを重ねていきます。それが完了した暁に、御社のシステムは晴れて導入されるでしょう」

彼女が話している最中、ウスティノフは身を乗り出してアンドレッティにささやいた。

「見かけより相当手強そうな女だ」

「ああ、手強いだけじゃなく、かなりの切れ者だろう」アンドレッティがささやき返す。

「こいつは覚悟したほうがいい」

ゴールドマンは話を中断し、二人に冷たいまなざしを注いだ。「何か質問でも?」

「ああ、いえいえ」アンドレッティは口ごもった。「ちょっとその、スケジュールの相談をしていたんで」

「ちょうどいまから、スケジュールの話をしようと思っていたところです」ゴールドマンはあてつけがましく言った。「月曜日から始めましょう。月曜日の朝いちばんから。今後の予定と必要事項はこちらの書類に明記しています」彼女はオプティマルクス社の役員それぞれに、分厚い書類の束を手渡した。「ミスター・ウスティノフ、あなたのチームは月曜日の午前八時に準備を整えて待機してください」彼女は室内を見まわした。「何か質問は？」

質問はなく、ミーティングは終了した。

アンドレッティとスミスは連れだって会議室を出た。ウスティノフはゴールドマンと世間話をしようと、室内に残った。たとえ彼女が冷酷非情であろうとも、高級官僚には愛想を売っておいて損はない。ほかの二人の男性役員はウスティノフの目つきを見て、彼女にご執心のようだと察知した。

アンドレッティはエレベーターの扉が閉まるのを待ってから、口をひらいた。

「いったい何様だと思っているんだ？　たった二分間のミーティングのために呼びつけておいて、郵送ですむような書類の束を持たせておしまいときた。われわれのシステムに問題があるとでもいうのか？」

スミスはなだめるような笑みとともに答えた。「そんなことはないさ。これはスタンドプレーだ。連中が本気で、われわれに目を光らせていると知らせたいんだろう。マクレインは部下を使ってこっちを威嚇し、睨みを利かせようとしているのさ。意表を突いたつもりかもしれない。あの女は示し合わせたように、なめるなと言ってきた。だがウスティノフは、ロシア流の色仕掛けであの女に取り入ろうとしているようだ。やつはあの女とねんごろになり、自分に頭が上がらないようにするつもりだろう。あいつは女と見れば片っ端から口説こうとするが、それ以外はいたって清廉潔白な男だ。ウスティノフが近づけば、担当者きっとあの女はこう思うにちがいない——オプティマルクス社の唯一の裏工作は、担当者を使って彼女に言い寄らせることだと」

若いロシア人プログラマーがSECの監査官の尻を追いまわす光景を思い浮かべ、アンドレッティは含み笑いをした。二人はエレベーターから出ると、大理石と木を使った重厚なロビーに踏み出した。縁石に待機していたスミスのリムジンが彼らを乗せ、社用機が待つロナルド・レーガン空港へ向かう。

ドミトリ・ウスティノフは一人で自由に行動する。

セルゲイ・アンドロポヨフは機能停止に陥った潜水艦の区画をまわりながら、寒さに身震いし、コートの襟をさらにきつくかき合わせた。〈ゲパルド〉の暖房装置はまだ数台稼働しているものの、ここはもうひどい寒さだ。それ以上暖める余裕はなかった。バッテリーの残量がきわめて少ないのだ。

不気味な暗い照明に、寒さで白い吐息が照らされる。それでもアンドロポヨフは、自らの本心が顔に出ないように精一杯努めた。外見を保つことが重要なのだ。いまは生存者を安心させなければならない。生き残った乗組員の大半は寝台に横たわり、毛布にくるまって暖を取っている。酸素の消費を最小限に抑えるため、艦長の勧めに従ったのだ。

だが、真の問題は酸素ではなかった。酸素ならバラストタンクの大型容器に貯蔵されているし、酸素生成用のクロレートキャンドルもあるので、一週間以上は充分に呼吸できる。問題は二酸化炭素だ。乗組員一人あたり、一日で発生させる二酸化炭素は一五〇グラム。これを浄化しなければ、ほどなく有毒なレベルに達してしまう。電力をふんだんに使えれば、気体浄化装置を稼働できる。それができない場合、代替策は水酸化リチウムのペレットで吸着することだ。電力があれば、ペレットを容器に入れ、ファンをまわして二酸化炭素を含んだ空気を追い出すことができる。だが電力がなければ、ファンも容器も無用の長物だ。その場合、水酸化リチウムを空気に触れさせる最善の方法は、できるだけ薄く延ばして広げることだ。ペレットはすでに艦内の平面スペースにほとんどくまなく広げられている。テーブルはもとより、空《から》の寝台にも、床にまで。しかしペレットは、ちょっと空気が動いただけで不快な粉塵を巻き上げた。

〈ゲパルド〉は気体浄化装置が万一使用できなくても、航海日程を終えられるだけの水酸化リチウムを積んでいたが、その大半を貯蔵していた備品ロッカーは後部区画で浸水してしまった。したがって、手持ちの分がすべてだ。消費を最小限にしても、呼吸が可能なのはあと二、三日だろう。

そのあとどうなるか、セルゲイ・アンドロポヨフは考えないようにしてきた。

彼は原子炉ハッチのところで艦内巡検の足を止めた。航海中にここの扉が開け放たれているのは、異様な光景だった。通常なら閉めきられているのだ。原子炉が稼働中にここへ足を踏み入れるのは、正気の沙汰ではない。ものの数分で、放射線を浴びて死んでしまうだろう。

しかしいま、原子炉は停止している。放射線の危険はきわめて小さい。

艦長は身をかがめ、原子炉区画に入った。広大なスペースだが、配管やバルブ、ポンプ、導線が所狭しと入り組んでいる。すぐに室温のちがいに気づいた。艦内はどこも凍えるような寒さなのに、ここだけは暑いぐらいだ。爆発から二日が経過してもなお、原子炉の周囲は熱が冷めていない。アンドロポヨフはコートを脱ぎ、熱を身体に染みこませた。血行が回復するにつれ、両手がじんじんする。

そういえば、一等航海士はどこだ？

ディミトリ・ピシュコフスキー一等航海士は打ちひしがれたように、むき出しになった電子機器のパネルを見つめていた。

「艦長、制御棒ラッチが作動しなかったわけがわかりました」重苦しい声で、彼は言った。

ピシュコフスキーはパネルを指さした。見ると、絶縁体は黒焦げになり、配線は溶けている。パネルの内部はべとつく油っこい煤《すす》で真っ黒だ。

「なんだってこんなことになったんだ？」アンドロポヨフは訊いた。

「造船工廠のやつらのせいです！　鋼材の溶接を手抜きしていたんでしょう。爆発が起きたとき、導線が交差して、すべて燃えてしまったんです。こうなったら、手の施しようがありません」

アンドロポポフはピシュコフスキーの肩越しに、黒焦げになったパネルを見つめた。造船工廠に戻っても、これだけ広範囲にわたる損害の修理には何週間もかかるだろう。そしていまは、造船工廠まで戻るすべはない。

艦長はあきらめてかぶりを振った。膝を突き、ピシュコフスキーに腕をまわす。

「わが友よ、このことはほかの乗組員には伏せておこう」彼は嗄れ声でささやいた。二人はしばらくその場にくずおれ、衣服が汗で濡れた。あたりは死んだように静かだ。二人の息遣いのほかには、どこか遠くで幽霊のようにしたたり落ちる水の音しかしない。やがてアンドロポポフは立ち上がり、うだるような空気を深く吸いこんだ。「行こう、ディミトリ。ここにいても、できることはもうない。負傷者の手当てができないかどうか、見に行くんだ」

ジョー・グラス艦長は潜水艦のタラップに立ち、DSRV〈ミスティック〉が脱出口後部の座環に積載されるのを見ていた。作業員たちがラッチ機構でしっかり固定されているか確認し、電気系統の接続にあたっている。

その前方では見慣れない装置が魚雷積載用の受け台を滑り降り、潜水艦の魚雷室に搬入いる。

される最中だ。グラスはこの光景をどう解釈していいのかわからなかった。明るい黄色の箱のようなものには腕木、プロペラのほか、鋭くとがったものが奇妙な角度に突き出している。

ロボット潜水艇の一種だろうか。どうしてこんなものを積みこむのだろう。

そのあとには緑に塗装された戦闘用魚雷が四発、トロッコに載って、積みこまれる順番を待っている。潜水艦の救出活動になぜ戦闘用魚雷が必要なのか？

乗組員たちが彼をかすめて通りすぎ、〈トレド〉前部の脱出口から次々と箱を運び入れている。DSRVの乗員が大量の荷物を持ってきたのだ。必要な日用品に加えてそれらも搬入すれば、保管庫はたちまち一杯になった。

哨戒艇が二隻、入り江を出ていき、こんな夜更けに接近してくる不心得者がいないか警戒している。ときおり丘陵を通りすぎるヘッドライトは、A-814号線をダンバートンへ向かう車だ。

グラスはさまざまな装備の搬入に一心に見入っていたので、乾舷の当直兵から呼びかけられ、はっと驚いてわれに返った。

「艦長、副長からお電話です！」

グラスは受話器をひっ摑んだ。「艦長だ」

「艦長室に戻って電話に出てください」

「副長、ちょっと待て！　こっちは忙しいんだ。きみが応対してくれ」

艦内があわただしい状況にあっても、いつでも電話に出られる場所にいなければならないのが艦長の務めとはいえ、グラスには億劫だった。

エドワーズは丁重に間を置いてから、答えた。「艦長がお出になったほうがよろしいかと思います。ワード准将からのお電話で、しかも秘話回線で話したいということです」

「わかった、副長。すぐに戻る」

グラスは前部脱出口を飛び降り、箱を受け渡している大勢の乗員の列をかき分けた。敏捷な動作で、食堂に積み重なった備蓄物資の山を乗り越える。乗組員は今後一週間、缶詰の山を縫って歩くことになりそうだ。

艦長は梯子を急いで昇り、発令所に出た。ペレスとオシュリーが海図の山に向かってかがみこみ、基地を出て開水域に出るルートを話し合っている。グラスは二人をよけ、自室へ向かった。

発令所の前の通路はなくなっており、階下の通路も同様だった。中階デッキの艦尾から上部乾舷にかけて、長い傾斜路が設けられ、そこから兵器や装備を積みこんでいるのだ。さっきグラスが目にした、見慣れない黄色の箱のようなものが、傾斜路を下っている。近くで見るとますます奇妙な代物だった。水中用ビデオカメラの透明なレンズが、まるで好奇心に富んだ異星人のような目を向けている。それとも悪意か、あるいは無関心なのか。

彼にはわからなかった。

グラスは傾斜路の端をまわり、艦長室に飛びこんだ。ここからは最下部の魚雷室が見え、上部の開け放たれたハッチから冷気が吹き下ろしてくる。

椅子にどんと座り、外線電話を掴む。「ジョー・グラスです、准将」

「ジョー、元気そうで何よりだ。そっちはどんな様子だ？」

「とても順調です。艦《ふね》も乗組員も申し分ありません。飲みこみが早いです。それでもひとつ、お話ししなければなりません。ノーフォークを出航するとき、艦橋に上がると、当直将校が振り返って出航許可を求めてきました。そのときわたしは思わず振り返り、准将がどこにいるか探したのです。何秒か経って初めて、わたしに話しかけられているのだと気づきました」

受話器の向こうから、ワードの押し殺した笑い声が聞こえた。

「ジョー、就任したばかりの艦長は必ず戸惑うものだ。わたし自身、艦長として初めて〈スペードフィッシュ〉に乗ったときはそうだった」ワードは少し間を置き、話題を変えた。「ジョー、きみの演習記録を読んだ。初訓練で一発食らったらしいな」

グラスは顔をしかめた。やれやれ、そら来たぞ。教え子の大学での成績をとがめる高校教師みたいだ。

「確かに、〈タービュレント〉は思ったよりずっと手強く、すばやい相手でした。接近しすぎたところへ、準備が整わないうちに攻撃されたのです。われわれは貴重な教訓を得られました」

グラスはそれ以上立ち入った話はしなかった。エドワーズが確たる根拠もなく、ツィリヒの〝直感〟に頼ったことや、射撃指揮班の出遅れなどだ。グラスはそうしたことを彼自身の胸に秘め、元上官にさえも明かすつもりはなかった。そうした情報は生命線にかかわるのだ。外から見れば、〈トレド〉に関する問題はすべて艦長の問題になる。

ふたたび口をひらいたとき、ワードの声には峻厳な響きがあった。「きみがその教訓を、まだ代償が安価なうちに得られてよかった。次回はそうはいかんぞ。そのために演習があるのだ、艦長。さて、ここからは秘話回線に切り替える」

不意にグラスは背筋に寒けを覚えつつ、秘話回線の切り替えボタンを押した。ピーという電子音に続き、数秒ほど回線が切り替わる音が聞こえ、赤いランプが点滅して緑になった。ふたたび聞こえてきたワードの声は妙に遠く、うつろだった。

「秘話回線に切り替わった、ジョー」

「こちらも切り替わっています」グラスは答えた。「では、何が起きているんでしょうか？　これはただの演習ではないですね」

ワードは間を置き、おもむろに口をひらいた。「一昨日、〈マイアミ〉から大西洋潜水艦隊司令部にメッセージがあった。あの艦はバレンツ海の流氷の限界へ科学調査に出ていたんだ。ウッズ・ホール海洋学研究所の科学者連中を乗せて、クジラの鳴き声を聴きに行った」

「ブラッド・クロフォードの艦ですね？　彼とは艦長候補生クラスでいっしょでした。有能な男です」

「ああ、クロフォードが〈マイアミ〉を指揮している」ワードは答えた。「きみの言うとおり、彼は有能だ。重圧がかかる状況でも冷静沈着だ。上の評価も上々だ。彼が操艦を誤ることはまず考えられないだろう。ともかく、本題に戻ろう。司令部がクロフォードから受けたメッセージの話だ。それによると、〈マイアミ〉の曳航アレイにポリャールヌイ基地を出てきた新型のアクラ級潜水艦が探知された。静粛性がきわめて高く、従来のアクラ級で探知された大半の音が聞こえないらしい」

グラスは思わずうなり、顎を撫でた。「ロシアの新型艦ですか？　確かここ最近、アクラ級潜水艦は活動を停止しているはずです。資金難で艦隊を維持できず、係留されたまま錆びついていると聞いています。いったいなぜ、新造艦を造れたんでしょう？」

「わたしにもわからんよ、ジョー」ワードは答えた。「さらに大きな疑問は、どうやってわれわれに知られることなくそんなことができたのかだ。ともあれ、〈マイアミ〉はこの新型艦を追跡して氷海の下を潜航したと報告した。ところがノヴァヤゼムリャから北西に二〇〇マイルの地点で、アクラ級潜水艦は爆発を起こし、沈没したのだ。クロフォードによれば、生存者と水中電話で話し、彼らは窮地に陥っているそうだ。原因は不明だが、原子炉が停止したという。彼らは一〇〇〇フィートの海底に沈没し、海面は流氷で埋まっているそうだ」

「なんてことだ」グラスは言った。「新造艦が、原因不明の沈没ですか。いったい誰が予想できたでしょう？ では、これまでにわかったことをロシア側に通報すれば、彼らは現場に艦艇を出し、救助活動に乗り出すのではないでしょうか。ポリャールヌイからはそう遠くないはずです。准将からはまだ、われわれがここへ呼び出された理由も、これほど急いで秘密裡に準備をしている理由も聞いていません」

「先走りしすぎだ、ジョー。ロシア側は現在、潜水艦を展開していないし、行方不明になった潜水艦もないと主張している。最近の偵察衛星の画像を見ても、ロシアの潜水艦はすべて係留されたままだ。そのうえ連中は、昔ながらの主張を蒸し返し、バレンツ海はロシアの領海だと言い出している。つまり、とりもなおさず、われわれに出ていけと言っているんだ」

扉の外でけたたましくベルが鳴り響き、グラスの注意を引きつけた。そちらに目を向けると、緑色の戦闘用魚雷が、まがまがしい力を秘めて積みこまれている。「ジョン、いったいなぜ、沈没したロシア潜水艦の救助へ行くのに、戦闘用魚雷を積みこむのか、説明を聞いていません」

「そいつは通常の魚雷ではない」ジョン・ワードは言った。「氷の下での作戦用に調整されたものだ。ソナーも電子機器も、北極海に合わせた特別なものだ。全艦隊で四発しか保有していない、氷海用のADCAP魚雷だ」

グラスは息を呑んだ。「まだ質問の答えを聞いていません。なぜそんなものが必要なんですか？」

受話器の向こうで、長い沈黙があった。ジョー・グラスには秘話回線のかすかな雑音が聞こえるばかりで、扉の外からは起重機がきしみながら、艦の内部に最新兵器を搬入する音が響いてくる。

「ジョー、〈マイアミ〉は最初のメッセージから十二時間後に、また連絡すると言っていた」ジョン・ワードは答えた。「それから、音沙汰がない。もう優に丸一日は経っている」

「あなたはどうお考えですか、ジョン？」

「わからん。だがな、ジョー、用心の上にも用心を重ねることだ」

9

ジョー・グラスは艦橋の上端から、黄色とオレンジに塗り分けられた英国海軍のタグボートが白波を蹴立てて自艦に横付けし、〈トレド〉を桟橋から牽引する準備にかかるのを眺めた。深々と息を吸いこむ。みぞれ混じりの雪が顔に突き刺さっても、身を切るような北風は爽快だ。

まだ夜明けまでは三時間もある。しんどい一日の締めくくりは、長い夜だった。だが、これから乗組員と艦を率いて乗り出す航海は、訓練ではなく本物の任務である。行ってみなければ、何が起こるかはわからない。グラスとその部下たちが、世界の最北の分厚い氷の下でいかなる光景を目にするのか、知るすべはなかった。そのための心構えはできているだろうか。

この艦の装備は最先端であり、アメリカ政府が用意しうる最高のものだ。グラスは乗組員とともに長い時間を過ごし、彼らの能力に信頼を置いていた。海軍に入隊してこのかた、グラスが厳しい訓練を積み重ねてきたのは、まさしく任務を遂行し、いかなる不測の事態にも対処するためなのだ。

グラスはいまや、準備万端だった。

〈ミスティック〉は潜水艦の背中に固定され、北極海の氷の下への長旅に備えて艤装を終えた。特別に用意されたADCAP魚雷も魚雷室に備えられ、必要があればいつでも装填できる。兵器士官のエリック・ホブソンが、無人潜水艇とともに魚雷も積載していた。

非番の乗組員たちはまだ、北極海での任務に向けた備蓄食糧を手分けして運んでいる。ダン・パーキンス以下のDSRV要員は、深海救助艇の最終点検と装備の搬入に余念がなかった。

「艦長、出航準備、完了しました」ホブソンがグラスに声を張って報告する。兵器士官は艦橋のコクピットで艦長の真後ろに立っていた。「タグボートは牽引の準備を完了しています」

その言葉が強風でかき消される。グラスはよく聞こうと、身体をそちらに近づけた。

「ご苦労。もやい綱を解け。これより出航する」

〈トレド〉は任務に奮い立ったかのように海へ乗り出した。潜水艦は入り江を出て一路北へ針路を取った。これからいかなる運命が待っているのだろうか。

古くみすぼらしい潜水艦は、北極海の厳しい風雨に長年さらされてきたかのように見える。セイルにぶら下がる艦名の標識は色褪せていたが、かろうじて判読できた。かすんで黄ばんだキリル文字で〈ヴィーペル〉と記されている。丸みを帯びたセイルは、巨大な手のような赤い錆に覆われていた。表面の吸音タイルはいたるところで剝がれ落ち、潜水艦はまるで重度の皮膚病に悩まされているかのようだ。甲板は厚い氷に覆われ、造船所の向こうのフィヨルドから吹いてくる土埃で黒ずんでいる。

この朽ちかけた潜水艦に向かって、ポリャールヌイ湾の灰色の水面を二隻のタグボートが近づいてきた。風に吹かれて船首に白波が立ち、砕け散って氷のような霧となる。うら寂しい埠頭には、さらに四隻の潜水艦が係留されたまま船体を上下させ、むなしく朽ちるにまかされていた。

五、六人のだらしない恰好をした水兵がばらばらと降りてきて、タグボートが潜水艦を押して埠頭に近づけるのと同時に、綱を引く準備をした。水兵の一団は腕組みをし、両足を踏み鳴らして、極寒のなかで血行を取り戻そうとしたが、しょせん無駄なあがきだ。空には厚い雪雲が低く垂れこめ、灰色の旗布さながらに夜空の星を覆い隠している。陰鬱な雲は同時に、上空からのスパイ衛星の目もふさいでくれた。埠頭に沿って並ぶ水銀灯の光が、のしかかる雲にぼんやり反射し、幽霊のような冷たく青い光で一帯を照らし出す。

朽ちた古い潜水艦は埠頭沿いの浮き箱と接していた。男たちが引き綱を掴み、咆哮する冬の嵐でもほどけないよう、老朽艦にしっかり結びつける。苦役が終わると、水兵たちは狭い道板を歩いて長い埠頭へと戻り、同様に係留されている何隻もの潜水艦の前を素通りした。どの艦もわびしげに打ち捨てられ、腐食が進んでいる。彼らの姿が消えると、一帯に人けはなくなり、幽霊船のような潜水艦の群れを乾舷に立って見守る警衛もいなくなった。

水兵の一団は桟橋の突き当たりを曲がり、通りを進むと、その奥にそびえる巨大な建物に入っていった。そこはまさしく、〈ゲパルド〉や〈ヴォルク〉が数日前に出航した、屋根で覆われた埠頭だ。そこだけは活気に満ちあふれ、いましがた彼らがあとにしてきた、吹きさらしの埠頭の死んだような静けさとはまるで別世界だった。ここで彼らは長い埠頭へ足を進め、四隻の潜水艦とその周囲で立ち働く作業員を横目に、入念に整備された一隻の潜水艦に乗り移った。

真新しい標識には、くっきりした書体で〈ヴィーペル〉と表示されている。

一団のリーダーが乾舷で待つ士官に敬礼した。「艦長、作業が完了しました。ダミーの潜水艦を、同じ場所に係留しました」

艦長は優雅に敬礼を返した。「よくやった！　これでアメリカのスパイ衛星もまちがいなく騙されるぞ。やつら、すり替えられたなどとは疑いもしないさ」

彼は一団に、休んでよいと身振りで示した。これで水兵たちもようやく、熱い紅茶にありついてかじかむ手足を温められる。

電話の音がとどろき、アレクサンドル・ドゥロフ提督を起こした。けたたましいベルで起こされるまで、提督は自分が居眠りしていたことにさえ気づいていなかった。

頭を振って眠けを払い、のしかかる疲労に悪態をつく。

やることは山ほどあるのに、時間があまりに少ない。計画がすべてなし遂げられ、祖国が本来あるべき地位に返り咲いたら、好きなだけ休めるというものだ。しかしいまは、やるべき仕事をなし、しかるべき事項を手配し、術策も弄さなければならない。うたた寝している暇などないのだ。こんな老兵でさえも。

手を伸ばし、受話器を取る。「ああ《ダー》、ドゥロフだ。用件はなんだ？」

「提督、グレゴール・ドビエシュ大佐であります」

ドゥロフはすぐに声の主を思い出した。ドビエシュはポリャールヌイ潜水艦基地司令で、ドゥロフの計画の鍵を握っている人物だ。彼もまたプライドが高く、自己愛が強い男だ。

「準備は最終段階に入っています。〈ヴィーペル〉の改装と、潜水艦修理ドックでのミサイルの装塡が完了しました。もともと同艦が係留されていた埠頭には、同型のダミーを置いています。二週間以内に、作戦準備が完了する見こみです」司令は誇らしげな口調だ。

「ドビエシュ、このできそこないのコサック野郎が！」ドゥロフは怒り狂った。「おまえのおふくろはばかなのか？　そうでなければ、おまえのようなばか息子ができるはずがない。わたしが五日と言ったとき、おまえは何を勘違いしていた？　一から五まで、数も数えられないのか？」

ドビエシュは提督の怒りに手がつけられなくなる前に、なんとかなだめようとした。哀願するような口調で、彼は言った。「提督、装備には一定の時間がかかることをどうかご理解ください。ミサイルのテストはまだこれからです。制御システムも――」

ドゥロフは聞く耳を持たなかった。「テストだのチェックだのはどうでもいい。整備中の潜水艦はすべて、五日以内に出航準備を完了させろ。おい、聞いてるのか？　五日以内だぞ！　できなかったら、おまえはこれから一生、極寒の地で過ごすことになるぞ。そこに比べたら、シベリアだって天国みたいなものだろう」

「かしこまりました、提督」大佐は震え声で、弱々しく答えた。「ご命令どおりにします」

ドゥロフは受話器をたたきつけた。深呼吸し、気分を落ち着かせる。心臓はもうかつてとはちがい、無理が利かない。自分がもっと若いころはこれほど声を荒らげなくても、ドビエシュのような無能な輩《やから》はたちまち恐れ入ったものだが。いまやあの手の下っ端をどやしつけるたびに、心臓と呼吸が不安定になる。

ドゥロフは机上のクリスタルのゴブレットに、なみなみとウォッカを注いだ。上着のポケットに手を入れ、錠剤の入った小瓶を取り出す。小さな青いカプセルを口に放り、火酒をぐいとあおった。呼吸が戻り、脈も安定してきた。胸ポケットからハンカチを取り出し、額の汗と口のまわりについた痰を拭った。

呼吸が正常に戻ったと判断し、彼はふたたび電話を取って、なじみの番号にかけた。

「ああ、提督ですか？　どんなご用で？」ボリス・メディコフが応答した。受話器の向こうははるか遠くのモスクワで、声が間延びして聞こえる。

「ボリス、こっちは予定どおりに進んでいる。全艦、五日後に出航準備完了だ。〈ヴォルク〉からまだ連絡はない。〈ゲパルド〉への襲撃は成功したものと仮定するしかなかろう。〈ゲパルド〉からも連絡はないからな。セレブニツキフからの連絡が遅れている理由はいろいろ考えられるが、実際のところ何が起きたのかはわかっておらん」

ドゥロフは報告を終え、息を詰めた。甥からなんの音沙汰もないのには不安を覚える。アンドロポヨフがなんらかの手段で反撃に出たのではという疑念は募った。沈没する前に、追ってきた〈ヴォルク〉を道連れにしたのかもしれない。だが、潜水艦が二隻とも失われたとしても、それは受け入れ可能な範囲だ。計画全体から見れば、かえってそのほうがよいのかもしれない。

受話器の向こうは沈黙している。ドゥロフの目には、このマフィアのボスがしばし唇を嚙み、提督の報告をじっくり考えて、計画全体への影響を見積もっている姿が浮かんだ。ふたたび口をひらいたメディコフの語調は、剃刀のように鋭く辛辣だった。

「アメリカ側でのわれわれの計画に、ごくありふれたささいな穴が見つかっただけで、あなたはひどくお怒りでした。その割にはずいぶん詰めが甘いですね、提督。果たして襲撃が行なわれたのか、あるいは計画そのものが発動したのかすら、わかっていないじゃないですか」

ドゥロフは歯ぎしりした。たかがやくざ《オルガニザツィヤ》ふぜいが、わたしの作戦に疑問を呈するとは。しかし彼は、怒りの衝動を抑えた。「それ以外はきわめて順調だ。氷海の下で何が起こったか、ほどなく世界中に知れ渡るだろう。少なくともわれわれは、悲劇的な裏切りのストーリーを押し通すつもりだ」

「ふうん、では仮にあなたの推測が正しいとしましょう。それからどうするんですか？」

「きみも知ってのとおり、切迫したニュースには相当な効果があるものだ」老提督は答えた。手の震えにかまわず、ゴブレットをあおってウォッカを最後の一滴まで飲み干そうとする。「ニューヨークですべてが予定どおり手配できたら、われわれは言ってやるんだ。〈ゲパルド〉が失われたのは、タカ派の新大統領の下で、厚かましく好戦的になったアメリカのせいだと。万一〈ヴォルク〉も帰還しなかったら、二隻ともやつらのせいにしてやる。いったんメディアが論調を決めたら、あとはわれわれの代わりにせっせと働いてくれるさ。全世界でわれわれの主張どおりの考えを広めてくれるだろう。そのあとも、事態はこちらが敷いたレールどおりに進んでいくにちがいない」

遠くモスクワから、長いため息が聞こえてきた。

「われわれの首が二人ともつながるように、せいぜいあなたの言ったとおりになることを祈りましょうか、提督」

艦内はすさまじく寒かった。

セルゲイ・アンドロポポヨフ艦長は真っ暗な寝室で縮こまっていた。凍りつくような寒さで、考えることさえ難しい。それでも、乗組員が生き残るにはどうすればよいのか、彼は思案を続けていた。

思考はますます困難になりつつある。いくら考えても混乱するばかりだ。暗がりや寒さだけでなく、忍び寄る恐怖の影にも飲みこまれそうになる。彼はその感覚と闘った。

生存している乗組員は少なくとも三五人。彼らもみな寝室で丸くなり、体温で温めあおうとしていたが、それでも寒さはしのげなかった。バッテリーは消耗が激しく、アンドロポポヨフはついに暖房を切る決断をした。潜水艦がふたたび救出に近づいてきたら、水中電話を使えるように最小限の電力は残しておかなければならない。さもなければ、誰も彼らを見つけてくれないだろう。

アンドロポポヨフはピシュコフスキー一等航海士に身振りで、自分の毛布にくるまるよう促した。声をひそめて話しかける。「ディミトリ、何か手を打たなければならない。このままでは、たとえ空気がまだあっても全員ここで凍死だ」縮こまって震えている乗組員がこの話を聞きつけたら、士気に悪影響を及ぼしてしまう。たとえ彼らが艦長と同様に状況をわかっていたとしても、だ。指揮官があきらめない姿勢を見せれば、彼らもまだ希望を捨てないだろう。「できることはまだあるはずだ。何か考えはないか？」

ピシュコフスキーは寒さに震えていた。毛布の端を引き、身体に巻きつけて、歯の根が合わない口で答える。「艦長、原子炉区画はまだ暖かいです。この際、多少の放射線を浴びても、凍死するよりはましだと思います」

アンドロポヨフは寝台から起き上がった。空気は汚染され、動こうとすると呼吸が苦しくなる。いつか助けが来るというむなしい望みを抱きながら、いったいあとどれぐらい持ちこたえられるだろう？　もうすぐ、床に広げた水酸化リチウムも枯渇する。凍死を免れたとしても、あと一日か二日もすれば二酸化炭素が彼らを殺すだろう。

彼はしばし選択肢を考えた。陰鬱な考えに囚われそうになる。いっそこのままここにいて凍死したほうがいいのかもしれない。アンドロポヨフはどこかで読んだことがあった……プーシキンの一節だっただろうか……凍死は静かで穏やかで、痛みのない死にかただ、と。

彼は頭を振り、その考えを退けた。最後まで闘いつづけるのだ。考えられる策はすべて試み、たとえほんのわずかでも乗組員をここから脱出させ、生還させる可能性があるのなら、そこに賭けるのだ。

そもそも、潜水艦が沈没した原因もまだ究明されていない。仮にこの潜水艦に欠陥があったせいで今回の惨事が起きたのなら、二度と同じことが繰り返されないようにしなければならない。しかし、ここバレンツ海の海底で彼らが全員死んでしまったら、対策を打ち出す望みはなくなる。

「ディミトリ、来るんだ」彼は振り向いて声をあげた。「全員、原子炉区画へ移動しよう」

生存者はよろめく足取りでハッチをくぐり抜け、まだ暖かさが残る区画へ移った。

のしかかってくる黒い影に、マリーナ・ノソヴィツカヤは机から目を上げた。果たせるかな、ドミトリ・ウスティノフが彼女を見下ろし、よこしまな笑みを浮かべて彼女のブラウスの胸元に目を向けている。若くかわいらしいプログラマーははじかれたように立ち上がり、ブラウスの襟をきつく閉じた。

「どこを見てるのよ?」ロシア語で彼女は詰問した。

ウスティノフは露骨な色目で見つめ返した。「きみは上司にそんな態度で接するのか?」

いい眺めをほれぼれと楽しんでいただけじゃないか。それなのにきみは、どうしてそんなに食ってかかるんだ?」したり顔で続ける。「もっと愛想よくしてほしいな。きみのようにアメリカへ来たばかりの移民に、俺がどれだけのことをしてやれるか、きみが知ったら驚くぜ。俺はこの国にいろいろ人脈があってね」

その言葉にノソヴィツカヤは胸をそらし、ピンクの薄い服地をさらにぴんと張って、乳房の形を露わにした。豊かな唇に、なまめかしく淫靡《いんび》な笑みを浮かべる。ふたつの乳首が誘いかけるようにそそり立った。

ウスティノフは生唾をごくりと飲んだ。玉のような汗の粒がげじげじ眉毛を伝う。オフィスの小部屋の照明が、にわかに暗くなったように思える。いとも魅惑的な双丘を照らし出すひと筋の日光。彼は自分を抑えられなくなった。すぐそこにあるその部分に手を伸ばし、感触を楽しみたい衝動がこみ上げる。

と、彼女は身を乗り出し、目を威圧的にすがめて、命令するようなまなざしを向けた。低く、凄みのある声だ。「ボリス伯父さんがあんたに気をつけろと言っていたわ。伯父によると、あんたはジョージア出身の豚野郎らしいわね。そしてもしあんたに脅されたら、キンタマをちょん切って飲みこませろって言ってた」言葉を切り、不意に相手の表情に浮かんだ恐怖の色を楽しむ。「伯父のボリス・メディコフのことは覚えてるでしょ?」

ウスティノフは顔面蒼白になった。血の気が引き、彼女の机に手を伸ばしてかろうじて身体を支える。

ボリス・メディコフはウスティノフにとって絶対的な親分で、いわば雲の上の存在だった。その男がまさか、彼女の伯父だったとは？　メディコフなら、胸元の覗き見や色目、脅しだけでも平気で彼を殺すだろう。ましてや、かわいい姪に目をつけた最初の日から、何度もさまざまな妄想を頭のなかでもてあそんできたことなど論外だ。実際、メディコフがその気になれば、モスクワからニューヨークまでひとっ飛びで来られる。まばたきするようにたやすく。

　ノソヴィツカヤの表情がやわらぎ、笑みを浮かべた。頭をもたげ、長いブロンドの髪を振り払う。そして唇から悩ましく舌先を突き出し、ふたたび口をひらいた。

「わたしの愛するボリス伯父のことを思い出してくれたみたいね。伯父から伝言があるの。オプティマルクス・システムをフル稼働させたら、わたしたちが書き換えたプログラムを仕込んで、きょうから一カ月後に動かしてほしいのよ」

　ウスティノフはオフィスの周囲を見まわした。ありがたいことに、二人以外にはまだ誰もいない。みんな昼食に出ているのだ。

「一カ月後？」彼は抗弁した。「それは無理だ。不可能だ。自動化監査規定（ARP）だけでも完了まで二カ月はかかる。しかも、テストが完了し、SECがオンラインでの使用を認可するまで、システムは使えないんだ」

　彼の必死の懇願にも、ノソヴィツカヤはまるで無関心のようだ。彼女は小部屋が並ぶ通路をけだるげに見下ろしている。オフィスの窓の向こうには、マンハッタンの摩天楼が広がっていた。ウスティノフはなおも数秒間まくし立てたが、抗弁しても無益だと気づいて口を閉じた。

ノソヴィツカヤが笑みを向けた。「ボリス伯父が一カ月と言ったのよ。一カ月後にできなかったら、あんたはハドソン川の冷たくて暗い川底に沈められるわ。わたしがここへ来たのは、あんたがちゃんとやるかどうか見張るためなの」

彼女は立ち上がり、ウスティノフの前を通りしな、乳房を腕に押しつけた。そのまま立ち止まり、豊かなまつげ越しに彼を見つめる。それから不意に、悩殺するように腰をくねらせて歩き去った。

ドミトリ・ウスティノフが息苦しいのは、マリーナ・ノソヴィツカヤの美貌や強烈な香水のせいだけではなかった。

10

マーク・スターンが真っ赤なポルシェ・ボクスターを入れた駐車場には、『関係者専用――パートナー以外お断わり』と記されていた。彼は小型のスポーツカーを軽やかに降りた。その年齢にもかかわらず、早朝のスポーツクラブでテニスの試合に汗を流してきたところだ。『芝生に入らないでください』の看板を無視し、見事に手入れされた緑の芝生をすたすた歩いて、目的地への最短距離を取る。行く手には、カリフォルニア特有のブラックオークの巨木が並び、木立の奥まったところに石とガラスでできた二階建ての建物があった。外観はスタンフォード大学の赤い屋根の講義棟を思わせるが、大学のキャンパスがあるのはサンドヒル・ロードの向こう側だ。大学の建物とのちがいをうかがわせる唯一の特徴は、石造りのアプローチの近くにごく控えめに掲げられた、光沢のある黒い大理石の厚板だ。そこには金文字で〈プライベート・パシフィック・パートナーズ〉（ＰＰＰ）と記されている。

実はこの建物こそ、全米で最も強い影響力を持ちながら謎に包まれた、ベンチャーキャピタル投資会社がパロアルト市に置く拠点なのだ。しかし外観だけでは、その壁の向こうで生き馬の目を抜くような金融取引が展開されているとは想像もつかない。

スターンは受付係に会釈し、彼女の背後でひらいているエレベーターの扉を素通りして階段を二段ずつ駆け上がり、二階の専用執務室に向かった。けさは重要な用件があるのだ。オフィスへ来る途中に受けた電話で、以前からの疑念が裏づけられ、いまは何か手を打つべきときだ。

建物自体と同様、広いオフィスもまた来客に強い印象を与え、畏怖の念さえ覚えさせる狙いがある。だがそれだけでは、内装の調度を形容するにはとても足りない。権力を誇示しようという狙いは、度が過ぎるほど露骨だった。装飾的な彫刻が入ったマホガニーのどでかい机が、シリコンバレーを見はるかすピクチャーウインドウの中央に鎮座している。ガラス張りの外壁の前にも同じ大きさの会議用テーブルが置かれ、こちらからはサンタクルーズ山脈を望むことができた。黒い牛革とクロームの椅子が並び、ここへ来ることができる富裕層の客を歓迎している。彼らはここに思い思いに腰かけ、机の奥から語りかける高名な投資家のもったいぶった話に耳を傾けるのだ。内壁には趣味のよい現代美術の作品が飾られ、どれもレプリカではなく本物だった。毛足が長い栗色のカーペットと凹凸模様のある壁紙が、広い室内に贅沢かつ優雅な趣《おもむき》を添えている。金と権力のにおいがぷんぷんする部屋だ。

スターンはしばし腰を下ろし、唇をゆがめて、これからどう動いたものか考えた。指先で机の上をたたき、癇癪《かんしゃく》を抑えて落ち着こうと努めている。

オプティマルクス社は最初から、文字どおり金の鉱脈になることを約束していた。だからこそマーク・スターンは、手元の資金を惜しみなく注ぎこみ、喜んで私財の大半をはたいてきた。いつもどおり、彼は徹底した調査・分析を行なった。その結果はきわめて良好だった。このベンチャー企業は金の卵そのものに見えた。

オプティマルクス社は信頼度の高い企業であり、アメリカの証券取引決済をハイテク技術でスピードアップする仕事を手堅く請け負っているはずだった。いったいどこでまちがえたのだろう？

いまやこの企業には、相当なリスクがあった。大ばかのイギリス野郎、アラン・スミスが何もかも台無しにしようとしている。スターンから見れば、あの男は無能とも犯罪的な愚か者とも言いかねた。

あのろくでなしはこのマーク・スターンから、けちな詐欺の計画を隠せるとでも思っているのだろうか？　スターンの目がそんな計画を見逃すような節穴だったら、世界で最も強力なベンチャー企業投資家の一人に登り詰めることはなかっただろう。それなのにスミスはいかにも素人めいたやり口で、はした金をちょろまかそうとしている。頭痛の種はそれだけではない。ＳＥＣがいったん疑いを抱き、いかにささいなことであれ疑念を抱いたら、オプティマルクス社を罠にかけるだろう。そうなればＰＰＰとマーク・スターンの金は回収できなくなり、彼らは泥沼にはまる。オプティマルクス社はいつ果てるとも知れないテスト、煩瑣《はんさ》きわまる検査、終わりのない訴訟沙汰、絶えざる資金監査といった攻撃を受け、システムが認可を受けて稼働するはるか手前で資金が尽きてしまうにちがいない。スミスのけちな詐欺計画が露見するまでもなく、そうした事態が起こる可能性は十二分にあった。

さらにもうひとつ問題があり、スターンを悩ませていた。当初はきわめてたやすく解決できるはずだったし、またそうする必要があった。スターン自身が投資しているハイテク関連企業が運営に行き詰まり、請求された追加証拠金を支払うために一千万ドルもの手元資金が必要になったのだ。仲介役はあまり理解を示してくれなかった。だがバンドシステムズ社の連中が助けの手を差し伸べ、わりあい単純な解決策を示してくれた。ある条件と引き替えに、必要な資金をひそかに供給してくれたのだ。スターンが引き替えに求められた条件とは、オプティマルクス社が開発中の新たな取引決済システムに、バンド社のハードウェアを組みこませることだった。たとえそのハードウェアが金額に見合わない屑同然の代物であっても。

だがアラン・スミスは、そのハードウェアには互換性がないばかりか、ＳＥＣが求めている性能水準も満たしていないと言って逃げまわっていた。

そろそろ、あの詐欺師野郎に焼きを入れるときだ。スターンは机のいちばん下の抽斗を開け、ビデオテープを取り出した。そしてこの日初めて、口元にかすかな笑みを浮かべた。こいつは効き目があるだろう。この映像を提供してくれた個人投資家には、たんまり報酬をはずんでやったのだ。その男はかなり周到に下調べし、ちょうどいいときにふさわしい場所に居合わせていたにちがいない。あるいは最初からそうなるように仕向けたのかもしれないが。しかしスターンにとってはどうでもいいことだったし、どんな手を使おうがかまわなかった。あのイギリス野郎がどんな甘言でこちらを騙しにかかるかと思うと、かすかな笑みは抑えきれなくなり、顔一杯に広がった。あの男とじかに会わねば。

スターンは内線電話のボタンを押し、応対した秘書を怒鳴りつけた。

「オプティマルクスのアラン・スミスをいますぐ電話に呼び出せ。そしてただちに自家用機でこっちに来るように言え。きょうの夕方に来てもらう。言いわけは無用だ。来なければ資金を止めると伝えろ……きょうの業務終了時間までにな」

ジョー・グラスは魚雷発射管制御卓の前で、ベンチ兼用ロッカーに腰かけていた。スコットランドの海軍基地で電子装置やらケーブルをどっさり積みこんでいたにもかかわらず、任務のために出航した割に、魚雷室は奇妙なほど閑散としている。合計二六発を収納する格納庫には、オレンジの訓練用ADCAP魚雷六発のほか、その背後には緑の戦闘用魚雷が一発見えるだけだ。ほかの三門の魚雷発射管は閉鎖されているようで、重厚な銅の扉の上には真鍮に刻まれた文字が掲げられていた。『注意――この先に魚雷あり』

　だが、二番発射管の後扉はひらいていた。直径二一インチの発射管を覗いてみれば、二三フィート奥に前扉が見える。発射管にあるのは小さな黄色の無人潜水艇だけだ。不格好で奇妙な小さい物体は、いかにも場ちがいに見える。本来ここにあるべきものは、なめらかで光沢を放つ強力な兵器であって、風変わりな海洋学者の作ったおもちゃのような潜水艇ではない。

「こいつにはなかなか手こずりましてね、艦長」話しかけてきたビル・シュワルツは、アイスホッケー用のパックぐらいの大きさをしたプラスチックの円い塊を示した。横から太いケーブルが突き出し、反対側には短いピンのようなものが規則的に並んでいる。シュワルツはダン・パーキンスのＤＳＲＶチームの臨時メンバーで、民間の科学者だ。この中年の科学者は遠近両用レンズの眼鏡を押し上げ、首を振った。ふさふさした茶色の髪には白いものが混じり、無秩序にはねて、いかにも常軌を逸した科学者のおもむきだ。「品質管理部門はいったい何をしていたんでしょうね！　ピンコネクターは全部で一四八個必要なのに、不良品が三個も見つかりましたよ」

　シュワルツは厄介なコネクターを、それまで使っていた検査機器の隣に放った。それから、背後に置いてあった緑のキャンバス製の袋を摑み、一個の部品を出して検査機に電極を当てる。彼は立ち上がって身を乗り出し、発射管の扉に置いてあった別のコネクターの隣にそれを並べた。

ふたたび、検査機の前に腰を下ろす。箱型をした検査機にはスイッチが並び、ラップトップコンピュータが接続されていた。キーボードを操作したシュワルツは、背中をそらしてスクリーンを指さした。「これが見えますか、艦長？　まさしくこうでなくっちゃ。こいつは良品です」

グラスはコンピュータのグラフィック画面を見た。彼にはよくわからなかったが、この科学者が納得しているのだから、これでいいのだろう。

「作業は順調なのかな？」グラスは訊いた。

シュワルツはため息をつき、魚雷格納庫を支える太い支柱にもたれかかった。カップのコーヒーをがぶ飲みし、ふたたびため息をつく。「うーん、いちばん厄介なところは終わりましたかね。どだい一筋縄ではいかんですよ。魚雷発射管からこいつを使うのはそもそも今回が初めてなんです。旧世代の潜水艇では、こんなこと自体できませんけどね」

グラスは眉を寄せた。この複雑怪奇な装置は、まだテストもしていないというのか。沈没した潜水艦の乗組員を救助するとしたら、この装置にかかっているというのに。

「なぜいままではできなかったんだ、シュワルツ博士？　この装置は見るからにいろいろ使えそうなのに」

「問題は動力源でして。旧世代のものは電動で、水面から電力ケーブルをつないでいました。魚雷発射管から出発させるには、発射管の扉を大幅に改造しなければならず、仮にそうしたとしても、活動範囲がきわめて制約され、現実的ではなかったのです。全長数千フィートもの電力ケーブルを艦内に収容する余裕はないでしょう、艦長。あるいは、いったん海中に伸ばしたら回収するのが困難です。その点、この新型機はバッテリーが電源です。それから、この光ファイバーケーブルを使います」彼はリールを掴み、その先端にある髪の毛ほどの細さのケーブルを見せた。「これを使えば、行動半径は一〇〇〇ヤードほどに広がります。活動が終了したら、海中に放出したケーブルは、無人艇を格納してから切り離せばいいのです。ケーブルを回収する必要はありません」

グラスは信じられないように首を振った。「そいつはすばらしい。この機械の性能は？」

シュワルツは水を得た魚のようだ。この不格好な黄色の機械に興味を示す相手がいれば、いくらでも話していられるのだろう。「〈シースキャン〉は従来のいかなる無人潜水艇をもしのぐ性能を有しています。高解像度のサイドスキャンソナーを装備しており、広範囲にわたる海底探査を迅速に行なえるのです」螺旋綴じのメモ帳をひらき、無人艇の図を描いて説明する。博士は潜水艇の下腹部に取りつけられた箱型の部分を指さした。「沈没した潜水艦を探す場合、この磁力計が役に立ちます。相手は金属の塊ですから、きわめてよく反応します。何かありそうだとわかったら、複数のビデオカメラの映像がそこのモニターに表示されます」彼が指さしたスクリーンは魚雷格納庫の上で、電子装置やもつれたケーブルのただなかにあった。「こうすることで、〈シースキャン〉が発見したものをアップして見られるのです。重要なのは、この無人艇から見た〈トレド〉と沈没した潜水艦の位置を把握することです。われわれには非常に正確なミニ慣性航法システムがあるので、光ファイバーケーブルで、それを艦長の潜水艦のシステムに接続します」

グラスはからまり合ったワイヤーや乱雑に積み重なった箱を見て、かぶりを振った。ふだんは整然として秩序だっている魚雷室だが、いまは見慣れないものが散らかり、雑然としている。これほど混乱した電子機器、モニター、ケーブルがいったいまともに機能するのだろうか。

グラスは自分の艦の魚雷室を占拠しているごたまぜを初めて目にして以来、ずっと気になっていた疑問を口にした。「準備が完了するまで、あとどれぐらいかかる？」

シュワルツはモニターから目を上げた。眼鏡の厚いレンズに、青白い光が反射する。「今夜じゅうには接続を完了させます。あすには発射管に注水して、試験航行します。それでよろしいでしょうか？」

「結構だ。あすの夜には氷の下に潜る。そこへ到達するころには、準備万端整えたいのだ。この機械に人命がかかるかもしれないからな、シュワルツ博士」

海洋学者のシュワルツは照れくさそうに笑みを浮かべた。「心配ご無用です、艦長。〈シースキャン〉の準備は万事整えます」

キャサリン・ゴールドマンは検査中のスクリーンから目を上げ、困惑した表情を浮かべた。どこかおかしい。それがなんなのかはわからないが、なぜか違和感がある。彼女は別のスクリーンに目を移し、整然と表示されたソースコードを見た。頭の奥の小さな声が、問題があると告げている。その声はめったに嘘をつかない。いままでのところ、その理由は特定できないのだが。

それでもゴールドマンは長年の経験で、プロジェクトでうまくいかないことがあれば、それがなんであれ本能に耳を澄ますことが大事だとわかっていた。深く掘り下げて原因を究明すべきなのだ。

ゴールドマンは椅子に背中をあずけ、後ろの本棚から分厚いマニュアルを取り出してページを繰った。しかし、なんの助けにもならなかった。

机から立ち上がり、伸びをして、痛いぐらい凝った背中をほぐす。日がな一日コンピュータを見つづけるのは、かつてほど容易ではなかった。そんなに昔のことではないが、以前は一日十八時間ぶっとおしで何週間も見つづけ、ずっと集中していても苦にならなかった。あのころはまだ若かった。世界は新鮮で、希望に満ちていた。テクノロジーには大いなる可能性があり、世界をよくしてくれるという期待があった。彼女はあらゆる挑戦を楽しんだ。

しかし、いまの彼女はより成熟し、現実を知っていた。いや、シニカルになったとさえ言えるかもしれない。現代ははるかに複雑だ。ハッカー世代が大人になり、彼らの侵入やウィルス拡散の手口は、かつての粗野なやりかたよりずっと洗練されている。一国の経済を担う証券取引市場はつねに魅力的な標的であり、どこかの地下室で友だちを驚かせたいだけの子どもであれ、組織的で狡猾な犯罪者やテロリストであれ、虎視眈々とそこを狙っている。

ゴールドマンはマニュアルを抱え、散らかった小部屋から通路に出て、カール・アンドレッティのオフィスへ向かった。ほかの小部屋にいるオプティマルクス社の技術者には取り合わない。彼らは鼻先をモニターにくっつけんばかりにして、人間工学に基づいたキーボードで指を踊らせている。無数の指先がカタカタ鳴らすキーボードの音が、まるでセミの鳴き声のようだ。

あの肥満した技師長が何かの役に立ちそうかどうか、彼女には疑わしかった。ゴールドマンはとっくに、あの男はシステムの技術的な詳細をまったくわかっていないと結論づけていた。

それでも、まずはアンドレッティに訊くことから始めるしかない。いかにゴールドマンが彼と接触するのを毛嫌いしていても。ひょっとしたら、あの男の言葉から、なんらかの手がかりを得られるかもしれない。解明の糸口にでもなればしめたものだ。

ゴールドマンは広い角部屋の扉をノックし、返事がなかったので勝手に開け放った。電話での会話に夢中になっていたアンドレッティは、さっと顔を上げた。何かやましいことでもあるのか、見るからに動揺している。彼は片手で口元を覆い、聞き取れない声で受話器に何やらつぶやくと、通話を切った。

アンドレッティはそれから初めて立ち上がり、作り笑いを浮かべて、室内へ入るよう手で促した。白いワイシャツの前にはゼリーのかけらがくっつき、むらのある顎鬚にはパン屑とおぼしきものが見える。

「おはよう、ミズ・ゴールドマン。けさからこちらに来ているとは知らなかった。アメリカの哀れな投資家を守るために、政府の役人のような方がわざわざ果てしないテストにつきあってくれるとは、いったいどういう風の吹きまわしかな?」

ゴールドマンは無駄話をするつもりなどなかった。「ミスター・アンドレッティ、わたしは午前七時からこちらに来ているわ。信用売り用モジュールのソースコードのことで、ひとつ質問があるの。わたしにはなんのことかよくわからないコードが数行あるのよ」彼女はマニュアルをひらき、アンドレッティの前に広げた。彼はマニュアルが燃え出すのではないかと心配するような目で、ページを見た。

「これを見てもどこにも書いてないし」

アンドレッティはすぐには返事をしなかった。マニュアルを覗きこむようにして読み、口をもごもご動かす。それから目を上げ、肩をすくめた。「うーん、そいつはたぶん、大して意味のない、プログラムの内容とは無関係のコードが、どういうわけか残ってしまったんじゃないかな。古いプログラムのコードの断片を消し忘れたとか。いずれにしろ、心配することはないよ」

ゴールドマンは一応うなずき、分厚いマニュアルを抱えて踵を返し、自分の小部屋へ戻った。なるほど、彼の言うとおりかもしれない。ずさんな人間が消し忘れたコードにすぎないのだろう。開発担当者がプログラムに、自分用の目印のコードを入れこみ、わざわざそれを報告しないといったことはありうる。それでも、頭の奥の声はまだ収まらない。どこか腑《ふ》に落ちないのだ。依然として理由はわからないけれども。その理由を特定しないで放っておくわけにいかなかった。しつこい頭の声が静まるまでは。

彼女は後ろ手に扉を閉じ、机の前の席に戻って、アスピリンの錠剤をふた粒、冷たくなったコーヒーとともに飲み下した。マウスを動かし、スリープ状態だったコンピュータを起動させて、さっきまで検査していたコードを見なおす。そしていま一度、さっき見つけた不審なコマンドを見て目をすがめた。

頭のなかの声はいっこうにやまない。

〈ゲパルド〉の乗員は原子炉区画に集まり、暖を取った。ここは本来機械室であって居住スペースではないため、快適に腰を下ろしたり横になったりできるような場所はなかった。床は鋼鉄の格子だ。それでも、そんなことを気にする者はいなかった。ただ暖かいというだけで、この上ない贅沢だったのだ。漆黒の空間は静まりかえり、ときおり低いうめきや耳障りなあえぎが聞こえるだけだ。それは汚染された空気を深く吸いこもうとした者や、息苦しさで断続的な眠りを破られた者がたてる声だった。

セルゲイ・アンドロポヨフも、どんよりして生ぬるい空気を吸って咳きこんだ。いまや呼吸すらおぼつかない。少しでも身動きすると息切れするので、乗員はみな硬い鋼鉄の格子に横になり、できるだけ動かないようにしていた。艦長はしばしまどろみ、自分たちを埋めるのが深さ数百フィートもの氷水ではなく、少年時代を過ごした故郷の農場のかぐわしい黒土だったらと夢見た。

「ディミトリ、われわれは生存できるだろうか？」彼は一等航海士にささやいた。「希望はまだ残っているか？」

ディミトリ・ピシュコフスキーはじっと黙ったままだ。この友人にして腹心の部下も、とうとうあきらめて、答えるのをやめたか。アンドロポヨフはそう思った。しかしやがて、かろうじて聞き取れる声がした。ざらついたささやき声だ。

「セルゲイオヴィチ、われわれは神の手に委ねられています。神がお決めになるでしょう」

アンドロポヨフは枕代わりにしている丸めた布に頭を戻した。ピシュコフスキーが敬虔な信仰の持ち主だとは知らなかった。実際、これだけ長い年月をともにしていても、そうした話題が出たことは一度としてなかった。しかしいま、死を目前に控えて、彼の友人は信仰に平和を見出したのだ。

きっと彼の言うように、不可避な事態を受け入れ、心の平穏を得るのが最善なのだろう。アンドロポヨフは一昨日のことを思い出した。凍えるような寝室で、死の誘惑に屈しかけたときのことだ。あのときには答えがあった。原子炉区画に移動することで、あと数日長らえるという答えだ。

もうひとつの可能性は、セレブニツキフと〈ヴォルク〉が現われて救出してくれるまで持ちこたえるというものだ。きっと〈ヴォルク〉はすみやかに彼らを発見してくれるだろう。ピシュコフスキーの信じる神は、これほど彼らを苦しめて死なせるような残酷な神ではないはずだ。救助の手がこれほど近づいているのに彼らを死なせるような神では。

そのとき、不意にひとつの答えが頭に浮かんだ。その鮮やかさに、アンドロポヨフは目を見ひらいて大きくあえいだ。

「ディミトリ」彼はささやいた。

「なんです、艦長？」

「酸素マスクだ！　空気タンクから呼吸できる。それで一日か二日はもつだろう。そのあいだに助けが来る。まちがいない」

だが、暗闇に聞こえたのはピシュコフスキーのかすかな笑い声だった。

「それはどうでしょう？　神がお決めになることです」

アレクサンドル・ドゥロフ提督は残り火がくすぶる暖炉の前を行ったり来たりし、考えに耽っていた。一心に集中するあまり、火が消えかかっているのも忘れている。彼は立ち止まり、鼻を鳴らすと暖炉に向かってつばを吐いたが、くすぶる火は音をたてない。

グレゴール・スミトロフ大統領とその弱腰の政府のせいで、国家は危殆《きたい》に瀕している。チェチェンは平和交渉のテーブルに着くのと引き替えに譲歩を要求し、臆病者のスミトロフはあの反逆者どもの言いなりだ。やつらが「空爆反対」とデモをすれば、ロシア空軍は攻撃を停止するらしい。やつらが捕虜の釈放を要求すれば、街頭に犯罪者があふれることになるだろう。

そうすれば、反乱の鎮圧などおぼつかなくなってしまう。

チェチェンの状況だけでもこの体たらくだというのに、大統領は自国民の生活さえ守ることができない。シベリアの油田は操業休止に追いこまれ、労働者は連日ストライキを起こし、産業界への発言権を要求している。モスクワ、サンクトペテルブルク、カリーニングラード、その他あまたの都市で、食料品店の棚は空っぽになり、人々は飢えに苦しんでいるありさまだ。兵士たちは堂々と武器やミサイルをシリアやイランに売り渡し、その金で子どもたちが凍死しないようあばら屋を暖めて、長い冬をしのいでいる。

いまやこの国は、現実離れした改革論者とその軟弱な取り巻きのせいで、解体しようとしているのだ。愛する祖国は世界中で物笑いの種になってしまった。ほんの二十年前まで、全世界がわれらの強力無比な軍勢に震撼していたというのに。アメリカ合衆国は恐怖に駆られ、破産の瀬戸際に瀕してまで国防に注力し、あの腐敗した政府はソビエト連邦という明白な脅威の前に怯えきっていた。一方で、わが人民の工場は一丸となってふんだんに食料品を生産し、計画経済の恩恵によって、ムルマンスクからウラジオストック、北極圏のラプテフ海沿岸からカスピ海沿岸に至るまで、津々浦々の家庭の食卓を満たした。かつてこの大帝国の版図はアジアとヨーロッパにまたがり、世界のあらゆる国々はその威光に恐れをなした。

ところがいま、わが祖国は彼らの物笑いの種になっているのだ。かつて畏怖の的だった工業力と軍事力はいずれも衰退し、モスクワでは強欲なこそ泥どもが分捕り合戦を繰り広げている。旧帝国の派閥をなだめようと、現政権の連中は連邦を四分五裂させ、惨めで哀れな断片にしてしまった。

いまでさえ、部屋の片隅にあるテレビではニュースキャスターが、ブリュッセルを訪問してNATOに施しを求めるスミトロフ大統領のことを伝えている。あのおめでたくめめしい男は帽子を片手に、聴衆さえいればあらゆる国際機関や国々や慈善団体をまわり、援助を求めて歩いているのだ。あの男はどうやら、全世界が純粋な人間愛から支援の手を差し伸べてくれると信じこんでいるらしい。彼らが見返りを求めないとでも思っているのか。断じてそんなことはない。彼らは恐ろしく高利の見返りを求めている。

ドゥロフ提督はそれが真実であることを知っていた。歴史を振り返ってみれば、実例は山ほどある。アッティラ、チンギス・ハン、ナポレオン、ヒトラー。彼らはことごとく、母なる祖国が弱っているときに滅ぼそうとしてきた。なぜあの愚かなスミトロフは、現代の世界がいささかでも彼らの時代とちがうと思えるのか。

疑う余地はない。あの男と平和愛好主義者の取り巻きどもは、追放しなければならないのだ。いま必要なのは毅然とした強さであり、見下げ果てた物乞いではない。いまこそ真の愛国者が気概を示し、愛する祖国を救わなければ、あの連中が国をばらばらにして、外国資本に引き渡してしまう。

彼はかがみこみ、火かき棒をつかんで熾火をつついた。赤々と炎が立ち昇り、ふたたび燃えはじめる。ほどなく、火はまた燃えさかり、暖炉に残っている薪を飲みこむだろう。ふたたび部屋に暖気が満ちた。

書斎のどっしりしたオークの扉が大きくノックされた。ドゥロフが答えると扉はひらき、副官のワシーリー・ジュルコフ大尉がブロンドの頭を突き出した。

「提督、全員が会議室に集合しました。お時間です」

ドゥロフはうなずいた。もう少しだけ暖炉の火の前にたたずみ、皺が寄った手と顔を暖める。それから大きな両びらきの扉へと踏み出し、一気に開け放った。

「おまえも来い、ワシーリー。歴史の証人になるんだ」

年老いた白髪の提督と屈強な体格の若い大尉は、ともに広々とした会議室に足を踏み入れた。ジュルコフが扉を閉めて座り、ドゥロフは大きなテーブルの上座へ向かう。提督はそこに立ったまま、目の前の光景を眺めた。暖炉の熱気がまだ顔と両手に残っている。ドゥロフは目を細め、広い会議用テーブルの両側に並ぶ男たちを見た。

彼らはいずれもロシア軍の中枢を担う六人の最高幹部で、ドゥロフにとっては昔からの信頼できる戦友だ。陸軍、空軍、海軍、戦略ロケット軍の代表である。

その六人の向こうには、特徴のないビジネススーツを着た三人が座っている。彼らはセールスマンのようにも、モスクワの下級官僚のようにも見えた。ボリス・メディコフは末席に座り、大きな窓を隠すベルベットのカーテンをぼんやり眺めている。会議室の様子は、外界から完全に目隠しされていた。

ドゥロフは長くゆっくりと深呼吸した。ここにいる男たちはみな、クーデターに共鳴している。彼らが力を合わせれば、母なる祖国は早晩、栄光への道に戻れるだろう。

そのリーダーがアレクサンドル・ドゥロフなのだ。

「諸君、いよいよ立ち上がるときが近づいてきた」彼は切り出した。テーブルを囲む男たち全員の目が、ドゥロフに注がれている。ボリス・メディコフさえも彼を見ていた。「きみたちそれぞれが、計画を成功させるために各自の役割を実行に移してほしい。われわれはいまから三日後、わが軍の栄光ある新造潜水艦〈ゲパルド〉が、悪辣なアメリカ人の信じがたい冷酷無情な攻撃によって沈没し、勇敢なる乗組員が犠牲になったと発表することになっている。それまでにセレブニッキフが戻ってこなかったら、〈ヴォルク〉もまた同艦を守ろうとして撃沈されたと発表するつもりだ。われわれは大いに悲しみ、アメリカがこのような暴挙に出るとは信じがたいと表明する。アメリカはわがロシアの潜水艦が十年ぶりに新造されたのを知り、恐怖感に駆られてそんなことをしたのだと。だがそれ以降は、固く沈黙を守るつもりだ。そうすればメディアがわれわれに代わり、好戦的なアメリカへの反感に火をつけてくれるだろう。われわれは期せずして、血に飢えたアメリカのメディアの同盟者になるのだ。そうすればアメリカ全土の街頭で人々がデモに繰り出すだろう。ロシアの人民もまたこの話を聞いて、われわれが望むような反応を示すにちがいない」

ドゥロフは民間人の出席者に向かってうなずいた。ロシア最大の報道機関のCEOだ。「人民の叫びが最高潮に達したとき、ミスター・メディコフのニューヨークでの作戦が遺憾なく威力を発揮するだろう。それによってアメリカの金融市場は未曾有の大混乱に陥るのだ。経済不安と国民の抗議でアメリカ政府は対応に追われ、全世界はアメリカの無能さを目の当たりにする。われわれが操作していることには、気づきもしないだろう。かくして、われわれの計画は成功を保証されるのだ」

ドゥロフは手を伸ばし、ポートワインの入ったカラフェを持って、グラスになみなみと注いだ。そしてテーブルをまわり、一人一人のグラスにも注いだ。

テーブルの上座に戻ると、彼は自らのグラスを高く掲げた。「母なる祖国のために！」

全員が立ち上がり、グラスの中身を飲み干す。拍手と歓声が沸き起こった。

ただ一人、ボリス・メディコフだけは例外だった。彼は座ったままグラスに口をつけ、その縁からアレクサンドル・ドゥロフ提督の紅潮した笑顔を見つめた。

11

「艦長、目標海域に入りました」ジェリー・ペレスが海図から目を上げた。「〈マイアミ〉から報告があった地点です」

ジョー・グラス艦長はうなずいた。「了解した。四ノットでこの付近を周回して捜索を開始しよう」厳粛な面持ちで、しばし言葉を止める。「各自、警戒を怠らないように。ロシア潜水艦も〈マイアミ〉も、いかなる運命に見舞われたのかまったくわかっていないのだ」

グラスはブライアン・エドワーズとダン・パーキンスとの議論に戻った。〈トレド〉は現在、船を寄せつけない厚く張った氷の下に入って二〇〇マイルも潜航を続けている。この海域に合わせて特別に調整されたＡＤＣＡＰ魚雷が魚雷発射管に装填され、注水されて、いつでも撃てる準備ができていた。一番発射管の前扉はすでにひらいている。この強力な兵器を標的に発射しようと思えば、ものの数秒もあれば充分だ。しかも、この艦の静粛性はきわめて高い。〈トレド〉がこの海域を静かに潜航できるよう、不要な装備はすべて取り除かれている。同時にツィリヒ上級上等兵曹がソナー室で一心に耳を澄まし、ＢＱＱ－10ソナーシステムの能力と彼自身のありとあらゆる経験を傾けて、海中の脅威に備えている。

彼らは慎重にこの海域に近づき、十時間ものあいだ、神経を張りつめつつ周回を続けて、周囲に他の艦艇がいないことを確かめた。不審な音は何も聞こえず、氷のきしる音以外に人工音の徴候は捉えられなかった。

グラスはソナーリピーターに表示された痕跡を見つめた。歯を食いしばり、顎を撫でる。「どうも気にくわない」彼はうなった。「なんの手がかりもない。〈マイアミ〉も、ロシア潜水艦も所在不明だ。副長はどう思う？」

「かいもく見当もつきません、艦長」エドワーズは答えた。「ですが、われわれがここへ来た目的は、沈没した潜水艦を発見することです。捜索を続行すべきと考えます」

グラスはうなずき、パーキンスを見た。「ミスター・パーキンス、あのマッドサイエンティストと無人潜水艇を解き放つときが来たようだ。準備はいいか？」

「イエッサー。命令があれば、シュワルツ博士が捜索を開始します」

グラスは振り向き、ソナースクリーンにじっと目を注いだ。危険がひそんでいるのなら、とっくに探知しているはずだ。それでも警戒を解かずに捜索を続けなければならない。沈没したロシア潜水艦に関するごく乏しい情報からすれば、これだけ時間が経過した以上、生存者がいる見こみはほとんどないだろう。〈マイアミ〉がなんらかのトラブルに遭遇したのなら、同艦から救助要請が来る可能性も低いはずだ。ソナーが探知するのは、流氷がきしむ音だけだった。

それ以外の徴候はない。しかし彼らには、やるべき任務がある。

「よし。では、無人潜水艇による調査を開始せよ」


ビル・シュワルツは魚雷室の床であぐらをかき、枕をクッション代わりにしていた。命令を受けるや、トグルスイッチを操作し、計器類を睨みながら右手の操縦桿を軽く押した。かたわらの小型のビデオスクリーンからも目を離さない。スクリーンは積み重ねたマニュアルの上に置かれていた。

はたから見れば、ビデオゲームに興じているように見えるだろう。だが実際には、数百万ドルの費用を投じた最新式の無人潜水艇を操縦し、〈トレド〉の二番魚雷発射管から極寒のバレンツ海の海中へ送り出したところだった。

小型のロボット潜水艇はシュワルツの制御どおりに深度を下げ、海底へ向かった。柔らかい沈泥だらけの海底まであと一〇〇フィートのところで、〈シースキャン〉は下降をやめて水平になり、予定どおりグリッド捜索を開始した。極小の電動モーターがロボット潜水艇を前進させる。磁力計が海底を探り、地球の磁場を乱す金属がないかどうか調べる一方、サイドスキャンソナーが船の残骸の徴候を探索する。こうした情報はすべて、髪の毛ほどの細さの光ファイバーケーブルを通じて、〈シースキャン〉から〈トレド〉魚雷発射管の奥のシュワルツへと伝えられた。

歯がゆいほど時間がかかり、忍耐を要する調査だ。ロボット潜水艇は一度に前方一〇〇ヤードの一帯しか捜索できず、速度はわずか三ノットだ。広大な干し草置き場から一本のごく小さな針を探し出すに等しかった。〈シースキャン〉が仕事をしているあいだ、シュワルツは壁にもたれてコーヒーを飲んだ。何かめぼしい手がかりが見つかったと思ったら、ビデオスクリーンでデータを再生し、そのあたりの磁力計とソナーの値を見なおす。しかしどれも空振りだった。海底から突き出した岩石や、貨物船から投げ捨てられたとおぼしき金属製のゴミにソナーが反応したのだ。氷が溶ける数ヵ月間、この海域はシベリアを行き来する主要輸送路になるため、海底にはそうしたゴミが散乱していた。

こうして何時間も、無益な捜索が続いた。シュワルツはデータ記録用のディスクを取り替えた。後日、これを使って分析するためだ。足腰を伸ばし、硬い床でなるべく座りやすい姿勢を探す。これまでのところ、泥、岩、ゴミしか見つかっていない。最初は好奇心旺盛だった乗組員も、モニターを覗きこむ目新しさはとっくに消え失せ、それぞれの持ち場に戻っていった。

ダン・パーキンスとジョー・グラスも魚雷室に来て、肩越しに捜索の様子を覗いていた。

二人ともじっとスクリーンを覗き、手がかりが見つからなくても興味があるふりをしていた。二時間後、さすがにグラスも発令所へ戻っていったが、パーキンスはその場にとどまった。

パーキンスがうたた寝をしそうになったとき、シュワルツが何かに気づいた。分厚いレンズの眼鏡の奥で、目を大きく見ひらく。磁力計の数値が大きく振れはじめた。いかなる物体かはわからないが、〈シースキャン〉が接近するにつれ、反応は大きくなっていく。スクリーンを見ると、その徴候はいよいよはっきりしてきた。

それはロシアの砕氷船から投棄された冷蔵庫ではなかった。はるかに大きなものだ。シュワルツは〈シースキャン〉を操縦し、サイドスキャンソナーの角度をそちらに向けた。長い円筒形の物体が徐々にスクリーンに映し出される。それは無惨に破壊され、片方が直角に折れ曲がっていた。

シュワルツが驚きの声をあげた。まちがいない。まさに潜水艦の残骸の特徴だ。

パーキンスが目を覚まし、シュワルツの声と、それに続く悲しげなうめきを聞いた。ソナーディスプレイを見ると、すぐにそれが何かわかった。シュワルツがうなずき、二人の考えが一致していることを告げる。パーキンスが艦内電話を摑み、発令所の潜望鏡スタンドを選んでダイヤルをまわす。グラスの眠そうな声が出た。

「艦長、潜水艦の残骸と思われるものが見つかりました。〈シースキャン〉を接近させ、撮影させます。映像は潜望鏡モニターにつなげるので、そちらでも同じ映像が見えます」

グラスは映像モニターを摑み、近くに寄せた。エドワーズがすぐ隣に陣取り、二人は食い入るように画面を見つめた。これまでのところ、ときおり好奇心に駆られた青白い魚がロボット潜水艇のライトの前を横切るだけだ。

ペレスが海図の位置記入用スタンドから、二人のかたわらに近づいてきた。発令所は静寂に包まれ、一同は固唾《かたず》を吞んでこれから映し出されるものに身構えた。恐怖の念が部屋に重くのしかかる。

海底の様子が鮮明になった。まごうかたなき潜水艦の形だ。残酷な仕打ちを受け、悲惨な死を遂げた潜水艦の。

発令所で映像を見ている乗組員たちはふたたび息を吞んだが、うめきを漏らす者もいた。ジョー・グラスは吐き気がこみ上げてきた。

〈シースキャン〉がさらに接近し、艦首だったとおぼしき部分に近づいた。海底に衝突したときに曲がり、奇妙な角度にねじれている。ロボット潜水艇が探索を続けるにつれ、カメラには大きな穴の開いた船殻が映し出された。死んだ潜水艦がはらわたをさらけ出している。どんよりした海底でさえ、それが示すところは明白だった。なんらかの大爆発によって船体が裂け、外側から内側に穴が開いたのだ。

〈シースキャン〉は船殻に沿ってゆっくり移動した。かつてセイルにちがいなかった部分は大破していた。艦橋部をほとんど切断するほど恐ろしい力が働いたのだ。

穴はもう一ヵ所開いていた。最初の穴によく似た形だが、もっと下だ。機関室だった部分が吹き飛ばされていた。致命的な損害である。

ジョー・グラスは見るに堪えなくなり、画面から目をそらした。いま目にした光景の恐ろしさに、顔から血の気が引いていく。生存者はまずいないだろう。せっかく発見しても、救出することはかなわない。

もうひとつ、わかったことがある。これはロシア潜水艦ではない。ここは〈マイアミ〉とその乗組員の墓場なのだ。何者かが人為的に損害をもたらし、〈マイアミ〉を海底に沈めた。

これは断じて事故ではない。敵国が放った魚雷によって撃沈されたのだ。正体不明の勢力が彼らの僚艦を攻撃し、沈没させて、全乗員を殺した。

「航海長、位置をマークしておいてくれ」口をひらくと、乾いた、弱々しい声しか出てこない。グラスは咳払いし、袖で眉の汗を拭った。「副長、ブラッド・クロフォードを見舞った運命がこれではっきりしたが、なぜこんなことになったんだ？　どう思う？」

エドワーズはかぶりを振った。呆然とし、衝撃に打たれている。

〈マイアミ〉の副長だったアンディ・ガーソンは、エドワーズの同級生で友人だった。エドワーズは二年前、アンディの結婚式で新郎の介添人を務めた。しかしいま、彼はこの世にいない。誰かが妻のトリシャ・ガーソンに、夫を見舞った悲運を話さなければならない。

副長はこらえきれなかった。滂沱《ぼうだ》として流れる涙を、彼は隠そうともしなかった。

グラスがエドワーズの背中をそっとたたき、静かな口調で話しかけた。

「副長、気をしっかり持て。気持ちはわかる。だがいまはこのことを報告し、われわれが同じ事態に陥らないよう最大限に警戒すべきときだ。こんなことをしたやつは、まだこのへんをうろついているか、どこかに隠れているかもしれない」

エドワーズはうなずき、袖で目元を拭った。「イエッサー。もう大丈夫です。〈シースキャン〉を格納し、司令部にこのことを報告しましょう」

グラスはペレスのほうを向いた。「航海長、シュワルツ博士に〈シースキャン〉をすみやかに格納するよう指示してくれ。そして最寄りの氷湖《ポリニヤ》を見つけ、運用報告（OPREP）3を送信して、沈没潜水艦を発見したと伝えるんだ」一瞬後、艦長は言いなおした。自らの口からこんな言葉が放たれるとは。「いや、敵艦により撃沈されたと」

「イエッサー！」

ペレスははじかれたように、矢継ぎ早に下令しはじめた。

エドワーズはグラスのほうを向き、低く、凄みのある声で、食いしばった歯のあいだから言葉を絞り出した。「艦長、これより流氷原の下を抜け出すまで、潜水艦を探知したらすべて敵とみなすことを提案します」

グラスは首を振り、静かに答えた。「わたしもそうしたいのはやまやまだが、それはできない、ブライアン。撃沈した者の正体はまったく不明だ」肩越しにモニターに目をやったが、ロボット潜水艇を引き揚げているので、いまは何も映っていなかった。「それに、この近辺でわれわれ以外に誰がいるのかもわかっていない。われわれ同様、救出任務に来ている悪意のない船舶を誤って攻撃したら、戦争になりかねないんだ。そんな事態を招いてはならない」

エドワーズは顔を朱に染め、反駁しかけた。「しかし、艦長――」

「この件に〝しかし〟はなしだ、副長。警戒は続けろ。あらゆる不測の事態に備えるんだ。だが、攻撃するのは自衛目的にかぎる」

「イエッサー」

「艦長、〈シースキャン〉が格納されました」ペレスが大声で報告した。「光ファイバーの切断と投棄、ならびに魚雷発射管の前扉を閉じる許可を求めます」

グラスはうなずいた。これからこの海域でいかなる事態が彼らを待っているのか、想像もつかない。

発令所の誰もが艦の針路変更と浮上可能なポリニヤの探索に忙殺されていなかったら、指揮官が顎を引きしめているのに気づいたかもしれない。グラス艦長の氷のような青い目には、固い決意がみなぎっていた。

〈トレド〉が浮上したのは、期せずして、〈マイアミ〉が〈ゲパルド〉の沈没を報告したのとまったく同じポリニヤだった。そこへ向かう途中、〈トレド〉は〈ヴォルク〉が潜伏している地点から一〇〇〇ヤードのところを通過した。ロシア潜水艦の当直のソナー士官は、ごくわずかな瞬間、静粛性の高い〈トレド〉の音がスクリーンに映るのを見た。しかしそれまでの数日、彼は襲撃を終えたあとの果てしない退屈な時間に倦み疲れ、睡魔に襲われていた。もはやバレンツ海の氷塊の下に潜ってじっとした艦内で、氷のきしむ音に耳を澄まし、同僚たちのいびきを聞かされるしかなかったのだ。当直だろうが非番だろうが、ソナー士官は両手を制御卓の上に置いたまま船を漕ぎ、口からはよだれがひと筋流れていた。

〈トレド〉は気づかれることなく通過した。

イーゴリ・セレブニツキフ艦長でさえ、〈トレド〉が通過したまさにその瞬間、あくびをこらえていた。ぼんやりとソナースクリーンの履歴を眺める。〈ゲパルド〉の水中電話での救助要請は、けさ早くから途絶えていた。これはいい徴候だ。〈ゲパルド〉の空気はいまごろにはかなり汚染され、仮に凍死を免れたとしても生命の維持はかなわないだろう。〈ヴォルク〉の大半の乗員は、その見解で一致していた。それにしても、〈ゲパルド〉に二カ所も爆弾を仕掛けたというのに、なぜ乗員がまだ生存しているのかは謎だ。しかし、いまとなっては大した問題ではない。作戦は成功したも同然だ。もういまごろには、アンドロポヨフを含めた全員が息絶えているだろう。

それでもセレブニツキフは、あと一日だけ待つことにした。確実を期してから浮上し、吉報を伯父に知らせるのだ。そしてポリャールヌイ基地に凱旋しよう。

〈トレド〉が通過したときの一瞬の反応は彼も見ていたのだが、やはり注意を払っていなかった。すばやくソナースクリーンをよぎって消えてしまったので、海中の生物か何かによるものだと判断したのだ。ソナー士官はロシア海軍でも最優秀の男だ。〈ヴォルク〉を隠れ場所から出すぐらい重要なものだとしたら、彼が大声で知らせてくれるだろう。

五分後、疲れ切ったソナー担当士官は、聞き逃しようのない音に目を見ひらいた。そして、すぐ後ろの席でうたた寝している指揮官をたたき起こした。

「艦長！　潜水艦が氷を突き破る音を探知しました！」報告し、手元の数値を見る。「方位〇八三。数日前にアメリカ潜水艦が浮上したのと同じポリニヤです」

セレブニツキフは毒づいた。あと一日だけ待つことにした判断は、正解だったようだ。やはり直感に狂いはなかった。くそアメリカ人どもが、もう一隻送りこんできたか！

選択の余地はない。撃沈あるのみだ。今回起きたことの真相を知られるわけにはいかない。真相に近い推測でさえも許してはならない。それにくわえ、二隻の〝悪意のない〟ロシア潜水艦が二隻の無慈悲なアメリカ潜水艦に攻撃を受けたということにできれば、さらに好都合だ。

ロシア人艦長はほくそ笑んだ。わが国の誇る高性能魚雷の餌食になるとも知らず、のこのこ近づいてくるとは、なんという能なしだ。数日前と同じく、待ち伏せして後ろから襲えばいい。これほど周到に仕掛けた罠に、相手は気づくことさえないだろう。

いまやセレブニッキフ以下、〈ヴォルク〉乗員は戦闘配置に就いた。彼らは神経を研ぎ澄ませ、攻撃の機会をうかがっている。

OPREP3の送信を完了し、ジョー・グラス艦長はペレスに、〈トレド〉を深度六〇〇フィートに戻して捜索海域の潜航を続行するよう命じた。彼らの任務はまだ終わっていない。沈没したロシア潜水艦は見つかっていないのだ。

そのとき、グラスの脳裏をひとつの考えがよぎった。救助を求めているというロシア潜水艦が、おとりだったとしたら？ それが入念に張りめぐらされた罠で、〈マイアミ〉がその餌食になっていたとしたら？

「航海長、針路二六〇に向かい、捜索海域へ戻れ。前進三分の二速。総員に告ぐ。くれぐれも警戒してかかれ」

今度は〈トレド〉が〈ヴォルク〉の真下を通過した。今回はイーゴリ・セレブニッキフにもはっきり音が聞こえた。彼は血に飢えた笑みを隠そうともしなかった。セレブニツキフは〈トレド〉との距離が一〇〇〇メートルに広がるまで、あえて三分待った。待ち望んでいた位置にアメリカ潜水艦が来ると、彼は沈着な口調で魚雷二発の発射を命じた。

ET-80Aは轟音とともに、七〇ノットの速度で〈ヴォルク〉の魚雷発射管を飛び出した。この至近距離ではわずか四十五秒で目標に到達する。アメリカ人どもが生き残るチャンスはないだろう。仮にやつらが反撃してきたとしても、向こうの魚雷が〈ヴォルク〉を発見するすべはない。こっちはねぐらにひそむ狼さながら、氷山のただなかに隠れているのだ。

条件は絶対的に有利だ。相手の後方から魚雷を直射しているのだから。

トミー・ツィリヒ上級上等兵曹は水中聴音器で曳航アレイソナーに耳を傾け、この暗く氷のような海のどこかに何かがひそんでいると感じていた。〈ヴォルク〉からの魚雷発射音に、彼は思わず口をぽっかり開けた。

まちがいない。魚雷がこっちに来る！

発令所用のマイクを摑み、叫ぶ。その言葉はあらゆる潜水艦乗りの悪夢にほかならなかった。

「魚雷発射音探知！　後方より、水中に魚雷！　方位〇九〇から接近中！」

ペレスが躊躇なく命じた。「全速前進！　魚雷回避装置、発射！　面舵一杯！　南に針路変更！」

機関士が巨大なタービンに蒸気を浴びせると、〈トレド〉は一気に飛び出した。一五ノット。二〇ノット。二五ノット。速力がどんどん上がっていく。だが、スピードではロシア魚雷と勝負にならなかった。ひとつだけ望みがあるとすれば、接近してくる二発の魚雷の誘導装置の捕捉範囲外に抜け出し、目をくらますことだ。

潜水艦が高速で針路を変え、乗員を振りまわす。もしかしたら、確率は低いものの、回避装置が魚雷を引きつけ、逃げる時間を稼いでくれるかもしれない。

グラスは艦長室を飛び出し、発令所に駆けこんだ。一刻の猶予もない。彼らは死の瀬戸際にいる。「深度一〇〇〇フィート、四〇度で急速降下！　海底に急行せよ！　魚雷の方向へ、一番発射管から魚雷を速射！」

艦長は潜望鏡スタンドの横にある、金属製の支柱を摑んだ。魚雷はますます近づいてくる。

いや、逃げられるかもしれない。いまごろはとっくに死んでいてもおかしくないからだ。魚雷の誘導装置に捕捉されてはいけない。さもなければ、〈マイアミ〉のすぐ隣に沈没し、彼らと同じ運命をたどることになる。

〈トレド〉が深淵に逃げ場を求め、床が急角度で傾く。

「魚雷、方位〇九〇」ツィリヒの声は沈着でまさしくプロだ。「至近距離に近づいています。アクティブです」

「魚雷、発射準備完了！」兵器士官が叫んだ。

「一番発射管、撃て！」グラスはツィリヒにならい、努めて冷静な口調で命じた。

魚雷が装塡を完了し、前扉は開いている。

兵器士官が真鍮のハンドルの位置を『待機』から『発射』に合わせる。少なくとも反撃はした。だがグラスはこの魚雷に、襲撃した連中を多少怖がらせる程度の効果しか期待していなかった。おそらく敵は氷山のなかに隠れてきしむ音にまぎれ、通常の兵器ではそこから追い出すのはきわめて困難だ。

魚雷発射ポンプが三〇〇〇ポンド毎平方インチの水を排出し、発射管からADCAP魚雷を押し出すと、〈トレド〉の船体がガクンと揺れた。魚雷のセンサーが発射管の動きに反応し、艦外に射出されるのと同時にオットー燃料推進機関が点火する。自動操舵装置が四〇〇〇ポンドの魚雷を針路〇九〇に向ける。そのあいだにも、エンジンが魚雷を六〇ノットまで加速させた。すでに魚雷はフル稼働し、標的を探索している。

この魚雷はありふれたものではなかった。苛酷な北極海の条件に合わせて調整されたアルゴリズムがソフトウェアに組みこまれている。そのおかげで、氷に囲まれている〈ヴォルク〉の場所はいとも簡単に割り出された。それでも魚雷はプログラムどおり、いったん標的をやり過ごしてから戻り、発見した標的がまちがいなく本物の潜水艦であることを確かめるのだ。そのロジックに則り、ADCAP魚雷は最大速度で標的に迫った。ソナーと干渉計の双方が大きな金属製の目標を探知して初めて、発火装置が作動する。

魚雷は一度ロシア潜水艦の真下を通過したが、このとき発火装置はまだ作動しなかった。船殻の向こうから、セレブニツキフにもADCAP魚雷が通過する音が聞こえた。ソナーの助けを借りるまでもなかった。心配ない。あの魚雷には、氷に囲まれているこちらの位置はわかりっこない。こちらに気づかず通りすぎ、燃料が切れたら海底めがけて爆発するだろう。

ところが案に相違してADCAP魚雷は反転し、深度を修正してこちらに戻ってきた。発火装置が〈ヴォルク〉を認識した。

電気パルスが発火装置に送りこまれ、起爆装置が作動する。

ADCAP魚雷が潜水艦の戦闘指揮区画の真下に命中すると同時に、起爆装置は六五〇ポンドのPBX爆薬を爆轟させた。

瞬時に襲った激烈な衝撃波が、まるでティッシュペーパーのように耐圧船殻を吹き飛ばした。超高熱のガス気泡が艦底の裂け目から入りこみ、触れるものすべてを焼き尽くして、隔壁をずたずたに引き裂く。

わずか千分の一秒足らずの出来事だったので、〈ヴォルク〉乗員は何が起きたのか気づく暇もなかった。イーゴリ・セレブニツキフは発令所の上方へ強い力で飛ばされた。何かにつかまる時間はなかった。彼は突き出したバルブの軸に串刺しになり、隔壁の外へ投げ出された。

アレクサンドル・ドゥロフ提督の甥は、こうして瞬時に絶命した。

強烈な破壊力とあいまって、ガス気泡の広がりで〈ヴォルク〉は子どものおもちゃのように打ち上げられ、上部の氷塊に激突した。

原形を留めないほど徹底的に破壊され、切り刻まれた潜水艦の残骸は、冷たく非情な海の底へ吸いこまれていった。

「魚雷、艦尾を通過！」トミー・ツィリヒはヘッドセットの音を聴きながら叫んだ。両手でイヤーピースを強く押さえ、いかなる音も聞き逃すまいとする。「回避できるかもしれません！」

〈トレド〉は依然として急角度で海底へ向かって下降を続け、ロシアの魚雷から逃れようとしていた。どこかで別の潜水艦が爆発した音は、深いうなりとともに伝わってきた。いまや発令所は静まりかえり、誰もが甲高い魚雷の咆哮に耳を澄ましている。

潜水艦乗りなら誰もが知るように、その音は死の使いにほかならない。

ツィリヒの声を聞き、安堵の吐息をついた者も何人かいた。しかしグラスは、そう甘いものではないことを知っていた。まだ終わったわけではない。二発の魚雷はまだこの近辺で、しつこく獲物を嗅ぎまわっている。

ソナー士官が最悪の懸念を裏づけた。

「魚雷探知！　二発とも後方からです！」ツィリヒが発令所スピーカー越しに叫ぶ。さしもの彼も、冷静な物腰をかなぐり捨てていた。声は甲高く、ひきつっている。「接近してきます！」

ロシアの魚雷は一度艦尾を通過したあと、反転してふたたび〈トレド〉を探索しているのだ。二発とも、情け容赦なく追いかけてくる。

「最先任下士官、海底から三〇フィートの深さまで潜航！」グラスはサム・ワリッチに命じた。「ただちにかかれ！」

ワリッチはうなずき、舵手と潜舵手に向きなおった。「よし、やるぞ。出番だ。俺が指示するまで、四〇度で急降下を続けろ。それから力一杯引き上げるんだ」

ワリッチはぐんぐん下がっていく深度計を睨みつづけた。目盛りの調整や海図が正確なのを祈る暇もなく、とにかくやるしかなかった。

このスピードで海底めがけて突っこむのは、ジャンボジェットで花崗岩の山へ急降下するに等しい暴挙だ。しかし、高性能のアメリカ潜水艦と乗員が生き残るには、ほかに選択肢はない。

このまま衝突するのかと思われた矢先、ワリッチが号令をかけた。「上昇！」〈トレド〉は間一髪で急降下をやめ、艦首を上げて、ほんの数フィート差でバレンツ海の沈泥がたまる海底に突っこむのを免れた。まだ最大速力のまま、艦は海底をかすめるように進み、スクリューが泥をもうもうと巻き上げる。行く手に突き出した岩や、泥の積もった小丘がないことを祈るしかなかった。

エドワーズが耐えかねて言った。「艦長、そろそろ上昇したほうが――」

「深度はこのままだ！　海底から離れるな！」グラスが命じた。

二発の魚雷もまた、〈トレド〉を追尾して海底を潜航している。〈トレド〉のいちかばちかの急降下さえ、追っ手の目を欺けないのだろうか。

しかし魚雷のソナーは、海底からの反響やスクリューの巻き上げる泥によって混乱していた。

なんの前触れもなく、まるで糸にでも引っ張られるように、二発の魚雷は弾頭を下に向け、海底の沈泥に飲みこまれた。

魚雷の爆発は、からくも逃れた〈トレド〉の艦尾から一〇〇フィート後方で起きた。潜水艦が激しく揺さぶられた。

エドワーズはしっかりつかまり、艦の姿勢が安定するのを待ちながら、グラスが海底での無謀な逃避行をやめるよう指示するのを待った。艦長を目で促す。

だがグラスはその場に立ったまま、静かに支柱に寄りかかっていた。まるで周到に仕組まれた苛酷な訓練を、優秀な成績で合格したかのようだ。

「艦長、やりました！」副長があえぎながら言った。「それにしても、きわどかったですね」

グラスはうなずいた。早鐘を打つ心臓の音が、部下の誰にも聞かれていないことを祈っていた。

12

海中で起こった大爆発は、一マイル弱の海底で砂と沈泥に埋もれた瀕死の〈ゲパルド〉の船体を揺さぶった。セルゲイ・アンドロポヨフは最初の爆発音で、途切れ途切れの夢から目を覚ました。

誰かが近くまで来ているのだ。われわれを捜しに来てくれたのかもしれない。いったいなんの爆発だったのか？　その理由は？　氷に発破をかけたのだろうか。それともなんらかの戦闘があったのか。

騒ぎの原因がなんであれ、彼らの最後の希望はそこにあった。誰かが近くにいるのはまちがいない。

「セルゲイオヴィチ、聞こえましたか？　誰かがそこまで来ています」ピシュコフスキーがささやいた。酸素マスクで声はくぐもっている。「ようやく来てくれました！　もうすぐ帰れますよ」

「かもしれない、ディミトリ。断言はできないが」アンドロポヨフの声は、大草原を吹き抜ける乾いた冬の風のように、疑念に満ちていた。「確かめてみよう。ハンマーを使って、こっちの居場所を知らせるんだ。助けが来たのなら、それでわれわれの位置がわかるだろう。敵だったとしても、居場所を知らせてやれば、この苦しみを終わらせてくれるにちがいない」

ハンマーで船殻をたたく音は、水中電話ほど遠くまでは届かないが、もはや電力は尽きていた。ハンマーが最後の伝達手段なのだ。

一人の水兵が、疲労困憊してハンマーを握るのもやっとながら、残る力を振り絞って内側から船殻をたたきはじめた。教会の鐘のように規則的な音が、海中の弔鐘を思わせる。その音は狭苦しい原子炉区画にも痛ましいぐらいに反響したが、そこに集まっている男たちに希望をもたらした。少なくとも、救助を呼ぶためにできるだけのことはしているのだ。

誰が外にいるにせよ、彼らが近くへ来て、この音に気づいてくれることをアンドロポヨフは切に祈った。そして彼らが救命設備を携えてくれていることを。さもなければ、彼と乗組員がこの世に残された時間はわずかだ。せいぜいあと数時間だろう。

アンドロポヨフはときおり、この規則的で陰鬱なハンマーの音に合わせて足踏みした。

「艦長、ものをたたくような音が聞こえます」ツィリヒ上級上等兵曹が言った。ロシア魚雷をすんでのところで回避した直後でも、このベテランのソナー士官は〈トレド〉の周囲の音を何ひとつ聞き逃していない。彼の耳をごまかせるものはないのだ。
「きみが言うのならまちがいないだろう」ジョー・グラスはにやりとして答えた。ツィリヒにタラが何匹通ったか訊けば、きっとわかるだろう。彼なら雄か雌かも教えてくれるかもしれない。二人は〈トレド〉のソナー室に立ち、いましがた起こった出来事を分析していた。

同艦は深度六〇〇フィートの水域に無事に戻ったが、乗組員はまだ恐ろしい魚雷から生きて逃れたことに安堵し、平常心を取り戻そうとしているところだった。ブライアン・エドワーズ副長はすでに立ちなおって忙しく働き、艦を戦闘態勢に戻すべく、ADCAP魚雷を装塡しなおしたり、損害状況を点検したりしている。大勢の乗組員が神経をさいなまれ、急速潜航や方向転換で打撲を負った者が数名いたが、それ以外はほぼ無傷だった。
「魚雷から逃げている最中に、後方で爆発音が聞こえました」ツィリヒは早口で言った。ついさっきまでの決死の逃避行と爆音で、まだ興奮冷めやらぬ口調だ。「その音はまるで、こっちに押し寄せてくるようでした。それから一、二分後、何か大きなものが海底に激突する音が聞こえたのです。そのときにはとっさに判断がつきかねました。きっと魚雷のことで頭が一杯だったんだと思います。でも、音は全部録《と》ってますよ」

グラスは顎の無精髭を撫でた。「じゃあきみは、敵艦を撃沈したと思うんだな？」

「まちがいないでしょう、艦長。それでも、念のためにテープを聴き直してみます」

「承知した、上級上等兵曹。きみの部下を集めて、確認させるんだ。万が一、やつがまだこのへんをうろついていたら、撃たれるのはごめんだ。もうあんな思いはこりごりだよ。それに、沈没したロシア潜水艦が周辺にいるなら、どうにか見つけ出したい」

グラスは踵を返し、ソナー室を出て発令所へ足を踏み入れた。ダグ・オマリーが潜望鏡スタンドのそばで出迎えた。

「艦長、ダン・パーキンスがもう一度ロボット潜水艇を出す許可を求めています。魚雷室で発進準備を整えているということです」

「少し待ってくれ、機関長。周辺にわれわれ以外の艦がいないかどうか、確かめたい」グラスは答えた。彼は発令所のソナーリピーターに近づき、スクリーンの履歴を見て、ツィリヒとそのチームがソナー室で検証しているものを再確認した。「トミーはわれわれが、魚雷を撃ってきたやつを撃沈したと確信している……そして、そいつは〈マイアミ〉を沈めたのと同じ艦である可能性が高いらしい……それでも、わたしは慎重を期したいんだ。敵の仲間の艦が追ってくるような危険がないことを確かめたい。パーキンスに、該当海域のパッシブサーチを念入りにやってくれと伝えるんだ。あとはそれからの話だ」

オマリーが艦長の言葉を魚雷室の科学者に伝言しようとしたとき、不意にソナースクリーンに細長い輝点が現われた。二人ともスクリーンに注目すると、一、二秒後にまた同じ輝点が見えた。オマリーが発令所用のマイクを摑んで言った。

「ソナー室、こちら発令所だ。方位二一二に光るものはなんだ？」

「発令所、こちらソナー室です。現在分析中」ツィリヒが答える。

グラスとオマリーが見ているうちに、輝点は何度も現われた。いかにも奇妙だ。そのパターンは一定している。

「発令所、ソナー室です」ツィリヒが報告した。「誰かが金属をハンマーでたたいているようです。沈没した潜水艦を発見したと思われます。方位二〇九、距離二一〇〇ヤードと推定されます」

グラスはスクリーンを食い入るように見つめた。やはりブラッド・クロフォードは正しかったのだ。沈没した潜水艦がすぐそこにおり、まだ生存者がいる。ブラッドは命を賭けて、窮地に陥った潜水艦を救助しようとした。〈トレド〉とその乗組員も、危うく同じ運命をたどるところだった。いま、グラス艦長と〈トレド〉は、彼らの犠牲が無駄ではなかったことを証明しなければならない。

まだ生存者がいるとすれば、沈没した艦内のロシア人乗組員はきわめて深刻な状態にあると考えざるを得ない。グラスはかぶりを振り、日数を計算してみた。なんと、二週間も海底にいることになる。もう電力も空気もとっくに尽きているはずだ。ロシア潜水艦内がいかに寒く、暗いかは想像に難くなかった。

ぐずぐずしている暇はない。

一方、魚雷を発射してきた敵艦がまだ撃沈されていなかったら、あるいは付近に別の艦が遊弋していて襲撃する機会をうかがっているとしたら、〈トレド〉は〈マイアミ〉や海底に横たわるロシア潜水艦の仲間入りをすることになる。慎重に接近し、周囲の探索を入念に行なうべきだろうか。あるいは、瀕死の状態にある彼らを一刻も早く救うべく、ただちに接近して救助活動に乗り出すべきだろうか。

グラスは発令所の片隅に一人で立ち尽くした。乗組員がそれぞれの務めを果たしているのを見ているふりをして。だが実際には、ほとんど見ていなかった。脳裏には、それぞれの選択肢が交互に去来する。この決断を下すには、エドワーズを含めて誰にも相談するわけにいかなかった。艦長が一人で下さなければならない判断なのだ。あと数分以内に判断しなければ、彼らの生死に直結するのはわかっていた。決断にともなう結果への責任は、艦長一人で負わなければならない。

いま一度それぞれの可能性を検討した結果、グラスはひとつの結論に至った。ここまで来た以上、手をこまねいてみすみす彼らを死なせるわけにはいかない。いまは行動に移るべきだ。

「機関長、パーキンス大尉に、音のするほうへロボット潜水艇を出すように指示してくれ。沈没した潜水艦の外観を確認したい」グラスは命じた。それから発令所の奥へ向かい、海図を検討する。オマリーがかすかに笑みを浮かべ、艦長に続いて、次の命令を待った。そして艦長の肩越しに海図を見た。

過去五十年以上にわたり、アメリカ潜水艦はこの凍てついた海域でさまざまな作戦を展開してきた。そのおかげで、海底の地形図はきわめて精度が高い。この周囲の海底は平坦で、起伏はほとんどなかった。

グラスは目を上げた。「機関長、パーキンスにDSRVの発進準備を指示せよ。そろそろ深海救助艇の出番だ」

〈シースキャン〉が暗い深淵へ向かっていく。ロボット潜水艇の探査ソナーが不毛の海底を調べたが、さしたるものは見つからなかった。磁力計は反応していない。

ビル・シュワルツは口の端から舌を突き出しながら、操縦桿を操った。ビデオスクリーンの虚空を見ながら、小型の無人潜水艇を、金属をたたいている音源に近づける。

そのとき、磁力計が不意に大きく反応した。この数値の大きさは、超大型の金属の物体を示すものだ。シュワルツは〈シースキャン〉の針路を微調整し、その物体へ向かわせた。ソナーが長い円筒形のものを映し出す。わずか数時間前に発見した〈マイアミ〉の再現映像を見ているような感覚に囚われる。

ただし、今回はハンマーで船殻をたたく音がする。艦内に生存者がおり、この暗く寒い海底で助けを求めているのだ。

シュワルツは〈シースキャン〉を操縦し、その物体からわずか一〇フィートのところまで近づけ、数フィート横で静止させた。照明を点灯し、ビデオカメラをつけて、目の前に並んだ箱のスイッチを操作する。スクリーンの映像が鮮明になった。

まちがいなく、潜水艦の船殻だ。丸みを帯びたセイルが照明の端に映っている。だが〈マイアミ〉とは異なり、そのあたりはほとんど無傷に見えた。

ダン・パーキンスがスクリーンににじり寄り、鼻先がくっつかんばかりにして映像を凝視している。シュワルツが〈シースキャン〉を操縦して船殻と平行に移動するあいだ、パーキンスはそうやって数分間も目を離さなかった。

「アクラ級のようだ。このセイルの形はまちがいないだろう。これまでに見たことがあるどのアクラ級よりもでかいが」パーキンスは独り言のようにささやいた。

シュワルツはロボット潜水艇をいったん停止させ、カメラをズームにして、上下になめるように映した。「ああ、艦首が損傷している。海底にぶつかったときにこうなったのかもしれん」

ロボット潜水艇は次に艦尾へ移動し、そこに爆発によってぽっかりできた穴を見つけた。ぎざぎざの金属が外へ向かい、長い槍のように広がっている。

パーキンスはあえいだ。「なんてこった！　これを見ろ！　艦尾の穴はトラックでも通れそうだ。こいつは……まちがいなく……内部から爆発したんだ。いったいなんだって、こんなことになったんだ？」

ゲイリー・ニコルズはパーキンスの肩越しに、恐ろしい光景を眺めた。信じがたい思いにかぶりを振る。「こんな状態で生存者がいるとは驚きだ。ロシア特有の区画化構造のおかげで助かったのかもしれない。ハッチはどんな状態だ？〈ミスティック〉と接続できそうなハッチはあるか？」

パーキンスは首を傾げた。「いい質問だ。ビル、もっとよく見えるように操縦できるか？」

シュワルツは操縦桿を巧みに使い、〈シースキャン〉を船殻に近づけてじっくり見せた。大きく丸い機関室のハッチが視界に入ってくる。良好な状態のようだ。今度は無人潜水艇を、前部ハッチに近づける。

ニコルズは大きくうなずいた。「ありがたい。両方とも大丈夫そうだ。艦全体が左舷に傾いている。傾きの角度は三〇度ぐらいに見えるが、〈ミスティック〉を使えば問題にはならない。ハッチの大きさも接合部スカートと適合しているようだ」

「彼らと接触してみよう。俺たちが来ているのを知らせるんだ」パーキンスは言った。「ビル、〈シースキャン〉をセイル後部の甲板に近づけて、呼びかけてみよう」

シュワルツの熟練した操作により、奇妙な形をした小型ロボット潜水艇はロシア潜水艦の丸みを帯びた鋼鉄製の甲板に降りて、湾曲したセイルの数フィート後部で停まった。これほどの損傷を受けた艦内に何人の生存者がいるのかは知るよしもないが、彼らに朗報をもたらすのはまちがいない。

セルゲイ・アンドロポヨフは夢のような思いでメッセージを聞いた。かくもむごい艱難辛苦、寒さと極限状況の末、ようやく救いの手が差し伸べられたのだ。彼らは全員救助される。まさに奇跡だ！

そのとき彼は、自らが内心すでに屈服していたことに気づいた。しかしそれを乗員の前で表に出すことはなかった。自分があきらめたなどとは、決して部下に思わせてはならない。

アンドロポヨフは漆黒の闇のなかを這い、ハンマーを水兵の手からひったくった。疲れ果てた水兵は床にくずおれ、あえいだ。アンドロポヨフは英語のモールス信号でメッセージを打った。助けに来たのがアメリカ人である可能性を考えたのだ。

「三五名が生存……空気が尽きた……電力もない……急いでくれ」

返事が来たときには、躍り上がりたくなった。何かで外側から船殻をたたく音がする。

「三五名の生存、了解した。ＤＳＲＶを使う。一度に一七名が乗れる。どちらのハッチがいいか？」

アンドロポヨフはしばし考えた。汚染された空気のせいで、考えるのはひと苦労だった。機関室のハッチのほうが近いが、沈没して以来、この区画に入った者はいない。そこがいかなる状態なのかはわからなかった。彼は前部ハッチを選んだ。そこまでは戦闘指揮区画を通り抜け、第三区画へ行けばいい。暗闇のなかをそこまで進むのは困難をきわめるだろう。とりわけ負傷者には。しかし、まだかすかに残っている本能的な判断力が、そこに最大の可能性があると告げていた。

彼は船殻をたたいた。「前部ハッチだ……空気が汚染され……酸素マスクを使っている……空気が必要だ」

返信が船殻にこだました。

「いまから向かう。一七名をハッチの下で待機させてほしい。準備ができたら合図をする。そうしたらハッチを開けてほしい」

アンドロポヨフは残るありったけの力を奮い起こし、了解の印にハンマーをたたいた。ピシュコフスキーに向きなおり、最初の一七人の移乗準備を命じる。忠実な一等航海士はすぐに仕事にかかった。

ダン・パーキンスは〈トレド〉の機関室ハッチを抜け、下部ハッチから〈ミスティック〉に乗りこんだ。ゲイリー・ニコルズが梯子を昇ってあとに続き、ハッチを閉じる。二人は前部の操縦室に入り、操縦席と副操縦席に座った。パーキンスが〈トレド〉との連結部を外し、内部システムを駆動させると、〈ミスティック〉は始動した。

ヘッドホンを装着し、彼は水中電話でグラス艦長と通話した。「〈トレド〉、こちら〈ミスティック〉。接合部ラッチ解除。スカートに注水、等圧後切り離します」

ニコルズがスイッチを操作すると、DSRVと母艦を接続するスカートに海水が注がれた。スカートに注水されて海中との水圧が同じになると、〈ミスティック〉は〈トレド〉の背中を離れた。続いてパーキンスがスロットルを前に押し、大きなスクリューを回転させる。深海救助艇は向きを変え、海底へと向かった。

三ノットで三十分ほどの道のりだが、〈トレド〉をこれ以上近づけるわけにはいかない。罠だった場合に備えて距離を置いているのだ。必要に迫られたら〈トレド〉を守るため、グラスはここにとどまることにした。

DSRVの窓から、破壊された潜水艦が見えてきた。パーキンスはビデオモニターであらかじめ損害状況を確認していたものの、実際にこれだけ近づいてみると、思っていたよりはるかにひどかった。どんな兵器を使ったらこんなことになるのだろう。爆発は明らかに艦内から起きているが、潜水艦の内部に誤って爆発するようなものはないはずだ。わずかな疑念が意識の片隅に湧いてきた。

パーキンスはDSRVを操縦し、ハッチの上部に接近した。それから慎重に降下する。

ニコルズがスカートの内部からポンプで排水しはじめた。それによってスカート内部の水圧は下げられ、海水が空《から》になると、外からの強い水圧によってロシア潜水艦と接合される仕組みだ。

きちんと接合されたことを確かめると、二人はシートの下からマスクを取り出して装着した。潜水艦内の空気は汚染されているので、呼吸するのは危険なのだ。ニコルズは副操縦席を降り、収容室に移った。いま一度、これから救助する乗組員用の空気マスクを確認し、小さな覗き窓からスカート内部を見る。この部分が完全に排水され、しっかり接合されているか、もう一度確かめたかったのだ。

彼は救助艇のハッチを開け、隔壁に取りつけられていたハンマーを取り上げた。そしてロシア潜水艦の甲板に降り、冷たく濡れた船殻を強くたたいた。三度目に打ったところで、ハッチがほんのわずかにひらくのがわかった。足のあたりに凍るような冷気を感じる。冷気はまるで死神の吐息のように、ＤＳＲＶを冷たく恐ろしい存在感で満たした。〈ミスティック〉の空調システムが不快で有毒な冷気を排出し、呼吸できる空気と入れ替えるには、しばらくかかるだろう。

ハッチが勢いよくひらき、ニコルズが下を見ると、そこには地獄のような深い暗闇が広がっていた。この瞬間、彼は自らがＤＳＲＶに人生を捧げてきた理由を知った。彼のライトに照らされて目を細める生存者たちの顔が、曇ったマスク越しに見える。その表情には、この二週間というもの彼らが味わってきた、言語に絶する恐怖と不安が色濃く刻まれていた。

彼は梯子のてっぺんで、昇ってきた最初の乗組員の手を摑んだ。その男の握力は弱々しかったが、無言のうちに尽きせぬ感謝が伝わってきた。

ゲイリー・ニコルズは懐中電灯と防寒着をハッチ越しに渡した。〈ミスティック〉にあったマスクも手に取り、長いホースに接続して、ハッチから投げ入れる。ニコルズは身振りで、酸素マスクを外してDSRVのマスクをつけるよう指示した。その乗組員が他の者に比べて大胆なのか心配性なのかはわからないが、ともかく彼は渡されたマスクを摑んだ。そして自分のを外し、新しいほうをつけて梯子を急いで昇ってきた。一七名の乗組員は次々と梯子を昇り、ニコルズが誘導した収容室の椅子に無言で座った。疲労のあまり動くのがやっとという者もいる。同僚とぎこちなく抱擁をかわす者もいた。

こうして彼らはようやく、長い悪夢から解放された。

一七名全員が移乗すると、ニコルズは次の順番を待つ乗組員の一人にメモを渡した。さっきモールス信号でメッセージを伝えてきたのだから、乗組員のなかには英語が達者な者がいるはずだ。ニコルズは残った乗組員たちに、一時間で戻るから、そのあいだ祈り、もう少しだけ辛抱してくれるようにと書き記したのだ。

それでも、すぐに戻ってくると知りつつも、助けを待つ男たちを残してハッチを閉めるのは、ゲイリー・ニコルズがこれまで経験したなかで最もつらいことだった。

ニコルズが合図すると、パーキンスはスカートに注水して外部と水圧を等しくし、DSRVは沈没したロシアの潜水艦を離れた。救助艇は向きを変え、一〇〇〇ヤード離れた四〇〇フィート浅い深度に待機している〈トレド〉へ引き返した。

生存者は収容室で、ニコルズが配った厚くきめの粗い海軍用毛布にくるまって身体を縮めていた。大半の者が目を閉じていたのは、長期間暗く湿った艦内に閉じこめられていたあとで照明がまぶしかったからだ。彼らは清潔な空気を思いきり吸いこんだ。母艦に近づくと、ニコルズはパーキンスに大きくウィンクし、ハイタッチした。


セルゲイ・アンドロポヨフは原子炉区画の扉の前に座り、アメリカ潜水艦の帰りを待っていた。ピシュコフスキーはそのかたわらで床に横たわり、アメリカ人に渡された携帯用ランプの黄色い光を浴びている。二人はすでに、自分たちが最後に移乗すると決めており、生き残った部下全員が無事に救出されるのを見届けることにしていた。いま二人は、横になって互いの息遣いを聞いていた。

いままで二人は、あらゆる苦労をともに分かち合ってきた。それもあと一、二時間ほどで終わり、安全な潜水艦に移乗できる。

ようやく終わるのが、アンドロポヨフには奇妙な心地だった。生き残った乗組員は、愛する家族のもとへ帰れるだろう。しかし彼は、冷たい北極海の海底に眠ることになった乗組員の家族に顔向けできるかどうか心もとなかった。

二人とも無言だ。もう言葉はいらない。二人はそれぞれの考えに耽っていた。

そして二人とも、同じことを考えているのに気づいた。ピシュコフスキーが沈黙を破った。

「セルゲイオヴィチ、わたしにはよくわかりません。なぜ彼らは、われわれをこんな目に遭わせたのでしょうか？」

アンドロポヨフも長いあいだそのことを熟考した末、ひとつの答えを得ていた。ここで横たわり、呼吸を求めてあがき、生きてふたたび妻を抱擁し、子どもたちの笑い声を聞けるかどうかわからない日々を過ごしているうちに、ひとつの事実が明らかになった。二人の男たちはそれぞれの思考過程を経て、いずれも同じ結論に達していた。

「ディミトリ、わたしにもよくわからないが、ひとつだけ確信できることがある。イーゴリ・セレブニツキフは単独であのような恐ろしい所業に出たのではない。あの男は有能な船乗りで、潜水艦の指揮官としても優秀だが、構想力や独創性はない。この背後にはドゥロフ提督がいる。なぜこんなことをしたのか、知ったかぶりをするつもりはないが、提督がいることはまちがいないだろう」

「わたしも同意見です、セルゲイオヴィチ。神のご加護を得て、いつか提督に代償を支払わせてやります。わたしは復讐心の強い人間ではないつもりですが、この恐ろしい日々をともに過ごした勇敢なる男たちの顔を見、この美しかった艦の残骸にまだ漂っている同僚たちの遺体を思うと、いつかドゥロフに彼のしたことの償いをさせてやると誓わずにはいられないのです」

ピシュコフスキーは彼の指揮官の顔に凄みのある笑みがよぎるのを見た。「わたしもだ、ディミトリ。わたしも誓う」

13

カール・アンドレッティ技師長は机に拳をたたきつけた。あの小役人の女め！

あの女自身わかっていないだろうが、このままでは俺たちの計画の屋台骨が危ない。まったく、ずかずかと俺様のオフィスに踏みこんで、あのことを直接訊いてくるとは。あの女がSECのやつらに告げ口して、用意周到な計画を台無しにする前に、この問題に手を打たなければ。

アンドレッティは電話を摑み、アラン・スミスの番号を呼び出した。オフィスの向こう端にあるCEOの執務室では誰も出ない。あの尊大ぶったイギリス野郎は、必要なときにいたためしがない。

アンドレッティはかぶりを振り、猛り狂うような脈拍を抑えようとした。スミスを捜している時間はない。それにアンドレッティは、あの男にやるべきことをやる度胸があるかどうか疑っていた。あいつはヨーロッパ製のタバコを吸い、あの腹立たしいなよなよした手つきで言葉を濁しながら、手遅れになるまで先送りにするのが落ちだ。気づいたときには、完璧に歯車が嚙み合った俺たちの計画に、キャサリン・ゴールドマンが特大のレンチを突っこんでいるだろう。

技師長の喉に苦いものがこみ上げ、胃の中身を戻しそうになった。机の左側のいちばん下の抽斗を開け、胃薬の瓶を出してあおる。胃の具合は悪化するばかりで、制御困難になりつつあった。計画の完了を見るまで神経がもつかどうかもわからない。

チョークのような味の胃薬が喉に詰まった。アンドレッティは背後に手を伸ばして小型の冷蔵庫を開け、デュワーズのボトルを取り出して、机のコップになみなみと注いだ。琥珀色のウイスキーをぐいと飲むと、液体は舌をしみじみと冷やし、それから喉元を温めて、しだいに焼けつくような熱さをもたらした。

おかしなことに、ウイスキーは薬よりも胃を落ち着かせてくれた。おまけに勇気まで湧いてきたようだ。

よし、電話をかけよう。

その電話番号は空《そら》で覚えている。ブラックベリーやアドレス帳に登録できるような番号ではないのだ。どこにも書き留めてはならない。

二度呼び出すと、妙にうつろで遠くに思われる信号音が聞こえ、何度か回線が切り替わった。呼び出しは迷宮のようなシステムを何度も転送され、追跡不能になるまで世界中を駆けまわる。

うなるような嗄れ声が応答した。

「俺だ。そっちの名前と用件を言え」

「CAだ。仕事を頼みたい。ちょっと難しい仕事だ。きっと面白いぞ」

ジョー・グラスは後部脱出口の梯子の下で、乗降口に立っていた。すぐ後ろのタービンが咆哮をあげ、ほかの音をほとんど遮断している。それでも、〈トレド〉の後部に三度目の着艦を行なう〈ミスティック〉の金属音は聞こえた。ここ機関室では、熱くなったオイルのにおいがあらゆるところに染みこんでいる。原子力潜水艦の艦内は消毒剤によってくまなく殺菌されていると思いこんでいる者もいるが、それは幻想にすぎない。〈ミスティック〉が着艦してハッチがひらくまでのあいだ、艦長は周囲を見まわした。室内はロシア人生存者で一杯だ。彼らは一様に憔悴していたが、その大半は、思うさま清潔な空気を呼吸できることに感謝の笑みをたたえている。

ダグ・オマリーはグラスが立っている場所の一〇フィート前方で、操縦室の外の隔壁にもたれていた。自分のささやかな王国をじっと見張っているのだ。彼は持ち場のあらゆるものを何ひとつ見逃さなかった。グラスはこれまで、オマリー以上に装備品に献身的な機関長を見たことがない。それはかつて〈ハンマーヘッド〉の機関長だったグラス自身も含めてだ。オマリーはこの複雑な動力機関のあらゆる癖を知っており、最大限の性能を発揮できるよう労力を惜しまなかった。

ハッチがグラスの頭上で鋭い金属音とともにひらき、梯子の最上段に二本の脚が出てきた。短軀で太鼓腹の男が梯子を降り、バランスを失って転落するのを警戒しているように、横桟をしっかり摑んでいる。ゆっくり、ときおり立ち止まりながら降りる動作は、明らかに疲労困憊した人間のものだ。グラスはらはらしながら見守り、梯子を上がって支えようかと思った。しかしそのロシア人には、グラスを思いとどまらせる何かがあった。誇り高く、自力で降りるという決意がうかがえたのだ。グラスはその場に立ったまま、男が梯子を降りてくるのを待った。

男は降り立ち、気力を奮い起こして威儀を正した。右手を上げ、きびきびと敬礼する。

「セルゲイ・アンドロポヨフ中佐だ。乗艦の許可を求める」

グラスは極限状況をくぐり抜けてきた男を見た。想像を絶するほどの危機と困難を経てもなお、その男は威厳に満ちている。グラスは笑みとともに答礼した。「〈トレド〉へようこそ、中佐。犠牲になった乗組員の方々に、衷心からお悔やみ申し上げる。貴官以下、乗組員のみなさんには、できるだけ快適に過ごしていただきたい」

「ありがとう、艦長。乗組員一同を代表してお礼申し上げる」アンドロポヨフは向きなおり、彼のあとに降りてきた男を紹介した。やはり憔悴し、疲労の色が濃い。だがその男も、上官のかたわらで気をつけの姿勢を取ろうとしている。「こちらはディミトリ・ピシュコフスキー少佐だ。わたしの一等航海士を務めている」

グラスはピシュコフスキーの弱々しいが心のこもった敬礼に応え、二人のロシア人と握手した。

ほかの生存者はすでに室内で並び、疲れ果てたみすぼらしい一団を作っていた。サム・ワリッチが一人一人に、暖かく乾いた毛布と熱いコーヒーの入ったマグカップを手渡している。生存者は三、四人ごとに、温かい食事が待つ快適な居住区に案内された。

グラスは二人の士官を連れて艦長室へ向かった。アンドロポヨフと並んで歩く。ほかの生存者から聞こえない場所へ来たところで、アンドロポヨフは直截に訊いた。

「艦長、最初に来てくれたアメリカ潜水艦はどうなった?」

グラスは立ち止まり、アンドロポヨフの澄んだ灰色の目を眺めた。そしてためらわずに答えた。「あれは〈マイアミ〉という艦だった。貴艦の状況を報告し、支援に戻る途中で撃沈された」深く息を吸い、食いしばった歯のあいだから言葉を絞り出す。「あの艦には友人が何人も乗っていた。撃沈したやつらは、〈マイアミ〉が貴艦を助けに行こうとしていた隙を狙ったんだ。その残骸は貴艦から一マイルのところにある」

グラスに確信はなかったが、そのときアンドロポヨフの深い悲しげな目に、忍従の色がよぎったように思われた。懸念が裏づけられたということなのだろうか。アンドロポヨフは厳粛にうなずいた。

「思ったとおりだ。水中電話で〈マイアミ〉とやり取りをした。そのあとで爆発音が聞こえたのだ。それきり、反応が途絶えた。そのあとは誰も来なかった。あなたがたが来るまでは」

グラスは自らの声に、怒りと悲しみが滲むのを抑えられなかった。「なぜだ？　いったい誰がなぜ、こんなことをした？〈マイアミ〉は救助に向かっていたんだぞ。彼らを沈め……われわれにも魚雷を発射してきた連中は……そんなことをして何が得られたんだ？」

アンドロポポヨフは周囲を見た。救助されたロシア人数人が集まってきていた。

「艦長、どこかもっと静かな場所でこの話を続けてもいいだろうか？」

グラスはうなずき、艦長室へ二人を案内した。歩きながらピシュコフスキーは、ロシア語でアンドロポポヨフにささやいた。「中佐、アメリカ人にわれわれの疑念を話しますか？まだ推測でしかありません。大変な危険がともないます」

「ディミトリ、われわれは死の危険をくぐり抜けてきた」アンドロポポヨフはやはりロシア語で答えた。「われわれは真実を究明し、正義を求めなければならない。われわれ自身のためだけではなく、ここにいる友人たちや、われわれを救助しようとして危険を冒し、生命を失った他の艦のためにも。こんなことを引き起こした人間には、責任を取ってもらわなければならない」

ピシュコフスキーはうなずいた。「はい、同感です」

ジョー・グラスは学校で習ったロシア語をどうにか思い出した。「中佐、あなたのお気持ちに感謝したい。われわれは話し合う必要がある」驚いている二人のロシア人の前で、彼はゆがんだ笑みを浮かべた。「合衆国海軍アカデミーで、ロシア語を三年勉強した。アクセントはご容赦いただきたい」

ここ数日で初めて、二人の疲れ切った潜水艦乗りの顔がほころんだ。


キャサリン・ゴールドマンは〈ハリーズ・バー〉に入るのを一瞬ためらった。ハノーバー・スクエアの片隅にある、この見せかけのイングリッシュ・パブは昔から仕事帰りのウォール街関係者が集う場所なのだ。店に入るや、彼女は耳を聾《ろう》さんばかりの喧噪に包まれた。ここ〈ハリーズ〉では、つねにさまざまな噂やほのめかしが飛び交っている。ボックス席でも上得意客専用の個室でも、莫大な金が動いていた。

ゴールドマンはいまだに、なぜ自分がここに来るのを承知したのかよくわからなかった。この店には彼女が嫌うウォール街の特徴が凝縮されているのだ――むき出しの権力、エリート校出身者の人脈、野放しの金。ここは権力のにおいを求める押しつけがましい男たちが、電話やコンピュータネットワークではなく酒やスパイスの効いたチキンウイングを片手に、取引を繰り広げようとする場所なのだ。大声をまき散らす酔客の群れも、ひそひそ声で噂をささやくグループも、彼女をうんざりさせるのは同じだった。

ドミトリ・ウスティノフが彼女に、今晩彼のチームと夕食をともにするよう迫ったのだった。仕事が忙しくて時間が取れないとゴールドマンは断わろうとしたが、彼は耳を貸さなかった。しかし、ウスティノフが彼女に好印象を与え、ここに招待することでなんらかの影響力を持とうと思っていたとしたら、最悪の選択と言わざるを得なかった。

この肥満した若いロシア人は、人いきれのなかにどうにか彼女の姿を見つけた。ウスティノフは大声で彼女に呼びかけ、手を振った。

「キャシー！　こっちだ」

ゴールドマンは〝キャシー〟と呼びかけられるのを毛嫌いしていた。名前はキャサリンなのだ。ウォール街界隈の知り合いに見とがめられないのを祈るばかりだった。

にもかかわらず、彼女は手を振って応え、群衆のあいだを縫って歩いた。人目を引く長身のブロンドの女が、ウスティノフのかたわらに立っている。ゴールドマンは彼女をオフィスで見かけていた。確か、マリーナなんとかだ。やはりロシア人だったはずだ。ゴールドマンが聞いたかぎりでは、きわめて優秀なプログラマーにちがいない。しかしその女には、冷たく取り澄ました雰囲気があった。そのマリーナなんとかが、この不快なオプティマルクス社のテスト部門責任者と馬が合うらしいことに、ゴールドマンは驚きを覚えた。

よく言われるように、正反対の人間同士は互いに引かれるのかもしれない。

「キャシー、こっちにおいで！　奥の個室を取ってあるんだ！」ウスティノフは喧噪に負けじと叫んだ。「もうみんな集まっているよ」

ゴールドマンが近づくと、彼はその手を取り、ロシア人女性とともにパブの奥まった暗がりへ先導した。ウスティノフはばか騒ぎするトレーダーの群れをかき分け、通りすがりにぶつかって睨まれても取り合わなかった。重厚な羽目板の扉の前に、〈ハリーズ〉のウェイターが番をしている。ウスティノフがチップをはずむと、ウェイターはウィンクして扉を開けた。

個室の照明はほの暗いが、内装は贅沢だ。オプティマルクスで見覚えのある、ウスティノフのテスト部門チームの社員数人が、すでに細長い中央のテーブルを囲んで座っている。銀器や陶器がキャンドルライトの光を受けて輝き、壁際の金縁の鏡に反射して、ダイヤモンドのような光を室内に投げかけた。ウスティノフが二人の女性を誘ってテーブルの上座に向かい、ゴールドマンに彼の右側、マリーナに左側の席を示した。

今晩ゴールドマンをここへ誘ったとき、ウスティノフはノーという返事を受けつけなかった。チームの面々の慰労を兼ね、プロジェクトの順調な進捗状況を祝いたいと言ったのだ。そしてチームワーク精神の発露として、SECのチームリーダーを賓客としてもてなしたいと持ちかけた。ゴールドマンはこの調子のよいロシア人が、彼女におもねようとしているのか、プロジェクトへの承認を得るために取り入ろうとしているのか、それとも結局はベッドに誘いたいだけなのか測りかねた。いずれにしろ、ウスティノフが女性と見れば誰彼かまわず言い寄る男であることは、さして鋭い観察力の持ち主でなくてもすぐにわかった。

とはいえ、ゴールドマンにとってひとつ確かなことがあった。彼女は腹ぺこだったのだ。この日の昼食は、オプティマルクス社内の休憩室の自動販売機で買った軽食だった。最後に朝食をとったのがいつだったのかすら覚えていない。テーブル中央のクロスをかぶせた籠から、ひと切れのパンをちぎり取る。彼女は銀器のオリーブオイルにそのパンを浸して口に入れた。ゆっくりと嚙み、芳醇な味わいを楽しむ。

「味はどうかな、ミス・ゴールドマン？」ウスティノフが訊いた。

「とてもおいしいパンだわ。いままで食べたことがないぐらい」

「ここのパンなんか！」彼は鼻を鳴らした。「ロシアのパンの比じゃないよ。あれこそ世界一のパンだ。命を賭けてもいい。あれを食べたら、ほかは食べられなくなる」

ゴールドマンはパンを飲みこまないうちに、辛辣な返事をした。「あら、それでモスクワでは、バブーシュカを巻いたご婦人方が毎日行列を作っているのね？　パンがそんなにすばらしいから？」

マリーナ・ノソヴィツカヤはそれを聞いてパンを喉に詰まらせたが、近くにいた社員はどっと沸いた。ウスティノフは顔を朱に染め、ノソヴィツカヤのほうを向いてグラスにワインを注ぎ足しつつ、胸の谷間に見入った。

最初は半信半疑だったキャサリンも、ウスティノフが勧めるワインの力を借り、すぐに気分がほぐれた。食事はすばらしく、ウスティノフを別にすれば出席者も気持ちのよい人々だった。こういうのも悪くないかもしれないわね。いまや彼女は、オプティマルクスのチームの面々とすっかり打ち解けた。おいしい食事、絶え間なく注がれるワイン。プロジェクトも事業全般の見通しも、明るい話題が多かった。

ウスティノフでさえ尊大さをいくらかやわらげ、場を盛り上げた。彼を見るとゴールドマンは、キャンキャン吠える子犬を思い出した。とにかく自分が注目を浴び、褒めそやされたいのだ。それでも彼は、ロシアのブロンド美女とキャサリン・ゴールドマンに平等に注意を向けた。きっとそれは、わたしの地位に敬意を表しているからだろう、とゴールドマンは思った。明らかに、容貌ではノソヴィツカヤが優っていた。

ゴールドマンは別に、彼女と張り合ってウスティノフの関心を引くつもりはなかった。この男はまったくタイプではないのだ。それでも、ウスティノフが関心を向けてくれることで悪い気はしなかった。彼は話をしながら、偶然を装ってゴールドマンの腕に手を触れたり、テーブルの下でそっと膝を触れ合わせたり、人に聞こえないようにそっとささやいたりして、この晩だけでも彼女がウスティノフの世界の中心だと思わせようとしていた。左側の若い女性にも彼が同じだけの関心を向けているのは明らかだったが、六杯目のワイングラスを傾けたところで、ゴールドマンはすっかりいい気分になっていた。

頭がぐるぐるまわり、頬がこれほど熱くなるのは学生時代以来のことだったが、いまのキャサリン・ゴールドマンには、これが新たな逢瀬に結びつくわけではないことがわかっていた。彼女はプロであり、女好きの若いプログラマーに彼女自身や仕事のことを嗅ぎまわらせるつもりはさらさらなかった。それでも、何週間ものあいだ仕事に神経をすり減らしたあとで、こうした夕食のひとときを過ごすのは悪くなかった。このロシア人の動機がなんであれ、彼女はリラックスし、料理と酒と男性からの注目を楽しんだ。

ゴールドマンが暇乞いをしたころには、もうすっかり夜も更けていた。ウスティノフが止めるのも聞かず、彼女は立ち上がり、まだ店内に大勢いる客の群れをおぼつかない足取りでよけて、歩道へ出た。冷たい夜気が心地よく、金色の街灯の光を浴びて雪がふわりと舞っている。

周囲にタクシーの姿はなかったが、平日の夜遅くのロウアーマンハッタンではそう珍しいことではない。タクシーはほとんどアップタウンに集中し、ミュージカルやオペラの帰りの客を狙っているのだ。ウスティノフはホテルまで車で送っていこうと粘ったが、ゴールドマンは丁重に辞退した。バッテリー公園からミレニアムヒルトンホテルまでは楽に歩いていける。こうしたことはシンプルに、ビジネスライクにしておくのがいい。ここ数年、彼女は断固として何かを拒む必要に迫られたことはなかったが、仮にウスティノフがこの夕食を引き延ばしにかかっても、多少なら受け入れただろう。

「わかったよ、キャシー」彼は意外にあっさり折れた。「では気をつけて」

そう言ったとき、彼の目に何かがよぎった。それは失望だったのかもしれないし、心配だったのかもしれない。ともあれ、ゴールドマンは彼にきつくおやすみのハグをされ、頬に軽くキスされたとき、一瞬だけ長くそこにとどまった。

〈ハリーズ〉の扉が背後で閉まると、店内の明るい笑い声やさざめきが嘘のように静まった。キャサリン・ゴールドマンはコートを着てウォーター通りを曲がり、きびきびと歩きながら深呼吸して、冷たく新鮮な空気でワインの酔いを覚まそうとした。

彼女はこの時間のニューヨークが好きだった。絶え間ない街の喧噪が一瞬静まり、埃や土に降り注ぐ新雪は、冷たく清浄な新しい毛布のようだ。深夜営業のビストロから色とりどりの光や活気に満ちた音が洩れ、祝祭のような空気を醸し出す。だが通りに人けはなく、彼女は一人きりだ。角を曲がり、閑散としたオフィスビルのブロックに入ると、いよいよ孤独感が増した。

キャサリン・ゴールドマンには、一ブロック半後ろの縁石を離れ、近づいてくるタクシーの姿が見えていなかった。ヘッドライトを消しており、通りの街灯もまばらだったからだ。そのうえ、彼女は楽しかった夕食のことを思い返し、こちらへ向かって加速してくる車のエンジン音が耳に入っていなかった。

五〇フィート背後で、タクシーは急に右にそれ、縁石を越えると、狭い歩道に乗り上げて突進してきた。

キャサリンの耳に、いきなりレーシングカーのような音が聞こえた。肩越しに振り向くと、疾走する怪物が彼女にのしかかろうとしている。本能的に彼女は右に飛びのき、歩道から引っこんだところにある無人の戸口に逃げこんだ。タクシーの運転手はこの動きを予測したように、キャサリンが逃げた方向に車を傾けた。

コンクリートにぶつかった彼女は、倒れたまま転がり、ガラス戸ぎりぎりに身を寄せながら、車のバンパーに激突して建物に押しつけられ、潰されるのを覚悟した。

狂ったように走りまわるタクシーは彼女をかすめて通りすぎ、建物のファサードに阻まれたが、砕け散ったサイドミラーが雪に混じって、金属片とガラスの雨を降らせた。狂気の運転手が何を考えていたかはともかく、そいつはなおも戸口の隅の彼女を見つけ出そうとした。

それでも車は停まることなく、騒々しい音をたてて建物のレンガの壁をこすった。壁際のゴミ容器や大きな青い郵便箱が通りにまき散らされ、手紙がこぼれる。車はそのまま、次の角で曲がった。リアバンパーを引きずり、青い排気ガスをもうもうと巻き上げて。

酒場から出てきたばかりの数人が、キャサリンの方向へ通りを駆けてきた。けたたましいエンジン音と排気ガスに異変を察知したのだ。二人の男たちが戸口にうずくまる彼女に手を差し伸べ、大丈夫ですかと訊いた。

「ええ……大丈夫」彼女は口ごもり、ニューヨークのタクシードライバーときたら、本当に運転が荒いんだからと冗談を言おうとした。

身体を支えられてどうにか立ち上がったものの、膝ががくがく震える。懸命に呼吸を整え、脚の震えをこらえると、彼女はもう大丈夫だと言って二人に引き取ってもらおうとした。それでも二人は、警察に通報し、パトロールカーが到着するまでここにいるように説得した。

その数時間後、分署で果てしない事情聴取を終えたあと、刑事たちが彼女をミレニアムヒルトンまで送った。無事に部屋に入り、扉に二重鍵をかけると、キャサリン・ゴールドマンは長椅子にどっとくずおれた。こらえていた涙が頬を伝う。電話を使おうとしたが、ボタンが涙で曇った。

いままでの人生で彼女は、何人かの人を怒らせてきた。その大半は、SECに楯突こうとした連中だ。なかには、彼女の鼻にパンチを見舞いそうな剣幕の者もいた。しかし、殺されそうになったことはなかった。そこまで自分に恨みを持つ人間の心当たりはなかった。だが現実に、こうして誰かに殺されそうになったのだ。

電話すべき相手は誰一人思い浮かばなかった。誰も彼女を助けに来てくれない。しいて言えば、証券取引委員会の上司ぐらいか。彼女は気を落ち着かせ、スタン・ミラーを呼び出した。

ヒステリーに陥った女のように、嗚咽する声を聞かれるのはごめんだった。

14

トム・ドネガン海軍大将は受話器を架台に戻し、机から一枚きりの報告書を取り上げて、海軍式の簡明な文章を読み返した。一見して平板な報告書が、これほど手短な表現でかくも悪いニュースを伝えられるとは驚きだ。

事の起こりはジョー・グラスが艦を浮上させ、OPREP3で身の毛のよだつような知らせを伝えてきたことだ。すなわち〈マイアミ〉が正体不明の敵によって撃沈され、全乗員がバレンツ海の海底で死亡した、と。しかもその続きは、さらに目を疑うような内容だ。ついさっき届いた第二信は、どこかのB級映画から切り取ってきたような筋書きだった。

「あの男はテクノスリラーの読みすぎだ」ドネガンは文面をもう一度読み返しながらつぶやいた。そのまま持っていたら燃えだすと思っているかのように、報告書を机に戻す。

それでもドネガンには、ジョー・グラスがどんな人間かよくわかっていた。だからこそ、なおさら信じがたいのだ。つい先刻電話を入れ、この報告を知らせた相手も、ドネガンと同様に慄然としていた。

〈マイアミ〉が撃沈されたことを伝える第一信だけでもすでに、ドネガンがいまだかつて見たことがないほどの動揺を軍上層部に引き起こしている。サイゴン陥落から冷戦の終結を経てテロとの戦いに至るまで、この老兵はいままでに数々の重大事件を目の当たりにしてきた。しかし、突如として今回のような事件が勃発したのは初めてだ。

この件に関し、国防長官は厳しい箝口令を敷いた。グラス艦長と〈トレド〉はまだ氷海の下を潜航している。何者かがアメリカ海軍の潜水艦を襲撃したのであれば、バレンツ海で戦闘行為があったことをごく少数の関係者以外の人間に知られる前に、〈トレド〉が無事に帰還するのを待つべきだ。つまりそれは、〈マイアミ〉の撃沈を公表し、乗員の死を悼むのを数週間遅らせることを意味する。したがってこの件が《ワシントン・ポスト》に載ることはなかった。しかし事の重大性と、国防総省《ペンタゴン》のあわただしい動きからして、知られるのは時間の問題だろう。

ドネガンはかぶりを振った。それは広報担当のまじめ君になんとかしてもらおう。マスメディアの連中に事の経緯を嗅ぎつけられないよう、情報管理を徹底するしかない。

いまやドネガンの関心は最新の報告に向かっていた。わが国の潜水艦が敵艦の魚雷に撃沈させられたというのは、近来稀に見るほど現実離れした、怖気をふるう展開ではあるが、このことにはまだ対処が可能だ。敵の正体を突き止め、反撃するしかない。端的に言って、これは戦争だ。

対処に困る厄介な問題は、この第二信だった。

ドネガンは読書用眼鏡を額に上げ、目元を揉みほぐして、頭痛を鎮めようとした。曙光が差しはじめ、ポトマック川沿いに並ぶ柳の枝の黒い輪郭を照らし出している。その下をよぎる人の姿が見えた。ジョガーが一人、防寒着に身を固め、川沿いの遊歩道を走っている。

その姿を見ているうちに、ドネガンは電話すべき相手のことを思い出した――ジョン・ワードだ。

ワードもまた、こんな寒い朝でも走っているにちがいない。あの男は一日たりとも休まないのだ。きっといまごろはノーフォークの海岸沿いのどこかで、身体をいじめているだろう。ワードに電話するのはもう少し待とう。最後まで走らせてやってからでも、この衝撃的な最新の展開を知らせ、彼が果たすべき役割を命じるのは遅くない。

ドネガンはふたたび報告書を手にした。さっき読んだときと、一字一句変わっていない。やはり信じがたい内容を告げている。

いわく、ジョー・グラスと〈トレド〉は、ロシアのものと思われる潜水艦の攻撃を受けた。〈トレド〉は自衛のため反撃した。ロシア潜水艦は撃沈され、一方〈トレド〉は無傷で逃げおおせて、損害は軽微な負傷者数名にとどまった。

グラスは本来の任務を続行、DSRVを展開して、〈ゲパルド〉という新造ロシア潜水艦の残骸から生存者の救出に成功した。彼の報告によると移乗した生存者は三五名で、そのなかには潜水艦の艦長も含まれる。この艦長の話によれば、驚くべき破壊行為が仕組まれており、その計画の中心にいるのは北方艦隊のアレクサンドル・ドゥロフ提督その人である可能性が高いという。

ただしこれらはすべて推測であり、確証はない。ドネガンの仕事の分野では、ほとんどの場合、証拠を掴むのは困難だ。

確実にわかっているのは次のことだ。何者かがロシアの新造艦を撃沈した。次に、おそらく同一犯が〈マイアミ〉をも海底に葬った。さらに、やはり同一犯と思われる者が〈トレド〉にも同じことをしようとしたが、グラスとその部下たちによって地獄に落とされた。これらの事実に鑑みると、変節したロシア海軍の指揮官が邪悪きわまる陰謀を企んでいるというのも、あながち荒唐無稽とは言い切れないように見える。

数年前から、コラ半島でひそかに新造艦が建造されているという噂はあった。その真偽を確かめようとするたびに得られたのは、ポリャールヌイ基地の埠頭に係留されて波間に揺れる、錆びついた船体の写真だけだった。とはいえ、アナリストの好奇心をそそる徴候もあった。冷戦後のロシアにしては異例なことに、コラ半島に置かれた基地はすべて警備が厳重になっているというのだ。ここ何年ものあいだにわたって、それらの基地の構内に諜報員を送りこむ努力がなされてきたが、いまのところ成功していない。いったいなぜ、崩壊しつつある艦隊のためにそれほど厳重な警戒態勢をとるのか？

ドネガンはまた、ロシア北方艦隊潜水艦部隊指揮官のアレクサンドル・ドゥロフ提督についてもよく知っていた。気むずかしく怒りっぽい、昔ながらのロシア水兵だ。彼の名前が浮上してきたとき、ドネガンは彼のファイルを取り出し、頭にある情報を再確認した。顔写真が載っている。長身で白髪の、ドネガンよりやや年上の男だ。彼は黒海のほとりにある、発音できないような名前の小村で生まれ育った。父親は大祖国戦争のスターリングラードの戦いで、ソ連邦英雄に列せられている。青年時代のドゥロフはソビエト海軍兵学校に通い、その後レニングラードのレニンスキー・コムソモール潜水艦戦高等海軍学校で潜水艦乗組員としての訓練を受けた。そこで優秀な成績を収め、影響力のある人々の評価を受けて、一九六〇年代から七〇年代にかけて、セルゲイ・ゴルシコフ元帥がソ連海軍北方艦隊の強化に尽力しているあいだ、めざましい勢いで昇進を重ねた。七〇年代後半にはグレシュコ海軍学校で研鑽を積み、将官に出世した。

ドネガンはいま一度、かぶりを振った。ソ連の崩壊がドゥロフと部下の潜水艦乗りを過激な行動に向かわせたのは疑いない。ドネガンはその思いに確信があった。

彼は椅子に背中をあずけ、カップのコーヒーを口にした。このドゥロフというのは、なかなか興味深い男だ。ドネガンが人物ファイルから判断するかぎり、共産主義者ではない。しかし、ロシアへの愛国主義的な価値観がきわめて強い。世界秩序におけるロシアの正当な地位について、しばしば大胆に発言している。ドゥロフはまた、グレゴール・スミトロフ大統領の経済改革や、国家の分裂を画策する叛徒への宥和策を強く批判していた。

この男は何かに駆り立てられているように見える。だが、その目的は？　正気を失い、自国海軍の新造艦を破壊したのみならず、アメリカ海軍の潜水艦まで撃沈し、第三次世界大戦を引き起こそうとしているのだろうか？　ロシアの潜水艦基地では、世界の平和を脅かすような計画が進行しているのか？

アメリカ政府には世界各国に張りめぐらされた傍受網、ハイテク技術による監視機器、諜報機関のネットワークがある。それにもかかわらず、ドネガンに考えられるかぎり、自らの疑問への迅速な答えを得るための方法はひとつしかなかった。

大将は唇を引き結び、秘話回線の受話器を取って、暗記している番号を押した。一度の呼び出し音で、力強い声が出た。

「SEALチーム3、ビーマン部隊長です」

「ビル、海軍情報部のドネガン大将だ」

「おはようございます、大将！」

「そっちはまだ未明だろう？　電話に出てくれるとは思わなかった。きっと部下の誰かが、きみをたたき起こすだろうと思っていたよ」

「訓練中なので、まだ起きていたんです。サンクレメンテ島で〝ラバーダック〟を実施中のチームがあります。チームリーダーが替わったばかりなので、万事順調かどうか、自分でも確かめておきたいのです」

ビル・ビーマンは海軍特殊部隊SEALのチーム3を統率している。本拠地はカリフォルニア州サンディエゴ近郊のコロナド島海軍水陸両用戦基地だ。現地の時刻は午前二時、外は真っ暗だ。ビーマンは前日の午前五時に起床し、この日の晩はほとんど彼の執務室と廊下の向こうにある司令センターを往復していた。彼はどんなときでもチームのことを気にかけており、新任の小隊長を危険な訓練に初めて送り出したとあってはなおさらだった。

〝ラバーダック〟とは船外機付きゴムボートのことで、人畜無害な名前とは裏腹に、小隊と襲撃用ゴムボートを航空機からすみやかに着水させる訓練のことだ。万事順調に運べば、チームは海岸に上陸でき、飛行機から飛び降りてものの数分後に作戦は完了する。しかしささいな齟齬《そご》でもあれば、陸地から数マイルも離れた深夜の海上で、十数名の負傷者が取り残されることになりかねない。

「それで、どんな様子だ？」ドネガンは訊いた。

「いましがた、〝無事上陸〟の報告を受けたところです。それで仮眠をとりに帰宅しようとしたところで、大将からのお電話を受けました。まさか、部下をねぎらいにお電話をくださったわけではないですよね」

ドネガンはこの大柄で嗄れ声のSEAL隊員が好きだった。部下のことを第一に考え、いざというときに頼りになる男だ。

そしていまがまさに、いざというときだ。

「そのとおりだ、ビル。きみに頼みたい仕事があってね」ドネガンは言った。合衆国本土の両端にいても、ビーマンには相手の口調が変わるのがわかった。「敵対的な環境で、きみに少人数のチームを率いてもらい、パラシュート降下してほしいのだ。冬の北極圏に向かってもらう。完全武装だ。基本的には簡単な偵察任務になるはずだが、遮蔽物がなければ、あっという間に戦闘に巻きこまれることもありうる」

ビーマンは口笛を吹いた。何物にも動じない男だが、ドネガンの口調に誤解の余地はなかった。「大将、北極圏の冬を過ごせる国はほんの数ヵ国です。わたしがこの前確認したかぎり、カナダとノルウェーは同盟国のはずなので、除外していいでしょう。残るのはロシアです」そこで少し間があり、このSEAL隊員は次に言うべき言葉を考えているようだった。彼はその言葉を決め、口に出した。「国家指揮最高部には確認なさったんですね」

ドネガンはにやりとした。ビーマンは実に優秀だ。いいところを突いてくる。

「ついさっき、国家安全保障問題担当大統領補佐官と電話で話したところだ。ブラウン大統領から、きみによろしく伝えてほしい、くれぐれも幸運を祈ると伝言があった。きみにはポリャールヌイ海軍基地に潜入し、潜水艦の動向を確かめてほしい。わがほうの偵察衛星によれば、潜水艦部隊は係留されたまま、船体を錆びつかせているはずだが、ある情報源によると、何隻かの艦がどこかで出航準備を整えているそうだ」
「了解しました。チームに出撃準備を命じ、八時間以内に出発できるようにします。それまでに任務プロファイルを整えていただくよう願います。それから輸送機の手配も」
「もちろんだ！　ブラウン大統領に、そっちの時間で正午までにきみたちが出発すると言ってあるんでね」

受話器を置いてからもなお、ビル・ビーマンはかぶりを振っていた。命じられた任務には、休眠状態の潜水艦部隊の監視以上の意味があるにちがいない。合衆国大統領が午前二時にペンタゴンのトップと電話でやり取りするからには、よほど重大かつ深刻な事態が起きているものと思われる。それがなんであれ、ビーマンとその部下はその重大事の真っただ中に身を投じることになるのだ。

まあいい。そんなことを推測しても得るところはない。ひたすら任務を実行するのみだ。SEALの部隊長には、ひとつだけ確かなことがあった。

今晩の仮眠は貴重になる。

アレクサンドル・ドゥロフ提督は重々しい青銅の扉をくぐり、自分がここの主であるかのように胸を張って背筋を伸ばした。幼いころ父親に連れられてきて以来、彼はクレムリンをこよなく愛していた。ここの主が共産主義政府であろうと、かつての帝政主義者だろうと、現政権の腰抜けの政治家どもだろうと関係ない。千年もの歴史を持つこの要塞は、母なる祖国の力を象徴しているのだ。ここの壁はさまざまな歴史を見てきた。彼の祖国は数百年にわたってあまたの侵略者に苦しめられ、東洋からも西洋からも攻撃を受けてきたが、何者もこの場所を侵すことはできなかった。ここはまさしく、母なるロシアの鼓動しつづける心臓部なのだ。

ドゥロフが執務室に足を踏み入れると、グレゴール・スミトロフ大統領はルイ十五世様式の金箔を施した机の奥から立ち上がった。ドゥロフのほうに身体を傾け、大統領は華奢《きやしゃ》な手を弱々しく差し出してきた。

「ドゥロフ提督、また会えてうれしい。このところ、とんとご無沙汰だったね」

ドゥロフは立ち止まったまま、差し出された手を無視した。そしてこわばった気をつけの姿勢をとり、きびきびと敬礼した。「大統領、誠に遺憾ですが、わが国の原潜が二隻、勇敢なる乗組員とともに沈没したことをお知らせしなければなりません」彼は堅苦しく形式張った口調で言った。

スミトロフは差し出した手を引っこめ、驚きに目を見張った。表情がうつろになり、作り笑いが失せる。ただでさえ青白い顔から、さらに血の気が引いた。ロシア大統領の足下がふらついても、ドゥロフは敬礼の姿勢を崩そうとしなかった。

「しかし、なぜだ……?」大統領は言葉に詰まった。「提督、いったいなぜ、そんなことになった?」

ドゥロフは敬礼していた右手を下げたが、口調は相変わらずぎこちなかった。「わが軍は〈ゲパルド〉を試験航海に送り出しました。アメリカの潜水艦が同艦を嗅ぎまわり、従来同様に妨害工作をしてくることは予想していました。たいがいそれは大した問題ではなく、単なる嫌がらせにすぎませんでした——今回までは。ともかくわたしは、甥のイーゴリ・セレブニツキフに命じ、彼の指揮する〈ヴォルク〉で同艦を護衛させました。しかし残念ながら、両艦のいずれからも、連絡期限を過ぎてもなんの報告もないのです」

「ほかの原因も考えられるのではないか。天候とか、機器の故障とか……?」

「わが軍が海底に設置した、リモートコントロールセンサーの録音データを解析したのです。そうしたら、彼らが潜航していた海域で非常にはっきりした爆発音が聞こえました」

実際にはそんなものはなかった。ドゥロフがでっち上げたのだ。動かぬ証拠があるという印象を作り出せさえすればそれでよかった。

ドゥロフの祖国の現政権を率いている元大学教授は、その嘘を額面どおりに受け取った。スミトロフは恐怖のあまり、拳で口元を覆った。

「な、なんということだ!」大統領はうめいた。「恐ろしい事故で大勢の勇敢な兵士が犠牲になったとは。どうしてそんなことができたんだ？　新造されたばかりなら、性能は最高水準では――」

ドゥロフは片手を上げ、質問をさえぎった。「大統領閣下、話はまだあるのです。爆発音が探知される前、この海域では三隻の潜水艦の音紋が特定できました。わが軍の二隻と、アメリカ海軍のロサンゼルス級が一隻です。しかし爆発のあと、それらの音紋はすべて失われました。録音データに魚雷のスクリュー音は残っていませんが、わが軍の専門家は、アメリカ原潜がわが軍の原潜を撃沈したと考えています。ワシントン駐在のわが海軍連絡将校によると、アメリカは、ノヴァヤゼムリャ近くのバレンツ海の氷海で、彼らが〝沈没した〟と言っている潜水艦の救助を申し出ているそうです。それは爆発音がした翌日のことでした」

ドゥロフは言葉を止め、相手の反応をうかがった。スミトロフは無言のまま、驚愕に打たれている。

「しかし、アメリカ側が撃沈したのでなければ、なぜ彼らがこのことを知り得たのかが問われます」ドゥロフは続けた。「それにこの事件は、わが国固有の領海で起こったのです。大統領閣下、海洋法をご存じかどうかわかりませんが、領海というのはわが国の領土と同じことなのです。アメリカ海軍の潜水艦がわが国の領海を潜航していたというのは、たとえ魚雷を発射していなかったとしても、それだけで侵略行為にほかなりません」

スミトロフは幽霊のように顔面蒼白だ。ドゥロフはこの小男にまだ血の気が残っているだろうかと思った。大統領は哀れっぽい声で言った。「確かなんだろうな？　何か疑わしい点はないのか？　ほかの証拠は？」

「こうした出来事に証拠が残ることはごく稀です」ドゥロフは鼻を鳴らした。「そもそも潜水艦が使われるのは、隠密行動のためなのです。春が来て氷が溶けたら、きっとそのときに船殻が見つかるでしょう、大統領閣下。そうすれば証拠が見つかりますよ」

スミトロフはさらに色を失い、痛ましげに顔をゆがめて、目をきつく閉じた。ドゥロフはこの男がいよいよ気絶すると思った。しかし大統領は、へなへなと椅子に崩れ落ちた。顔を上げたとき、表情は陰鬱で目に涙が浮かんでいた。

「これから補佐官を招集する。国会にも知らせなければならない。それも一刻も早く。そして国民に……国民に知らせる必要がある。これは恐ろしい悲劇だ」

「いかにもおっしゃるとおりです、閣下」

その言葉とともに、ドゥロフは大統領に背を向け、扉へ向かって歩きだした。

「提督？」

ドゥロフは立ち止まり、大統領を振り返った。「なんでしょうか、閣下？」

「お悔やみを言わせてもらう」

「はあ？」

「きみの甥御さんに」

「ああ、そうでした。ありがとうございます。わが軍の勇敢なる戦士たちの犠牲にも」

「そのとおりだ」

ドゥロフは青銅の扉を閉じ、長い廊下をかくしゃくとした足取りで歩いた。ブーツの靴底が大理石の床に響く。大統領執務室から遠ざかると、彼は皺だらけの顔にかすかな笑みを浮かべた。

ついに始まった！

あの柔弱な愚か者は、何ひとつ疑うことなくまんまと罠に引っかかった。あと数時間もすれば、報道機関はこの発表を垂れ流し、ロシア国民はアメリカの侵略者に対する反撃を求めて声をあげるだろう。すぐに大混乱が始まる。それが終わったとき、ロシアは歴史的な栄光の地位を回復するだろう。

監視カメラに確実に映らない場所を知っていれば、ドゥロフはクレムリンの廊下で喜びのジグでも踊ったかもしれない。


マリーナ・ノソヴィツカヤは無言でドミトリ・ウスティノフのオフィスに押しかけ、後ろ手に扉をぴしゃりと閉めた。美しい色白の顔が憤怒で朱に染まっている。彼女は身を乗り出してウスティノフの机を拳で強打し、驚きで目を見張る男をじっと睨みつけた。

「ドミトリ・ウスティノフ、あんたばかじゃないの？　もしかして自殺願望でもあるわけ？」彼女はどすの効いた低い声で言った。怒りに我を忘れて机に飛び乗りかねない雰囲気だ。

ウスティノフは一点に目を据えた。麗しく丸みを帯びたふたつの乳房が、彼女の発する言葉に合わせてゆさゆさと揺れ、彼の哀れなデスクトップコンピュータをたたいている。

「いったい何をそんなに怒っているんだ、マリーナ。何か問題があったのか？」

彼女はさらに口角泡を飛ばして罵ったが、ウスティノフが平気な顔で嘘をつけるような役者ではないことに思い至ったようだ。ウスティノフの隣の椅子に腰を下ろした彼女は、スカートがまくれてストッキングの上のガーターベルトと肉感的な白い腿が露出しているのに気づかなかった。

「けさ、ボリス伯父さんから電話があったの。昨夜遅く、キャサリン・ゴールドマンがレストランを出たあと、何者かに殺されかけたんですって。通りでタクシーに轢かれそうになって」

ウスティノフは震え上がった。ようやく事の重大さが飲みこめたようだ。「事故ではなかったのか？　それに彼女は無事か？」

「故意の犯行だったわ。警察によると、彼女は無事だそうよ。タクシーは逃げ去って、ワシントン通りで乗り捨てられていたのが見つかったわ。ＳＥＣのアルステア・マクレイン局長は殺人未遂だと言い出しているし、SECの連中はみんな、わたしたちを疑うわよ。これがどういうことかわかる、ドミトリ？」

すでにウスティノフの額には玉の汗が滲んでいた。この事件が今後どう影響するのか、彼にもよくわかっているからだ。広々としたオフィスが不意に狭苦しく思え、壁が自分に迫ってくるようだった。ノソヴィッカヤが脚を動かして太腿が露わになったことにさえ、彼は気づかなかった。

ウスティノフは窮地に陥ったような感覚を覚えた。よりによって、なぜいまなのだ？これだけ長いあいだ必死に働いて、輝かしい成功へあと一歩のところまで来ているのに？チャンスのあとには不運が訪れるのか？誰かがSECで最優秀の監査官を殺そうとしたのだ。先週たまたま、オプティマルクス社のプロジェクト担当に配属されたばかりの監査官を。マクレイン局長はまちがいなく、こっちに疑いの目を向けるだろう。真犯人が捕まるまで、追及の手を緩めないにちがいない。仮借ない捜査の手が及んだら、ウスティノフがオプティマルクスのシステムに特別に仕組んだものが見破られるリスクも、劇的に高まるだろう。仮に彼らが奇跡的に見逃してくれたとしても、ウスティノフはどこかに身を隠し、ほとぼりが冷めるまで、すべてをいったん保留にしなければならない。

その結果どうなるかに気づいた瞬間、胃の腑が縮み上がった。ボリス・メディコフのとんでもなく無謀なスケジュールに合わせる方法は、皆無だ。これほど思いがけない事態が起きてしまった以上、やりおおせるすべはない。しかしあのメディコフが、この予想外の状況に少しでも理解を示すとは思えなかった。

ノソヴィツカヤは彼の心を読んでいたようだ。やにわに立ち上がり、あとずさったのは、メディコフの銃弾がこのオフィスに襲いかかってきたら逃げるためかもしれない。

雲間から朝日が差しこんで彼女の上を横切り、美しい顔とブロンドの髪を照らし出した。ウスティノフの目には、ギリシャ神話から飛び出してきた女神に見えた。

彼女は唇を引き結び、額に皺を寄せた。「彼女を襲ったのがあんたでないのなら、いったい誰の仕業？」

ウスティノフは両手を広げ、潔白を主張した。「知るもんか。システムに細工しようとする人間がほかにいたのか？　自分たちのやっていることを、ゴールドマンに見つかるんじゃないかと恐れている人間が？　スミスやアンドレッティがそんなことをするとは思えない。あいつらは腐敗していて無能だが、いくらなんでもそんなことをしようとするほどばかじゃないはずだ」

ノソヴィツカヤはうなずき、同意した。「わたしもそう考えたわ。それじゃあ、ボリス伯父さんの言葉を伝えるわね——予定に変更なし、よ。わかった？　今回の事件でも、いっさい変更なし。計画は進んでいるんだし、この期に及んで変更する余裕はないの。伯父は言っていたわ。わたしから見て、あなたがゴールドマンを殺そうとするばかげた試みの犯人でないと確定できるなら、躊躇なく計画を進められるはずだって」

ウスティノフの顔から血の気が引いた。「そんなの無理だ。すでにスケジュールより遅れている。いまそんなことをするのはあまりに危険だ。もっと慎重に、ゆっくり進めなければ」

彼女は笑みを浮かべ、首を振った。「だめよ。そういう選択肢はないの。続けるのよ」

ウスティノフは顎が胸につきそうなぐらい、がっくりとうなだれた。マリーナ・ノソヴィツカヤは踵を返し、扉へ向かった。

「待ってくれ。伯父さんはなんて言っていたんだ——きみから見て、俺が犯人だと確定できた場合は？」

彼女は艶然と微笑み、片手の指をピストルの形にして、ウスティノフの鼻梁に向けた。

「愛しいドミトリ、そのときはあんたを殺すつもりだったわ」


ジョン・ワードは机から椅子を一八〇度回転させ、窓から二十二番埠頭を見下ろした。彼の指揮下にある四隻の艦艇が係留され、水兵の群れがすでに朝の務めを果たそうと急いでいる。早朝にはエリザベス川から西の干潟を覆い隠していた霧も、太陽が昇るにつれて消えていった。釣り船やプレジャーボートがせわしなく川を行き交い、それぞれの目的地へ向かっている。行き先はひらけた大西洋か、チェサピーク湾に注ぐ幅広の感潮河川のどこかだ。オレンジに塗装された巨大なコンテナ船が通りすぎ、埠頭の先からほんの数ヤード足らずのところを船体がかすめる。その船尾にはモルドバの国旗がだらりと垂れ下がっていた。

概して静かなノーフォークの朝だ。これから明らかにされるであろう、信じがたいような危機など知らないかのように、きょうも新たな一日が始まる。すぐに、誰もが知るところとなるだろう。北の氷海で起きた悲劇を、あまり長いこと伏せておくことは不可能だ。

ここ数時間で起きたことを考えると、ジョン・ワードの執務室の周囲は驚くほど静かだ。ジョー・グラス率いる〈トレド〉は大西洋潜水艦隊司令部の直属下に置かれたため、彼らをどう動かすかが当面の問題となる。幾重にも守られたペンタゴンの上層部がなんらかの必要性を認めたら、ジョン・ワードに電話してくるかもしれない。しかしそんなことは、まずありえないだろう。あそこの連中は、厳重に警備された執務室から世界の海を支配していると思いたがるのだ。基地の人間にいちいち相談するのは、弱さの表われとみなされかねない。

ワードは冷たくなったコーヒーをカップから飲み下した。味も何もあったものではない。立ち上がり、木製の会議用テーブルに載ったポットからお代わりを注ぐ。湯気を立てるコーヒーをマグに注いでいると、スティーブ・スメドリー先任幕僚の足音が聞こえてきた。小柄な黒人の彼は、上官の執務室の空気がいかに張りつめていても、決して快活さを失わない。スメドリーは退役間近だった。水兵からたたき上げて大佐になったのは、昔ながらの刻苦勉励と細部をゆるがせにしない心配りのおかげだ。海軍将校になって早々、彼は組織を統率するのには向いていないが、トップを補佐することにかけては抜きん出ていると気づいた。確かにその点にかけて、彼の右に出る者はいない。第六潜水艦部隊のスタッフは、スメドリーの指揮下で整備の行き届いた機械のように整然と動いている。

ワードは彼の分もコーヒーを注ぎ、戸口に現われたスメドリーのほうに押しやった。

「ありがとうございます、准将。ドネガン大将が電話口でお待ちです。准将と二、三分話したいとおっしゃっています。そのあと准将は、作戦士官と兵站士官をお呼びになり、会議用電話で大将とお話しください。士官は二人とも、五分以内にこちらに来させます」ワードの机で赤く点滅している電話を示す。「大将は外線一番です。すでに三十秒ほどお待ちになっています」

ワードは彼のコーヒーカップを手に取り、机に向かった。「ありがとう、スティーブ。大将と話すのに一分くれ。そのあとで、チームをここに入れてほしい。ドネガンが会議用電話を使いたいのであれば、何かわれわれに仕事を頼みたいにちがいない」

ワードは机の奥に座り、受話器を取り上げた。「おはようございます、大将。果たしていつごろお電話が来るだろうと思っていたところです。ジョーが手一杯なようですね。彼が帰還してきたら、いろいろ忙しくなるでしょう」

トム・ドネガンは鼻を鳴らした。「やつの帰還を待つまでもないだろう。グレゴール・スミトロフがホットラインでブラウン大統領を呼び出した。彼は正当な理由なく、われわれがロシア潜水艦を二隻撃沈したと言って非難している。大統領によると、きわめて無礼な口調で憤慨していたらしい。二時間後に記者会見をひらき、この件を世界に発表するそうだ。アレクサンドル・ドゥロフが筋書きを書いた舞台が幕を開けるんだろう」

ワードは椅子にもたれ、うーんとうなった。「大将、事態は相当紛糾しますね。表向き、わたしはノーコメントを貫くことにします。これが発表されたら、ここの埠頭はレポーターであふれかえるでしょう」

「そんなことを気にする必要はない、ジョン。夕方のニュースを心配するより、われわれには心配すべきことがたくさんあるのだ。きみにしてほしい仕事がある。きみはスタッフともども、しばらくそっちを出ることになるだろう。ついさっき、きみの昔なじみのビル・ビーマンと電話したところだ。きょうの午後、彼はそっちへ向かう。到着し次第、きみと数分間ブリーフィングをしてもらうが、基本的にきみには、リトルクリークのSEAL輸送チーム2と行動をともにしてもらいたい。新型の小型潜水艇ASDVをC－5輸送機に積みこんで、ファスレーン海軍基地に向かってもらう。きみが到着するころ、ジョー・グラスもファスレーンに帰投するだろう。きみはASDVを〈トレド〉の背中にくりつけ、ふたたび同艦を北極海へ送り出す。現地で司令センターを立ち上げてほしい。きみにはこの作戦全体の戦術司令官を務めてもらいたいのだ。適任者はきみをおいてほかにいない」

ワードにはまだ作戦の全体像がわからなかったが、大将の賛辞に悪い気はしなかった。しかし艦が前線へ出ているときに、自分はコンクリートで囲まれたどこかの安全な地下壕の司令部に詰めるのかと思うと、いい気分ではなかった。

それでもこれは、おそらく核兵器が作られて以降、最も重要な作戦になるだろう。当面は息つく暇もないぐらい忙しくなりそうだ。それに、前線に立つのがジョー・グラスであれば、安心してまかせられるというものだ。

「ありがとうございます、大将。最善を尽くします」

「ジョン、この件に関して言えば、きみには最善以上の働きをしてもらわねばならんだろう」

15

クレムリンの広壮な舞踏場にしつらえられた立派な演壇の後ろに立つと、グレゴール・スミトロフ大統領の姿はほとんど隠れてしまった。群衆から見えないように特注の足載せ台が置かれているが、それでも演壇から群衆を見わたすには背伸びしなければならない。大統領は一瞬間《ま》を置き、集まった報道関係者の群れを眺めた。みな、昂ぶった口調で声高に私語を交わしている。雪が降りしきるモスクワの午後、大ニュースが発表されることを彼らは予期していた。〝国際的軍事衝突〟という事前のリークだけで、大半のメディア関係者は血のにおいを嗅ぎつけていた。

スミトロフはハンカチで眉の汗を拭った。煌々としたテレビ用の照明でひどく暑かったのだが、これからアメリカ海軍やアメリカ政府関係者は、彼よりはるかに気まずい思いをすることになるだろう。あの愚かな連中はいったい何を考えているのか？　スミトロフはこれまで、西欧諸国と経済的に連携するべく数々の外交努力を重ね、国内でリベラルな政治改革を推し進めるために自由主義諸国の支持も取りつけてきたのに、なにゆえにアメリカ人は、冷戦を再燃させるような愚挙に出たのだろう。

大統領にはいまだに、アメリカの潜水艦がロシアの艦を意図的に撃沈したとは確信できなかった。いくら彼らでも、それほど愚かな振る舞いに及ぶだろうか。しかし現実に、惨事は起きてしまったのだ。ドゥロフ提督からもたらされた情報によれば、悪いのはアメリカ人のほうだ。そしてそれを公《おおやけ》にするのが、スミトロフの仕事だった。正当な憤りを表明し、自らの政治的立場を強化するための方向を見きわめるのだ。

スミトロフはマイクに近づき、咳払いをした。室内が静まった。集まったメディア関係者は、ここクレムリンでの重大発表に固唾を呑んでいる。一語たりとも聞き逃すわけにはいかない。

「紳士淑女のみなさん、本日は大変悲しいお知らせをしなければなりません」ロシア大統領は切り出した。「本日ここに、わが国の最新型の原子力潜水艦二隻が消息を絶ち、全乗員とともに沈没したと考えられることをお知らせいたします」

舞踏場を包んでいた静寂が一瞬にして破られ、誰もが負けじと声を張り上げて、質問を投げかけてきた。スミトロフは両手を上げて制したが、喧噪はいっこうに静まらない。

「静粛に！　静粛に！　質問にはあとで順番に答えます」大統領はマイクに向かって声を張り上げた。スピーカーとアンプの助けを借りても、誰一人耳を貸そうとしない。記者やレポーターの群れは、いっせいに腕を振りまわしてわめき散らしている。身をかがめ、携帯電話に向かって話している者もいた。

スミトロフは静観することにした。いったん演壇の前から下がり、腕組みして様子を見たのだ。しばらくすると、集まった報道関係者はようやく、これ以上狂態を演じたところで何も始まらないと気がついた。彼らはふたたび静かになった。スミトロフがふたたび演壇の前に踏み出し、〝校長先生〟の声で彼らをたしなめた。

「静粛にしていただければ、これまでにわかっていることをすべて公表し、質問にもできるかぎりお答えします。しかしルールを守ってくれないと、記者会見を続けられません」

国際的報道機関のレポーターたちは、このように説教されるのに慣れていなかった。彼らは自分たちを選ばれた存在と思いこみ、ニュースの解釈や価値判断をして世論を決めるのは自分たちだと決めてかかっていた。いままで政治家にこんな扱いを受けたことはない。だがスミトロフは、毅然として彼らを叱責した。室内はふたたび、水を打ったような静寂に包まれた。

「二週間前、わが国で最新にして最強、そして最も安全性の高い原子力潜水艦〈ゲパルド〉が、ムルマンスクの近くにあるポリャールヌイ潜水艦基地を出航しました。そして、やはり新型のアクラ級原潜である〈ヴォルク〉も同行しました。二隻の任務は、ノヴァヤゼムリャ島の西に広がる氷海の下で、通常の訓練ならびに試験航行を実施することでした。この海域はバレンツ海です。みなさんもご存じのとおり、歴史的にわが国固有の領海であり、わが国の主権が歴史的な前例にしたがって確立されていると訴えているところであります。一部の国々、とりわけアメリカが異議を唱えていますが、われわれの主張に揺るぎはありません」

スミトロフは間を置き、水をひと口飲んで、言葉を浸透させた。集まった誰もが、一心不乱にメモを取っている。誰一人、物音をたてなかった。アメリカの三大ネットワークのレポーターでさえも下を向き、大統領の言葉を一語一句聞き漏らすまいとして筆記している。

「二隻の潜水艦が定時になっても北方艦隊海軍司令部に報告してこなかったので、われわれは心配になりました。潜水艦に交信を呼びかけたのにくわえ、わが軍が海底に設置したセンサーシステムの録音データを専門家が検証しました。この録音データにより、わが国の二隻の潜水艦が、領海内でなんら攻撃の意図を持たずに潜航していたことがわかっています。さらにデータでは、別の潜水艦、すなわちアメリカのロサンゼルス級原潜がわが国の潜水艦の至近距離に接近していたことがわかりました」スミトロフはもうひと口、水を飲んだ。室内にはレポーターがペンを走らせる音以外、何も聞こえない。「それから大きな爆発音が何度も探知されました。それ以降、データには何も録音されていません。アメリカ潜水艦も静かになったので、現場を逃げ去ったものと思われます」

スミトロフは深刻な表情を浮かべ、茶色の目に悲しみをたたえて群衆を見まわした。誰一人、身じろぎもしない。せわしなくメモを取る音さえも聞こえなかった。レポーターは彼に注目し、衝撃に口をぽかんと開けていた。

大統領は自らの言葉が暗示するところが聴衆に伝わるのを待ち、ふたたび口をひらいた。その口調には、いままでなかったような熱意と確信がこもっていた。

「これらの爆発音の解釈については、みなさんと専門家におまかせします。わたしにわかっているのは、次のことです——わが国が誇る最優秀の潜水艦が、その勇敢なる乗組員もろとも海底に沈み、一方でアメリカの潜水艦はこそこそと安全に帰途に就いたのです」

スミトロフは右を向き、煌々と照らされた舞台の端で、彼から数メートル離れたところに立っている長身で白髪の海軍将官を見た。ロシア大統領が発表する内容はここまでだった。

「このあとは、アレクサンドル・ドゥロフ提督に引き継ぎたいと思います。ドゥロフ提督は北方艦隊潜水艦部隊の指揮官です。詳しい内容は提督から説明し、専門的な質問にもお答えします。では、ドゥロフ提督」

カメラの照明が彼に向かうと、ドゥロフはしゃちほこばった。それからスクリーンの覆いを取り、バレンツ海の海図を示した。ノルウェー国境の二〇〇マイル北から、ノヴァヤゼムリャ島の北の地点にかけて赤い線が伸びている。その線の内側、氷に覆われた島の近くに、血のように赤い×印が二カ所あった。ドゥロフは堅苦しく直立したまま、深く朗々とした声で話しだした。

「スミトロフ大統領、ありがとうございます。この海図はわが国の潜水艦が活動していた海域を示しています。ご覧のとおり、この海域は歴史的にわが国固有の領海です。大統領がおっしゃったように、〈ゲパルド〉は氷海の下で通常の任務を行なっていました。任務の性質については高度な機密事項であり、この点に関する質問にはお答えできません。ただ、同艦が武装していなかったことは強調しておきます。〈ヴォルク〉が同行していたのは、万が一、同艦を護衛する必要が生じた場合に備えた措置でした」ドゥロフは間を置き、顎を引いた。そして、ぐっと低い声で語を継いだ。「みなさん、〈ヴォルク〉を指揮していたのはイーゴリ・セレブニツキフ中佐で、わたしの甥でした」

ドゥロフは目に光るものを拭った。本心ではこの舞踏場の光景に笑い出したかったのだが、カメラの放列がいっせいにフラッシュを焚《た》き、テレビカメラのズームレンズが音をたてて顔をアップにしたとき、深い傷心と悲しみを演じた。国際的報道機関の記者やレポーターの群れは、椅子でいっせいに身を乗り出し、息をひそめて聞き入っている。

ドゥロフは嗚咽をこらえるように咳払いし、続けた。

「センサーに残っていた録音データの詳細な分析では、アメリカのロサンゼルス級潜水艦がわが国の潜水艦に、氷海の下に入ったときから至近距離で忍び寄り、センサーの範囲から消えるまでそれが続いていました。わが国の専門家の分析によれば、アメリカ潜水艦がスパイ任務に就いていたことは明らかです。これまでの歴史で何度も、彼らはわが国の領海で同様の行為を繰り返してきました」

ドゥロフに好意的なフランス人の記者が、質問の挙手をした。ドゥロフは彼に向かってうなずいた。

「提督、先ほどおっしゃっていた録音データをわれわれが聴くことは可能ですか？　報道機関に公開することは？」

ドゥロフは首を振った。「ピエール、申しわけないがそれはできません。録音データの分析は、わが国の優秀な監視技術を明らかにしてしまうからです。それは国家機密ということでご理解願います」

フランス人記者はうなずいた。「もちろんです、親愛なる提督《モン・アドミラル》。そうした機微に触れることは理解できます」

ドゥロフは手を振って注意を促すアメリカ人レポーターに取り合わず、続けて言った。

「スミトロフ大統領がおっしゃるように、われわれは大きな爆発音をモニターしました。そのあと、無事だったのはアメリカ潜水艦だけです」

報道関係者がいっせいに質問を叫びだし、室内はふたたび喧噪に包まれた。ドゥロフ提督はしばらく彼らの好きなように叫ばせてから、イギリスのニュース通信社ロイターの記者を指名した。

「提督、あなたはアメリカ潜水艦が正当な理由なく、貴国の潜水艦を撃沈したとほのめかしているのですか？」

ドゥロフは首を振り、両手をかざして答えた。「どうかご理解いただきたいのですが、そうした告発をするには、録音データを精査しなければなりません。現段階では、まだ断言することはできません。爆発はほかの原因によるものかもしれないからです。いずれにせよ、恐ろしい災難によるものでしょう」ドゥロフは言葉を止め、室内を見わたして、自らの一語一句に満場が注意を集中しているのを確かめると、演壇に身を乗り出し、カメラに向かって燃えるようなまなざしを注いで、隠しきれない怒りに声を震わせる体で言った。「現段階でまちがいなく言えるのは、アメリカの潜水艦が現場から悠々と逃走していったことです。そうすることで彼らは、二五〇名もの海の仲間たちを……わたしの妹の長男も含めて……暗く冷たいバレンツ海の海底に置き去りにして、苦しみながら死んでいくのを見殺しにしたのです」

その言葉とともに、アレクサンドル・ドゥロフ提督は身を翻《ひるがえ》して演壇を降り、蜂の巣をつついたように叫ぶ群衆を無視した。

SECのスタン・ミラーはあたりをきょろきょろしてから、手入れの行き届いていない藪のそばの、通りから目隠しされたベンチに座った。怒った手つきで、携帯電話の番号を押す。午後のワシントンの車の流れが目の前を通りすぎていくが、Kストリートの小公園に人けはない。鉛のような灰色の雲が垂れこめるのは、二月のこの街ではいつものことだ。湿っぽく冷たい風が吹きつけ、今晩の雪を予感させる。こんな日は、かなり熱心なジョガーでも意気阻喪させられる。

さっき入ったばかりのニュースには耳を疑った。果たしてこれからどうなるのだろう？ 怒りが冷めやらぬ思いで、ミラーは呼び出し音に耳を澄ました。一度、二度、三度。カチャリと音がしたあと、ベンチャー企業投資家のマーク・スターンが出た。

「スターンだが。用件はなんだ？」

マーク・スターンはこっちの番号を登録しているはずだが、この態度はなんだ。SECの局長代理は深呼吸してから本題に入った。「オプティマルクスのやつらは、果たして正気なのか？」

投資家は猫なで声で答えた。「まあ落ち着けよ。何かあったのか？」

「おい、スターン、オプティマルクスの連中がうちの監査官を殺そうとしたのなら、あの会社のまがい物のシステムはいったいどうやってSECのテストに合格するんだ？ これじゃあわたしだって、あんたを助けるすべがないぞ」ミラーは怒りを隠そうともしなかった。

はるか西海岸から、スターンの息を呑む音が聞こえてくる。ベンチャー企業投資家は動転し、ミラーの問いに度を失った。

「いったいなんの話だ？　オプティマルクスの連中があんたの部下を殺そうとしたというのか？」

「単純な話だよ。キャサリン・ゴールドマンというイケてない女を覚えてるか？　昨日、その女から電話があってね、オプティマルクスのシステムにおかしなコードを見つけたらしい。ゴールドマンはそれが何かよくわからなかったが、不審に思ったようだ。彼女はそれを、ニューヨークでオプティマルクスの社員に告げている。そして昨夜、マンハッタンの路上で何者かがゴールドマンを轢き殺そうとした。事故ではない。彼女のはらわたを、道ばたにまき散らしたいと思ったやつがいたんだ」

電話の向こうは長いこと沈黙した。ミラーは回線の故障かと思ったほどだ。電話の画面を確認しようとしたところで、スターンがようやく口をひらいた。彼はゆっくりと、言葉を選んで話した。

「ミラー、それはオプティマルクスの人間の仕業ではない。その点はわたしを信頼してくれ。これから言うことをよく聞いてほしい」マーク・スターンの声が変わった。そこには、まぎれもなく脅しの響きがあった。「わたしがあんたにかなりの大金を払っているのは、あの取引システムに一刻も早く、SECの全面的な承認を取りつけてほしいからだ。わたしは投資への見返りを求めている。それがあってこそ、一家の生計を立てることができ、妻がかなりのショッピング依存症でもなんとか支払いができるんだ。スケジュールどおりに、問題なく承認してくれよ。わかったかな？　さもなければ、連邦議会のある委員会の知り合いに、こう伝えてもいいんだ。SECの局長代理が、ケイマン諸島の銀行口座にかなりの預金を持っているらしい、と。彼らはきっと、大いに興味を抱くと思うよ。わたしの言いたいことはわかるね？」

ミラーは言葉に詰まった。舌が分厚い羊毛に覆われたような気がする。その隠し口座には、四百万ドル以上を貯めていた。いつか果てしない出世競争から逃れるための資金であり、自由で贅沢な日々が待ち遠しくてたまらない。Kストリートを吹きすさぶ凍てついた風のなかでも、汗が眉に噴き出してきた。

「わ……わかったよ」ミラーは口ごもり、いくらかでも自信ありげな口調を取り戻そうとした。「まあ、大した問題じゃないさ。ゴールドマンはいけ好かない女だ。きっと過去に、誰かを怒らせたんだろう。恨みを抱きそうなやつはたくさんいる。とにかく、彼女はトラウマから回復する休養期間が必要だ。誰か後任を考えておくよ。世の中の仕組みを、もう少しわかっている人間を」

マーク・スターンの口調がやわらいだ。「ぜひそうしてほしい」

「スターン、それでもオプティマルクスの人間に言っておいてくれ。もう少し穏便に振舞ってほしいんだ。承認を取りつけるまで、あと一歩のところまで来ている。いま事を荒立てるのは——」

通話は切れていた。

ビル・ビーマン部隊長を乗せたC－17輸送機は、オセアーナ海軍航空基地のハンガーの前で停止した。チームとともに滑走路に降り立つと、そこにジョン・ワードが待っていた。すばやく握手を交わし、ビーマンはワードに促されて参謀用乗用車に乗りこんだ。車は大西洋潜水艦隊（SUBLANT）の特別情報部の建物に横付けした。短いドライブのあいだ、二人は天候の話や互いの知人の近況について話し合った。どちらもあえて、最も気がかりな話題には触れなかった。

本部の構内は基地から少し離れたところにあり、ひときわ高いフェンスで囲われていた。洗練された電子機器の監視装置が、構内の隅々をチェックしている。ゲートは頑丈で、M－1エイブラムズ戦車で総攻撃でもしなければ、突破できそうになかった。

IDカードをコンピュータでチェックしたあと、武装した海兵隊の歩哨が検問を通るよう促した。ワードが車を駐車場に入れ、二人は足早に醜悪なコンクリートの建物のガラス張りの扉へ向かった。ここでも武装した海兵隊の歩哨が、防弾ガラス越しにIDを確認し、金属探知機と電動扉のほうへ向かうよう身振りで示した。

こうした警備を通過して本部の建物に入っても、通常業務を担当する部署の区画より先には行けない。特別情報部は上階で、窓のない建物の奥の隅にある。ここでもまた、武装した険しい表情の海兵隊員がＩＤをチェックし、今度は網膜認証装置を使って、初めて重厚な鉄扉が開いた。二人はいよいよ、合衆国史上最大の成功を収めている軍事情報収集機関の奥の院に足を踏み入れた。

だが、武装した海兵隊員、コンピュータによるＩＤチェック、網膜認証、二重ロックの扉をくぐり抜けてきたにもかかわらず、ビーマンにあまり収穫はなかった。二人はコラ半島上空を写した偵察衛星の写真を丹念に見た。分厚い雲に覆われ、可視光線による写真はかなりぼやけていたものの、ミリメートル波長のレーダー画像は非常に鮮明だった。荒涼とした土地で、大都市以外にほとんど人は住んでいない。カバやマツの林が丘陵地帯を覆い、丘陵地帯は氷河に浸食されてフィヨルドと化し、その向こうにはバレンツ海が広がっている。

ポリャールヌイ基地の写真を見ても、読み取れることはほとんどなかった。長い埠頭には何隻かの錆びついた艦艇が係留され、岸壁には長年放置されていまにも崩れそうなブロック造りの建物が並んでいる。調査の価値がありそうなのは、港に向かって突き出し、広大な屋根で覆われた修理用ドックぐらいだ。

ブリーフィング担当の若い大尉は、物腰こそ丁重だったが、あまり役には立たなかった。ブリーフィング用の資料は、目を疑うほど中身がなかった。

建物を出たあと、車を駐車場から出しながら、ワードはこのSEAL隊員に謝った。「すまない、ビル」ワードは言った。「今回ばかりは、われわれの情報網もあまり役に立てないようだ。勘弁してくれ。エレンが夕食にカニを用意して待っている。冷たいビールにもありつけるだろう」

「きみについていくよ、隊長。腹が減って死にそうだ」


ビル・ビーマンは背もたれに身体をあずけ、満足げに息をついた。「これはすごい、ジョン。いい暮らしじゃないか」東海岸有数のリゾート地区、バージニアビーチにあるワードの快適な自宅で、SEALの部隊長はふかふかの椅子に座っていた。暖炉では赤々と炎が燃え、芝生の向こうで波立つクリストファー湖の鉄灰色の水面や、どんよりした鈍色《にびいろ》の雲と好対照をなしている。「どうやってこの物件を見つけた？」

台所から出てきたワードは、両手にコロナのボトルを握っていた。一本をビーマンに渡し、自分のビールをごくごくと飲んでから答える。「エレンが見つけたのさ。唯一の欠点は、埠頭から遠いことだな。車で一時間はかかる。自転車でも同じぐらいだが、天候や季節によってどちらか選んでいるよ」

ビーマンは声をあげて笑った。「それだけ出世しても、きみは全然変わっていないんだな。いつも身体を動かしている。いまはなんのトレーニングをしているんだ？　トライアスロンか？」

「この土地でトライアスロンの季節が始まるのは、あと二カ月ぐらい先だよ。いまはシャムロックマラソンに備えて練習しているところさ」ワードはウィンクした。「なんなら、夕食の前にひとっ走りしようか」

ビーマンは声をあげて笑った。二人ともサンディエゴの基地にいたころ、彼らは数えきれないほどのマラソンレースで競い合ってきた。どっちのほうが分がよかったかは二人ともよく覚えていないが、競争はいつも激しく、終わったあとはまた友人同士に戻るのだった。

「いやいや、できたらあすの朝にしよう。今夜は冷たいビールと、エレンのおいしい料理を楽しみたい」コロナでワードと乾杯する。台所からの香ばしいにおいが食欲をそそり、奥からはワードの妻の鼻歌が聞こえてくる。「きみは本当に果報者だ。自分でもわかってるだろう？」

ワードはにやりとし、ボトルをぶつけて応えると、旧友の隣のソファに腰を下ろした。二人とも暖炉の火を眺めたまま数分ほど無言で、薪のはぜる音に耳を傾けた。

みぞれが降りだし、大きなピクチャーウインドウに打ちつける。家のなかの心地よさに引き替え、外は寒くじめじめした夜になりそうだ。

ワードが沈黙を破った。「ビル、いったいなぜ、この任務を受けた？　ツンドラを徒渉するには、ちょっと年じゃないか？」

ビーマンは答える前にビールをぐいと飲んだ。彼は小指を使い、ボトルの口からライムを琥珀色の液体に押しこんだ。「トム・ドネガンから電話が来て、チームを率いてほしいと頼まれたんだ。知ってのとおり、ドネガン大将に頼まれたらノーとは言えないさ。きっとコロンビアでの作戦以降、俺と部下を信頼してくれているんだろう。これまでの経験からすると、あの一件に比べたら、今回の任務のほうがまだましに思えてくる」

ワードはうなった。ビーマンにとって、麻薬密輸阻止作戦がいかに厳しい戦いだったかを思い出したのだ。敵の残忍な待ち伏せ攻撃によってチームの半数が殺され、生き残った者も満身創痍だった。

ワードはコーヒーテーブルに足を載せた。「そいつはなんとも言えんな。〈トレド〉のジョー・グラスからの最新報告によると、救助したロシア潜水艦の艦長がただならぬ話をしているそうだ。それによると、アクラ級原潜が数隻、展開の準備を整えているらしいが、わが国の諜報網にそれを裏づける情報は引っかかっていない。しかもドゥロフ提督の存在がある……ロシアの記者会見で、乾癬症以外はすべてわれわれのせいにしていたやつだ。どうやらあの男が、潜水艦部隊を率いているらしい。アンドロポヨフ中佐は――グラスが救助した艦の艦長だ――ドゥロフがロシアの狂信的な愛国主義者で、真の狂信者だと言っている。そういう人間がいかに危険かは言うまでもない。そしてアンドロポヨフは、ドゥロフが権力を簒奪する陰謀を企んでいると確信している」

「つまりそれは、クーデターということか？　現代の国際社会で、そんなことが通用すると思っているのか」

「その国際社会が、わがアメリカ合衆国に注意を向けたら、ドゥロフが動く隙ができると思わないか？　わが国が悪意のないロシア潜水艦を正当な理由なく撃沈したという非難を、諸外国が額面どおり受け取ったら？」

ビーマンは目をしばたたいた。炎をじっと見つめる。「そんなばかな、クーデターだって！」彼はさらに考えを凝らし、それからワードに向きなおった。「まだわからないことがある。俺が知るかぎり、アクラ級は高性能の優れた潜水艦だ。しかしアクラ級を使うことに、どんなメリットがある？　全部合わせてもせいぜい十隻だ。われわれにとって、さしたる脅威ではない。これがタイフーン級やデルタⅢ級だったら、さすがに心配になるけどね。だがアクラ級は、それらとちがって弾道ミサイル原潜ではない」

「ドゥロフ同志についてはは多少のことがわかっているんだ、ビル。ひとつ確かなのは、彼がロシアの歴史から学んでいることだ。ロシア革命を覚えているか？　〈クロンシュタット〉という名前を聞いたことは？」

ビーマンはしばし目をすがめてから、首を振った。「記憶にないな。授業中、その話が出たときには居眠りしていたんだろう」

「〈クロンシュタット〉は帝政ロシア海軍の軍艦だった。サンクトペテルブルクの海軍基地に係留されていたんだ。乗組員が革命中に艦を乗っ取り、宮殿に主砲を向けた。その結果、サンクトペテルブルクは降伏した。そうするしか選択肢がなかったんだ。これが革命の転換点になった。わたしの考えでは、ドゥロフはこれとまったく同じことをしようとしている。新型のアクラ級とその巡航ミサイルを、彼の〈クロンシュタット〉にするつもりだ」

エレン・ワードが台所から頭を突き出した。「兵隊のお二人さん、戦いの話が終わったら、ご飯にしない？　カニの用意ができたわよ。わたしも腹ぺこ」

二人は立ち上がったが、さきほどまでの空腹感はなかった。

16

アレクサンドル・ドゥロフはそわそわしながら、ホテルのスイートルームを歩きまわっていた。心配はないと自分に言い聞かせる。記者会見は大成功だった。報道関係者はわれがちに会見場を駆けだし、本社にデータを送信したり、クレムリンの前に立って歴史的事件を報じたりしている。

ドゥロフはほくそ笑んだ。これは世界中の記者やレポーターにとって、夢のようなストーリーにちがいない。多くの犠牲者、破壊行為、国際紛争、最先端の軍事技術、そして差し迫る戦争の脅威。劇的な要素をすべて備えている。数分以内にこのニュースは全世界のラジオ、テレビ、ウェブサイトを駆けめぐるだろう。数時間もすれば、各国のあらゆる新聞の一面を飾るにちがいない。何週間も、人々の話題はこのニュースで持ちきりになるだろう。

通りに面した窓際に向かうと、すでに赤の広場には大群衆が集まっており、犠牲になった勇敢なる水兵を悼み、血も涙もないアメリカ人への報復を求めて叫んでいる。ドゥロフのもとには、ワシントン、ニューヨーク、ロンドン、東京からの急報も届いていた。世界の主要都市でも同様のデモが始まっているという。

これまでのところ、アメリカ政府の反応は鈍い。バレンツ海に潜水艦を派遣したかどうかさえ、明らかにしていなかった。ただし、ロシア潜水艦を撃沈したことは否定している。

完全にこちらの思惑どおりだ。誰もがドゥロフのでっち上げた話を信じている。あの海域の氷が溶けるまでは、彼の話を否定する根拠を挙げることは誰にもできない。氷が溶けるまでは数ヵ月かかる。そのころには、何もかも手遅れだ。

アメリカ軍が口を閉じ、スミトロフ〝教授〟がこの騒ぎへの対応に忙殺されているあいだが、次の段階に移行するチャンスだ。テレビには絶え間なく、悲嘆に暮れる未亡人や泣き叫ぶ赤ん坊が映し出され、アメリカの非道な行ないを世界に訴えかけて、ロシア国民の報復感情に火をつけるだろう。一方でドゥロフ提督は、果敢にも個人的に捜索活動を行なうが、分厚い北極海の氷に跳ね返されるということにする。そうすればロシア国民は、危険を顧みず全力を傾けて救出を試みる老提督を英雄視し、拱手傍観して平静を呼びかけるだけの大統領を無能呼ばわりするだろう。そうすれば世論は、危急の際の指導者としてドゥロフ提督を待望することになる。

世界に騒乱が飛び火するころに、ボリス・メディコフがオプティマルクスのシステムに仕掛けたプログラムが、アメリカの金融界を大混乱に陥れる。景気後退は不可避で、全世界にパニックを引き起こすだろう。阿鼻叫喚のなかで、ロシア国内で起こるささやかな軍事行動など、誰も見向きもしない。気づいたときにはすでに手遅れというわけだ。ドゥロフは姿見の前で立ち止まり、自分の姿を見た。うん、申し分ない。人々が待望する強いリーダーそのものだ。

不意に激しい痛みに襲われた。胸を押さえる暇もない。剣で突き刺されるような激痛に、上半身を引き裂かれる。

ドゥロフは苦悶のうめきをあげ、部屋の片隅にある机によろよろと歩み寄った。副官のワシーリーを呼ぶ時間はない。上段の抽斗を開け、薬の小瓶を手探りする。痛みのあまり、呼吸もおぼつかない。いままでになかったような発作だ。

医師からは、このままではまちがいなく悪化すると言われている。だが、薬を飲めば痛みは治まる。いままでいつもそうだった。

小瓶の蓋を落とし、錠剤を机にまき散らした。錠剤は床にもこぼれた。ドゥロフは小さな青い錠剤をふた粒、手に取って飲みこんだ。震える手で、コップにウォッカをなみなみと注ぎ、そのほとんどを机にこぼしたが、薬を透明な液体で流しこんだ。火酒が喉を下ると、気分がよくなった。

荒い呼吸が少し楽になり、喉がじんわり熱くなって、左腕の痛みが治まってきた。専門家によると、心臓の障害を取り除くには手術が必要だが、回復までには入院して数カ月かかるという。いま、そんなことをしている暇はとてもない。母なる祖国はいま、彼を必要としているのであり、数カ月後ではないのだ。ドゥロフは自分自身に、これが終わったら時間はたっぷりあると言い聞かせた。歴史の過程が勝利の方向へ修正された暁には。

ドゥロフはどっしりした革製の椅子に崩れるように座った。ワシーリー・ジュルコフが提督を見つけたのは十分後だった。まだ両手は震え、いつも糊《のり》が効いている軍服のシャツはぐにゃりとし、汗が染みていた。

「また発作ですか、提督？」副官は心配を露わにした口調で訊いた。「ひどかったんでしょう？　今週は三度目ですよ。今度こそ、専門医に診てもらわないといけません」

ドゥロフは残っていた力を奮い起こし、首を横に振った。

彼は嗄れ声で言った。「治療のためにわたしが入院させられ、役立たずの老人扱いされてもいいというのか？　いまはやるべきことがこんなにあるというのに」強いて弱々しい笑みを浮かべ、嘘をつく。「なんということはない。ちょっとうずいただけだ。心配には及ばん。もう大丈夫だ。このことは忘れろ。もう二度と起こらんからな」

ジュルコフはこの頑固な老兵と議論しても無駄なことを知っていた。副官は気をつけの姿勢を取った。「かしこまりました。そろそろ出発のお時間です。ホテルの前にお車を待たせており、空港ではポリャールヌイへ戻る専用機も待機しています。ボリス・メディコフがいっしょに乗りこむ予定です」

「上々だ、ジュルコフ。大変結構」

ドゥロフは立ち上がり、なんとかうずくまることなくコート掛けへ向かった。締めつけるような胸の痛みは押し殺した。


ジョー・グラスはセルゲイ・アンドロポヨフと、小さなテーブルを挟んで向かい合っていた。古い傷だらけのチェス盤が小さな机を占領している。プラスチックの駒は使いこまれ、ところどころ欠けていた。グラスの艦長室の長椅子は、チェスの対局にうってつけだ。ここは静かで人目もなく、自由に話せる。艦内通話装置もあるので、何かあればいつでも発令所に駆けつけることができる。

アンドロポヨフは自分とチェスの手合わせをして楽しいのだろうか。グラスは内心、そう思った。てんで勝負にならないのだ。グラスもアマチュアにしてはなかなかの腕前なのだが、このロシアの潜水艦乗りは格がちがった。グラスはほどなく、精一杯粘ってもせいぜい引き分けに持ちこめれば御の字だと悟った。しかしその戦術も、ほとんど成功していない。それでも彼は、このロシア海軍軍人と駒を指し、会話をするのを楽しんでいた。生まれ育った国も背景もまったくちがうのに、それを忘れるほど二人には共通点が多かった。やはり、二人とも潜水艦乗りなのだ。

グラスが次の駒を動かすと、アンドロポヨフは彼のクイーンを盤の斜めから大胆に動かし、グラスのキングを追い詰めた。ロシア人は盤から目を上げ、にやりとした。「グラス艦長、チェックメイトだ。でも、なかなか奮戦したよ。腕を上げたな」カップの紅茶を飲み、それからグラスの目を見て言った。「ひとつ気になっているんだ。われわれが議論した内容を、あなたの上官には報告しているのかな？」

グラスはうなずいたが、無言だった。

「上官からは、わたしの乗組員を今後どのように扱うのか、話はあったのだろうか？」

「まだだ、セルゲイ」グラスは答えた。「まだ、そうした話題はまったく出ていない」

「ロシアに帰国させようとはしていないようだね」

「そのとおりだ。いまはスコットランドの基地に戻っているところだ。これが単なる事故による救助活動であれば、いまごろは貴官以下のみなさんを帰国させていただろう。どうかご理解いただきたいのだが、いまの状況では……」

「それでも、最終的にはわれわれを帰国させようとしているはずだ」

「わが軍のしかるべき人間が貴官以下、乗組員のみなさんと話す機会が得られれば、輸送手段を手配でき次第、ムルマンスクへ帰すだろう。貴官が到着して飛行機を降りたら、ご家族のみなさんもさぞかしほっとするにちがいない」

グラスはその言葉に、アンドロポヨフが笑みを浮かべると思っていた。あるいは少なくとも、安堵の表情を浮かべるだろうと。だがこのロシア人士官は、心配そうに額に皺を寄せた。

「わたしの考えでは、われわれが救助されたことはまだ公表されていないはずだ。家族はわれわれが死んだと思いこんでいる」

「確かにそのとおりだ。それもまた、複雑な状況によるものだ。わが軍は一隻を失い、すんでのところでもう一隻も失うところだった。わたしの考えでは、きっと上層部はドゥロフの動向を見きわめてから、貴官たちがまだ生きていることを知らせるつもりだろう」

アンドロポヨフは笑みを浮かべたが、暗いまなざしは変わらなかった。「それに貴国の上層部は、われわれが抱いている信じがたいような疑念が正しいかどうかを確かめたいはずだ」

「だろうとは思うが、みなさんが全員帰国してご家族に会えるのは時間の問題だ、セルゲイ。状況が整い、われわれがみなさんの生存を知らせることができれば」

「ジョー、そう簡単にはいかないだろう。われわれの疑念が正しかった場合、ドゥロフ提督はわれわれの話が信憑性をもって受け取られるのを許さないだろうし、われわれが生きて戻ることさえ許そうとしないだろう。われわれが攻撃を生き残り、本当は何が起きていたかを話そうとしたら、彼らは家族を人質に取って沈黙を強いるはずだ。それに失敗したら、今度はわれわれが洗脳されたと主張し、お払い箱にしようとするだろう。われわれを全員殺すというちょっとした計画が齟齬をきたしたことで、ドゥロフはさらに残忍な行動に走るだろうな。そうすればまた、多くの犠牲者が出ることが懸念される。ふたたびロシアの土を踏むことがあったとすれば、われわれはみな〝任務報告の聴取〟という名目で消されるだろう」アンドロポヨフの口調に疑いの余地はなかった。その任務報告の聴取なるものは、ドゥロフが問題の原因を取り除く最終手段なのだ。「ドゥロフの権力と影響力をもってすれば、ロシアでそうしたことを実行するのはいとも簡単だ」

グラスはうなずいた。彼は長年ロシアを観察し、研究してきたので、アンドロポヨフが誇張しているのではないことがわかった。ロシアの提督が何を考えているにせよ、アンドロポヨフ以下の生き残った乗組員は、リスク要因でしかないのだ。自らの計画を台無しにしかねない生存者を、ドゥロフが長いこと生かしておくとは思えない。生かしておけば、生存者の話に耳を傾けて信じる者が現われるだろう。ドゥロフの恐るべき背信行為を骨髄まで知っているのは、彼らだけなのだ。政治的動機のために、自ら進んで、麾下の潜水艦を乗員もろとも犠牲にしようとするような冷酷非情な人間なら、もう一度殺すことだって躊躇しないだろう。グラスには、アンドロポヨフが乗組員の家族の安全を心配する気持ちがよくわかった。

「何か考えはあるか、セルゲイ?」

ロシア人士官は背もたれに身体をあずけ、グラスをじっと見た。「この件がすべて片づくまで、われわれはもう少し、バレンツ海の海底で死んだことにしておきたい。この艦が基地に帰投する前に、姿を消したいのだ。基地に到着し、われわれの姿を見られたら、ドゥロフにも知られるだろう。われわれが生き残り、あなたがたに事実を伝えたことを」アンドロポヨフは燃えるようなまなざしをグラスに注ぎ、グラスはその炎が自分にも乗り移るような気がした。「救出作戦は成功しなかった。あなたがたが見つけたものは、〈マイアミ〉とわたしの〈ゲパルド〉の残骸だけだった。あなたがたは〈ヴォルク〉を、影も形も見なかった。そういうことにしておくのは可能だろうか？　多くの人命を救うための希望は、そこにしかないのだ」

　グラスはしばし考えた。アンドロポヨフを信用できるのかどうかはわからない。もしかしたら彼も、なんらかの理由でこちらを欺こうとしているのかもしれない。これが手のこんだ罠で、これからロシアで起こることから逃れるための策略である可能性もある。

　彼はチェス盤越しに、ロシア人中佐を見つめた。このゲームにはあまりに多くの手練手管が満ちており、グラスにはとても予測できない。チェックメイトされたら、それは単なる一艦長の傷ついた誇りなどより、はるかに悪い結果をもたらす危険性がある。

　しかしなぜか、自分が目の前の男に抱いている印象に、誤りはないと思えた。そして、次に取るべき行動を知った。

　グラスは手を伸ばし、キングを倒した。

「可能だと思う」彼は答えた。「少し時間がかかるかもしれないが、手を打つことは可能だ」

そのとき、グラスの頭上でブザーが鳴った。艦内通話の受話器を取り、耳に当てる。

「艦長だ」

「艦長、当直士官です。本艦はノース岬をまわりました。これより左舷方向、針路二二〇に変針します」

グラスは立ち上がった。アンドロポヨフに向かってうなずきながら、電話に話しかける。

「了解した。深度一五〇フィートに上昇し、全周探知をして潜望鏡深度への浮上に備えよ。通信士に、ドネガン大将との秘話回線交信の準備を指示してくれ」

グラスは受話器を架台に戻し、艦長室の扉を出た。肩越しに振り返り、ウィンクする。

「みなさんが姿を消せるよう、かけあってみる」

SECのスタン・ミラーは机を挟み、上司のアルステア・マクレインと向かい合っていた。二人の男は角部屋の局長室にいたが、会話はしていなかった。二人とも、向かいの壁の本棚に据えつけられた大型テレビのスクリーンに見入っている。

二人のコメンテーターが、ロシアの外交努力を理不尽に踏みにじったアメリカ軍をやり玉に挙げている。いまのところ、アメリカはロシアの非難に沈黙を貫いているが、氷海の下で潜水艦を撃沈した点だけは明確に否定した。国連安全保障理事会は緊急会合を行なうと発表し、世界各国の主要都市で暴動や騒乱が発生しているという。それでもなお、アメリカ政府も軍も奇妙な沈黙を続けていた。それがなおのこと、わけ知り顔のコメンテーターの非難の火に油を注いだ。

ミラーはコーヒーカップを、危なっかしく膝に載った受け皿に置いた。

「こいつはウォール街にも飛び火しますね」彼は鼻を鳴らした。

「ああ、すでに取引高は記録更新目前だ」マクレインは言った。「ダウ平均は二〇〇ドル以上下げている。悪影響が懸念されるところだ」

ミラーは顔をゆがめた。「きょうは取引しないでよかったですよ。いま売り注文を出しても、実行されるまでどれぐらいかかると思います？　すでにシステムはパンク寸前です。老朽化しているのに、取引高が増えすぎていますから」

マクレインはうなずき、スクリーンの下を流れる株価を目で追った。「ああ、ひどいものだ。だからこそ、オプティマルクスの導入が望まれるのだ。迅速な取引、遅れの解消、リアルタイムの決済。もし実現すれば……」

ミラーが待ち望んでいた展開だ。マクレインが間を置いたとき、彼はすかさず割って入った。「おっしゃるとおりです。まさしく〝もし〟ですが。〝もし〟システムが十全に機能し、〝もし〟時間どおりに実行されたら。テクノロジーはいまよりはるかに信頼できるものになるでしょう、アル。一刻も早く承認すべきです」

ついにミラーは進言した。マクレインは局長代理を見つめ、いまの言葉を反芻した。

「スタン、確かオプティマルクス社を担当しているきみの部下の監査官が、危うく殺されるところだったと聞いたぞ。それなのにきみは、一刻も早く承認するよう勧めるのか？　理由を説明すべきだ。わたしにはよくわからない」

ミラーは間髪を容れずに答えた。「いいですか、ゴールドマンがプロジェクト担当になったばかりの週にですよ、オプティマルクス社の人間がそんなことをするとは思えません。ご存じのとおり、ゴールドマンは短気で怒りっぽいところがあります。あの女は本当に悩みの種です。これまでにあの女が怒らせてきた人間は、百人はいますよ。あの晩に彼女を襲ったのが、そのうちの誰であっても不思議ではありません。去年の上院の公聴会でキューー貿易の社長が、全委員の面前であの女に殴りかかりそうになったのを覚えていますか？」

マクレインはくっくと笑った。なるほど、あれは面白い見ものだった。小柄で枯れたようなハーバード卒の弁護士が、SECの女性監査官に激昂した場面は、それから何度か、コメディアンのジェイ・レノの深夜番組のネタにされたのだ。

「めったにない出来事だったな」マクレインはそれだけ言った。

「オプティマルクスのシステムに、特段問題があるわけではありません。ゴールドマンは、漠然とした女の勘で文句を言っているだけです。NYSEのシステムが、取引高をさばききれないがためにダウンしたら、非難の矢面に立つのは局長ですよ。そうなったらわれわれも、杓子定規なマニュアル上の解決策を提示するしかなくなります。NYSEの連中はかなり手強いですよ。ありとあらゆる罵詈雑言を局長に浴びせ、あなたがオプティマルクスのシステムをもっと早く導入しなかったせいだと言って、責任転嫁するでしょう」ミラーは一拍おき、とどめの科白を言った。「そうなったら、来年の上院選の追い風になると思いますか？」

マクレインはミラーをまじまじと見た。彼がニューヨーク州から上院選に出馬をもくろんでいることを知っている人間は、ほとんどいないはずなのだ。折しも議席が空いたばかりで、絶好のタイミングだった。それにはニューヨーク金融界の支持が必要だ。それが得られなければ、当選の可能性はなきに等しい。

ミラーは正しかった。局長はNYSEを味方につけなければならないのだ。

「いかなる政治的動向も、わたしの決定になんら影響を与えるものではない」マクレインは恬淡《てんたん》とした口調を装った。

ミラーはウィンクして応じた。「もちろんそうですとも。政治的動向はわがSECの決定にいかなる影響も与えません。われわれはアメリカの投資家全体の利益を考えなければならないのです。わたしが言いたいのは、ひとたびわれわれが承認して導入すれば、アメリカの投資家は必ずや、オプティマルクスのシステムを必要不可欠なものとみなすということです」

マクレインは笑みを浮かべた。「その点は理解できるよ。アメリカの投資家全体の利益のためだ。承認の手続きを早めよう、スタン。ゴールドマンがそれを渋り、強迫観念に駆られるようだったら、彼女をプロジェクトから外して、もっと融通の利く人間に替えろ」

テレビではコメンテーターの議論がひとしきり終わり、話題は中西部で吹き荒れるブリザードとそれがもたらす天然ガス価格への影響に移っていた。彼らは市場操作や不当値上げを罵っている。だが、二人とも気に留めなかった。それはSECではなく、商品先物取引委員会の管轄事項だ。

ミラーはコーヒーカップと受け皿を華奢なティーテーブルに置き、マクレインの気が変わらないうちに局長室を出ていった。このミーティングの結果をマーク・スターンに知らせるのに、わざわざKストリートの小公園まで行く必要はない。

空軍のC-17グローブマスターIIIが、エンジンを轟かせて高度四五〇〇〇フィートを飛行している。民間旅客機のはるか上空だ。提出されたフライトプランによれば、スペインのロタ海軍基地から東京郊外の横田空軍基地まで、補充部品を積んで北極海上空を飛行することになっている。しかしフライトプランになんと書かれていようと、この輸送機がロタに最も近づいたのは、カナリア諸島とイベリア半島のあいだで四時間前に空中給油を行なったときだった。もとより、日本に向かうつもりなどない。

いまはスウェーデン北部の上空だ。同機はフィンランド北部を横断してノルウェーに入り、ロシア西部国境から二マイルのところまで近づく。ビル・ビーマンはこの巨大な輸送機の乗員用区画に、六人の部下とともに座っていた。ジョンストン、カントレル、ブロートン、マルティネッリ、ダンコフスキーはみな、過去の任務でいっしょだったことがある。彼らはみなベテラン隊員で、むっとするような暑さのコロンビアのジャングルで恐ろしい戦闘をともに戦い、多くの仲間を失った。このエリート集団でただ一人の新入りは、ジェイソン・ホールだ。この大柄で屈強な黒人兵士は通信士官にして、練達の狙撃手だった。SEALのアクロバット専門パラシュート部隊〈リープフロッグス〉を経て、ここに抜擢された。物静かで有能な彼は、チームのメンバーに好かれ、すぐに溶けこんだが、仲間として本当に受け入れられるのは、実戦で自らの能力を証明してからだ。彼もそのことは充分に自覚していた。彼が受け入れる側の立場だったら、やはりそう感じたにちがいない。

長時間のフライトの大半を眠りつづけ、目標地点に近づいた彼らは、全員が装備の最終チェックに余念がなかった。念の入れすぎということはない。いったん機外に出たら、問題に気づいても修正するのは不可能だ。各自が自らの装備を二度点検し、それから相棒の装備も互いに点検し合う。ビーマンはジョンストンの、ジョンストンはビーマンの装備を点検した。

ジョンストン上等兵曹は、ビーマンの落下制御用コンピュータに入力された位置情報を再点検した。高高度降下低高度開傘（HALO）の成功の要諦《ようてい》は、落下を行なう隊員の本能をはるかに超えたところにある。基本的な方法は、高高度で飛行機から飛び出すが、地表に近づくまでパラシュートをひらかないというものだ。こうすることで、万が一レーダーで飛行機を探知されても、地上の人間から気づかれる危険を減らすのだ。熟練した隊員が降下すれば、一〇〇マイル以上も水平移動することができる。落下制御用コンピュータは高性能のマイクロチップと、正確な高度を表示できるGPS受信技術の成果だ。小型スクリーンに表示される方向に従えば、ビーマンはノルウェー上空の高度四五〇〇〇フィートを飛行するグローブマスターを飛び出し、一〇〇マイル水平移動して、高度一〇〇〇フィートを切ったところでパラシュートをひらき、ロシア領コラ半島の凍結した沼に着地できることになる。

入念な点検を終えると、ジョンストンは訊いた。「準備はいいですか？」

ビーマンは笑みとともに、ヘルメットをたたいた。「もちろんだ、上等兵曹。公園をちょっと散歩するようなものだ。では、全員で後部に移動しよう」

黒ずくめの七人は、重装備をした空軍の降下長に従い、洞穴のような貨物室の後部へ向かった。SEAL隊員用の装備一式以外は、何もなくがらんとしている。照明が消されているのは、漆黒の夜空に目を慣れさせるためだ。暗がりのなかで、低いところに赤いライトだけがほのかに光っていた。

降下長が大声で指示した。「降下地点まであと二分！　貨物室、減圧開始。全員、酸素マスク着用」

全員が各自のマスクを着用し、背中のタンクから酸素が供給されると、貨物室の気圧が外気とほぼ同じ真空状態近くまで下げられた。巨大な後部貨物ハッチが音をたててひらき、真っ暗な眼下の空が現われる。SEAL隊員は特別製の降下スーツを着ていたが、それでもマイナス五〇度の冷気は伝わってきた。この高度では、防寒装備をしていない人間はほぼ即死する。骨まで凍える寒さにやられるか、さもなければ窒息死だ。

ハッチが下げられ、右側の頭上で赤いライトが点滅した。降下長が指を一本立てる。

降下まであと一分。

ビーマンは肩のハーネスを握りしめた。同僚たちの姿は見えなくても、ひしひしと気配を感じた。

赤いライトが瞬き、緑に変わる。ビーマンがハッチに向かい、後方へ大きく踏み出した。漆黒の闇のなかへ飛びこんでいく。グローブマスターの航行灯が遠ざかるのが見えたとき、初めて落下する感覚を覚え、そのまま虚空へ投げ出された。

上空には幾千の星々が瞬いている。眼下には分厚い雲海が星明かりで銀色に染まり、地上を覆っていた。

ビーマンは雲のなかに飛びこむのがいやでたまらなかった。どれぐらいの厚さかは、入ってみないとわからない。雲が薄くて視界がよければ、万一今回にかぎってコンピュータが故障したとしても、態勢を立てなおす時間はある。しかし、雲は地上近くまで伸びているかもしれない。その場合、コンピュータの誤りに気づくのは、彼の全身が凍てついたツンドラにたたきつけられる寸前ということになる。

ビーマンにはほかの隊員の姿が見えなかった。果てしなく広がる大空で、彼らの姿はほんの豆粒ほどだ。彼らが自分の後ろを滑空し、各自のコンピュータに従って降下しているのはわかっていた。目的地は全員同じ、ここから八マイルあまり下、一〇〇マイル東の場所にある凍結した沼地だ。

速度感はまったくなかった。降下用ヘルメットの厚い詰め物で、風の音が聞こえないのだ。小型の液晶画面に表示された高度の数値は、目標地点に向かうにつれて減っていく。雲の層に飛びこんだときには、ちょうど一五〇〇〇フィートだった。

雲に入った瞬間、方向感覚がなくなった。現実の世界とのつながりは重力だけで、左手首の小さな機械だけが凍った沼をめざす頼りだ。ほかは何もかも、渦を巻く灰色の霧に消えている。

ビーマンは高度と降下までの残り時間を一心に見た。もうすぐ、パラシュートをひらく時間になるはずだ。輸送機を飛び出してから、時間が経ちすぎているような気がする。

この高度計は壊れているにちがいない！

彼の感覚すべてが、早くDリングを引いてパラシュートをひらけと叫んでいた。さもなければ、猛スピードで地面に激突してしまうだろう。いつ北ロシアの凍った荒れ地にたたきつけられ、全身がぐちゃぐちゃの肉片になってもおかしくない。

それでもビーマンは、これまでの幾多のHALOでそうしたように、本能にあらがった。パラシュートをひらくタイミングが早すぎたら、彼は降下地点から遠く離れた場所に流され、どこかの軍事キャンプか村に降下してしまい、発見されるかもしれない。運よく発見を免れても、チームが再集合するのに数日を要し、任務の着手は数日遅れてしまうだろう。最悪の場合、彼らは見つかってしまい、殺害もしくは投獄される。世界情勢がこれほど剣《けん》呑《のん》になっているところで、SEAL隊員がロシアにパラシュート降下したとなれば、すでに燃えさかっている炎にガソリンを注ぐようなものだ。

それでも、降下を始めてから時間が経ちすぎているのは本能的にわかった。なぜかは説明できないが、感覚的にわかるのだ。ビーマンは潜在意識が浮上してくるのに気づき、こういうときは本能にまかせるべきだと思った。Dリングに手を伸ばしかけたとき、パラシュートが自動的にひらいた。

最後の数百フィートを漂いながら、こみ上げる感情と闘った。ちくしょう、だから雲に飛びこむのはいやなんだ！

ビーマンが分厚い雲の層をようやく突き破ったときには、凍った沼までほんの数フィートの高さしかなかった。彼は身体を起こし、沼の真ん中に降り立った。パラシュートを拾い集めていると、ジョンストン上等兵曹が上空に垂れこめる雲を突き抜けて、ビーマンが着地したのとほぼ同じ場所に降り立った。ビーマンがパラシュートを折りたたんでいるあいだに、他の全員もわずか数百フィートのずれで次々に着地した。

パラシュート一式は折りたたまれ、重しをつけた袋に入れられた。彼らはテルミット弾薬で氷を溶かして穴を開け、袋を投げ落とした。この袋が誰かに見つかる確率はきわめて低いはずだ。

チームが降下を完了してから二十分後、ここに人間がいた形跡は氷の穴だけになり、それもすでに、新しく張った氷に覆われようとしている。あと三十分もすれば、穴は完全にふさがるだろう。

さらに、東に向かって伸びる七人分のスキーの跡も、降りはじめた雪と吹雪で一時間以内に消えるだろう。

ビーマンのチームはこうして、潜入に成功した。彼らは任務に着手した。

17

　キャサリン・ゴールドマンは耳に当てた受話器を睨みつけた。たったいま聞いたことが信じられない。タクシーに轢かれそうになってから、まだ二日しか経っておらず、オプティマルクス社のシステムのテストを始めてからはほんの二週間だ。それなのに、スタン・ミラー局長代理はいきなり、彼女をプロジェクトから外すと宣告してきた。こんなの絶対におかしい、と彼女は思った。

　受話器の向こうから、あの男はいつも以上に調子のよい口調で、彼女には降りてもらうと言いだした。一体全体、なぜこんなことになったの？　周囲の状況に注意深く気を配ることにかけては、ゴールドマンは人後に落ちないつもりだったが、この話は寝耳に水だ。何がどうなっているのか、さっぱりわからない。

「キャサリン、きみには何より休息が必要だ」ミラーは猫なで声で言った。「二週間ばかり、カリブ海でゆっくりしてきてほしい。費用は納税者持ちのバカンスだ。この前の一件で、さぞかしつらい思いをしただろう」

ゴールドマンは反射的に抗弁しようとした。タクシーの一件はなんら仕事に影響していないと。「スタン、わたしは大丈夫です。このまま仕事を続けさせてください。それに、気になることが見つかって――」

「そこまでだ！」局長代理は彼女をさえぎった。「キャサリン、今回だけは議論はなしだ。もうすべて決まったことなんだ。きみはジャマイカ証券取引所に一時派遣されることになった。マクレイン局長がどうしてもそうすると言って聞かないんだ」

キャサリン・ゴールドマンは椅子をぐるりとまわし、オフィスのプレートガラスから外を見た。ハドソン川のねずみ色の水面の向こうには、マンハッタンの摩天楼が黒っぽく見える。どんよりした冷たい灰色の空からは、雪のかけらが舞い落ちていた。スタテン島を往復するフェリーの濃いオレンジだけが色彩を添え、エリス島や自由の女神の向こうまで泡立つ航跡を伸ばしている。

彼女は歯嚙みした。確かにジャマイカは魅力的だが、これほど唐突に配置転換を告げられるのは、どうもおかしい。あのアルステア・マクレイン局長が、部下の福利厚生に関心を示すなどという評判は聞いたことがなかった。彼の評判はそれと正反対で、情け容赦なく部下を働かせ、部下を踏み台にして現在の地位までのし上がったというものだ。そんな人物がいったいどういう風の吹きまわしで、彼女の精神状態を気にかけてくれるのだろうか。

「ジャマイカに証券取引所があることさえ、知りませんでした」彼女は言った。

「まあ無理もないさ。午後に二時間ほどしか取引していないからね。それ以外の時間はすべて、きみの自由だ。観光するもよし、ビーチで寝そべって、パラソルの下でラム酒を飲むもよし、好きなようにすればいい」

「スタン、そのお話にはとても心惹かれるのですが」彼女は笑いまじりに答えたが、ふたたび事務的な口調に戻った。「ここでまだやるべきことがたくさんあるのです。わたしはここを辞めたくありませんし、異動をしたいとは思っていません。とくにこれほど重要かつ複雑なシステムであれば、なおのことです」

無味乾燥なオフィスと座り心地の悪い事務用椅子を離れるのは、そう難しいことではない。それにこのところ、気の滅入るような寒い天気が続いている。ウスティノフの唯我独尊ぶりや、アンドレッティのむかつくような下品さにも、後ろ髪を引かれる思いは皆無だ。ただ、どうにも納得のいかないことがある。何かが腑に落ちないのだ。その正体を突き止めるまでは、ここを立ち去るつもりはない。このプロジェクトはニューヨーク証券取引所にとって死活的に重要であり、ひいてはアメリカそのものの取引システムを左右する。

「いい加減にしろ、キャサリン。何も辞めろとは言ってない。バリー・サンダーソンがきょうの午後のシャトル便でそっちに向かうことになっている。オプティマルクスの担当をきみから引き継ぐためだ。彼に引き継ぎを終えたら、きみはあすの午前中に、ジョン・F

・ケネディ空港からキングストン行きの便に乗るんだ」
ゴールドマンは絶句した。そんなことはどだい不可能だ。オプティマルクスのシステムは複雑きわまりなく、コードが迷宮のように入り組んでいる。一般的なプロジェクトでさえ、引き継ぎには何週間もかかるのだ。バリー・サンダーソンに引き継ぐのは、一般的なプロジェクトではない。ゴールドマンはサンダーソンと、ほかのプロジェクトで何度かいっしょに仕事をしたことがあった。あの男はどうしようもなく無能な人間の一歩手前だ。ハーバードを出たあの監査官が最も得意なのは、いかに大きなプロジェクトにかかわってきたかという自慢話だ。技術的な専門知識はてんで持ち合わせていないので、非の打ちどころのない官僚主義的な感覚でごまかそうとしている。サンダーソンはまったくあてにならない人物であり、オプティマルクスのように重要かつ複雑なプロジェクトを担当できる能力は持ち合わせていなかった。

「冗談でしょう！　二時間や三時間でオプティマルクスの件をサンダーソンに引き継げ、と？　たとえ二年かけても、そんなことができるかどうかわかりません」懇願口調になるのはできれば避けたかったが、どうしてもそうなってしまう。「スタン、ちょっと待っていただけませんか。何か大きなことがわかるかもしれないんです。どうも胡散臭《うさん》いところがあって、もうすぐその原因がわかりそうなんです。お願いです、あと二週間だけ時間をいただければ、突き止めて見せます」

ミラーの言葉に議論を受けつける余地はなかった。「キャサリン、きょうの夕方にバリーと交替してもらう。これは最終決定だ。きみはオプティマルクス社を離れるんだ。マクレイン局長はシステムを速やかに承認したいと考えており、担当はサンダーソンが引き継ぐ」

ゴールドマンがまだ受話器を手にしているうちに、通話は切れた。信じられなかった。どこかおかしいとわかっているシステムを、マクレインは一刻も早く承認したいらしい。ゴールドマンはこれまで、自分が不審の念を覚えていることを関係者全員に伝えてきた。いまだかつて、根拠もないのに大口をたたいてきたためしはない。しかもこれは、証券取引史上最大のプロジェクトなのだ。

局長はいったい正気なのだろうか。

ゴールドマンが受話器を架台に戻したとき、不意にいやな予感が襲った。背筋を悪寒が駆け抜けた。

もしかしたら、アルステア・マクレイン自身が腐敗しているのかもしれない。

「発令所、こちらソナー室です。曳航アレイに新たなコンタクトあり」ツィリヒ上級上等兵曹の声が21MCスピーカーから響いてきた。彼の声はときおりラジオ局のアナウンサーのように聞こえるので、乗組員の一部からは〝DJ〟と称されている。実際、それに続く声は流れるような早口だった。「コンタクトを、Ｓ44およびＳ45と指定します。方位は一六二および二四二と推定されます。コンタクトに二四ヘルツの周波数帯を維持」

パット・デュランドが潜望鏡スタンドの後ろの支柱にかかっているマイクを摑んだ。

「ソナー室、こちら発令所、了解。上級上等兵曹、この針路を保ち、コンタクトを明確にすれば優位に立てるだろう。相手は友軍の艦《ふね》だろうか？」

「まだなんとも言えません」ツィリヒは答えた。「コンタクトには二四ヘルツの周波数帯がありますが、それだけでは判断材料には乏しいところです。針路を二九〇に変更願います」

デュランドはマイクをホルダーに戻し、命じた。「追尾班、配置に就け。Ｓ44とＳ45を追尾せよ」

デュランドの言葉で、非番の乗組員たちが通常業務を中断し、水中のパズルの解明に取りかかった。汚水処理タンクの排水やバッテリーの保守にあたっていた乗員が、射撃指揮コンピュータや位置記入用テーブルに飛びつき、方位だけを手がかりに、標的の範囲、針路、速度を特定しようとするのだ。遅々として進まず、やりなおしの多い、根気を要する仕事だ。

デュランドは艦内通話装置に手を伸ばし、インターコムのスイッチを入れた。そのせいでジョー・グラスの艦長室のスピーカーにいきなり大きなハウリングが生じ、傷だらけのチェス盤で次の手を考えていた艦長を邪魔した。

「艦長だ」

「艦長、当直将校です。曳航アレイに新たなコンタクトがありました」BQQ‐5ソナーリピーターのボタンを押し、スクリーンの情報を読み上げる。「最新の方位は一六四および二四〇で、艦尾方向に移動しています。コンタクトをそれぞれS44、S45と指定しています。受信周波数は二四・一ヘルツです。現在針路での探知をやめ、針路を二九〇に変更して、相手の特定を試みます」

グラスは椅子にもたれ、顎をさすった。テーブル越しにセルゲイ・アンドロポヨフを見、笑みを浮かべた。「新たなコンタクトがあった。味方の艦だろう。さらに詳しく調べているところだ」

アンドロポヨフはうなずき、立ち上がるグラスを見送った。チェス盤をぼんやり見ながら答える。「よかった、艦長。くれぐれも慎重にお願いする」

グラスは戸口のカーテンを押しやり、通路に踏み出した。「つねに慎重であるに越したことはない、セルゲイ」

そこで危うく、発令所に向かうブライアン・エドワーズとぶつかりそうになった。副長は狭い通路を走りながら、青の艦内服のファスナーを上げている。髪はくしゃくしゃで、顔はまだ寝起きだ。

「たたき起こされたのか、副長？」

エドワーズはにやりとした。「これがナンバーツーのつらさですよ。中間管理職ですから。艦長が起きていてわたしが寝ていると、いつもこういうことが起こりますね」

「ああ、階級にはそれなりの特権があるものだ。しかしまあ、近くにいるのが味方かどうか確かめようじゃないか。準備はいいか？」

「イエッサー。ですが最先任士官とわたしは、二時間前に当直を終えたばかりです。できれば、もう少し寝ていたかったところです」

二人は発令所に入った。右舷側でパット・デュランド率いる射撃指揮システムの専門家がコンピュータスクリーンの前で標的の位置を特定しようと動きまわっているが、それ以外の場所はいたって静かだ。グラスはかすかな満足の笑みを浮かべた。これこそ、各自の任務をわきまえた乗組員が仕事をしている姿だ。連携は流れるようにスムーズで、情報は瞬時に伝達される。この数週間で、彼らは多くのことを学んだのだ。

グラスは羅針盤が右側に振れているのに気づいた。デュランドが最初の針路での情報収集を終え、〈トレド〉の針路を変更して、二度目の情報収集を開始しようとしている。針路変更したあと、曳航アレイが安定しなければソナー探知による情報収集は再開できない。それまでは少なくとも十分を要する。そろそろ、最初の情報収集の結果が出るころだ。

デュランドがグラスを見ながら近づき、艦長の隣に立った。二人ともコンピュータスクリーンに注目し、グラスが情報を分析した。

「艦長、針路二九〇に変更しました。追尾班を配置しています。まだほかのコンタクトはありません」

一杯のコーヒーが、あたかも魔法のように出てきた。グラスがコーヒーに口をつける。

「くれぐれも慎重に。急ぐ必要はない」彼は誰にともなく言ったが、それは全員に話しかけているのだった。「相手に知られないように、こっそり近づいてやろう」

ちょうど十分後、ソナーリピーターに明るい輝点が表われはじめた。

「S44をふたたび捕捉」ツィリヒが告げる。「方位一五八、反復周波数二三・九」

グラスはディスプレイを見ながら、新たな情報を咀嚼した。予想されたコンタクトの針路は、南から現われて北へ抜けるというもので、目の前の情報と一致している。おそらくこの相手だろう。これからグラスと〈トレド〉は背後からこっそり、相手のスクリュー音の陰に隠れて接近するつもりだ。

グラスは〈トレド〉の向きを静かに傾け、相手に気づかれないようコンタクトへの接近を試みた。世界の大半の潜水艦には有効な方法だ。ただし、現代のアメリカの潜水艦には通用しない。

ゆっくり慎重に、グラスは〈トレド〉を相手に近づけた。まだそれが標的なのかどうかは断言できないが、ツィリヒ上級上等兵曹は潜水艦だと確信している。それで可能性はかなり絞られたと言ってよいだろう。

もどかしいほど長いあいだ、操艦、探知、操艦が繰り返され、ようやくエドワーズが告げた。「艦長、S44の情報が判明しました。針路〇一三、速力一二ノット、距離四二〇〇ヤードです」

その報告が終わるやいなや、水中電話が発令所にけたたましく鳴り、南部訛りの陽気な声が響きわたった。

「L2G、こちら4TJだ。貴艦の針路を二二五、距離四〇〇〇ヤードに維持されたい。以上」

〈トレド〉は探知されていたのだ。「ちくしょう!」グラスが悪態をついた。「副長、標的の正体がわかった。あれは〈テネシー〉だ。われわれが標的の位置を特定する前に、逆探知されていたらしい」

エドワーズは床に目を落とした。二人とも見事に裏をかかれたのだ。今度トライデント級原潜の士官室を訪ねることがあったら、彼とグラスはビールをおごる羽目になるだろう。

グラスはしぶしぶ水中電話の送話器を取り上げた。通話ボタンを押し、ゆっくりと言葉を選んで呼びかける。「4TJ、こちらL2Gだ。針路と距離については了解した。もう少しで貴艦を捕捉するところだった。作戦準備は整っている」

数秒とおかずに返答があった。

「G、こちらJだ。〝もう少しで〟という表現にあまり意味はないな、艦長。今度会ったら、おごってもらうぞ。こちらも、作戦準備完了だ。予定どおり針路〇一五、深度一五〇フィートにし、速力は二ノットに減速する」

グラスはエドワーズを見た。「副長、ミスター・パーキンスに出発準備を指示してくれ。われわれの乗客の最初のグループを〈ミスティック〉に移乗させるんだ」それから水中電話に呼びかけた。「J、こちらG。針路〇一五、速力二ノット、深度一五〇フィートで了解した。本艦は針路〇一五、深度三〇〇フィートにし、速力二ノットで、距離を五〇〇ヤードにする。以上」

グラスは〈トレド〉を操艦し、〈テネシー〉の背後で距離を五〇〇ヤード空けた。艦長から僚艦の姿が見えなくても、二隻は鉄の棒でつながれているように、近接編隊を組んで潜航した。

ダン・パーキンスが深海救助艇の操縦席に乗りこんだ。救出されたロシア潜水艦生存者のうち最初の一七名は、すでに収容室に座っている。ゲイリー・ニコルズも副操縦席に座り、親指を上げた。

パーキンスはマイクの通話ボタンを押した。「〈トレド〉、こちら〈ミスティック〉。移送準備、完了。内部動力で航行します。離脱シークエンス、開始」

電力を供給していた接合部が切り離された。パーキンスがスカートに注水して等圧すると、〈ミスティック〉は〈トレド〉の背中から離れ、上昇した。最大速力三ノットでは、これだけの近距離でも十五分かかる。〈ミスティック〉は〈テネシー〉の長く広いミサイルデッキを通りすぎ、ニコルズが機関室ハッチを見つけた。彼がパーキンスにハッチの場所を指さすと、パーキンスはうなずいてマイクの通話ボタンを押した。

「〈テネシー〉、こちら〈ミスティック〉。あと一分で機関室ハッチに着艦する」

「〈ミスティック〉、こちら〈テネシー〉だ。赤い絨毯を敷いて迎えたいよ。ようこそ」

パーキンスはDSRVを操縦し、ハッチの上にスカートを接した。そっとくっつける。それからニコルズがポンプを操作し、スカートから排水した。ものの数分で、五〇ポンド毎平方インチの水圧がDSRVとトライデント級潜水艦をがっちり結びつける。ニコルズがハッチを開け、スカートに降りた。

機関室ハッチが音をたててひらくと、〈テネシー〉艦長、チャーリー・〝レッド〟・グレンジャーが笑顔で見上げていた。ロシア人乗組員は梯子を降り、彼らの新居へ乗りこんだ。〈テネシー〉は外洋を哨戒中で、ジョージア州キングズベイの基地には、あと二カ月は戻らない。ここなら〈ゲパルド〉の元乗組員は安全に隠れ、今回の騒ぎが終わるまで、世界の目からも、ドゥロフの魔の手からも逃れることができる。

ロシア人乗組員を移乗させると、〈ミスティック〉は〈トレド〉へ戻った。氷が浮いた極北のノルウェー海深くで行なわれた輸送作戦は、陸地でバスを出すように無事に終わった。

最後のグループが出発する番になり、ジョー・グラス艦長は脱出口の梯子の下でセルゲイ・アンドロポヨフを見送った。グラスは手を差し伸べ、笑みを浮かべた。

「セルゲイ、神のご加護を祈る、わが友よ。貴官は祖国と世界に大きな貢献をした」

アンドロポヨフは差し出された手を強く握り、笑い返した。

「ジョー、あなたがしてくれたことすべてに感謝する。すべてが終わったら、乾杯したいものだ。もう一度勝負して、あなたがわたしのキングを奪う機会を心待ちにしている」

そう言うなり、ロシア人艦長は背を向け、〈ミスティック〉の梯子を昇った。ハッチが閉まり、彼の姿は消えた。

18

ボリス・メディコフはコンピュータをログオフし、背もたれに寄りかかって肩の凝りをほぐした。姪のマリーナ・ノソヴィツカヤからの暗号化されたメッセージはオプティマルクスのプロジェクトにまつわる最近の動きを伝えるもので、きわめてゆゆしい内容だ。それによると、周到に準備された計画に横やりを入れようとしている者がいるらしい。最初のうち、メディコフはすぐにも犯人が見つかるものと思っていた。ところが、その不埒者はドミトリ・ウスティノフではなかったらしく、犯人捜しはふりだしに戻ってしまった。

アメリカのSECからの反応がまったくないように思えるのは、メディコフにとって謎だった。本来ならば、彼らはオプティマルクス社に嫌疑をかけて当然なのだ。ところがマリーナの報告によると、SECは逆にオプティマルクスの取引システム承認の手続きを早めているという。かなりの影響力を持つ人物が、システムを一刻も早く導入したがっているようなのだ。いや、もしかしたらこれはきわめて狡猾な罠なのだろうか。

メディコフは親指の爪を嚙んだ。アメリカ人がこれほど名状しがたい動きを見せるとはアメリカではこうしたことはあってもおかしくないのだが、ロシアであればこうしたことはきわめて稀だ。彼らはむき出しの権力を行使するのに慣れている。このプロジェクトの陰で、自分たち以外の勢力が陰謀を企んでいるとしたら、背後に誰がいるのか見当もつかなかった。

メディコフは立ち上がり、考えごとをするときの癖で、スイートを歩きまわった。宿泊先は古い国営のメジュドゥナロードナヤ・ホテルだ。贅沢なスイートは凝った装飾を施した古めかしいコンクリート造りのビルの最上階にあり、凍りついたモスクワ川の水面を見下ろしている。このホテルはモスクワのど真ん中に位置し、市役所からもロシア連邦政府ビルからも目と鼻の先だ。メディコフにとっては理想的な場所で、ビジネスでモスクワを訪れるときには必ずここを本拠にしていた。どぎつい派手な金箔の装飾も、毛足の長いペルシャ絨毯も彼の趣味にかなっていた。ロシアの首都にこれほど豪奢なしつらえの部屋は稀で、目の保養になった。

国営であることもホテルの安全性を高めており、とりわけ内務省（ＭＶＤ）の保安組織を牛耳っているメディコフにとってはなおさらだった。彼らは当然のごとく、ホテルのあらゆる部屋を、盗聴器と隠しカメラを使って監視している。しかしその彼らも、メディコフのペントハウスを盗聴しようなどとは考えなかった。メディコフはそうしたことを運まかせにはしていない。毎日、彼の部下が盗聴器の検査をしているのだ。さらに重要なのは、

MVDが彼のねぐらに競争相手のマフィアを寄せつけないことだった。保安機関を買収し、相応の働きをしてもらえば、これほど居心地のいいホテルはなかった。

ほかにもメリットはあった。なかでも最たるものは、メディコフの宿泊中だけメジュドゥナロードナヤ・ホテルが特別に雇うフランス料理の腕利きのシェフだ。ボリス・メディコフは並のホテルで出されるロシア料理を嫌っていた。貧しい生まれ育ちにもかかわらず、彼の舌は贅沢に慣れきっていたのだ。いまでさえ、最高級の鶏肉の赤ワイン煮《コック・オー・ヴァン》の残りと、ヴィンテージもののボジョレーの飲み残しが、ルイ十六世様式のサイドボードに載っていた。

頭を働かせるため、ナポレオンのコニャックをクリスタルガラスのブランデーグラスに惜しみなく注ぎ、それを手にしてピクチャーウインドウに近づいた。何者かがSEC監査官を殺そうとし、オプティマルクス社に疑惑の目を向けさせてしまった。望ましくない事態だ。犯人がそうした無謀な試みに走った理由としては、ふたつの可能性が考えられる。プロジェクト全体を失敗させたいか、プロジェクト内部の何かを隠したいかだ。何かを隠したい場合、きっと監査官がそれに気づいたのだろう。

どちらの可能性なのか、そして犯人は誰なのか。突き止める方法はひとつしかない。

メディコフは窓に背を向け、スイートの応接間に戻った。シルクと金襴の豪華なクッションに囲まれた談話スペースに、彼が最も信頼する三人の手下が座っていた。

「ボリス、早いとこ片をつけちまおうぜ」ニコライ・ブジュノヴィチが、部屋に戻ってきたボスを見て低い声で言った。見るからに屈強なこの年配のマフィア構成員は、メディコフの最古参の手下で、メディコフがキエフでけちな路上強盗をしていたころからの味方だ。頭はそんなに切れないが、狡猾さと邪悪さにかけては定評があった。「このオプティマルクスとかいうシステムが俺たちにとって金になるんなら、この期に及んで邪魔するやつを放っとくわけにはいかん。とっとと始末してやる」

メディコフは苦笑した。ブジュノヴィチの言いそうなことはだいたい想像がつく。端的に言えば、障害は排除せよ、だ。その障害が人間だったら、まずまちがいなく銃弾で片をつけるだろう。

「ニコライ、ニューヨークの街中で堂々と銃をぶっ放したら、たちまち噂の的《まと》になるぞ」メディコフは言った。「だったらここでじっと座って、コニャックを飲み、葉巻を吸っていたほうがはるかにましだ」

「コニャックなんぞ好きになれん」ブジュノヴィチは鼻を鳴らした。「そいつは女の飲みものだ。俺は断然、ロシアのウォッカがいい。それに、ニューヨークのやつらの噂の的になったからどうだっていうんだ？　俺たちに不都合があるか？」

ヨシフ・ボガティノフが前かがみになり、ブジュノヴィチのたくましい手に手を重ねた。

「ニコライ、アメリカでドンパチやる前に、そのでかい頭を少しは使えよ。ボリスが言いたいのは、問題の原因がオプティマルクス内部の人間だった場合、非常にまずいってことだ。そいつが忽然と姿を消したり、射殺体で発見されたりしたら、俺たちが当局の監視網に引っかかりたくないときに、取引システムに疑惑の目が向けられるじゃないか」

メディコフはいつでもボガティノフを頼りにしてきた。この男を発掘したのは数年前、ボガティノフがモスクワ大学で苦学していたころだった。昼は経済学の博士号めざして勉学に励み、夜はコンピュータのハッキングに勤しんでいた。申し分なく頭の切れる男だ。彼の愛する妹はウクライナで、三人の子どもと暮らしている。ボリス・メディコフが気前よく彼女を援助してくれるおかげだ。そのため、ボガティノフはメディコフに忠誠を尽くしていた。

「まさにそのとおりだ、ヨシフ。わたしもそのことが気になっていた」メディコフはブジュノヴィチに状況を考える時間を与え、暖炉に薪をくべた。室内は充分に暖かいが、窓から吹き荒れる吹雪を見ながら暖炉の火で暖まるのは格別だ。ほんの二キロ西にあるクレムリンも、雪のカーテンに覆い隠されている。「いいか、今回ばかりは銃弾が解決策とはかぎらん。もっと気の利いた方法で、犯人を思いとどまらせるんだ。弱みを握って脅してもいいだろうし、賄賂を握らせるのも効果があるだろう」

メディコフのスイートを訪れている三人目の男、ミハイル・ジコイツキーは、このロシアマフィアの経理担当者だ。今度は彼が疑問を口にする番だった。

「その点は賛成だ。この場合、暴力は答えにはならないと思う。だいたい、俺たちの計画を脅かしているやつをどうやって突き止めるんだ？　そいつはオプティマルクスの社内にいるかもしれないし、投資家である可能性もある。あるいは外部の人間で、ひそかな計画と莫大な資金があるとか、社内の誰かとつながっている線だって考えられる」

メディコフは笑みを浮かべた。「だからこそ、きみたち三人の航空券を予約しておいたんだ。次のアエロフロートでロンドンに飛び、そこからニューヨーク行きの便に乗り換えてもらう。われわれの縄張りを荒らしている者を突き止めるためなら、どんなことでもするんだ。そして犯人がわかったら、いかなる手段を使ってでも問題を消し去ってほしい」

三人の男たちは互いを見交わし、それからメディコフに目を注いだ。ボスはふたたび窓際へ向かい、吹きすさぶ冬の嵐を眺めている。彼らのボスがこれだけ急いで三人を送りこむのは、それだけ重要な使命であるからにちがいなかった。

三人はすぐに立ち上がり、ボスの命令を実行すべく部屋を出た。

視界を覆うほどの雪が、七人のSEAL隊員を鞭打っている。人界まばらなコラ半島の起伏の多い地形で、彼らは先に進もうとあがいていた。風が咆哮し、北の氷冠にまともに吹きつけて巻き上げ、氷混じりの突風になる。皮膚を露出していたら、氷のかけらが突き刺さって流血するだろう。視界数フィートのなか、彼らはスキーを履き、ヒメカンバやモミの林を縫って進んでいた。南から北へ大地を切り裂くフィヨルドで、高地の木々はまばらにしか生えていない。

大荒れの天候にもかかわらず、SEALの一隊は順調に進んでいた。というより、むしろうってつけの天気だ。こんな嵐の日は、およそ正気な人間は家にこもり、火を熾して暖を取るものだ。あえて外をうろつく常軌を逸した人間といえば、ビル・ビーマン率いるチームだけだが、彼らには目的地が明確に決まっており、命じられた任務があるのだ。ブリザード程度では彼らを阻むことはできない。

パラシュート降下して以来、彼らは夜間に移動し、日中は雪に掘った洞穴で過ごした。さもなければどこかのハンターや、国境警備隊の飛行機に上空から見とがめられる危険がある。地形は予想していたより険しく、そのため彼らは予定より数時間ほど遅れていた。嵐もあいまって、遅れはさらに広がるかもしれない。

彼らは確実な移動方法を確立した――木も生えない高地の急斜面を、スキーでフィヨルド沿いに降りるのだ。フィヨルドで地元民と遭遇する可能性はきわめて低い。危険なのは平坦な氷原を進むときだ。そこでは、彼らの姿が野ざらしになってしまう。一度に一人ずつ、彼らは一気に氷原を突っ切り、それから対岸に生えるハリエニシダの陰に隠れた。移動する隊員をほかの者が見守り、不測の事態に備えて銃をかまえていた。

彼らは北極の暗い夜のなか、このようにしてフィヨルドを横断してきたが、これから向からフィヨルドは、この緯度であれば日中に踏破することになる。ここは北極圏のはるか北で、太陽は一日二時間程度、地平線すれすれで金色の輝きを放つにすぎない。昼と夜にはあまり大きなちがいがなかったが、北極圏で長時間にわたる訓練を積んできたビーマンは、地元の人々が毎日の日課を律儀に守っていることを知っていた。体内時計というものは、かくも効率的に機能するようだ。

ジョンストンがビーマンのかたわらに近づいてきた。彼の言葉はネオプレンのフェイスマスクでくぐもり、そのうえ吹きすさぶ風でかき消されてしまう。ビーマンは彼に身体を近づけて聞き取ろうとした。

「部隊長、地図の表示では、この先は下り坂です。小川があって、数キロ北で大きな川に合流しているようです。もうすぐ正午ですが、渡っても大丈夫だと思いますか？」

ビーマンはうなずき、叫び返した。「ああ、大丈夫だ。こんな天気の日にここまで出かけてくる酔狂なやつはいないだろう。それに正午とは言っても、まだ真っ暗じゃないか」

「了解しました、部隊長。念のために確認しただけです。小川までの一キロはひらけた土地のようですから。全員、戦闘隊形に間隔をひらかせます」

ジョンストンは降りしきる雪のなかに姿を消した。ビーマンが熟知しているように、まもなく分隊支援火器（ＳＡＷ）を携行したカントレルが一〇〇メートル前方に展開し、その五〇メートル後ろにはＭ‐60機関銃を携えたマルティネッリがつく。新入りのホールは、その五〇メートル後ろで衛星通信無線を背負い、ブロートンとダンコフスキーが五〇メートルの間隔をおいてあとに続く。ジョンストンはしんがりを務め、彼らのあらゆる痕跡を消す。

一隊はひらけた土地を慎重に渡った。敵がこの北ロシアで隠密行動している彼らを発見していたら、ここで襲撃するのが理想だろう。この不毛な土地では遮蔽物もなく、隊員たちは野ざらしなのだ。ビーマンは五感を研ぎ澄ませ、いつなんどき、咆哮する風を突いてロシアのAK‐47の銃声が耳をつんざくかもしれないと警戒した。ここはしゃにむに前進し、待ち伏せしている者がいないことを祈るしかない。

神経をすり減らしつつ、一時間がかりでひらけたツンドラをスキーで突っ切った彼らは、ようやく小川の土手に出た。

チームは小川のほとりにある、ヒメカンバの小さな木立に集合して数分間の休憩を取った。ビーマンが笑みとともにつかの間、物思いに耽った。夏になれば、ここはフライフィッシングに最適の場所だろう。ここの小川はトロフィー大の鮭で世界的に有名なのだ。夏の過ごしやすい時期にここへ戻ってきて、大物を狙ったらさぞかし楽しいだろう。

しかしいまは、この土地は想像しうるかぎり、最も苛酷な場所なのだ。

白昼夢に耽っている暇はない。遮蔽物もほとんどないこの場所で、フライフィッシングを空想しながら座っていたところで、ポリャールヌイ基地には近づけない。

ビーマンは疲れた身体に鞭打って雪を払い、一同を先導して氷結した小川を歩くようカントレルに合図した。対岸まではわずか数メートルで、急勾配の向こう岸を上がるとモミが比較的生い茂り、遮蔽物にするには好適だが、進むのには時間がかかりそうだ。

大柄なＳＥＡＬ隊員はうなり声とともに立ち上がり、氷の上を滑りはじめた。ほとんど対岸へ渡りかけたとき、大きな音をたてて氷が割れた。カントレルが視界から姿を消したが、その直前に叫び声がフィヨルドの壁に響きわたった。通常なら、ここの氷の厚さは数フィートあるはずなのに、なぜかＳＥＡＬ隊員の体重で割れてしまい、彼は氷のような水にどっぷり首まで浸かって、むなしく腕を振りまわしながら穴から出ようともがいていた。

ビーマンはすばやく装備品をひっくり返した。ロープを掴み、小川に駆け出す。半分ほど渡ったところで、彼は腹這いになり、強度が弱っている氷の表面に体重を分散した。そのまま前進し、もがいているＳＥＡＬ隊員にロープを投げる。そしてカントレルを安全な場所まで引き上げた。

氷が割れてから彼を助け上げるまで五分足らずだったが、チームは重大な問題を抱えることになった。ずぶ濡れになったＳＥＡＬ隊員は、北極圏のブリザードにさらされている。ビーマンが熟知しているように、このままではカントレルは、ものの数分で低体温症にかかってしまう。唇はすでに青紫色になっていた。口調はのろく、発音は不明瞭だ。ショック状態に陥る前に、ビーマンはすばやく彼の身体を温めなければならない。ショック状態になったら、この大柄なＳＥＡＬ隊員は終わりだ。医療施設はあまりにも遠い。

ジョンストン上等兵曹が数メートル上流へ移動し、氷の厚い場所から対岸に渡った。それから彼は、一同にカントレルを連れてくるよう合図して、自分は大きな岩陰に雪洞を掘った。数分後、チームは譫妄状態に陥っているカントレルを運んで雪洞に入れ、早くも堅くなってきた服を脱がせて、寝袋に身体を入れた。マルティネッリとホールが彼の両側につき、自分たちの身体のぬくもりで僚友を温めた。

カントレルの身体は抑えようもなく震えはじめたが、二人が両側から温めたことで、死の淵から徐々に戻ってきた。それには数時間を要し、予定どおりにポリャールヌイ基地に到着するための貴重な時間が失われてしまったが、仲間を救うためなら誰一人文句を言わなかった。

他の隊員がカントレルを救うために奮闘しているあいだに、ジョンストンは小川へ戻ってみた。何かおかしいと思ったのだ。ここは北極圏だ。気温は零度を優に下まわり、その状態で何ヵ月も経過している。ここの氷は数フィートの厚さがあり、カントレルのように大柄な男が乗ってもびくともしないはずだ。

氷の割れた場所から湯気が立っているのを見たとき、ジョンストンは答えを知った。近づいてみると、腐った卵のような硫黄のにおいがする。なめてみたら、思ったとおり水は塩辛い。小川のこの場所の下で、温泉が湧いており、高いミネラル分と高温の温泉のせいで、氷が薄くなっていたというわけだ。

もっと慎重であるべきだった。このあたりでは温泉がいたるところにある。ふたたび同じような事態に遭遇したら、今度こそ致命傷になりかねない。

ジョンストンは彼自身を呪った。自分が注意しておくべきだったのだ。隊員の一名が生命の危険に陥り、任務が遅れをきたしてしまったのは、自分とチームが警戒を怠ったからにほかならない。

上等兵曹は雪を憤然と蹴ってから、雪洞に引き返した。


ジョン・ワードはファスレーン基地の桟橋で、入り江をまわってくる〈トレド〉の接岸を待っていた。艦橋に立つジョー・グラスの姿が見える。かつての副長は見事に巣立ち、立派な艦長へと成長した。しかし、ワードがこれから送り出す任務では、グラスにあらんかぎりの技量と勇敢さを発揮してもらわなければならない。

夜のとばりがイギリスの潜水艦基地を包んだ。桟橋は煌々と照らされ、暗がりでは英国海軍のタグボートが二隻、〈トレド〉を桟橋沿いのゴムの浮き箱にきちょうめんに押している。

「おかえり、ジョー。なかなか忙しかったようだな」ワードはグラスに向かって叫んだ。

「ええ、まあまあです。久しぶりにビールを飲みたいですね。近くのパブまでご案内いただけませんか？」

「すぐに連れていってやる」ワードが答えた。「だがその前に、きみと副長へのブリーフィングをしたい。仕事を頼みたいんだ、ジョー」

「やっぱりそうですか！　わかりました。道板がついたら、わたしの艦長室でいかがですか？」

ワードが見ている前で、クレーンがセイルのすぐ後ろに道板を取りつけていた。「いいだろう。乗艦許可をいただけるかな、艦長？」

十分後、三人の士官は狭苦しい艦長室に集まっていた。グラスが艦橋で着ていたどぎついオレンジの防水耐寒服を脱ぐと、彼らは世間話をし、本国での近況を確かめた。グラスは小さなテーブルの前で艦長席に座った。

「准将、まさか郵便袋を届けに、わざわざここまで来られたわけではないでしょう。どういうお話ですか？」

「ジョー、きみにはもう一度北極海へ出てもらう。今度は改良型ＳＥＡＬ輸送潜水艇（ＡＳＤＶ）を載せるんだ。目下、ビル・ビーマンがポリャールヌイ潜水艦基地へ偵察に行っている。あそこの基地ではアクラ級潜水艦が出撃準備を整えているものと、われわれは考えているんだ。ビルには基地をしっかり見張ってもらう。それから、きみたちがＳＥＡＬのチームを連れ出すことになる」

「本当ですか！　それは驚きです。ワシントンDCの上層部も、アンドロポヨフ中佐の言葉を真剣に受け止めてくれたようですね」

ワードはうなずいた。「彼らは中佐の言葉を信用し、リスクを冒して確かめようとしているのだ。今回は〈ミスティック〉をきみの艦の背中から外し、それに代わってASDVと、ADCAP魚雷を格納庫一杯に積みこんでもらう。遅くとも、あすの朝には再出航してもらいたい。SEALのチームが現地に潜入し、きみの艦が沖合を遊弋していることは、決して誰にも明かしてはならない。うっかり政治家に話したら、たちまち秘密が露見してしまう」

ワードはかつての自分の副長をじっと見つめた。「ジョー、今回の任務をきみが見事にやり遂げたことは誇りに思う。できれば数日は休ませてやりたいのだが、いま起きていることは未曾有の事態なのだ。ロシアで何が進行しているかは神のみぞ知るところだ。今回、前線にきみやきみの部下たちのような有能な人材がいてくれて、本当によかったと思っている。きみたちにはぜひ、そのことを知っておいてほしいのだ。いつか、この埋め合わせをさせてほしい」

グラスはうなずき、かすかな笑みを浮かべた。「どんなに疲れていても、休みはなしというわけですね？　パブめぐりができるのは、いつになることやら」

「まあ、当分先だな。今度の作戦の戦術司令官は本当に人使いが荒い、冷酷非情なろくでもない男だからな」

「誰です?」

「わたしだ」

キャサリン・ゴールドマンはタクシーの後部座席の窓から、波を蹴立ててイーストリバーを進むはしけを眺めていた。いま考えていることを実行したら、今度は配置転換ではなく馘《くび》になるにちがいない。

アルステア・マクレイン局長は不服従を許容しないだろうし、スタン・ミラー局長代理は昨年のキューー貿易をめぐる騒ぎのことで、いまだに彼女を許していないはずだ。ゴールドマンはこれまで、長年にわたり仕事に献身してきたという自負があり、その努力によってキャリアを切りひらいてきた。それまで、彼女の直感はすべて裏づけられてきたのだ。

いまなお、彼女は自分が正しいと確信していた。オプティマルクス社は腐敗している!ただし、その証拠はまったくなかった。いったいわたしは、何を考えているのだろう?なぜミラーの命令に従い、ジャマイカ行きの便に乗らないの?

ゴールドマンの脳裏に疑問がよぎったが、すでに答えは知っていた。このままニューヨークを離れ、問題は何もなかったふりをしてカリブ海のビーチで日光浴をするわけにはいかない。バリー・サンダーソンのような無能な男なら、たちまちオプティマルクス社に丸めこまれるだろう。

ゴールドマンはさらに身を粉にして働き、システムコードをさらに深く、徹底して調べる必要があると思った。そうすれば、何が起きているのか突き止められるだろう。だがそれには時間がかかる。そのためにはシステムにアクセスしなければならないが、もはや彼女にはその権限がない。ゴールドマンが証券取引所のオフィスに戻れる方法はないのだ。上司によって仕事から引き離され、プロジェクトの担当を外されたいまは。まだアクセスコードが変更されていなければ、離れた場所からでもアクセスサーバーを使ってログオンし、システム内部を見られるかもしれない。アクセスコードが変更された場合は、どうにかして新たなパスワードを入手し、しかもサーバーのログに彼女の痕跡が残らないようにしなければならないだろう。さもないと、誰かがチェックしたら気づかれてしまう。NYSEのチャック・グルーバーなら、彼女にいくらか借りがある。いまがそれを返してもらうときかもしれない。

計画はすでに頭のなかでできあがっていた。無謀なのは確かだが、やればできるはずだ。それに、いまはそうする以外に方法がない。

彼女は仕切りをコツコツとたたき、運転手に呼びかけた。「気が変わったわ。ミレニアムに戻ってちょうだい」

車はFDRドライブを走り、もうすぐトライボロブリッジを渡って、ラガーディア空港に向かうところだ。この時間帯の混雑にしては、驚くほど順調な道のりだった。

「お客さん、本気ですか？」運転手が叫び返す。

「ええ、本気も本気。いままでの人生で、こんなに本気だったことはないわ」

運転手はかぶりを振り、二車線をまたいで最寄りの出口へ向かった。

19

オプティマルクス社のカール・アンドレッティ技師長は大きな回転椅子にもたれ、クリスタルグラスに入ったスコッチをくるくるまわした。琥珀色の液体を少し眺めてから、勢いよく喉に流しこむ。

これぐらいの贅沢は許されるだろう。何もかもうまくいっている。申し分なく。あのSECから来た厄介な女は担当を外され、どこかへ消えてくれた。概して言えば、当初考えていたような過激な手段で消すよりもずっとよかったではないか。

アンドレッティは立ち上がり、窓際に向かって、ロウアーマンハッタンの摩天楼を眺めた。川向こうに立ち並ぶビルが子どものおもちゃのように見える。背後から、日没の光が街を染めている。かつてはその方向に世界貿易センターのツインタワーがあり、深い金色に輝いていたものだ。

肥満した技師長はにやりとした。なぜ、どうやってゴールドマンがオプティマルクス社から姿を消したのかはわからないし、そんなことはどうだっていい。あれこれ詮索しないで、ありがたく幸運にあずかったほうがいいこともあるのだ。

いまやシステムは、記録的なペースでSECのテスト手続きを通過している。今度新しく来たバリー・サンダーソンというやつは、システムの深いところを調べるよりも、チェックリストをこなしていくことのほうが大事らしい。さらに好都合なことに、こいつには専門的なテクノロジーがからっきしわからないときている。サンダーソンが相手なら、どんなことでも隠せそうだ。

アンドレッティは対岸の摩天楼に向かって乾杯した。このペースでいけば、今週末には証券取引所にオプティマルクスの取引システムが導入されるだろう。

彼はサイドボードに近づき、ほとんど空になったデュワーズのボトルからゴブレットにお代わりを注いだ。このごろボトルが小さくなったような気がする。一本では一日ももたないのだ。まあいい。あと何週間かすれば、このせせこましいオフィスからおさらばできるだろう。

シチリア島に邸宅を買って優雅に暮らす夢が、いよいよ近づいてきている。太陽がたっぷり降り注ぐ土地で、好きなだけワインを飲めるのだ。アンドレッティは椅子でくつろぎ、今度は夕陽に向かってグラスを掲げ、温暖な地中海の海岸から眺める夕陽はどんなふうに見えるだろうと思った。

電話がけたたましく鳴り、白昼夢が破られた。受話器を掴み、耳に押しつける。「アンドレッティだが。いったいなんの用だ？」

「ずいぶん愛想がいいな」ＣＥＯのアラン・スミスの声だ。「きみの篤い友情にお応えして、わたしの用件を言わせてもらおう――さっさとケツを上げて、わたしのオフィスに来い！　いますぐだ！」

アンドレッティは通話が切れた受話器を見つめた。上司の怒鳴り声でまだ耳鳴りがする。あのなよなよした気取り屋が、ずいぶんな剣幕だ。いったいどうしたんだろう。

椅子から立ち上がり、ボトルを冷蔵庫にしまう。残りわずかなスコッチだが、戻ってきたころには冷えておいしく飲めるだろう。この三十秒でこみ上げてきた怒りの衝動を、こいつが鎮めてくれるかもしれない。

アンドレッティはよろめく足取りで自室を出、ふらふらとスミスの執務室へ向かった。


キャサリン・ゴールドマンは歩道の人混みから、ハノーバー・スクエアの小さなデリに足を踏み入れた。〈ハリーズ・バー〉は交差点の向かいにあり、レンガと石造りの建物を見ると、まさにこの通りで死にかけた夜を思い出した。デリの客がひっきりなしに出入りする。誰一人、カウンターの奥の壁にかかったメニューを見ている身なりのいい中年女性のことなど気にも留めなかった。

レジにいる年輩のベトナム人女性は、ゴールドマンがライ麦パンのパストラミサンドイッチとブラックコーヒーを選んでいるあいだ、気のない目つきでテレビを見ていた。アドルファス・ブラウン大統領が画面に映り、悲しげな顔つきで何やらくどくど話している。沈没したロシア潜水艦の話らしい。ゴールドマンはよく聞いていなかった。代金を払い、イートインスペースの片隅に空いているボックス席を見つけた。

彼女が座るのと同時に、チャック・グルーバーが店に入ってきた。ほの暗い店内を見わたす彼は、長身でブロンドの髪に、端整な容貌の持ち主だ。はたから見れば、彼がニューヨーク証券取引所でコンピュータに最も精通した専門家だとは誰も思わないだろう。ゴールドマンの席は奥の片隅で、通りを行き交う人々からはうまく隠れている。グルーバーはボックス席に近づき、彼女のテーブルの向かいに座った。

「留守電を聞いたよ、キャサリン」彼は言った。「電話に出られなくて悪かった。専門家といっしょにフロアでマシンのチェックをしていたんだ」テーブルに手を伸ばし、彼女のサンドイッチを半分ちぎってかぶりつく。「で、どうしたんだい？ 電話ではずいぶん謎めかしていたけど。くだらん小説の読みすぎじゃないのかい？」

口のなかでサンドイッチを嚙んでいるグルーバーを見て、彼女はにやりとした。「あなたも空腹だとわかっていたら、もうひとつ買っておいたのに」コーヒーカップをテーブル越しに押しやる。「あなたのコーヒーよ。ブラックがいいんでしょう」グルーバーがコーヒーをぐいと飲むあいだ、少し間を置いた。「チャック、ひとつお願いがあるの」

ようやくサンドイッチを飲み下してから、彼は答えた。「当ててみよう。オプティマルクスのことだろう?」

「正解」

「きみはサンダーソンと交替になったと聞いた。きみはそのことが、ちょっと面白くなかったんだろう」

ゴールドマンはうなずき、正面から彼の目を見据えた。「ええ、大正解よ。そりゃあ面白くなかったわ。でも本当に気がかりなのは、わたしが外された理由。あまり人前で言うべきじゃないんでしょうけど……とくにあなたには……でもわたしには、誰かがシステムを不正操作しようとしているとしか思えないの。その証拠は何も見つかっていないんだけど、テストをしていたときに徴候を見つけたのよ。ところが上は、証拠も得られず、怪しいものの正体もわからないうちに、わたしを担当から外したわ。わたしを追い出すなんていうことは、挑発に等しいわよ。少なくともわたしにとっては」

グルーバーはもうひと口コーヒーを飲み、ゴールドマンがそわそわした手つきでペーパーナプキンを小さく折りたたんでいるのを見つめた。

「つまりキャサリン、きみの女の勘が、システムが腐敗していると告げているわけだ。取引所のフロアには、新しいシステムを待ち望んでいる連中がごまんといる——怪しげなロシア人やらいかがわしい連中がからんでいようと。老朽化した現行のシステムには異常な負担がかかっているんだ。トレーダーは一日も早いオプティマルクスの導入を望んでいる。もうずいぶん前から、首を長くして待っていたんだ。お披露目を控えたこのタイミングできみが待ったをかけたら、きみはこの街の人気者にはなれないだろうな」

外はもう暗くなりかけている。街灯の光が硬質な通りの風景をやわらげていた。人々が足早に家路を急ぎ、あるいは地元のバーに立ち寄って一日の疲れを癒そうとしている。通りの向かいでは、若いカップルが腕を組んでイタリアンレストランに入っていった。

ゴールドマンはプラスチック容器入りのマスタードを手に取り、ラベルをじっと眺めていた。口を引き結び、決然としたまなざしでグルーバーに目を戻す。「チャック、わたしはオプティマルクスのシステムにアクセスして、テストを続けたいの。あなた以外の誰にも知られないよう、身元を保護されたアクセス権が必要だわ。あなたのようなＩＴ関係者にもわからないように。わたしを助けてくれる？」

グルーバーは合成樹脂のテーブル越しに手を伸ばし、マスタードの容器を取り上げて、彼女の手に手を添えた。

「ぼくたちは長年の友だちだ。もちろん、力になるよ。きみはこれまでどおり、身の安全にくれぐれも注意するんだ。オプティマルクスのシステムがテストに合格し、オンラインで導入されるかどうかには、多くの人間の利害がかかっている。そのなかには影響力のある人間もいるし、彼らは手荒な手段も辞さないだろう。あれだけ危ない目に遭ったばかりなんだから、きみは誰よりもよくわかっているはずだ」彼女を覗きこむ目には、心からの気遣いが表われていた。「キャサリン、きみには危険に巻きこまれてほしくないんだ」

ゴールドマンはサンドイッチの残りを摑んでかぶりついた。

「わたしのことなら心配しないで」彼女は頰張りながら言った。「自分のことは自分でできるから」


ふたたび潜航を開始した〈トレド〉の潜望鏡を、暗い色の冷たい海が洗った。ジョー・グラス艦長はハンドルをたたいて上げ、頭上の赤い制御用リングに手を伸ばして、潜望鏡を格納した。スコットランドのクライド湾口の明かりが遠のいていき、霧の向こうに消える。黒い潜水艦はアイリッシュ海の深淵を、北に向かって進んだ。

グラスは潜望鏡から下がり、発令所内を見まわした。乗組員は誰もが疲れ切っている。この二十四時間、ファスレーン基地で魚雷や補給物資の積みこみ、〈トレド〉後部へのASDV搭載に追われたのだ。出航時につきものの冗談も、今回は聞かれなかった。乗組員は切実に休息を必要としている。前回の北極海での任務で、彼らは心身ともに消耗していた。グラス以下の乗員は、あの身の毛のよだつような戦いと劇的な救出活動を終えたあとで、ようやく本拠地のノーフォークに帰投できると思っていたのだ。本来なら、任務報告だけで何週間もかかって当然だった。ところがジョン・ワードは、そんな彼らを再度、危険が待ち受ける北の海へ送り出した。いっそう神経を研ぎ澄ましてかからなければならない。

すでに乗組員のあいだでは、さまざまな憶測が飛び交っていた。ASDVの存在は誰の目にも明らかだ。全長六五フィート、排水量五五トンの潜航艇は隠しおおせない。黒の小型潜航艇は、母艦から切り離して作戦区域まで移動するために設計されたものだ。二名の乗員がリチウムイオンポリマー電池で船体を推進させ、最大一〇名のSEAL隊員を乗せて浅海へ輸送する。乗員もSEAL隊員も、気圧を調整された水密式の区画に収容され、身を切るような冷たい水から守られる。ASDVは最新のソナーと航行支援システムを備え、敵国の湾内深く潜入することも可能だ。そこまで到達すると、小型潜水艇の下部に設けられた気密式の出入口からSEAL隊員が出撃する。潜水艇はそのまま海底で待機し、任務終了後の隊員を収容して帰還するのだ。

〈トレド〉の乗組員は、以前にASDVを搭載した経験があった。そこから推して、ロシア沿岸まで潜水艦を近づけることは予測がついた。それも、相当近づけることになるだろう。ASDVは航続距離が短く、速力も遅いので、潜水艦乗りが好むような安全で深い海域まで到達することはできない。つまり、〈トレド〉がロシア領海深く潜入することになる。

〈トレド〉艦長は発令所内の航行制御区画へ近づいた。エドワーズ副長がジェリー・ペレス航海長やデニス・オシュリー主任操舵手とともに、航路を策定しているところだ。海図台にはさまざまな海図が山積みになり、床までこぼれ落ちていた。オシュリーがラップトップコンピュータをたたき、距離と速力を算出するかたわら、ペレスはGPS受信機を片手に、オシュリーが読み上げる数値を入力している。エドワーズは二人の作成する航路をダブルチェックしていた。

「副長、きみたち三人の作業が終わったら、士官全員を士官室に集めてほしい。今回の作戦の話をする。それから最先任士官に、これから二十四時間を〝縄綯《な》い休日〟にしたいと伝えてくれ」

〝縄綯《な》い休日〟というのは古くから伝わる船乗りの言いまわしだ。洋上の水兵が、艦務よりも個人的な用事を優先させてよい休息日のことである。〈トレド〉の乗組員は何よりも休日を必要としていた。

「イエッサー。すべて手配します」

「わたしは艦長室で、特別乗務班の大尉と話している」グラスは肩越しに言った。

SEAL隊員のなかで特別に訓練を受けた者が、SEAL輸送チームとしてASDVを操縦する。小型潜水艇には二名の乗員のほか、三名の整備班がつき、〈トレド〉で待機する。彼らは出航直前に乗り組んでいたが、あわただしさにかまけて、グラスは新来の乗員を歓迎する機会がなかった。

特別乗務班のリーダーであるヘクター・ゴンザレス大尉は、グラスの艦長室前の通路で待っていた。小柄でがっしりした体格に浅黒い肌は、いかにもSEALの一員らしい。まさしく海軍特殊部隊の士官の典型を見ているようだ。グラスが発令所から出てくるや、ゴンザレスは気をつけの姿勢を取った。

「楽にしてくれ、大尉」潜水艦の艦長はウィンクとともに言った。「こういう潜水艦は狭いから、律儀に軍隊流の堅苦しい礼儀作法を守っている余裕はないんだ。まあ、入ってくれ。ざっくばらんに話そう」グラスは艦長室に入り、机の前の椅子に座った。「さて、大尉。われわれが火中にビル・ビーマンという栗を拾いに行くと聞いて、どう思う？」

「ビーマン部隊長をご存じですか、艦長？」

「ああ、知ってるさ。二年前、南の国でいっしょになかなか楽しい思いをした。そのときもわれわれが、彼を脱出させたんだ」

「デ・サンチアゴの麻薬カルテルと戦った、コロンビアの作戦ですね？」ゴンザレスは訊いた。「あれは語り草になっています。コロナド島の基地でも訓練生に教えていますよ」

「わたしもずいぶん年を取ったような気がするよ」グラスは苦笑混じりに言った。「当時はジョン・ワード艦長の〈スペードフィッシュ〉で、副長をしていた。ともあれ、あっちよりは今回のほうがちょっと涼しいだろうな」

ゴンザレスは姿勢を正し、グラスの目をまっすぐに見た。低い声で、単刀直入に話す。「艦長、最初に正直に申し上げたいと思います。実は今回が、自分にとって最初の作戦任務なのです。自分は基礎水中爆破訓練（BUD-S）を修了後、隊員輸送訓練を受け、半年前に配属されました」

「ジョン・ワードから聞いている」グラスはうなずいた。「きみの上官から、きみが最優秀の人材だとお墨つきをもらったらしい」

ゴンザレスははにかむように笑みを浮かべ、続けた。「まだあるんです。部下の班員もまた、未経験なのです。われわれのチームは三カ月前、このASDVがリトルクリークの組み立てラインから出てきたのと同時に結成されました。作戦任務を成功させるため、厳しい訓練を積み重ねてきましたが、実戦は初めてです」

「ヘクター、率直に打ち明けてくれて感謝する」グラスは首を動かしながら言った。「きみを子ども扱いするつもりはない。これから向かうのは、決して楽な任務ではないのだ。きみときみの部下たちは、任務をやり遂げてくれるにちがいない。それに、きみとわたしは対等だ」

「と言いますと？」

「わたしも、まだ艦長になりたてなんだ」

若いSEAL隊員の笑みが広がり、見るからに肩の力が抜けたようだ。「ありがとうございます、艦長。われわれのことは心配ご無用です。準備万端整えて、出動に備えます」「いっしょに士官室に来てくれ」グラスは椅子から立ち上がりながら言った。「艦のみんなに引き合わせよう。それに、今回の任務についてわたしからも乗組員に話しておきたい」

グラスとゴンザレスが士官室へ行くと、室内にはすでに乗員がひしめいていた。艦長はいつもどおりテーブルの上座に座り、ゴンザレスに左側の席を勧めた。集まった一同は、指揮官が何を話すのか、固唾を呑んで待っていた。

「諸君」グラスは切り出した。「きっと察しはついているだろうが、この艦の尻に大きな黒いイボを載せ、迷彩服を着た五人の仲間を迎えたのは、北へ向かい、SEAL隊員とひと遊びするからだ。二日前の夜、SEALのチームがコラ半島にパラシュート降下した。ポリャールヌイ潜水艦基地へ、偵察任務に向かっているのだ」彼はテーブルを見わたした。誰もが息を呑んだ。全員が艦長を注目している。ポリャールヌイがロシアで最も警備の厳重な潜水艦基地であることは、誰もが知っていた。艦長は次に何を言い出すのだろう。

「われわれはこれから、ムルマンスク・フィヨルドの入口へ向かい、ASDVを発進させる。ASDVはSEAL隊員と会合し、彼らを脱出させる」

ダグ・オマリーが口笛を鳴らした。「なんと、こいつはまるでジェイムズ・ボンドの小説ばりじゃないですか。映画が待ちきれないですよ。俺の役はブラッド・ピットにやってほしいなあ」

エドワーズが機関長に合いの手を入れる。「おまえなんか、コメディアンのドリュー・キャリーがやってくれればましなほうだ」すぐに真剣な口調に戻り、「さて、艦長のお話をしっかり心に留めておけ。航海長には、最新情報を踏まえてフィヨルドの海図を見なおしてほしい。とくにロシアの設けた対潜水艦用モニターや機雷原に気を付けてくれ。兵器士官、氷海用ソナーと深度計を念入りに点検すること。兵器・射撃指揮システムは二度点検するんだ。機関長は動力系と雑音特性を調べてほしい。この艦をなるべく静かにして、魚も気づかずにぶつかってくるぐらいにしておきたいんだ」

副長の指示が終わると、グラスは立ち上がった。そしてエドワーズに向かってうなずいた。

「諸君、話は以上だ」彼は言った。「質問がなければ、副長の指示に従ってほしい。まずはぐっすり寝て、朝になったら活動再開だ」

ダークグレーに機体を塗装したロシア海軍のMi-8ヒップ旅客用ヘリコプターは着陸態勢に入り、うらぶれた掘立小屋の建ちならぶ氷原のただなかの基地に向かって高度を下げた。着陸後、側面扉がひらき、アレクサンドル・ドゥロフ提督が姿を現わした。回転翼《ローター》の突風の下を通りすぎるとき、ドゥロフは手をかざして吹き飛んでくる氷のかけらから目を覆った。提督は出迎えに居並ぶ士官の群れをそのまま素通りし、ひときわ大きな中央の小屋に向かった。

提督に続いて出てきた副官のワシーリー・ジュルコフは、基地司令に向かって肩をすくめた。一行は提督の非礼さに戸惑いながらも、ジュルコフに続いて戻ってきた。

ドゥロフは困惑しながらも付き従う一行にかまわず、雪に覆われた氷の上を苦労して歩いた。正午に顔を出した太陽は、青みがかった金色の光で南の地平線を照らし、北極圏の冬に永遠に続くかと思われる灰色の夜を彩っている。骨の髄まで凍えるような北東の風が透明な氷を巻き上げ、小屋の薄っぺらい板金に雹《ひょう》のように打ちつけていた。

ドゥロフは惨めで汚らしい野営地をひとわたり見まわし、嫌悪も露わに首を振った。ここは豚小屋同然だ。余った建材や什器《じゅうき》はそこらじゅうに打ち捨てられ、その大半は風に吹かれて雪をかぶっている。食べ残したごみは小屋のすぐ外に捨てられたまま、凍りついていた。調理人さえも、小屋の入口に積み重なった生ごみを処分しようとしていない。彼らはただ、外に投げ捨てて凍りつくのにまかせている。

ドゥロフは中央の小屋の扉に近づき、無造作に引き開けた。せせこましい玄関に上がると、もうひとつ扉があった。外の扉を後ろ手に閉め、内側の扉を引き開ける。提督にまとわりついてきた北極圏の冷気が、むっとするほど暑い室内に入りこんできた。

「おい、くそ寒いからドアを閉めろ！」憤激の叫びはまちがいなくアメリカ人の訛りだ。

「あんたは納屋で生まれたのか?」

ドゥロフは立ち止まり、太った男を睨みつけた。その男は鉄板のテーブルの前に座り、ラップトップコンピュータのキーボードをたたいている。タバコの煙がもうもうと立ちこめ、たっぷりした昼食の食べ残しやビールの空き瓶、吸い殻で一杯になった灰皿がテーブルに散乱していた。座っていた男は目を上げ、来訪者が誰なのか見た。ドゥロフだと気づいても、男のだらしない雰囲気にほとんど変化はなかった。彼は立ち上がり、おぼつかない足取りで提督に近づいてきた。くわえタバコのまま、煙に目をすがめて手を差し出す。男の口調はろれつがまわっていなかった。

「おはようございます、提督。いや、こんばんは、ですかね。まあ、どっちだっていいでしょう。何せ太陽があれしか顔を出さないんでね。昼か夜かなんて、わかりゃしない。ロイターの通信員、ハリー・ミラーです」

ドゥロフは差し出された手を無視した。男のただれた様子と乱雑な仕事場に嫌気がさし、露骨に顔をしかめる。

「ここで何をしている?」提督は詰問した。

「俺は運に恵まれたんでしょう。ここへ来て、あなたの有意義な救出活動を取材することを許されたんですから。お国の政府は取材を一名しか許可しなかったので、俺がそのくじを引き当てたというわけです」

ジュルコフはドゥロフの背後に近づき、耳元にささやいた。「心配無用です、提督。こいつはメディコフに金で手なずけられています。それに、われわれがヘリポートまでビールをたんまり送り届けてやっていますから」

ドゥロフはそっけなくうなずいた。「大変結構。ミスター・ミラー、余計なまねはしないでくれたまえ。われわれの救出活動の妨げになるような行為はいっさい認めない。時間は切迫しており、きみがしゃしゃり出てわが軍の救助隊を邪魔されてはかなわん。決まった時間になったら、ワシーリーもわたしも、きみの質問にはすべて答えよう」

ミラーはだらしなく笑い、タバコの煙を胸一杯に吸いこんだ。「俺はかまいませんよ。腹一杯飲み食いさせてくれたら、お望みのストーリーを記事にしましょう。俺はそれで、豚小屋の豚並みに幸せですから」

ドゥロフは我慢できず、軽蔑に鼻を鳴らして踵を返し、提督専用の小屋へ向かった。ジュルコフがすぐ後ろに続いた。

「あの豚野郎にたらふくビールを飲ませておけ」ドゥロフは副官につぶやいた。「われわれがいかに勇敢に苛酷な自然と闘い、生命の危険を顧みず同胞の救出を試みたかを聞かせてやるんだ。せいぜい、お涙頂戴の話をこしらえてくれ」

「かしこまりました、提督」

「ワシーリー、おまえがこの救出作戦に集めた人間は、命じたとおり無能揃いだろうな」

ジュルコフはにやりとした。「あの連中は、氷が溶けていたって船を出せませんよ。母親の膝に座ったまま、何もできないやつらです」

「よろしい。大変よろしい。では、われらが絶望的な救出作戦にかかってくれ、ワシーリー」

20

オプティマルクス社のカール・アンドレッティ技師長は千鳥足で、アラン・スミスCEOの豪華な執務室へ向かって歩いていた。いますぐ来いと言われても、急ぐつもりはなかった。スミスが何をそんなに怒っているのか知らないが、ひとつだけ確かなことがある。ゴールドマンを襲わせたのがアンドレッティであることを、スミスやそれ以外の人間が突き止める方法はないはずだ。あの工作は絶対にばれないようにやっている。スミスでさえ、彼とニュージャージーのギャング組織とのつながりを知るはずはないのだ。

ブースで仕事をしている若いプログラマーの列を通りすぎ、アンドレッティは目が合った女性にウィンクした。CEOはいったいなんの用だ？　スケジュールの進行にご不満なのかもしれない。あるいは、品質管理費が予算をオーバーしているのに腹を立てているのか。

はたまた、あの男は女装趣味の持ち主で、パンストがずり上がってご機嫌斜めなのか。

締まりのない身体つきの技師長は、ノックもしないでスミスの執務室の扉を開け、そのままに足を踏み入れた。そこで立ち止まると、思いがけないことにベンチャー企業投資家のマーク・スターンがスミスのソファに座り、何やら密談している。いったいこの〝金づる〟は、ここで何をしているのだ？　二人の男たちの話は熱を帯びていたが、アンドレッティが扉を開けたとたん、彼らは口をぴたりと閉ざした。

疑う余地はない。こいつらは俺のことを話していたのだ。仮にそうじゃなかったとしたら、二人が何を話していたのか見当もつかなかった。

部屋の片隅では大型テレビのスクリーンが大音響でがなり、国連本部前でレポーターが中継をしている。その背後では反米デモの群衆が行進し、参加者は大声で叫び、プラカードを振りまわして、暴動鎮圧用の装備に身を固めている警官隊と対峙していた。レポーターは潜水艦の事故がどうのこうのと言っている。

アンドレッティの目はソファに座っている二人に戻った。スミスが目を上げ、不機嫌な声で言った。「ふつう、個室に入るときにはノックをするものだ。それが文明社会のやりかたじゃないのかね」

「なんだって。いますぐ来いと呼びつけたのはそっちだろうが。それもひどく怒っていたぞ。俺に話があるんじゃないのか」アンドレッティは憤然として言い返した。踵を返し、戸口へと向かう。「話がしたいのなら、俺のオフィスで待っている」

スターンがはじかれたように立ち上がり、彼の肘を摑んだ。「いいから、すぐにすむよ。

カール、座ってくれ。話があるんだ」

彼はアンドレッティに、コーヒーテーブルを挟んだソファの向かいの椅子を勧めた。

スミスはリモコンに手を伸ばし、テレビの音を消した。怒号をあげるデモの群衆が一瞬にして沈黙する。群衆は国連プラザを取り巻き、警官隊は彼らが交通量の多い一番街に流れて暴徒化するのを防ぐのに懸命だ。

アンドレッティはしばしそのまま立ち尽くし、それからスターンに手を差し出した。

「また会えてうれしいよ、マーク。なんだってはるばる東海岸へ？」

スターンは握手したが、険しい表情を崩さなかった。「はるばる来たのは、それだけの理由があるからだ」

アンドレッティは勧められた席に腰を下ろした。コーヒーテーブルの皿に載ったキャンディをさっと摑む。

「なるほど、ではその理由とは？」キャンディを嚙みながらアンドレッティは訊いた。

室内は死んだように静まり返った。外は夜のとばりに包まれている。川向こうの摩天楼には明かりがともり、垂れこめた雪雲に燃えるようなオレンジの光を反射していた。ウエスト通りの車の流れは遅々として進まないようだ。ヘリコプターがニューヨーク商業取引所のすぐ北側にあるヘリパッドを飛び立ち、上流へ向かっている。どこかのやり手実業家が、ウエストチェスターあたりの屋敷へ急いで帰る用事でもあるのだろう。

スターンは咳払いし、おもむろに口をひらいた。「ちょっとしたお願いがあるんだ、カール。われわれがこのプロジェクトのために使っているハードウェアのことでね、それに関するきみの態度を風の便りに聞いたんだ。率直に言わせてもらえば、わたしはバンドシステムの製品に関する苦情を聞き飽きている。あれはいますぐやめてもらいたい。われわれは同社の製品を採用する。これは最終決定だ」

アンドレッティはすぐさま反論しようと口をひらきかけたが、スミスが機先を制した。彼は低く、石のように冷たい声で言った。「きみはそこに座り、黙って聞いてくれ。これは決定事項なのだ」

スターンはスミスの指示にわが意を得たようにうなずき、ソファに深々と腰かけて、続けた。「たったいまから、きみはバンド社ファンクラブ東海岸支部の支部長に選ばれた。バンド社について訊かれたら、きみはひたすら彼らの製品を褒めたたえるんだ。ぜひ、この点を理解してほしい。わかったかな、カール？」

見るからに愚鈍そうなカール・アンドレッティは、意外に飲みこみが早かった。彼は自分の置かれた立場を完璧にわきまえていた。スターンがこのプロジェクトにバンド社の製品をねじこもうとしているのは、やむにやまれぬ事情があるにちがいない。それがいかなる事情であろうと関係なかった。財布のひもを握っているのはスターンであり、スミスの会社は資金を出してもらっているのだ。技師長は、この闘いに勝てる要素が何ひとつないことを承知していた。スターンに楯突いた場合、自分が何を失うのかは考えたくもなかった。

「よくわかったよ、マーク」アンドレッティは従順にうなずき、さらにキャンディを摑んだ。

スターンの表情にゆがんだ笑みが浮かんだ。「ご協力に感謝する。さて、今度はSECの話だ。キャサリン・ゴールドマンを襲ったのが誰だったのか、わたしは知らないし、まったく関心がない。ただ、きみにひとつだけ承知してほしいことがある。新任のSEC監査官が仮にシャワールームでつま先をぶつけたとしても、そのときには、この会社の技師長とその家族が謎の失踪を遂げるだろう」スターンは効果を狙って間を置き、ゆがんだ笑みはいかにも邪悪な笑いになった。「カール、コネがあるのは、何もきみだけじゃないんだ。この点もくれぐれも念を押しておきたいが、わかってくれるだろうね？」

キャサリン・ゴールドマンの名前を聞いただけで、アンドレッティの広い額にはすでに汗が噴き出していた。いまや彼の皺くちゃのシャツはしとどに濡れている。顎から汗がしたたり落ち、緩めた襟に流れこんだ。いったいどうしてこんなことになるんだ？　なぜ自分がいま、スターンの怒りを一身に買っているのだろう？　何かがとてつもなくおかしい。どんな手を使ったか知らないが、このベンチャー企業家は俺とギャングのつながりを見破ったのだろうか？　口ぶりからすると、どうもそのようだ。スターンは自らの力を見せつけようとしているように思える。

カール・アンドレッティはすっかりしょげかえってうなずいた。キャンディのかけらが歯の詰め物にくっつき、恐ろしく痛い。残りは胃のなかで火のように熱くなっている。

スターンの邪悪な笑いが、勝ち誇ったような表情に変わった。「よし、大変結構だ。お互いに理解し合えてうれしいよ。やはり男同士、膝を突き合わせて話すのがいちばんだ」

スターンは手を伸ばし、自分もキャンディを摑み取って、ためつすがめつすると、口に放りこんだ。「ああ、最後にもうひとつ、きみたち二人に聞いてほしいことがある」スミスは口を挟むことなく、技師長が当然の報いを受けるのを見ていた。アンドレッティの丸々として脂ぎった顔が、苦しげにゆがむのをスミスは楽しんでいた。いま、アンドレッティはベンチャー投資家に顔を向け、今度は何を言い出すのだろうといぶかっている。スターンはまだ楽しげな笑みをたたえていたが、その目は笑っていなかった。「きみたち二人で、コソ泥を企んでいただろう？　取引システムの決済段階をちょっといじったな？　なかなかうまいやり口だ。もちろん、わたしにも利益の五割をいただけるだろうね」

スミスがぽかんと口を開けた。アンドレッティが驚きに目を見張る。

マーク・スターンは手榴弾のピンを抜き、二人の真ん前に落としたのだ。

室内に墓場のような静寂が落ちた。下界の街では、いつもどおりの日常生活が営まれている。人々は先を争うように、通勤電車に乗って家路に就こうとしている。

しかしここでは、二人のコンピュータ専門家が、床が抜けたような恐怖を味わっていた。スターンが立ち上がり、すたすたと戸口へ向かった。ドアノブを握ったとき、スミスとアンドレッティを振り返った。「きみたちは、もうこれ以上SECと問題を起こさない。サンダーソンは非常に協力的だ。今週末には、きみたちのシステムが導入されるものと期待しているよ」

スミスとアンドレッティはともに抗弁しようとしたが、そのときにはもう扉が閉まっていた。

デニス・オシュリー主任操舵手の深い眠りを、激しく突き刺すような痛みが襲った。はらわたをナイフでえぐられるような激痛に目がくらみ、オシュリーは身体を胎児のように折り曲げるしかなかった。だがその苦悶の叫びに、狭苦しい寝室でオシュリーの上段に寝ていたビル・ドゥーリー魚雷下士官が目を覚ました。

「どうした、デニス」彼は叫んだ。「大丈夫か?」

うめき声しか返ってこない。ドゥーリーが飛び起きて床に降り、青いカーテンを開けてオシュリーの様子を見ると、彼は死人のように青ざめ、ぐっしょり汗をかいていた。主任操舵手は身体をふたつに折り曲げ、胃のあたりを強く摑んでもがいている。

ドゥーリーはすぐさま寝室を飛び出し、通路の最先任下士官のサム・ワリッチにぶつかった。

「最先任下士官、オシュリーが」ドゥーリーは息を切らして言った。「急病です。寝台にいます」

ワリッチは真っ暗な寝室へ急ぎ、狭い通路の真ん中あたりの寝台で、背中を丸めて苦痛にあがいているオシュリーを見た。ワリッチが近づいたときにも、新たな苦痛の波が主任操舵手を襲ったようだ。オシュリーは悲鳴とともに床に転がり落ち、苦痛に身をよじった。

「ドクを呼べ」ワリッチがドゥーリーに叫んだ。「下士官室の寝台で寝ている」

ドゥーリーは衛生下士官をたたき起こした。〝ドク〟・ハリデーは潜水艦の乗組員に必要な薬を処方し、親身な忠告を与えることができる。潜水艦に乗り組む大半の衛生下士官と同様、特別に選抜され、医療設備がまったくない環境で一人きりでも応急処置を遂行できるよう訓練を受けていた。起こりうるほとんどの急病に対応し、少なくとも患者がより医療設備の整った施設へ搬送されるまでのあいだ、症状を安定させるのが彼の役割だ。

ハリデーは十五年ものあいだ、急病人に対処してきた。イラク戦争で戦闘に携わる海兵隊の看護にあたったこともある。豊富な経験から、彼には自力で解決できる場合のみならず、そうではない場合にやるべきこともわかっていた。そしてオシュリーをひと目見ただけで、主任操舵手の苦痛の原因がなんであれ、彼一人の手に余ることがわかった。

ハリデーは肩越しにワリッチに叫んだ。「最先任下士官、副長にすぐ来てもらい、艦長にいますぐ救急搬送が必要だと伝えてくれ」

ワリッチは衛生下士官によけいなことをいっさい訊かず、瞬時のためらいも見せなかった。彼はただちにエドワーズとグラスを捜しに行った。

ハリデーはオシュリーをなだめ、ベッドに戻そうとした。衛生下士官は痛がる患者に問診しようとしたが、とても答えられる状態ではなかった。オシュリーはうめきながら胃を押さえ、痛み以外には何も考えられなかった。ハリデーがオシュリーの腹部を触診しようとしても、うめきがいや増すばかりだ。

これはただごとではない。胆嚢炎だろうか？　腎臓結石？　十二指腸潰瘍？　ハリデーにはなんとも言えなかったが、〈トレド〉の艦内に検査機器はない。さしあたり、オシュリーをできるだけ安静に保ち、一刻も早く病院へ搬送するしかないだろう。

ハリデーがオシュリーの血圧を測っていたとき、エドワーズが入ってきた。

「治りそうか、ドク？」副長は訊いた。

「すぐに陸へ連れていかないと治療は無理です」ハリデーは答えた。「わたしが知っているだけでも、こうした症状の原因には五、六通りの可能性が考えられ、知らないものもたくさんあるでしょう。それらにはとても対応できません。そしてそのほとんどが、治療しなければ命にかかわります」

エドワーズは息を呑んだ。こうした状況に直面するのは初めてだ。いま乗組員の生死が、自らの決断にゆだねられている。それでなくても密閉された環境で、隔壁が自分に迫ってくるように思えた。これまでさまざまな困難をくぐり抜けてきたが、まさかこんなことが起こるとは。

「副長、管理医薬品のロッカーを開けてください」ハリデーは言った。「鎮痛剤がいますぐ必要です」

エドワーズは首にかけた鍵をひっ摑み、衛生下士官の医務室へ向かった。〈トレド〉艦内にはさまざまな物資や装備がひしめいており、ほとんどのスペースは兼用されている。ドク・ハリデーは彼の狭苦しい医務室に、一門の小型魚雷発射管、通称〝シグナル発射機〟を格納していた。魚雷回避用のフレアなどを射出する装置だ。クローゼットぐらいの大きさの室内に、発射管がにょっきり突き出していた。そのすぐ後ろに、隔壁に溶接された小型のキャビネットがあり、ふだんは鍵をかけられて、さまざまな麻酔薬が保管されている。その鍵はエドワーズが持っていた。彼は鍵を開け、ハリデーが求めたガラス瓶を取り出して、在庫目録にその医薬品を使用した理由を書いた。それから寝室に大急ぎで戻った。

ハリデーがガラス瓶を手に取り、処方量を量る。そして手を伸ばし、苦痛に悶える患者に注射した。鎮痛剤はたちまち効力を発揮し、オシュリーは静まった。

エドワーズは見るからに不安そうだ。鼻っ柱が強いこの青年士官は、実は注射針が苦手なのだ。

「副長、できるだけの手は尽くしました」ドクは小声で言った。「艦長のところへ行って、救急搬送の算段をお願いできませんか？　オシュリーはわたしが看ています」

エドワーズはうなずき、発令所へ向かった。ジョー・グラスが潜望鏡スタンドの前で待っていた。

「副長、オシュリーの容態はどうだ？」艦長は訊いた。

「よくないです、艦長」エドワーズは簡潔に答えた。「ドクは一刻も早く救急搬送をしてほしいと言っています」

「わかった。浮上して上と相談する。ここからはアイスランドがいちばん近いだろう。確かケフラビーク空軍基地に、まだNATOの空軍特殊部隊の分遣隊が駐在していると聞いた」

若き副長はすぐに海図台に向かい、アイスランドまでの航路を計算した。少なくとも、何か役に立つことができそうだ。そう思うだけで、病に苦しんでいる乗組員に何もしてやれない焦燥感がまぎれた。

さっきより気分がよくなったが、不安はまだ残った。

キャサリン・ゴールドマンはホテルの客室でコンピュータ画面の前に座り、起動するのをもどかしく待っていた。チャック・グルーバーから受け取った紙片をひらき、特別に発行されたIPアドレスを入力する。画面が移動してIDとパスワードを要求されると、彼女はユーザー用のものを入力した。これがうまくいかなかったら、ほかの方法は思いつかなかった。

画面が何度か瞬き、おなじみのオプティマルクスのロゴが出てきた。システムにログインできたのだ！　何度かキーボードをたたき、ゴールドマンは複雑に入り組んだ取引システムの、乱雑なソースコードを見ていた。彼女はそのなかに飛びこみ、迷宮さながらの糸をたぐるようにして、右側に置いたメモ帳に気づいたことを書き留めていった。外界はたちまち意識のかなたに消え去り、ゴールドマンはシステムを作り上げている精妙なコンピュータのコードの世界に深く没頭した。

一時間以上経ったとき、意味が通じないように思われるコードが見つかった。コードをたどっていくと、そのロジックは別のサブプログラムに通じているようだ。そのコードはまったく別の機能を持つカーネルへとつながっていた。いったいどういうことなのか、わけがわからない。そのコードは巨大なシステム全体を通じ、まったく関連性のないモジュールとモジュールを結びつけているのではないか。

ゴールドマンには、このようなコードを書いた人間がなぜこんなことをしたのか理解できなかった。この取引システムは最高の速度を発揮するように作られ、その目的に最適化されているはずなのに。さしたる理由もなくこんなコードを書きこむというのは、説明になっていない。

彼女は徐々に、断片を継ぎ合わせていった。この複雑怪奇なジグソーパズルから、ひとつのパターンが現われてきた。誤ったように見えるコードが徐々に結びつき、最後には何者かが巧みに隠した意図を浮かび上がらせるのだろうか。だとすれば、その謎めいた機能がなんなのかを突き止めることだ。そのときには彼女にも、背後にいる何者かが見えてくるかもしれない。

キャサリン・ゴールドマンは疲れた目を揉みほぐし、立ち上がって、小さな棚へ向かった。神経はぴんと張りつめ、これまで見てきた変数に執着している。彼女はホテルの備えつけのコーヒーパックを開け、小さな湯沸かし器でコーヒーを淹れた。ぶつぶつと独り言を言い、手を動かしながらも自問自答する。カップにコーヒーを注ぐと、ラップトップの前に戻った。そうして彼女が我を忘れているうちに、やがて日が昇り、窓を覆う分厚いカーテンのあいだから曙光が射してきた。

アレクサンドル・ドゥロフ提督はポリャールヌイ基地中央司令部棟で、会議用テーブルの前に座り、熱い紅茶を飲みながら《ロンドン・タイムズ》の朝刊を読んでいた。一面には確かに、雪と氷に覆われた野営地の写真と、提督の勇敢にして悲愴な救助活動の記事が載っている。提督の甥を含む乗組員を救出しようとする試みは結局失敗に終わり、涙を誘う物語が、微に入り細を穿って書かれていた。

あの飲んだくれのアメリカ人、ミラーの記事はなかなかよく書けているじゃないか、と提督は思った。見下げ果てた男だが、筆は立つようだ。

ドゥロフは新聞を放り投げた。世界中で反米デモが起こり、悲劇に対する責任を取れと大勢の人間が息巻いている。ブラウン大統領の抗議はいかにも弱々しく、アメリカ合衆国はこの悲劇になんら関与していないという主張は説得力に欠け、不誠実に思われた。いかに大統領が否定しても、真相はどうだったのかという説明がなされない以上、世界各国の世論はロシアの主張を事実と受け取った。

筋書きどおり、われわれは人々の怒りを煽ることに成功している。いよいよ、第二段階に移行するときだ。

ドゥロフは立ち上がり、テーブルを囲んで話し合っている面々を見わたした。ここにいる五人の男たちは早晩、アクラ級潜水艦五隻を率いることになる。彼らこそ、計画の要《かなめ》をなす人間だ。彼らこそは、復権し力を取り戻したロシアの英雄と仰がれるだろう。

ドゥロフは笑みを浮かべ、一人一人と順に目を合わせた。いずれも、何年も前から見出して育て、忠誠心を信頼し、目を覆わんばかりに頽廃し衰退する祖国を憂う思いを共有しつつ、この瞬間へと導いてきた男たちだ。彼らにはまた、最も厳しい潜水艦乗りとしての訓練を課して、鍛え上げてきた。資質の高い者でなければ、あの苛酷な訓練は生き残れなかった。実際、ドゥロフの〝訓練生〟はもともと、倍の人数だった。ここにいる男たちは、火のなかをくぐり抜け、鉄のように精錬されてきたのだ。弱い者たちは、枯れ木のように燃え尽きてしまった。

「わが息子たちよ、この瞬間をどれほど待ったことか」ドゥロフの声は、ここ何年もなかったほど高らかで、確固たる響きだった。「われわれの周到な準備と計画が、ついに実を結ぶときが来た。時間は刻々と近づいている。いまこそ、行動を起こすときだ」

五人の男たちは椅子に浅く腰かけ、提督をひたと見据えている。ドゥロフの声とマントルピースの骨董品のような時計が時を刻む音以外、室内は静寂に包まれていた。

「あすの夜、諸君は展開を開始する。ビビラフ艦長は二二〇〇時に、アメリカのKH-11スパイ衛星が頭上を通過し、地平線の向こうに消えた直後、〈ヴィーペル〉を出航させる。貴官はフィヨルドを通過し次第、ただちに潜航せよ。その後は、かねての指示どおりに行動するのだ」

ドゥロフは壁に向かい、ロシアと北ヨーロッパの地図に近づいた。レーザーポインターをポケットから取り出し、ノルウェーをまわってカテガット海峡を通り、バルト海へ向かうルートを描く。

「かしこまりました」長身痩軀の潜水艦乗りが、誇りに目を輝かせて言った。

「ビビラフ艦長、貴官は名誉ある役割を担うことになる。サンクトペテルブルクを射程に収め、あの〈クロンシュタット〉の英雄的な働きを受け継ぐのだ。配置に就くまでは七日間ある。わが国を含め、いかなる国の海軍にも探知されないように行動せよ。いいか？」

アナトーリ・ビビラフは笑みとともにうなずいた。「すべてご指示のとおりにいたします。本艦も乗組員も、準備万端です」

ドゥロフも笑みで応じた。「よろしい」それから他の艦長にも次々と配置を指示した。その範囲は白海からカラ海、バレンツ海に至る、ロシア本土の北に面する海だ。彼らは毎晩、配置海域まで遠い者から順に出航することになっていた。

ドゥロフは重厚で凝った装飾の施された棚に向かい、ウォッカのボトルを摑んだ。そして会議用テーブルをまわり、母なる祖国で最も良質の〝戦士のミルク〟を各々の艦長に注いだ。最後に自分のクリスタルのショットグラスを満たし、伸ばした腕を高く掲げて、彼の息子同然の男たち、彼の祖国、革命に敬意を捧げた。

「母なるロシアのために！」ドゥロフが嗄れ声で叫ぶ。唇から泡が噴き出た。「あなたの息子たちが、あなたの名誉を守りますように！」

五人の潜水艦の艦長がいっせいに立ち上がる。椅子が堅木の床にこすれ、音をたてた。彼らはドゥロフの乾杯に応えて唱和した。「母なるロシアのために！」

六人の海の男たちは、火酒を一気にあおった。

ビル・ビーマンは木々の生えた丘陵を縫い、気力を奮って険しい道を前進した。山また山で、いつ果てるとも知れない障害の連続だ。ひとつの山を登り、尾根を横切ったら、目の前にまた別の山がある。やむことのない風が、隊員たちに雪と氷のつぶてを投げつける。モミの枝が彼らの顔や手足を鞭打ち、ヒメカンバの低木がありったけの悪意を秘めて、足を払おうと待ち伏せしているように思えた。

いくつめかの山頂に着いたところで、ビーマンは露出した岩陰で風をしのぎ、五分間休憩の合図をした。ジョンストンはSEAL部隊長のかたわらまでスキーで登り、リュックサックの留め金を外して、大きな石に腰かけた。ほかの隊員たちはその周囲に集まり、すばやく守備隊形を作った。よほど重武装した大部隊でないかぎり、この〝スズメバチの巣〟に遭遇したら慌てふためくこと必至だ。

ジョンストンが背を伸ばし、顔をゆがめた。

「隊長、くそったれですね」彼は悪態をついた。「正直、俺の年齢だとなかなかきついです」

ビーマンは含み笑いをした。この四年間、毎日十回以上は同じ言葉を聞かされている。長年行動をともにし、危険を分かち合ってきた二人は、あたかも長年連れ添ってきた夫婦のように、しょっちゅう似たようなことを考える。このときも、ビーマンが上等兵曹に食事の時間を取ろうと言いかけた瞬間、ジョンストンが口をひらいた。

「三十分休憩にしませんか。みんなめしを食って、キャメルバックに水を補給する時間が必要です」SEALではもう、何年も前から水筒はすたれていた。その代わりに、水を入れた合成樹脂の袋を背負い、喉が渇いたらいつでもチューブから給水できる。水がなくなったら、袋に雪を入れて溶かせばよい。

ビーマンはうなずき、地形図とGPS受信機を見た。この小さな機器に、はるか上空の三基の人工衛星から情報が送信されてくる。LEDモニターに、二メートル以内の誤差で現在位置が表示される。彼の予測では、このペースを維持して進めたとしても、ポリャールヌイ基地まであと二日はかかりそうだ。カントレルが小川の水に落ちてしまったことで、介抱に要した時間が重くのしかかっていた。

彼らはスケジュールよりはるかに遅れている。目下、国際的な危機がどこまで切迫しているのか知るすべはなかった。ビーマンは口を引き結び、地図を見ながら深く考えをめぐらせた。現在位置から南に二キロのところに、道路が見える。狭い道幅がまっすぐ伸びているだけだが、潜水艦基地の正門に通じているようだ。

そのとき、道路の南側にもう一本の線が見えた。基地の構内を通り、フィヨルドを横断してセヴェロモルスクへ向かう鉄道線路だ。

ビーマンはさらに数秒間、地形図にじっと目を凝らした。大声で話さなくてもいいように、ジョンストンを身振りで近くに引き寄せる。

「上等兵曹、ここから少し南に行って、浮浪者のまねをやってみないか？　貨物列車に乗りこむんだ。時間が短縮できるかもしれない」

ジョンストンはウィンクして応じた。「隊長の頭も、帽子を載せるだけの台じゃないんですね」


ニコライ・ブジュノヴィチとヨシフ・ボガティノフは連れだってブリティッシュ・エアウェイズを降り、JFK国際空港のターミナルに出た。いっしょに来たのは二人だけだ。ミハイル・ジコイツキーは一時間以内に、エールフランスの便で到着する。ロシア人男性が二人で行動しても、ビジネスマンの二人連れにしか思われないが、三人となると疑惑を招く。とりわけ、きょうびの剣呑な世界情勢ではなおのこと怪しまれるだろう。モスクワからのアエロフロートでロンドンのヒースロー空港に降り立ったとたん、三人はふた手に分かれた。

二人はなんの問題もなく税関を通過し、空港の外に出た。着陸して一時間足らずで、彼らはブライトンビーチへ向かうタクシーに乗っていた。ショア・パークウェイに入ると、ボガティノフは窓を流れるジャマイカ湾の景色を眺め、ブジュノヴィチはポケットから携帯電話を取り出して、番号を押した。二度の呼び出し音で、女性の声が出た。

「マリーナ、元気かい、ニコライ伯父さんだ。無事到着したよ。いつもの場所でめしにしよう」

通話を切り、ボガティノフに向かってうなずく。彼らがニューヨークに着いたことをマリーナ・ノソヴィッカヤに知らせ、待ち合わせ場所を確認したのだ。三番街の〈マーフィーズ・バー〉になるだろう。いつも混み合っていて騒がしいので、どんな密談をしようと人目を引くことはない。

まずはブライトンビーチで協力者に会い、武器を入手して、アジトを手配することになる。アメリカ合衆国で武器を入手するのはたやすく、密輸入する面倒もない。家を借りるのだって、いくらかの金を使って届出書類を偽造すれば簡単だ。この自由の国では、何もかもがスムーズに運ぶ。

彼はボガティノフにウィンクし、モスクワを出て初めて笑みを見せた。

「いい国じゃないか？」ブジュノヴィチは精一杯の英語で運転手に話しかけてみた。

運転手はその言葉すらわからないようだ。運転手の名前が書かれたカードをブジュノヴィチが見たら、発音できないような名前だった。この男はロシアのマフィア構成員よりも英語ができないようだ。

運転手は肩をすくめ、目の前の混雑した道路に注意を集中した。

21

スコットランド、サーソーから乗ったヘリコプターは、いままでジョン・ワード准将が経験したなかで最もひどく揺れた。ＳＨ－60シーホークの座席にシートベルトで固定され、激しい縦揺れと横揺れに振りまわされる。だがこの全天候型ヘリは動じることなく、高度六〇〇フィートを維持して夜空を飛び、嵐のノルウェー海を突っ切った。

こいつはかなわん、とワードは思った。同じ嵐の海を渡るなら、深度六〇〇フィートで原子力潜水艦に乗ったほうが断然よい。ヘリコプターなどという奇妙な機械に乗るよりどれほど快適なことか。誰かがヘリのことを、緩い編隊を組んで空を飛ぶ一万個の部品と言っていたっけ。

しかしここは、ＳＨ－60の操縦士に命をあずけるしかない。荒れ狂う灰色の海に、操縦士はあやまたず目的の巡洋艦を発見した。そして郵便切手ぐらいの大きさにしか見えない、波に翻弄されるヘリデッキに、一度目の降下で見事着陸に成功、機体はほとんど跳ね上がることもなかった。

ワードは安堵とともに、ヘリから甲板に飛び降りたが、一歩出たとたん、突風で吹き飛ばされそうになり、慌ててハンガーめざしてプラットフォームを走った。甲板員が差し出した手を、潜水艦隊司令はありがたく摑み、ハンガーに入って雨風をしのいだ。

イージス艦〈アンツィオ〉の艦長、ボブ・ノークエスト中佐はハンガーで新来の訪問者を待っていた。彼は手を差し出し、ワードと握手した。

「乗艦いただき光栄です、准将。ドネガン大将からお電話があり、必要事項について簡単な指示がありました。しかし、あの方は相変わらずぶっきらぼうですね？」ノークエストはにやりとした。「喜んでお役にたちましょう。当初予定していたスケジュールより、こっちのほうがずっと面白そうです。目下、本艦はノルウェー沿岸へ向かっています」

ワードはうなずき、ノークエストに笑顔で応じた。「ああ、何しろドネガン大将だからな。しかし、いざというときにはあれほど頼りになる人はいない」

その言葉に呼応するかのように、巡洋艦は急に右舷に傾き、二人とも隔壁につかまって身体を支えた。ワードは保護用ヘルメットと救命胴衣を、待ち受けていた甲板員に投げた。それから、ノークエストのほうを向いて言った。「艦長、差し支えなければ、すぐに仕事にかかりたい。戦闘指揮所に行き、現状を把握したいんだ」

「では、ただちにまいりましょう」ノークエストは言った。ハンガーデッキの前部左舷ハッチを抜け、通路へ出る。

ワードはあとに続いた。

広々として照明の落とされた戦闘指揮所には、粛々と務めを果たす男たちの息遣いが感じられ、どこか安心を覚えた。ずらりと並んだコンピュータやスクリーンの光が、無数の点や線や文字を描きだし、未来的な光景を現出している。スクリーンの前の水兵がそれらを分析し、あるいは忙しく駆けまわっている者もいる。声をひそめた会話。室内の静けさには、プロとしての確かな自信と誇りが漂っていた。

戦闘指揮所に着いてから二時間、ジョン・ワードは戦闘指揮官席に就いていた。イージス巡洋艦のUSS〈アンツィオ〉は、絶え間なく縦揺れと横揺れを繰り返しながら、ヘブリディーズ諸島の北の時化《しけ》た海を航行している。戦闘指揮所の誰一人として、揺れを気にする者はいない。

ワードはすでにイージス艦の複雑きわまる戦闘指揮システムに順応していた。彼の前には、隔壁の上に巨大な三台の液晶パネルディスプレイが並んでおり、ここにはアメリカ軍が入手しうるあらゆる情報が映し出される。これらはすべて、ワードの右手の下にあるトラックボール（ボールを指で回転させて画面上のカーソルを動かす装置）で操作できる。三台のスクリーンだけでは足りない場合に備え、一五インチのディスプレイもデスクコンソールの両側に据えつけられていた。左手の真上にはスイッチが並んでおり、二四もの音声回路を聴くことができた。のみならず、両耳で別々の回路を聴き、三番目の回路で通話することも可能だ。

情報過多だとワードは思った。

それでもなお、この場所がこの作戦の指揮を執るのに最適であることに疑いの余地はない。たとえ潜水艦を率いて第一線に出ることがかなわなくても、洋上には出られるのであり、情報収集して部下を統率するのに、このイージス艦の戦闘指揮所は最高の場所だ。ノーフォークで司令部の建物にこもっているより、はるかにいい。

「准将、〈トレド〉から通信です」当直士官の声で、ワードは我に返った。「救急搬送が必要とのことです。乗組員に重篤な内臓疾患の急病人が出ています。胆嚢が壊疽《えそ》を起こしている可能性がありますが、衛生下士官にも断言はできないそうです。艦長の報告では、最大速力でアイスランドに向かっているとのことです」

ワードはうなずき、黄色の紙片を受け取った。報告の文面を読む。当直士官が言ったとおりの内容だ。ジョー・グラスの艦の主任操舵手が重篤な症状で、病院に搬送されるまでもつかどうかわからない、と。症状がそれほど深刻でなければ、グラスとしては寄り道を避けたかっただろう。

「〈トレド〉の現在位置は？」ワードが訊いた。「位置記入している者はいるか？」

「センタースクリーンに表示しました。コンタクトＳ１８７、小さな青い印です」

ワードはポインターをその場所へ動かした。アイスランド沖まで、優に四〇〇マイルはある。

「ASDVを搭載していたら、最低八時間はかかるぞ。ケフラビーク空軍基地に電話をつないでくれ」

「六番のボタンです」当直士官が言った。「現地に駐在しているイギリス海空救助ユニットの部長が、准将といつでもお話しできるよう待機しています」

ワードはかすかにウィンクしながらうなずき、ボタンを押した。ここの乗組員はなかなか優秀だ。

キャサリン・ゴールドマンは椅子にもたれ、鼻梁を揉んでから、手元のメモを見なおした。外界では太陽が、ハドソン川の対岸にあるオプティマルクス本社ビルの陰に沈みつつあるが、彼女はほとんど気づかなかった。これまでの二十四時間、彼女はオプティマルクスのシステムのコードを丹念に調べ、その甲斐あって、複雑なジグソーパズルができあがりつつあった。全体像はうんざりしそうなほど明確だ。

ようやく腑に落ちた。またもや、彼女の直感が正しいことが証明されたのだ。解明できたことはうれしかったが、これほど時間がかかったことで彼女は自分を責めた。

その鍵は、空売りにあることが証明された。ウォール街独特の慣習で、トレーダーが所有していない株や証券を売ることを認めたものだ。彼らはいわば、その株を借りるのである。トレーダーは値下がりすると見越した株を〝空売り〟する。そして後日、もっと安い値段でその株を買い取り、借りた分を返して、差益を懐に入れるのだ。

オプティマルクスのシステムにこのコードを忍びこませた人間は、空売りの規制に抵触しないよう、相当な時間と才能を注ぎこんだにちがいない。一九二九年、ウォール街で空売りを認めたときにはなんの規制もなかったため、節操のないトレーダーが際限なく株価を下落させ、パニックの広がりをもたらした。暴落騒ぎのなかで、彼らは巨額の利ざやを稼いでいたのである。それ以来、そうした市場操作を防ぐ規制が導入され、通信技術の発達により取引が瞬時に行なわれるようになった現在、空売り規制はとりわけ重要性を増している。現在のウォール街で、空売りによるパニックが起こったら破滅的な結果をもたらすだろう。マーケットそのものの崩壊にさえつながりかねない。

キャサリン・ゴールドマンはすっかりぬるくなったボトル入りの水をがぶ飲みした。この込み入った計画を作り出した人間には、いささか賛嘆の念すら覚える。この計画には明らかに巨額の金がからんでいた。ゴールドマンがその計略に感づいたと思った彼らが、刺客を彼女に差し向けたとしてもなんら不思議ではない。このような計略を仕掛け、実行するだけの人々は、多くのものをこの計画に賭けている。相当な権力の持ち主であることは想像に難くないし、必要とあらば実力行使もためらわないだろう。

ゴールドマンは狭いホテルの客室をそわそわと歩きまわった。いまでもタバコを吸っていたらよかったのに、と思う。タバコは考えごとを促してくれるだろう。彼女は部屋のミニバーから六ドルもするスニッカーズを掴み取り、ぼんやり噛みながら、次に取るべき行動を考えた。

大きな決断を下さなければならない。この情報をいかに使うか、選択を誤ってはならないのだ。SECのアルステア・マクレイン局長に話すべきか、それとも直属の上司であるスタン・ミラー局長代理に話すべきか。あるいはニューヨーク証券取引所のチャック・グルーバーに打ち明けるという方法もある。彼女はグルーバーを信頼していた。

コンピュータの前の椅子に座り、青と白のスクリーンをじっと見つめる。

マクレインは論外だ。彼女を黙らせ、ジャマイカに飛ばすことにしたのは、つまるところあの男だ。ゴールドマンはいまなお、SEC市場規制局の局長が、そんな恥知らずな計略に一枚噛んでいるのかどうか推し量ることはできなかったが、どうも臭い。できることなら、彼に話すリスクは冒したくなかった。

チャック・グルーバーもまた、いいアイディアとは思えない。少なくともいまのところは。長年の友人を危険にさらしたくないという気持ちもあった。それに現時点で、グルーバーができることはほとんどない。

となると、残るのはスタン・ミラーだ。

もうワシントンDCでの業務時間はとっくに終わっており、スタンは長々とオフィスで残業するようなタイプではない。いまごろはジョージタウンのお気に入りのバーに入り、火に群がる蛾のようにDCに集まってくるインターンの一人とねんごろになるチャンスをうかがっているだろう。ミラーはマクリーンのどこかに住んでおり、妻子がいたが、夜な夜なバーで女遊びをしている噂はオフィスでもささやかれていた。

それでも打ち明けるとしたら、ミラーがいちばんだろう。プレイボーイの悪名はあっても、仕事ぶりは公正な人間に思われた。

ゴールドマンは一瞬ためらい、スニッカーズの包み紙を乱れたベッドに放って、もう一度頭のなかで選択肢を確かめてから、受話器を取り、スタン・ミラーの携帯電話を呼び出した。

マリーナ・ノソヴィツカヤはバーで人混みをかき分け、男たちの視線を平然と無視した。そうした視線に慣れている女にしかできないあしらいかたで。ミッドタウンの仕事帰りの群衆が目のまわるような一日の疲れを癒し、アイリッシュビールをしこたま飲んで、実業界の中心で得られたささやかな成果を祝い、あるいは憂さを晴らす。彼女は目のとろんとした中年男たちのみだらな視線をはねつけ、煙がもうもうと立ちこめる店内を歩いた。いつものことだ。

店内の奥の一隅に、おなじみの顔ぶれを見つけた。三人のロシアマフィア構成員が立ち上がり、笑みを浮かべて彼女を歓迎し、頭を下げて、その手に口づけする。マリーナは勧められた椅子に座り、スマートな灰色のスーツのスカートを慎み深く整えて、長く形のよい脚を隠した。男たちの誰一人として、彼女の肉体に欲望の視線を注ぐ者はいなかった。彼らはお気に入りの姪を迎える伯父同然なのだ。白ワインの冷えたグラスが彼女を待っており、水滴がグラスの脚を伝ってテーブルを濡らす。

ノソヴィツカヤは笑みを浮かべ、海千山千の犯罪者たちが彼女のご機嫌をうかがっているのを見て悦に入った。顔をほころばせ、あるいは身体のどこかをちらりと見せるだけで、男たちを意のままに操れるのは、えもいわれぬ快感だ。彼女に負けず劣らず強い伯父を持つのも。

ひとしきり挨拶が終わると、ニコライ・ブジュノヴィチが最初に口をひらいた。

「マリーナ、ボリス伯父さんがよろしくと言っていた。きみが故郷に帰ってくるのを心待ちにしていると」

ノソヴィツカヤはワインを口にし、グラスを置いてから返事をした。「ええ、ボリス伯父さんはきっと楽しみでしょうね。でもわたしは、ニューヨークシティをとても楽しんでいるわ。わたしたちが言い聞かされているほど、アメリカは悪いところじゃないわよ、ニコライ。わたし、できればこっちにいたいわ。この街の男たちはみんな楽しくて、とてもセクシーなの。それに、こっちにいれば引きつづき、伯父のビジネスの役にも立てるしね」

ブジュノヴィチは彼女の辛辣な言葉を聞き流すことにした。目の前の黒ビールをひと口飲む。それからノソヴィッカヤを見据え、全員の心にかかっている話題に入った。「マリーナ、オプティマルクス社のシステムの計画について話があるんだ。きみの報告によれば、SECの監査官が殺されそうになったらしいね。そのことで、モスクワは大いに驚いている。この重要な時期にそうした行動を許していたら、計画そのものの成否にかかわるのだ。この点に関して、きみが知っていることはないか？」

ノソヴィッカヤはしばし考え、ややあって口をひらいた。「あの会社の幹部はまるっきり信用できないわ。とくに、CEOと技師長は。CEOのスミスは気取ったちびのイギリス人でね。高い服を着て威張りくさって、いかにも偉そうなの。誰に対してもふんぞり返っているわ。監査官を殺そうなんてばかみたいなことを考えたとしても、おかしくないでしょうね」

彼女はワインを味わった。「もう一人、怪しいのはアンドレッティね。でぶでだらしなくて、あんなにむかつく男は初めてだわ。自分では天才だと思ってるみたいだけど、天才らしいところを見たことがないの。たいがい、昼までには酔っぱらっているわ。まずは、この二人から始めるのがいいんじゃないかしら。いつも部屋の扉を閉めて、何やらこそこそ話しているから、なんらかの陰謀にかかわっているのはまちがいないでしょうね。そうよ、仕掛けたのはこのどっちかか、あるいは両方だわ」

ミハイル・ジコイツキーは低くうなり、目をすがめて顎を引きしめた。マフィアの人間に囲まれて育ったマリーナ・ノソヴィツカヤでさえ、この男の表情には身震いした。

「まず、でぶの豚野郎のほうから攻めよう。ちょっと締め上げて、吐かせてやるさ。俺たちの計画を脅かすやつが誰なのか、すぐにわかるだろう。犯人は抹殺するまでだ」


凍土に伏せていたビル・ビーマンはヒメカンバの陰から、貨物列車が急勾配を上り、雪煙をあげてこっちへ驀進してくるのを見ていた。年代物のディーゼル機関車は貨物の重さに耐えかねているうえ、積もった雪も跳ね飛ばさなければならない。機関車はあえぐように車体をきしませ、疲れ切っているように見えた。長い無蓋車の列が眼下の鉄橋まで続き、積み荷のエンジンの背後から油管が何本も高く突き出している。

錆びついたディーゼル機関車が勾配を上りきり、尾根のカーブを曲がって視界から消えた。その瞬間ビーマンは、土手に伏せて隠れていたジョンストンに、線路へ近づくよう手で合図した。ほかの隊員たちは一〇メートルおきに隠れて、急勾配を這い上がってくる。

貨物列車の乗務員に見とがめられる心配がなくなったところで、SEALの上等兵曹は立ち上がり、隠れていた場所から駆け出して、通りすぎる無蓋車の短い梯子につかまった。荷台に登り、すぐ後ろを走ってきたダンコフスキーに手を伸ばす。カントレルも車両に這い登り、ブロートンが続いた。

マルティネッリは隠れていたヒメカンバに足を取られたが、さっと手を伸ばして梯子を摑んだ。カントレルが手を貸し、彼を引き上げる。追ってきたホールも、無蓋車に飛びついて登った。

ビーマンは部下全員が乗りこむのを見届けた。しんがりは彼だ。隠れ場所から起き上がり、平坦な場所を走り抜ける。大半の貨車が勾配を上りきったところで、列車は速度を増しつつあった。重装備のビーマンは、全速力で追いついて梯子を摑もうとした。

梯子がすぐ目の前にある。彼は手を伸ばし、いちばん下の段に飛びつこうとした。

しかし勢いをつけて飛ぼうとしたとき、足元の石が崩れたのを見ていなかった。ビーマンは石に足を取られ、よろけた。その場所からわずか数インチのところで、重厚な鉄の車輪がきしむ。ビーマンはかろうじて摑んだ梯子を放すまいとした。ここで手を離したら、車輪の下敷きになってしまう。

そのとき誰かの手が伸び、大柄なＳＥＡＬ部隊長の襟を摑んで、すさまじい腕力で安全な場所へ引き上げた。

ビーマンは貨車の荷台へ転がり、息をあえがせた。それは全速力で走ってきた疲れよりも、間一髪で車輪の下敷きになるところだった緊張によるものだ。彼はＳＥＡＬのホール通信士官に大きくうなずいて礼を言った。ホールは照れくさそうに手を振った。

「いいんですよ」彼はもごもごと言った。

「おかげで危ないところを助かった」ビーマンは言った。

「上等兵曹に、どうして部隊長を見殺しにしたんだと訊かれたら、申しひらきのしようがないじゃないですか」ホールはうなるように言い、それからほかの隊員に混じって、揺れる無蓋車の突き出た配管のあいだに荷物や装備を置いた。

ジョー・グラスは揺れる海面で身体を支えた。氷のような飛沫がセイルの上端に降りかかる。どぎついオレンジ色の防水耐寒服がなければ、全身ずぶ濡れになり、凍傷を起こしているところだ。この服のおかげで、そうなることは免れている。それでも芯まで冷える寒さで、あたりは漆黒の闇に包まれ、五〇フィート先の〈トレド〉の艦首が見えない。

救助要請のメッセージを出してから、十六時間が経過している。彼らはノルウェー海を横断し、アイスランドの沖合一二マイルの地点まで来た。ドクはオシュリーの容態を安定させるためあらゆる手を尽くしてきたが、主任操舵手を救うには、病院に搬送するよりほかになかった。

グラスとダグ・オマリー機関長は艦橋のコクピットで震えながら立っていた。鋼鉄製の縁材は、荒々しい波をよける役には立たず、骨まで沁みる寒さも防いでくれない。足下のハッチは閉められ、発令所に冷たい海水が流れこむのを防いでいる。嵐が吹き荒れる海面にいるのは二人だけで、暖かい艦内との接点はか細いマイクだけだ。

これほど荒れた海でどうやって救急搬送ができるのか、グラスには想像がつかなかった。暗い灰色の波が〈トレド〉を木っ端さながらにもてあそび、潜水艦は荒々しい大海原で揺れるばかりだ。これでは主甲板に健康な乗組員を降ろし、水上艦に移乗させるのだって無理だろう。唯一可能だとすれば、危険を冒してセイル上部からストレッチャーをヘリに引き上げる方法だ。ただしそれも、こんな嵐の夜にヘリがこちらを見つけてくればの話だが。

とはいえ、いまさら中止にするわけにはいかない。デニス・オシュリーは激しい苦痛にさいなまれ、ハッチの下の床に寝かされて、生きようとあがいている。彼らがしてやれるのは、ドクの鎮痛剤で痛みをやわらげてやることぐらいだ。今夜救助活動を敢行しなかったら、オシュリーは翌朝までもたないかもしれない。

ジョー・グラス艦長が決断を下すときだった。大勢の部下とヘリコプター乗員の生命、ひいては最重要な任務そのものも危険にさらしてまで、この荒天でたった一人の水兵を救急搬送すべきなのだろうか。あるいは搬送を中止し、ノルウェーまで応急処置でしのぐべきか。その場合、オシュリーの生存は保証できなかった。

グラスは防水耐寒用のマスクの陰で、疲れた笑みを浮かべ、かぶりを振った。こういうときのために、わたしは艦長手当をもらっているのか。つらい決断を下す代価に。

そのときスーパーピューマ・ヘリコプターが、左舷側から一〇〇ヤードの地点に、垂れこめた雲のあいだから姿を現わした。暗闇に包まれた海でサーチライトを照射して〈トレド〉を捜している。オマリーはグラスの肩をたたき、喜び勇んでヘリを指さしながら、風の咆哮に負けじと叫んだ。「艦長、あれです!」折からの烈風でその言葉は聞こえなかったが、グラスには彼の言葉がわかった。

ひときわ高い波が沸き起こり、セイルの真上から彼らに襲いかかって、氷のように冷たい海水でコクピットをずぶ濡れにする。逆巻く怒濤にも、二人の男たちは動じずに立ちつづけた。

「目が覚める」グラスはそっけない口調で言った。

「ええ、目が覚めますね」オマリーは破顔して叫び返した。

救助ヘリとの交信用の携帯無線機が音をたてた。イギリスのアクセントだとすぐにわかった。

「AS6、こちらはR5Bだ。移送準備はできたか、ヤンキー?」

グラスは無線機を摑み、コクピットの陰でうなりを上げる強風をよけようとした。通話ボタンを押して叫ぶ。「海面はひどく荒れている! どう思う?」

「まあ、多少荒れているがね」イギリス人パイロットは言った。「やってみるしかないだろう、そう思わないか?」

グラスはにやりとした。多少荒れているどころではない。しかし、彼の言うとおりだ。この嵐の夜に会合しておいて、一刻も早い治療を必要としている人間を搬送しないのであれば、最初からやる意味がない。

「了解した!」グラスは無線機に向かってがなった。「風上に向かって針路〇一五を維持。速力五ノット。一五度から二〇度の傾斜」

「了解。これより降下する。上空五〇フィートでホバリングし、そちらの準備ができ次第バスケットを下ろす」

「ハッチをひらき、オシュリーを引き上げろ」グラスはオマリーに向かって叫んだ。「ヘリに吊り上げるまで、時間はわずかしかない」

機関長はうなずき、マイクを使って艦内に伝えた。乗降用ハッチが音をたててひらき、ワリッチ最先任下士官が顔を突き出す。ワリッチはオマリーに、透明なプレキシガラスの接地棒を渡した。羊飼いの杖を短くしたようにも見えるが、銅芯が入っており、頭上でホバリングするヘリコプターが起こす高い静電気を逃がすためのものだ。ヘリから降ろされたケーブルに、この接地棒を使わずに直接手を触れると、強く感電することがある。

最先任下士官はハッチに昇り、かがみこんで、オシュリーを寝かせたストレッチャーをコクピットに運び上げた。ドク・ハリデーが梯子の少し下に立ち、ストレッチャーと患者を見守っている。主任操舵手は幸い、鎮痛剤で眠っており、周囲で荒れ狂う嵐には気づいていない。梯子の下ではビル・ドゥーリーがストレッチャーを押し上げ、友人を支え、気遣っている。

ブライアン・エドワーズ副長は梯子の最下段から一部始終を見守り、乗降用トランクで操艦要員と連携を取っている。頭上でヘリコプターがホバリングしているため、潜望鏡は格納されていた。これはすなわち、発令所の乗組員には外界の様子が見えないことを意味する。副長がその場に立ってヘリを見ながら、移送がスムーズに運ぶように手を尽くしているのだ。

スーパーピューマは激しく波に揺れる潜水艦の上空でホバリングを続けていた。グラス艦長が見ている前で、救助隊長がヘリの横から身を乗り出し、ケーブルを下ろす。オマリーが接地棒の鉤になった部分でケーブルを引っかけようとするが、激しい風に翻弄されて吹き飛ばされてしまい、なかなか届かない。ケーブルは一度目の前を通りすぎ、オマリーはもう一度手を伸ばした。それでもうまくいかない。何度試してもだめだった。オマリーはいま一度、必死に手を伸ばしたが、今度はすんでのところで逆巻く海に転落するところだった。

ジョー・グラスが彼の防水防寒服をしっかりと摑み、抱えた。グラスを振り向いたオマリーの目には涙が浮かんでいた。

「ダグ、しかたがない」グラスは叫んだ。「風が強すぎるし、条件が悪すぎる。このまま続けてもだめだ」

オマリーが抗弁しようと口をひらきかけたところで、無線がふたたび音をたてた。

「ヤンキー、手を貸そう。セイルから水面に届くロープはあるか？」

グラスは無線を摑んで答えた。「あるぞ！　取りに行くまで二、三分かかる。ちょっと待ってくれ」

「お安い御用だ」パイロットが答えた。「士官食堂のハッピーアワーはもう過ぎているだろう」

エドワーズは発令所のレシーバーでそのやり取りを聞いていたので、すでにドゥーリーを魚雷室にやって、ロープを取りに行かせていた。ドゥーリーが戻ってくると、彼らはロープを艦橋コクピットのグラスに渡し、グラスはその端を艦外に放り投げた。ロープが〈トレド〉のセイルからぶら下がると、彼は操艦系統（7MC）のマイクを摑んで艦内に命じた。「機関停止。舷側に索具を取りつけ、艦橋から操艦する」ヘリから水中に飛びこむダイバーのために、〈トレド〉は速力を落とす必要があった。しかし艦がどれほど減速しても、水面のダイバーを追い越してしまう懸念がある。そのうえ、ロープをスクリューにからめてしまう危険は冒せなかった。艦外からうまく操艦すれば、ロープの場所を風下に保ち、潜水艦そのものを盾にして、暴風や波濤からいささかでもダイバーを守れるかもしれない。

スーパーピューマは海面から五〇フィート上空、潜水艦から五〇ヤードの地点でホバリングを続けた。グラスとオマリーが見ている前で、黒いウェットスーツに身を固めたダイバーがヘリコプターの開いた扉から姿を現わした。そして、そのまま黒く冷たい水面に飛びこんだ。ダイバーはいとも簡単そうに、距離こそ短いものの荒れ狂う海を潜水艦まで泳ぎ着き、ロープを摑んだ。両手でロープをたぐり、まるでYMCAのプールの梯子でも昇るように、やすやすと舷側を登ってきた。

オマリーは感嘆の声をあげた。「こいつはたまげた。水温はマイナス二度ですよ。しかもここは陸地から一二マイル沖合で真っ暗だ。俺にはとてもまねできません」

「あの男は、これより苛酷な状況をくぐり抜けてきたにちがいない」グラスは答えた。

「イギリス空軍特殊部隊（SAS）の隊員だ。SEALに対するイギリスの回答だよ。SASのほうがよりタフだと言う者もいるだろう。しかしわたしはSEALの名誉のため、それには賛同しない」

瞬く間に、ダイバーは艦橋コクピットのグラスのかたわらに立った。

「こんにちは、ヤンキー」SASの男はグラスに、ビニール袋の包みを渡した。「けさの《デイリー・ミラー》だ。三面は楽しいと思うよ」《ミラー》はきわどい服を着た美女が、毎日ページの内側に載っていることで世界的に有名だ。「朝食前に配達できなかったことはお詫びする」

SASのダイバーはベルトに手を伸ばし、上空のヘリコプターとつながっている軽いひもを取り外した。そのひもをオマリーに渡しながら、彼は言った。「このひもを引きながら、ケーブルをたぐり寄せるんだ。うまくいくよ、ブリストル流だ」

オマリーはひもを引き、下りてくるケーブルに手を伸ばして、フックで引っかけた。ものの数十秒で、オシュリーのストレッチャーはしっかりと結びつけられた。ダイバーはひもを掴み、ハーネスのDリングにつなげて、ヘリコプターのパイロットに合図した。ストレッチャーとダイバーはするすると空中に上がり、ヘリに収容された。

その数分後、ヘリコプターは機首を下げながら方向転換し、雲と暗闇のなかへ消えていった。

オマリーとワリッチは数分がかりで索具を回収し、潜水艦は波間に消えて、本来の任務に戻るべく、謎が待ち受けるロシアへ向かった。

グラスは発令所に戻りながら、かぶりを振っていた。あのまじめ一徹な若い主任操舵手、デニス・オシュリーとは、ついに世間話をする機会がなかった。

22

アレクサンドル・ドゥロフ提督は、ボリス・メディコフが差し出した暗い琥珀色のブランデーグラスを受け取った。二人は窓際に並んで立ち、モスクワの摩天楼を眺めている。

「美しい眺めではありませんか？　下界の汚れを忘れてしまいそうになりますよ」

ドゥロフは低くうなった。「景色を楽しんでいる暇などない、メディコフ。いまは仕事をすべきときだ。クレムリンの能なしどもでさえ、窓の景色を見てぼうっとしているわけではない」ブランデーをすする。「もっとも、やつらがそうしてくれていたほうが、この国はいまよりはるかにましだろうが」

室内の片隅で、テレビの音が響いている。国会《ドゥーマ》でどこかの無名の政治家が演壇に立ち、怒りで顔を朱に染めて、極悪非道なアメリカ人へ断固たる行動を起こすようスミトロフ大統領に詰め寄っている。さらにその政治家は、ロシア政府が公式の非難声明を出して、アメリカが自らの過ちを認めて下手人どもを軍事裁判にかけないかぎり、外交関係を断絶するよう迫っていた。アメリカが応じなければ、戦争も辞すべきではない、と。カメラが映し出したスミトロフ大統領は、無表情に座り、大統領席でかすんでいる。彼は激昂する演説者を見ようともせず、書類に目を落としたままだ。

「緊張は高まっている」ドゥロフは笑みとも受け取れる表情を浮かべてつぶやいた。「われらが指導者はいよいよ馬脚を露《あらわ》したようだ。たいがいは、さえない青ざめた表情をしている」

メディコフはうなずき、身を翻して、暖炉の前のソファに近づいた。はぜる薪の音を聞きながら、心地よく暖まっていられる場所だ。このマフィアのボスには、革命をめぐる論争などてんで興味がなかった。ドゥロフとその取り巻きがかつて存在したと思いこんでいる、時代遅れで理想主義的な生きかたを取り戻したいのなら勝手にすればいい。メディコフとその一派がめざすところはただひとつ、利益だ。大動乱からは巨額の金が生み出されるが、その恩恵にあずかるには迅速かつ果断な行動が必要だ。

メディコフはブランデーグラスをテーブルの隅に置き、ソファの高級なクッションに身をうずめた。ドゥロフは布張りをした椅子に座り、脚を組んで、あつらえた軍服のスラックスの皺を直した。この贅沢で頽廃的なペントハウスは、提督には居心地が悪かった。彼の計画がこのようなライフスタイルの人間を手助けしているのは、あるべき姿ではないように思える。ドゥロフはこの国を世界秩序のなかで正当な位置に戻すためだと考え、自らを慰めた。ロシアを超大国として復権させるためには、メディコフのような手合いとうまくつきあうことも必要だ。こうした輩にいつまでも好き放題に略奪させるつもりはないが、それはあとからでも手を付けられる。

メディコフは凝った装飾の葉巻入れを開け、自分が吸う前にドゥロフに勧めた。「試しに一本吸ってみてください、提督。われわれの古くからの同志が、ハバナで作った最高級品です。ぜひお勧めします。処女のキスよりもかぐわしい味わいですよ」

メディコフは取り澄ましたように口をすぼめ、葉巻入れを提督に差し出したが、ドゥロフはかたくなに首を振った。

「いやいや、ボリス、やめておこう。そうした贅沢は、わたしのような老いた船乗りの好みには合わん。計画の進捗状況を話してくれ」

「だったらいいでしょう」メディコフは小さくうなずいた。それから、お気に入りの葉巻を吸う儀式に耽った。金の鋏で片端を切り、火をつけたろうそくに近づけて、煙を吸いこむ。そして満足げにソファにもたれ、つんとした甘い香りの煙を立ち昇らせた。

ドゥロフは煙に目をすがめて咳払いした。「きみが準備万端整っているのなら、ロシアを救う計画をもっと話し合おうじゃないか」

メディコフの顔がこわばり、暗い目に怒りの炎がよぎった。しかし彼はそれをこらえ、提督に顔を近づけた。片手の葉巻をポインターのように使い、ドゥロフを指す。「もちろんです、提督。おっしゃるとおり、われわれは歩調を合わせる必要があります」葉巻を吸い、まん丸の輪を吐いて、豪華な天井にゆっくり昇る煙を見る。「こちらでやると言ったことは、きちんとやりますよ。ニューヨークでの協力者からの報告によると、オプティマルクスのプロジェクトは準備が完了したということです。今週の終わりには導入できそうですよ。アメリカの金融システムを破壊して利益を得られるまでには、一週間はかかりますす。われわれの行動は傲慢なアメリカの資本主義システムをものの二、三日で頓挫させるでしょう」

ドゥロフは天井に向かう煙の輪を見ながら、目に焦がれるような表情を浮かべた。「だったら、革命のときは迫っているということだな。今晩、わたしの潜水艦部隊の第一陣を出航させる。今週中に彼らは配置に就き、ミサイル発射態勢を整える。それから数日以内に、われわれも配置に就かなければならない。長引けばそれだけ、発見されて疑惑を招くリスクが大きくなる」

メディコフはうなずき、手で葉巻を振った。純白の絨毯に灰が落ちても、気にするそぶりも見せない。「全体的な戦略は、提督と支持者のみなさんにおまかせします。しかし、ひとつ気になることがあるのです。ご承知のように、わたしはモスクワの快適な暮らしがとても気に入っています。まさか核ミサイルでこの街を破壊するようなことはしないでしょうね?」

ドゥロフは歯をむき出し、薄笑いを浮かべた。その表情には獲物を睨む猛獣のような邪悪さがあった。ぞっとするような冷酷なまなざしだ。「恐ろしいことを訊いてくれるじゃないか？　だがわたしが嘘をついたとして、きみにどうしてそのことがわかる？　破壊することはないと言いながら、嘘をつくことも可能だ。破壊すると言って、やっぱり嘘をつくこともある」

メディコフは葉巻を吸いながら、青い煙を立ち昇らせて答えた。「それじゃあ答えになっていませんよ。本当のことを言ってくれれば、わたしもそれに沿って行動できるんです」

ドゥロフの声は平板で、抑揚がなかった。「きみはいま、わが国の偉大なる指導者、スミトロフ大統領と同様の問題に直面しているのだ。わたしが大統領にすべての真実を語らないように、きみにも何もかも打ち明けるわけではない。答えはイエスかもしれないし、ノーかもしれない。それはきみの判断だ。幸運はきみの味方かね？」

「提督、大統領とわたしはちがいます。あなたとわたしは、革命を起こそうとしている同志じゃないですか」

「右手でさえ、左手のことをすべて知っているわけではない」ドゥロフは言い、立ち上がって大きな窓のそばへ戻った。

メディコフはやれやれという顔で天井を見上げた。

キューバの葉巻の煙が凶兆のように、部屋の片隅に集まっている。それは暗く陰鬱な雷雲さながらだった。

トム・ドネガン大将にとって、よい一日ではなかった。国家安全保障問題担当大統領補佐官のサミュエル・キノウィッツ博士は、前日の昼から十回以上も電話をかけてきて、その間ずっと不機嫌だった。太陽がふたたび地平線に沈むころになっても、ドネガンは政権首脳部を満足させられるような答えを思いつくことができなかった。

ブラウン大統領は窮地に立たされており、サミュエル・キノウィッツはそれを救い出すのが仕事なのだ。あいにくドネガンが彼らを喜ばせるには、コラ半島に潜入させたSEAL隊員のことに触れないわけにはいかず、そんなことをしたら隊員の身の安全を危険にさらしてしまう。任務終了後のSEAL隊員を救出する使命を帯びた潜水艦についても、よけいなことを言うわけにはいかなかった。政権側の人間はみな、ドネガンが大統領や上官にさえ、部下の生命をいささかでも危地に置くような情報を漏らすことができないのを承知している。そうした情報がメディアに流出する危険は無視できなかった。

それでもなお、ブラウンとキノウィッツは嵐から抜け出さなければならない。そしてドネガンがその矢面に立つというわけだ。

机の電話がけたたましく鳴った。電話の音までがさらに怒り、いらだっているように聞こえる。どうせまたキノウィッツだろう。何度訊かれても返事は同じだった。「話せるようになったら、すべてお話ししますから」

無視しようとしたが、取り合わないわけにもいかない。ドネガンはしかたなく受話器を取った。しかしそれは副官からで、外線電話の取り次ぎだった。

「大将、ワード准将から、インマルサットの秘話回線でお電話です」若い大尉は言った。

「ドネガン大将とお話ししたがっています」

ああ、俺も話したかったぞ、とドネガンは思った。

点滅しているボタンを押すと、暗号化された衛星電話の信号音が聞こえた。ドネガンは笑み混じりに、受話器の向こうで巡洋艦の作戦指揮官席に座っているジョン・ワードの姿を想像した。ドネガンのなかでは、ワードはいつだって息子同然であり、ドネガン宅の裏庭で大きくなった痩せぎすの少年なのだ。ジョン・ワードの父親もまた海軍軍人だったが、非業の死を遂げ、ドネガンが父親代わりになって育ててきた。ワードの父親は、大学以来ドネガンの親友だったのだ。ドネガンのまぶたからは、あのとき勇敢に悲しみに耐えていたワード少年の面影がいつまでも離れない。家族同然に歳月を過ごしてきたワードが、重大事に直面するとドネガンに相談するのはごく自然なことだった。

ドネガンは秘話回線の空虚なこだまを聞き、ため息をついた。あれはもうずいぶん昔のことだ。いまのジョン・ワードは准将として、潜水艦隊の指揮を執っている。いまはノルウェー海のどこかで、現代戦で最も重要になるであろう作戦を統率しているのだ。

「どうした、ジョン？」ドネガンは開口一番、受話器に向かって言った。「そっちの状況は？」

受話器の向こうから、乾いた笑い声が聞こえてきた。「そちらこそご機嫌麗《うるわ》しくて何よりです、大将。わたしの健康を気遣っていただけるとはうれしいですね」ドネガンが世間話をいっさいできないことは、二人のあいだでいつもジョークのネタなのだ。「あの悪天候を考えると、救急搬送は大変うまくいきました。急病にかかった乗組員はケフラビークの病院に搬送されました。診察にあたった医師によると、きわどいタイミングだったようです。あと一時間遅れていたら、命を落としていたかもしれないということでした」

「それはよかった。間に合って何よりだ。グラスと〈トレド〉のその後の状況は？」

「本来のコースを逸れたことで、十時間の遅れが生じています。この遅れを取り戻せる可能性は低いでしょう。ノース岬を全速力でまわるのは危険であり、探知されずに長時間潜航できるかどうかも不安です。わたしの考えでは、敵味方問わず、誰もがちょっとしたことに過敏に反応する危険性があります。ビーマンからはまだ連絡がありませんが、今度連絡が来るときに、〈トレド〉の遅れを伝えるつもりです」

「わかった。政治でも外交でも事態は緊迫している、ジョン。こんな情勢はいままでに見たことがない。ロシアには憤激が渦巻いており、彼らに同情する者も後を絶たない。キノウィッツの話によると、スミトロフは事態を鎮静化しようと躍起になっているが、われわれが提供したささやかな情報以外に持ち合わせがなく、国内を掌握できなくなる危険が現実味を帯びている。だが、ロシア国内で実際に何が起きているのか見きわめられないかぎり、われわれも下手に情報を提供するわけにいかない。クーデターの危機が迫っているという予測は伝えられるが、確たる証拠がなければ、スミトロフも簡単には信じないだろう」

ワードはうなった。「ゆゆしき事態ですね。どれひとつとして、いい徴候がありません。ロシア全土に核ミサイルの発射ボタンを押しかねない人間がいると思うと、まったく気が滅入りますよ。アンドロポフの話からすると、ドゥロフの計画が発動しているようにも思えます」

「わたしもそう思う。われわれに必要なのは実際に目で見た情報だ、ジョン。ドゥロフがやろうとしていることの手掛かりが摑めたら、スミトロフが機先を制することもできるはずだ。しかしいまは、ここに座って手をこまねき、ロシアの悪だくみをしているやつらが好き放題に罵るのを耐え忍ぶしかない。いまや同盟国までが――すでに味方と言える国は数少ないが――どうしてわれわれが罪を認めて罰を受けないのかと、声を大にして言っている始末だ。心配なのは、ブラウン大統領とその側近から、この際クーデターの脅威にはかまわず、ロシア側に謝罪してこれ以上の損失を食い止めるべきだという声が出てくることだ。ひょっとしたら、わが軍の潜水艦がロシア艦と誤って衝突したと認め、これ以上の関係悪化を避けようとまで言い出すかもしれん。連中はとにかく、世界各国と反米勢力にこれ以上の攻撃材料を与えたくないのだ」

「そんなことをさせてはなりませんよ、トム。もう少しで、現場の様子を直接確かめられるんです。ビーマンとその部下がポリャールヌイ基地に到達すれば、ドゥロフの悪だくみの動かぬ証拠が見つかるにちがいありません」

「そうだな、政権でのごたごたは当面心配するな。きみは自分のやるべきことに集中するんだ。現場であらゆる不測の事態に備えることだ、ジョン。ビーマンがなんらかの手がかりを得られるのを祈ろう」

「〈アンツィオ〉は北上しており、ベストフィヨルドの近くで待機します。SQQ‐89を使って、ちょっとした魚釣りをするつもりです」

SQQ‐89とは、〈トレド〉の曳航ソナーアレイの姉貴分だ。全長一マイルものアレイソナーをイージス艦の艦尾に伸ばし、潜水艦から発出されるきわめて低い周波数の音を探知する。慎重に運用すれば、潜水艦が別の潜水艦を探知するのと同様の威力を発揮する。

「ジョン、言うまでもないだろうが、きみがそっちにいてくれてうれしく思うぞ。息子よ、くれぐれも気をつけることだ」

ドネガンはワードの返事を待たずに受話器を置いた。

「父さん、ありがとう」ジョン・ワードは音声の途絶えた受話器に向かって言った。

ビル・ビーマンは山嶺から眼下を覗いていた。老朽化したディーゼル機関車がムルマンスク・フィヨルドの手前の最後の急勾配を上りきったところで、SEALの隊員たちは無蓋車から飛び降りたのだ。歩いて頂上まで登るのはさほど難しくなかったが、幹線道路を横断するところだけは用心した。彼らはこれまでより、文明社会にはるかに近づきつつあるのだ。道路は除雪が行き届き、大型トレーラーやその他の車両が猛スピードで行き交っている。二車線道路をチームの全員が見つからずに横断するには、一時間近くもかかった。

いま彼らが隠れている地点からわずか二キロ北に行けば、ポリャールヌイ潜水艦基地の施設だ。しかし、ここから基地まで行くのは月世界旅行に等しかった。潜水艦ドックには巨大な覆いがかかり、埠頭をすべて隠している。そして基地は何重もの防壁によって守られていた。周辺の道路はひんぱんにパトロールされている。ビーマンが物陰から見ていた一時間だけで、少なくとも八台のBTR-80兵員輸送車が道路を徐行していった。一台に最低一名以上の兵員の姿が見えた。

BTR-80の射撃手は道路の両側二〇〇メートルを射程に収める。一四・五ミリKPTV機関砲を使えば、戦車以外のあらゆるものを破壊でき、不用意に視界をよぎる不審者を認めたら、七・六二ミリ機関銃で瞬時に射殺できる。BTR-80は装甲車で、完全武装した七名の兵士を運べる。ただし、車内に武装兵士が何人乗っているかはわからない。兵員を満載していれば、たちどころに彼らが飛び出してきて一斉掃射し、標的の肉片すら残さないだろう。

ビーマンが隠れている場所と、境界フェンスのあいだにはむき出しの土が見えるが、除雪されており、身を隠す藪や石もない。ウサギでさえもここを通過するのは難しいだろう。匍匐前進しても、おそらく警報装置や監視カメラに引っかかるにちがいない。

ビーマンは目を細くしてよく見てみたが、通り抜けられる隙はなさそうだ。仮にあったとしても、その先までは進めないだろう。境界フェンスの向こう側には高さ四メートルの金網があり、上には蛇腹式鉄条網がくまなく張りめぐらされている。そこから十メートル内側には、さらに同じような金網があった。ビーマンがノーフォークで見たブリーフィング資料によると、金網のあいだには地雷が設置されているという。四隅には監視塔がそびえ、目を光らせている。金網をよじ登ろうとする者がいたら、ただちに射殺されるだろう。

ジョンストン上等兵曹がビーマンの隣によじ登ってきた。いままでは東側を検分していたのだ。

「ちくしょう、隊長」彼は口惜しそうに言った。「ここはフォートノックスより厳重に警備されています。うまくもぐりこめそうなアイディアがありますか？」

「『スター・トレック』のUSS〈エンタープライズ〉でも呼び出して、レーザー光線を撃ってもらおうか」SEAL部隊長はおかしくもなさそうな笑みを浮かべて言った。

ジョンストンもやはり、にこりともしない。

「翼をつけて飛び越えるのもいいですね」彼はむすっとして言った。上等兵曹の皮肉なユーモアのセンスは、まだかろうじて生きているようだ。

「上等兵曹、そもそもこれが楽なミッションだったら、海兵隊を送りこめば事足りたはずだ。どうにかして入りこむ方法を考えよう。それに、生還する方法も。まずはマルティネッリとホールが西側の検分から戻ってくるのを待とう。何か収穫を持ち帰ってくるかもしれない。小一時間ほどだろう」

「もしかしたら、花咲く森の道を見つけてくれるかもしれませんよ」ジョンストンは言ったが、相変わらず表情には笑いのかけらもなかった。

キャサリン・ゴールドマンのホテルの客室の窓からは、早朝の光に照らされた通りが見えた。あと数時間もすれば、散らかった部屋にも日光が入ってくるだろう。眼下ではウエストサイド・ハイウェイがのたくるように伸び、両方向に車が疾走している。大勢の人々がワールド・フィナンシャル・センターに入り、それぞれの職場へ急いでいる。ルームサービスの夕食の残りが、朝食の残りのトレイと並んで、小さな棚を占拠している。ベッドに散乱している紙は、昨夜の奮闘の跡だ。

ゴールドマンは鼻に皺を寄せた。そろそろ、部屋を掃除してもらわなければ。もう限界だ。食べ残しがにおいはじめている。気を散らされるのがいやで、この二日間、扉をメイドにノックされても一度も入れなかった。

ゴールドマンは深呼吸し、ベッドに腰を下ろして、よく覚えている番号を押し、呼び出し音を聞いた。また不在だろうか。用事で出かけているのかもしれない。あるいは休暇を取っているのか。

と、愛想のよい声が応答した。「証券取引委員会、市場規制局のスタン・ミラーです。ご用件はなんでしょう?」

彼女はふたたび深呼吸した。「もしもし、スタン。キャサリンです」

「キャサリンか! 元気そうで何よりだ」ミラー局長代理の声は陽気だ。「そろそろきみからのポストカードと、ジャマイカのラム酒のボトルでも届くころだと思っていたよ」

「スタン、正直に言いますと、飛行機には乗らなかったんです」

ミラーはすぐに返事した。「大丈夫だよ。どのみち短期間の派遣なんだ。次の便に乗ればいいさ。ジャマイカ側でも、きみが二日ほどパーティ通いしているんだろうと思っているよ。マクレインには黙っておこう。彼を怒らせる必要はない」

「飛行機には乗らないと思います。スタン、聞いてほしいことがあるんです。わたしがジャマイカ行きの飛行機に乗らなかったのは、意図的な行動です。オプティマルクスのシステムをもっと詳しく調べたかったんです。ここ二日間、ずっとコードを調べていました」

ゴールドマンは間を置き、相手の反応をうかがった。どんな反応でも。しかし、いかなる反応もなかった。長距離電話の低いブーンという音しか聞こえない。「おかしいと思った理由がわかりました。仕込んだ人間は、細工がばれないようかなり念入りに隠したんですね。空売り規制のルールに抵触しないように、コードをいじった跡がありました」

この知らせはミラー局長代理を驚愕させるにちがいないと思っていたが、返ってくるのは沈黙のみだ。ゴールドマンはなんらかの激しい反応を予期していた。これほど大胆不敵なやりかたで、取引システムを欺こうとした厚顔無恥な人間に対する怒りを。あるいは、彼女がそうした陰謀を暴き、取り返しがつかなくなる前に防いでくれたことへの感謝を。さもなければ、異動命令に従わなかったことへの譴責か。

ただ、沈黙という反応だけは予期していなかった。

「スタン、聞こえますか？　このシステムは腐敗しているんです！　誰かがまんまと入りこんだんですよ。こんなことがまかり通り、プログラムを改竄した人間がその処理を発動したら、市場全体がパニックに陥り、崩壊するかもしれません」

ミラーは咳払いし、ようやく口をひらいた。「なんということだ、キャサリン。聞こえているよ。きみの言葉はよく聞こえる。よくやってくれた。すばらしい成果だ。いいかい、これから指示することを、よく聞いてほしい。まず、きみがプログラムの改竄を暴いた箇所をすべてメールに書いて、送ってくれ。わたしの個人用のアドレスを使うんだ。アドレスは知っているかな？　よろしい。万一、SECでサーバーのメンテナンスをしている人間がまちがって読んだりしたら、パニックを引き起こす恐れがあるからね。すぐにタスクフォースを立ち上げて対策を協議しよう。心配無用だ。いいか、よく聞くんだ。きみの居場所を知らせて、そこから動かずに待っていてほしい。こんなことをした連中の背後に誰がいるにせよ……そいつらは本気にちがいない。言いたいことがわかるかね？　誰にもきみの姿を見られないことだ。そこにじっとしているんだ。そっちに警護の人間を送り、この騒ぎが終わるまで、きみを安全なところにかくまおう。わたしの言っていることがわかるかい、キャサリン？」

ゴールドマンは涙をこらえた。これでようやく、肩の力を抜くことができる。ここ数日、絶えざる緊張と真相究明のスリルに突き動かされてきた。そしていまは、安堵の念に圧倒されそうになっている。と同時に、骨の髄から恐ろしいほどの疲労感も覚えた。

スタンがわたしを信じてくれてよかった。吹けば飛ぶようなわたしの言葉に基づいて行動すると言ってくれて。

「電話を切ったらすぐに、メールを送ります。そのあとで、お許しいただければ、世界一長いシャワーを浴びると思いますが」

「ああ、それがいい。できるだけ早く、警護の者を送るよう手配する」

「ありがとうございます、スタン。局長代理なら信用できると思っていました」

証券取引所の入口の前にリムジンが停まると、カール・アンドレッティはやっとの思いで降りた。ここ最近は毎年車が小さくなり、降りづらくなっているように思える。運転手は彼が降りたドアを閉め、チップを待っていたが、何ももらえなかったので肥満した客に軽蔑のまなざしを向け、運転席に戻った。怒ったようにタイヤを鳴らし、縁石を離れていく。

アンドレッティは気にも留めなかった。歩道で立ち止まり、冷たい空気を吸っていると、目の前に魅力的な後ろ姿の若い女がいた。タイトなミニスカートをはき、目の前の建物に入っていく。アンドレッティは背後の縁石沿いに急停止する、もう一台のリムジンに気づかなかった。のみならず、二人の男が飛び出してきて自分の両側を挟んだことにも。彼は回転扉の前の短い階段を上がり、若い女についていった。

回転扉に飛びこみ、女と同じ仕切りのなかへ入ろうとした刹那、アンドレッティは両側から屈強な腕に摑まれ、後ろへ引きずられた。

「おい、なんのまねだ！　いったい……？」

左耳の後ろから、どすの効いた強い東欧訛りの声がした。「ミスター・アンドレッティ、黙って俺たちといっしょに来るんだ。さもなければ死ぬことになる」

次の瞬間、硬いものであばら骨を強打された。技師長の肥満した身体が恐怖にわななく。まさか、俺の身にこんなことが降りかかるとは。このカール・アンドレッティ様を脅せる人間などいるはずがない。俺には強力なコネがあるんだ。しかしこの二人は、そんなことにはおかまいなしのようだ。

右側からも、ほとんど同じような低いうなり声が聞こえてきた。「車に乗れ。ちょっとドライブしよう。俺たちとおまえで。ミスター・アンドレッティ、いいな。話がしたい」待ち受けているリムジンの後部座席に強引に乗せられ、頭を床に押しつけられる。二人組はすかさず両側から乗りこみ、ゆっくり走りだす車内で、アンドレッティの頭をそのまま押さえつけた。歩道で声をあげてくれる者は誰もいない。みんな自分たちのことで忙しく、彼が誘拐されたことに気づかないようだ。

アンドレッティはあらがい、起き上がろうとしたが、ちらりと目に入った二人の男の表情は、すぐにも彼を殺しかねなかった。「何をしやがる！　放せ。さもないとひどい目に遭うぞ。俺を誰だと思ってる。俺に手を出したら――」

リムジンがショッピング街を曲がって国道1号線に入り、西へ向かうころ、アンドレッティの顔は床のカーペットにめりこむぐらい強く押しつけられた。それで彼は口を閉じた。ニュージャージー高速道路を南下し、インターステート95号線との立体交差の手前で、リムジンは高速道路を降りて、じめじめした湿地帯を蛇行しながら横切った。

車はさびれた道路に入り、ごみがうずたかく積み上げられた一角で停まった。

後部ドアが開けられ、アンドレッティは床から引きずり出されて、車のボンネットにたたきつけられた。彼はわめき、文句を言おうとしたが、まがまがしいオートマチック拳銃を左の鼻孔に強く押しつけられた。アンドレッティは息を呑んだ。

リムジンを運転していた黒いスーツの男が、彼の前に立ち、アンドレッティの顔の前に分厚い唇を近づけて、強い東欧訛りの英語で話しかけた。

「ミスター・アンドレッティ、これから言うことをよく聞け。俺たちの言うとおりにすれば、孫の顔を見られるまで長生きできるだろう。言うことを聞かなかったら、そのときには孫を見ることはない。わかったか？」

技師長は弱々しくうなずいた。この男が本気なのは明白だった。

「よし。おまえが俺たちのやりかたをどれほどわかっているかは疑問だが、まあいい。やってほしいことは簡単だ。おまえとその仲間は、オプティマルクスのシステムでSECの裏をかくのをやめろ。おまえたちは証券取引所との契約どおり、今週末までにシステムを稼働させるんだ。くだらん小細工はなし、おかしな小遣い稼ぎもなしだ。SECから疑われるようなことは何もするな。システムの稼働が遅れるようなことがあれば、命はないと思え。ミスター・スミスにも、下手なことをしたらおまえの隣に死体をバラバラにして埋めてやると伝えろ」

二人の男たちはアンドレッティの両腕を取って前のめりに押しつけた。彼はひざまずき、ごみ溜めの泥水に顔をつけた。

アンドレッティはここで殺されるのを覚悟した。この寒くて臭い場所で、俺は死ぬのか。彼はべそをかき、命乞いをしたが、誰かに右の脇腹を強く蹴られて、肺から空気を押し出された。恐怖でひるんだとき、今度は左の肋骨に蹴りを食らい、泥水に突き落とされ、空気を求めてあがいた。

車のドアが閉まり、エンジンがかかる。リムジンのタイヤが後退しながら、砂利や泥をアンドレッティの身体にかけ、道路に出て交差点を曲がると、ぺんぺん草やごみの山の向こうに姿を消した。

カール・アンドレッティはよろめきながら立ち上がった。

「スターンのちくしょうめ！」金切声をあげて叫ぶと、二羽のカモメがごみの山から飛び去っていった。

あのろくでもないベンチャー投資家は、何もこんな手を使って脅しをかける必要はなかったはずだ。低予算のギャング映画みたいな安っぽいことをする理由はない。マーク・スターンとアラン・スミスは協力しているはずだ。あの生意気なゴールドマンが消え、すべてが軌道に乗っているじゃないか。

ようやく呼吸が戻ってくると、カール・アンドレッティは背の高い雑草の向こうにマンハッタンの摩天楼を見つけた。痛む身体を引きずるように、マンハッタンの方角へ向かってぬかるんだ道を歩きだす。ぜいぜい息をしながら、彼はマーク・スターンを呪いつづけた。

23

アラン・スミスはカール・アンドレッティの姿に目を見張った。スミスの表情には、驚きと嫌悪が入り混じっている。技師長はスミスの執務室に飛びこむなり、彼が受けた仕打ちを延々とまくし立てた。スラックスの膝は泥だらけだ。アンドレッティはあばら骨を押さえ、誘拐されて殺されかけたと訴えつづけた。スミスの執務室で、二人の会社役員は現代的な黒革とチーク材の椅子に座り、ガラス張りのコーヒーテーブルを挟んで向かい合っている。アンドレッティは汗とごみにまみれていた。スミスは少しずつ椅子をあとずさりさせ、距離を置いた。

アンドレッティの席の前には、大きなタンブラーに半分ほど注いだスコッチが置かれ、その隣にはデュワーズのボトルがあった。アンドレッティは顔面蒼白で、ニュージャージー州の湿地帯へ連れ出された恐怖の余韻からいまだ醒めていない。声は甲高くこわばり、震えを帯びている。

「いいか、アラン、あの野郎どもは俺を射殺しようとしていたんだ。しょんべんちびるぐらい怖かったぜ」震える両手を使ってグラスを持ち、ウィスキーをがぶ飲みする。「さっぱりわけがわからん。一体全体、なぜあのスターンの野郎はわざわざ、俺を拉致してあれほどビビらせたんだ？　俺たちはちゃんとやってるだろうが。スターンに言われたとおり、やるべきことを果たしているんだ。すべて準備万端じゃないか」

アンドレッティが前かがみになっているあいだ、スミスはロンドンのサビル・ロウで仕立てたオーダーメイドのブレザーを直し、なで肩が目立たないようにした。でっぷり太った技師長は、スミスに怪訝な目を注いだ。二人は三年間いっしょに仕事をしてきたにもかかわらず、アンドレッティはスミスが上着を脱いだところを見たことがなく、ネクタイを緩めたところも、シャツの袖をまくりあげたところも見たことがなかった。この男は決して上着を脱がないようだ。

スミスはバラ色のフレームの読書用眼鏡を内ポケットから出し、ぼんやりといじくった。アンドレッティが言ったことを、頭のなかで整理しようとしたのだ。スミスは眼鏡を眺めた。デザイナーによれば、バラ色のフレームは彼にぴったりだということだ。健康的に日焼けした肌との取り合わせが完璧だという。彼のパーソナルカラーは〝春〟であり、バラ色は〝春〟の色だ。彼ほどの立場の人間になれば、つねに非の打ちどころなく身だしなみを整える必要がある。成功者にふさわしい身なりをしていなければ、成功はおぼつかないのだ。

スミスはアンドレッティに険しい視線を注いだ。技師長の皺が寄った額と肉づきのいい頬から、滝のような汗が流れ、二重顎を伝って不潔に黄ばんだシャツの襟に吸いこまれる。この男は豚だ、とスミスは思った。嫌悪感が顔に出ないよう懸命に抑える。カール・アンドレッティがこの計画に必要不可欠な人間でなければ、とっくの昔にお払い箱にしていたところだ。もっとも、必要なのはあと数日だけだ。今週末にこれまでの労苦の果実をたっぷり受け取れるまでは我慢してやろう。

「まあ落ち着くんだ、カール」スミスはなだめようとした。「いかなる理由でどんな人間が送りこんだにせよ、彼らの役目はきみを脅すことだ。きみとわたしを。彼らの目的がきみを殺すことであれば、いまごろきみはカモメの餌になっているにちがいない」

アンドレッティは呼吸を飲みこんだ。

「ああそうかい、ありがとうよ。おかげで安心したぜ！」怒声とともに、タンブラーの酒を勢いよくあおり、液体は口の端からこぼれて汗臭いシャツの前を濡らした。蒼白だった顔は、病的なまだら模様になっている。アルコールが効果を発揮し、アンドレッティの感じていた恐怖は怒りに転じようとしていた。

「だったらこうしよう」スミスは親切そうな口調で言った。「これからマーク・スターンに電話をかけ、事の次第をはっきりさせるんだ」

「できることなら直接、あのむかつく野郎の喉に両手をかけて、俺が質問をするあいだ、首を絞めてやりたいぐらいだ」ろれつがまわっていない。もう一度タンブラーのウイスキーを飲み干し、身体を傾けてボトルを掴み、お代わりを注ぐ。アンドレッティはその拍子に、危うく椅子から転げ落ちそうになった。

スミスはコーヒーテーブルの電話に手を伸ばしたが、触れる前に電話が鳴りだした。怪訝そうに眉をひそめ、受話器を取る。「シェリル、邪魔するなと言ったはずだ。たとえどんな――」

秘書のシェリル・ミッチェルが彼をさえぎった。「ミスター・スミス、マーク・スターンから外線一番にお電話です。いつもどおり、とても怒っているようで、すぐにCEOと代われと息巻いています。わたしから、ミスター・アンドレッティと会議中だとお伝えしましょうか？」

スミスは驚いて眉をあげた。「いやいや。つないでくれ」

ボタンを押してスピーカーホンに切り替え、深呼吸して、愛想のよい口調を取り繕う。上得意の客と話す店員のようだ。

「マーク。ちょうど噂をしていたんだ。いままさに、こっちから電話しようとしていたところでね。カールがいっしょにいて、話し合いたいことがあるんだ」

マーク・スターンは電話に向かってがなり、スピーカーの音が割れた。「いったい何を話し合おうというんだ！　たったいま、SECの情報源から電話があったばかりだ。おまえたちはいったい、何を証明したいんだ？　この前そっちへ行ったときに、お互い理解し合えたはずじゃないか、スミス。おまえたちはまだ、何かを隠してわたしの裏をかこうとしているのか？」

カール・アンドレッティが拳をコーヒーテーブルにたたきつけ、ガラス面に蜘蛛の巣状のひびが入った。彼は椅子から腰を浮かし、身体をふらつかせて、口角泡を飛ばしながらスピーカーに向かってわめいた。「ちょっと待ちやがれ！　あんたこそ、よくもロシアのチンピラを送って俺を捕まえ、なんの理由もないのに殴って脅しつけ、臭い湿地の真ん中に放りだし、置いてきぼりにしやがったな。そんなまねをしておいて、よくもぬけぬけと電話をよこして、俺たちが裏をかいているとか言えたもんだ。俺たちは何ひとつ隠し立てしていない。あんたには全部お見通しだろうが。どうしても信用できないって言うんなら、オプティマルクスも証券取引所もみんなまとめてくそくらえだ」

スターンはひるまなかった。間髪を容れず、切り返す。「いったいなんの話をしている、このでぶ野郎？　ロシアのチンピラだって？　わたしはロシア人の知り合いなどいないし、何を言っているのかさっぱりわからんよ、この酔っぱらいめが――」

スミスは声をかぎりに、激昂する二人に割って入った。甲高い金切声になったが、それでも二人の怒れる男たちを黙らせた。

「二人とも、いいかげんにしてくれ！　頼むよ。お互いにわめき合ったところで、本当のことは何もわからない。わたしの話を聞いてほしい。罵り合うのを少しだけやめて、ちょっと考えてみないか？　そうすれば、本当のところ何が起きているのかわかるはずだ。おぼろげながら、わたしには見えかけているような気がするんだ」アンドレッティは椅子に戻り、手足を投げ出した。床に倒れる寸前に見えた。スターンの嗄れた息遣いがスピーカーから聞こえる。それでも彼は、まだ何やら叫んでいるようだ。「われわれにわかっていることを整理してみよう。事実と、それぞれの主張を。まずは冷静になろうじゃないか、われわれ三人とも、理性あるビジネスマンのはずだ」

「わかった」アンドレッティはつぶやいたが、顔は深紅のままだ。スターンは息がまだ荒いが、耳を傾けている。スミスが前かがみになり、大きな取引を前にした営業マンさながらに、眼鏡を手にして話しはじめた。

「第一にわかっている事実は、けさカールが拉致され、暴行されたことだ。カールの考えでは、拉致した人間はロシア人だ。ただ、このあたりにも訛りの強いチンピラの類は大勢いる。確かなのは、その連中が東欧の訛りだったということだ。拉致され、脅されたことはれっきとした事実だ。マーク、きみの主張では、きみはこの件になんの関係もなく、この前のきみの要求を念押ししようという意図ではない。そういうことだね」

「ああ、そのとおりだ。ただし、それもいい考えに思えるのは、認めるのにやぶさかじゃないがね。わたしがひと声かければ、そうしたことを実行するのは簡単だ。おまえたちが二度と忘れられないようにな」

スピーカーから響くスターンの声が、ふたたび大きくなってきた。

「マーク、マーク！　頼むから落ち着いて、話を聞いてくれ。わたしたちはいま、事実の断片をつなぎ合わせようとしているんだ、いいかい？」スターンは不満げにうなったが、黙った。アンドレッティは物欲しそうに、空《から》になったスコッチのボトルを見ている。「さて、きみはさっき、SECの情報源が——きみの協力者ということだな——何かを見つけたらしいと言っていた。きみはそれを、われわれが隠そうとした何かだと思っているようだ。それがいかなるものなのか、情報を教えてくれなければ、われわれとしては肯定も否定もしようがない。そう思わないか、マーク？」

スターンはまだいらだっていたが、怒りを抑えて言った。「見つけたのは、あのゴールドマンとかいう女だ。あの女が出過ぎたまねをして、われわれの邪魔をしようとしているらしい。せっかくわれわれがお膳立てしてやったのに、カリブ海のバカンスをふいにしたようだ」

スミスが口をあんぐり開け、眼鏡をひびの入ったテーブルに落とした。「ああ、あの女ならやりかねんな。新任の男の担当者は……名前はなんだっけ？　最近来たばかりで、ゴム印でも押すようになんでも通してくれた」

「そのとおりだ」アンドレッティが同意した。「しかし数日前からゴールドマンの姿を見ていない。ここか証券取引所に来ていたら、誰かに見られて、俺たちに知られたはずだ」

「いったいどんな手を使ってそんなことができたか知らないが、あの女はオプティマルクスのシステムに入りこみ、コードを嗅ぎまわったんだ」スピーカーから響いたスターンの言葉に、沈黙が落ちた。アンドレッティがげっぷをした。スミスは息を止めた。「実はだな、あの女が見つけたのは、おまえたちが空売り規制の裏をかいたことなんだ」

スミスはあっけにとられた。アンドレッティが最初に反応した。

「何を言ってやがる？　俺たちは空売りのモジュールにはいっさい手を触れていない。証券取引所の取引ルールには厳格に従っている。あんたが見破ったのは、俺たちが取引のタイミングをちょっといじったことだ。だが俺たちが仕込んだのはその部分だけだ。それだけで充分、俺たちは金持ちになれる。それなのにあえて、捕まる危険を冒してまで違法行為に手を染めるはずがないだろう」

「しかし、誰かがシステムをいじり、しかも見事な手並みだったのはまちがいないんだ」スターンが怒鳴り返した。「そいつらは強欲な関係者で、捕まる危険を冒すような無謀なやつらだ。そんなことをするやつらは、おまえら二人以外にいない！」

それに応えるアラン・スミスの声は、驚くほど冷静だった。「マーク、誓って言うが、われわれではない。どういうことかわかるか？　つまり、別の誰かがコードを改竄したということだ。賭けてもいいが、それはミスター・アンドレッティとわたしを脅したのと同じ人間にちがいない」

「いったいどういうことだ？」アンドレッティが訊いた。

「われわれは競争をしているということだ。そう考えると、つじつまが合う。ロシアマフィアはここ数年で、金融システムに食いこんできている。入りこめるところを鵜の目鷹の目で探しているんだ。そのことは周知の事実だ。それでわれわれは、こんな仕打ちに遭っているわけだ。ロシアのならず者と思われる人間がカールに暴行を加え、わたしを脅し、SECに不審の念を持たれるようなまねをするなと念を押された。ここから、ひとつの単純な事実が思い浮かぶ。わが社がロシア人のプログラマーを何人も雇い入れているという事実だ。ロシア人プログラマーの誰もが、やろうと思えばコードをいじることができ、彼らの望むように書き換えることができる。それを隠すのも巧妙だ。だからこそ、ロシア人プログラマーを雇っているんだがね。優秀であることはまちがいない」

スターンの声は冷静さを取り戻し、冷ややかさを増していた。スミスはこのベンチャー投資家が大きな椅子にもたれ、顎を撫でて話している様子が見えるような気がした。「スミス、きみの泣き言めいた言いわけが正しいように思えてきたのは初めてだよ。つまりきみは、ロシア人プログラマーをいますぐ全員解雇し、正しいプログラムに入れ替えなければならないということだ。それから、ほかに改竄された箇所がないか捜させろ。ゴールドマンに発見できたのなら、それより頭の回転の速い人間が必要だ。当面は損害を食い止められるだろうが、ほかにも目端の利く役人がいて、改竄の跡を見つけたらどうする？」

「落ち着け、マーク。いまはまだ、先走るのはよそう。まず、改竄がどの程度に及ぶのかわかっていない。改竄した人間はすでに作業をすべて終えて、今週末のオンライン導入を手ぐすね引いて待っているかもしれない。そうであれば、われわれがおかしな箇所を特定する前に、連中は不当な利益をかっさらって高飛びすることだってできる。利益を分捕って行方を消さないかぎり、犯人が誰かはわからないだろう。そうなればマーケットは、われわれがプログラムを修正する前に大混乱に陥る。そんなことが起こったら、われわれは全員一文無しだ。改竄箇所を特定したら、それをやったプログラマーに直してもらわねばならない。次に、この計画の背後にいかなる勢力がいるのかがまだ不明だ。仮にロシアマフィアだったとしたら、われわれは抜き差しならない厄介な泥沼にはまってしまったのかもしれない」スミスは割れたコーヒーテーブルに目を注いだ。あたかもそのひびをたどれば、現在の窮状から抜け出せるかのように。

スターンはにこりともしなかったが、アンドレッティは笑っていた。この男は策士であり、打開策を見出そうとしていた。「もうひとつある、マーク。あんたの協力者が提供した情報で、俺たちは優位に立てるかもしれないぞ。オプティマルクスに仕掛けられた時限爆弾を利用して、俺たち三人はいっそう巨万の富を得られるかもしれない。仕掛けたのがロシア人のプログラマーだったとしたら、そいつは俺たちに贈り物をしてくれたんじゃないのか」

「なるほど、それならわたしも乗ろう」これまでの罵詈雑言の応酬に疲れていたので、スターンの声はささやきに近かった。「きみはどう思う、アラン？」

「きみは確か、東欧でビジネス経験が豊富だったはずだ」

「ああ、ベルリンの壁が崩壊したとき、あっちの連中はわたしに銀行の鍵をすべてあずけてくれたようなものだ」

「つまり、きみの人脈を使えば、ロシアマフィアについてなんでもわかるということだな？」

二人には受話器の向こうで、資金源であるベンチャー投資家が笑みを浮かべているのが見えるようだった。

「スミス、きみはなかなかしたたかだな。きみのパートナーは脂ぎったでぶだが、きみたちの考えかたは気に入ったよ」

ＳＥＡＬ部隊長のビル・ビーマンは、部下とともにヒメカンバやごつごつした岩の陰に隠れ、吹雪をしのいで座っていた。マルティネッリとホールが、ロシア潜水艦基地西側の境界フェンスの検分から戻ってきた。二人の報告では、うまく侵入できる場所や方法は見つからなかった。

「隊長、どうも解せないのですが」ホールが言った。「たいがいロシアでは、基地構内の警備は緩いはずです。正午には、誰にも見られずにまんまと正門をくぐり抜けているはずだったんですよ。ところが、ここの厳重な警戒ぶりはいったいどうしたことでしょう?」

ビーマンはエナジーバーを嚙みちぎった。キャメルバックのチューブの水で飲み下し、答える。「ああ、わたしも気になっていたところだ。しかし驚いている場合ではない。だからこそ、われわれがこのテーマパークへ送りこまれたんだ。まだ理由はわからんが、この基地では急に保安体制を強化することにしたんだろう。それは何か重要なことが進行しているからにちがいない。さもなければ、ロシアの連中は暖かい警備小屋で居眠りして、道路を通るのはトナカイの群れぐらいがいいところだろう」

ジョンストン上等兵曹はうなずいた。「せめて、出発前にこの基地の見取り図でもくれればよかったんですが。そうすれば、ずっとやりやすかったにちがいありません」

ビーマンは何も言わなかった。エナジーバーをもう一度嚙みちぎりながら、あらゆる可能性に考えをめぐらせる。チームのメンバーは、座りこんで携帯食を食べているあいだ、誰一人口を利かなかった。ビーマンが何か思いついてくれるのを待っているのだ。そして彼はいつも、何かを思いつく。

ビーマンは最後のかけらを飲みこんだ。口をひらいたとき、その語調には強い確信があった。「そもそも、われわれがここまで来たのは、ロシアの潜水艦がここの巨大な屋根つきドックから展開する準備を整えているのかどうか、確かめるためだ。なんとしても、それを突き止めなければならない。これからやるべきことを説明する。ホール、きみとマルティネッリで、基地の境界周辺を急いでまわり、北東の山に登れ」ビーマンが指さしたのは、彼らが座っている場所から遠く、基地の向こうにそびえる山の尾根だ。「もし捕まっても、わたしと上等兵曹以外には何も答えるな。ロシア人に答えるのはそのあとだ、運よく生皮をはがされずにすんだらな。きみたち二人には、海側から屋根つきドックを見下ろし、出航する艦艇があれば知らせてほしい。マンボウよりも巨大で話題になりそうな化け物を見たら、衛星無線を使って司令部に報告しろ。配置に就いたあとの行動は、きみたちの判断にまかせる。われわれと連絡が取れなくなったら、二日以内に脱出地点に向かえ」ビーマンはホールとマルティネッリの肩をたたき、笑みを浮かべた。「いいか、迎えのバスに乗り遅れたら、故郷への旅は長くて寒いぞ。ともかく、まずは行動だ。距離は二〇キロ以上ある。迅速に動くんだ」

二名のSEAL隊員は背嚢を背負い、木々に隠れて山へ向かった。配置に就くには、最低二時間はかかるだろう。いや、三時間か。

ビーマンは次に、輪になっている三名のSEAL隊員に近づいた。「カントレル、きみとブロートンとダンコフスキーは、ここから観察を続けてくれ。何か動きがあったら知らせること。司令部と通信できるよう、衛星無線を準備しておくんだ。ジョンストン上等兵曹とわたしは、招かれざるパーティに参加できるかどうか様子を見てくる。われわれとは、超短波無線で連絡を取ろう」

ビーマンとジョンストンは各自の装備を肩にかけ、武器を点検した。

「万一、部隊長と上等兵曹が捕まったらどうしますか?」ブロートンが訊いた。

「われわれが捕まることはない」ビーマンは答え、ジョンストンとともに暗闇に消えた。

アナトーリ・ビビラフ中佐は艦長室の小さなテーブルに向かって座り、タバコを吸いながら、秘密作戦命令書を読み返した。もう百回は読んでいる。彼が指揮するアクラ級原潜〈ヴィーペル〉の周囲は、出航を控えてせわしない動きだが、ビビラフは思考に集中し、雑音も耳に入らなかった。文面は初めて読んだときと一語一句変わっていない。

命令があり次第、ポリャールヌイ基地を出航せよ。ムルマンスク・フィヨルド到達以前に、潜航を開始すること。ただちに哨戒海域〝イーゴリ〟へ向かい、配置に就け。いかなるときにも、ロシア海軍を含め、あらゆる艦船に探知されないこと。哨戒海域では、衛星回線〈コンマルサット〉にて、北方艦隊潜水艦部隊中央司令部と常時接続せよ。

ただし、無線やレーダーを含め、いかなる電波の放出も禁じる。

哨戒海域〝イーゴリ〟に到達と同時に、発射命令を五分以内に遂行できるよう、兵器システムを準備しておくこと。

哨戒海域で遭遇した艦船はすべて敵とみなし、貴艦への脅威と判断した場合はただちに交戦せよ。


ビビラフには命令書に明示された意味とともに、行間の意味もわかっていた。数時間後、彼がこの埠頭から出航するのと同時に、〈ヴィーペル〉は戦争状態に入るのだ。それは彼も部下たちも、予想だにしなかった相手との戦争になる。交戦相手はアメリカ人やNATO、あるいは中国ですらない。彼らは自国民に向かって戦いの火蓋を切り、かつてともに演習し、歌い、飲み交わした同胞の艦艇を攻撃して、母なる祖国ロシアの心臓部めがけて巡航ミサイルを発射することになるのだ。

これは演習ではない。使用されるのはすべて実弾だ。

ロシア海軍古参の潜水艦長は、机のそばの隔壁にかけた時計を見上げた。現代の大半の艦艇には数字が赤々と輝くデジタル時計が使われているが、彼はいまなお古い真鍮の船舶用クロノメーターのぬくもりを好んでいた。旧式の機械時計のメカニズムがたてる、かすかなチクタクという音が、〈ヴィーペル〉に据えつけられたハイテク機器よりはるかに安心感を与えてくれるのだ。

長針が動くのが見える。あと四時間。クロノメーターの長針が四周し、アメリカのスパイ衛星が水平線のかなたに消えてこの地域を監視できなくなるころ。そのときこそ、われわれは暗く冷たいバレンツ海に潜るのだ。

一等航海士が艦長室の扉から顔を突き出した。「艦長、原子炉が稼働しました。艦の動力の供給を開始しています。エンジンは一時間以内に準備完了です。兵器システムはテストを完了し、いつでも使用可能です。艦長のご命令があれば、出航できます」

「ご苦労」

一等航海士はその場に立ったまま、艦長の指示を待った。しかし指示はない。彼は下がり、艦長室の扉を閉めた。

ビビラフ艦長は机の下の大きな金庫を開け、巻いてある海図を取り出した。窮屈な室内を小さなテーブルまで移動し、慣れた手つきで海図を広げ、まっすぐに伸ばして、じっと眺める。鮮やかな赤線こそ、ビビラフがたどることになっている航路だ。ムルマンスク・フィヨルドの入口から北へ、バレンツ海の海底へと弧を描くような航路が伸びている。そこから北西に転じ、今度はスバールバル諸島の南を通過して、ノルウェーのトロムソにある情報収集施設から遠ざかる。次に、航路は南西のグリーンランドへ向かう。彼が受けた命令によれば、ヤンマイエン島にあるNATOの秘密探知施設の南を通過するまで、グリーンランド沿岸から離れるなということだ。ウンナルテークの岬を通過し、南南東に針路変更してベルゲン近くのノルウェー沿岸を経たあと、ようやくバルト海に至る。

ビビラフは頭をかきむしりながら、湾曲した赤い航路を見つめた。航海用の分割コンパスを使い、距離を算出して、〈ヴィーペル〉がバルト海の入口へ達するまでの所要時間を割り出す。彼は眼鏡を外し、鼻梁を揉んだ。探知されないようにゆっくり航海すれば、潜水艦が期限内に配置に就ける可能性はなきに等しい。かと言って、この航路をたどったまま速度を上げれば、まちがいなく探知されてしまう。潜水艦部隊中央司令部の阿呆は、これだけ大型の新型艦を航海させる難しさがわかっていないのだ。

ビビラフはタバコをもう一本、机の包みから取り出し、火をつけた。煙を深く吸いこみ、吐く前にいったん息を止める。

迂回する方法があるはずだ。ノルウェーとシェラン島の狭間にあるカテガット海峡を通過するのは至難の業で、それだけで丸一日はかかるだろう。バルト海を横断して哨戒海域〝イーゴリ〟に到達するのに、さらに二日を要する。

この区間を短縮する方法は存在しない。考えられるのは、ノルウェー海を航海する日程を三日削ることだ。

赤鉛筆を取り出し、ビビラフはノルウェー沿岸からカテガット海峡まで突っ切る線を引いた。ここはあえて危険を冒すしかない。ほかに方法はないのだ。それに、NATOの探知施設の担当者は居眠りしているかもしれない。彼らはみな、ロシアの潜水艦が埠頭に係留されたまま船体を錆びつかせているると思いこんでいるのだ。求愛するクジラの声にでも、気を取られていてくれればしめたものだ。

ビビラフは距離を計測した。通常の巡航速度で行けば、危険はかなり増すものの、半日遅れで到着できる。もっと速く、最低でも時速三〇キロで航海しなければならないかもしれない。〈ヴィーペル〉の性能をもってすれば、その倍のスピードでも出せる。しかし問題なのはどれだけ速く航行できるかではなく、いかに速く静かに潜航できるかなのだ。速力を一キロ増すごとに、探知される危険も増す。

ビビラフはぼんやりと耳をかいた。〈ヴィーペル〉が探知されずに潜航できる最大速力は一五キロだ。しかし彼らは、その倍の速さで進まなければならない。

じっと海図を見据え、またタバコに火をつける。速力は落とせないが、探知されてもいけない。きわめて無謀な任務だが、彼はそのために厳しい訓練を積んできたのだ。ノース岬をまわるまでは静粛性を優先させ、速度を落とそう。そうすれば〈ヴィーペル〉は、バレンツ海を遊弋するアメリカ潜水艦に見つからずにすむだろう。それからはリスクを覚悟で、大胆にノルウェー沿岸を突っ切るのだ。

アナトーリ・ビビラフが海図を丸め、金庫に戻したとき、静かなノックの音がした。一等航海士だ。

「時間です、艦長。〈ヴィーペル〉の出航準備が完了しました」

ビビラフはうなずき、ロッカーに向かって、ずっしりした艦橋用のコートと毛皮の帽子を取った。今夜もフィヨルドの風は冷たいにちがいない。

〔下巻に続く〕

窓際のスパイ

Slow Horses

ミック・ヘロン
田村義進訳

ミスをした情報部員が送り込まれるその部署は〈泥沼の家〉と呼ばれている。若き部員カートライトもここで、ゴミ漁りのような仕事をしていた。もう俺に明日はないのか？　だが英国を揺るがす大事件で状況は一変。一か八か、返り咲きを賭けて〈泥沼の家〉が動き出す！　英国スパイ小説の伝統を継ぐ新シリーズ開幕

ハヤカワ文庫

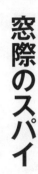

ティンカー、テイラー、ソルジャー、スパイ〔新訳版〕

Tinker,Tailor,Soldier,Spy

ジョン・ル・カレ

村上博基訳

英国情報部の中枢に潜むソ連のスパイを探せ。引退生活から呼び戻された元情報部員スマイリーは、かつての仇敵、ソ連情報部のカーラが操る裏切者を暴くべく調査を始める。二人の宿命の対決を描き、スパイ小説の頂点を極めた三部作の第一弾。著者の序文を新たに付す。映画化名『裏切りのサーカス』解説／池上冬樹

ハヤカワ文庫

誰よりも狙われた男

A Most Wanted Man

ジョン・ル・カレ

加賀山卓朗訳

弁護士のアナベルは、ハンブルクに密入国した瘦せぎすの若者イッサを救おうと奔走する。だがイッサは過激派として国際指名手配されていた。練達のスパイ、バッハマンの率いるチームが、イッサに迫る。命懸けでイッサを救おうとするアナベルは、非情な世界へと巻きこまれてゆく……映画化され注目を浴びた話題作

ピルグリム

〔1〕名前のない男たち
〔2〕ダーク・ウィンター
〔3〕遠くの敵

I am Pilgrim

テリー・ヘイズ
山中朝晶訳

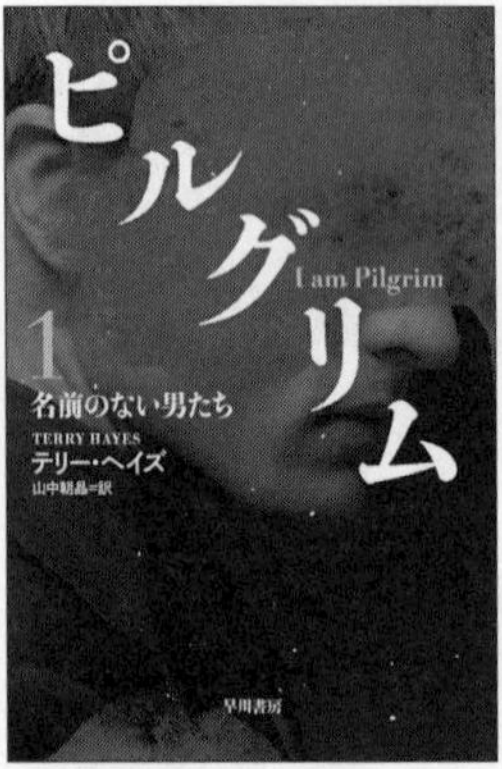

アメリカの諜報組織に属するすべての諜報員を監視する任務に就いていた男は、あの九月十一日を機に引退していた。だが〈サラセン〉と呼ばれるテロリストが伝説のスパイを闇の世界へと引き戻す。彼が立案したテロ計画が動きはじめた時アメリカは名前のない男に命運を託した。巨大なスケールで放つ超大作の開幕

ハヤカワ文庫

暗殺者グレイマン

The Gray Man

マーク・グリーニー
伏見威蕃訳

身を隠すのが巧みで、〝グレイマン（人目につかない男）〟と呼ばれる凄腕の暗殺者ジェントリー。ＣＩＡを突然解雇され、命を狙われ始めた彼はプロの暗殺者となった。だがナイジェリアの大臣を暗殺したため、兄の大統領が復讐を決意、様々な国の暗殺チームが彼に襲いかかる。熾烈な戦闘が連続する冒険アクション

ハヤカワ文庫

訳者略歴　1970年北海道生，東京外国語大学外国語学部卒，英米文学翻訳家　訳書『潜入——モサド・エージェント』アティル，『眠る狼』『冬の炎』ハミルトン，『ピルグリム』ヘイズ，『レッド・スパロー』マシューズ（以上早川書房刊）他多数

HM=Hayakawa Mystery
SF=Science Fiction
JA=Japanese Author
NV=Novel
NF=Nonfiction
FT=Fantasy

ハンターキラー 潜航《せんこう》せよ

〔上〕

〈NV1449〉

二〇一九年三月 十日 印刷
二〇一九年三月十五日 発行

（定価はカバーに表示してあります）

著者 ジョージ・ウォーレス
　　 ドン・キース
訳者 山《やま》中《なか》朝《とも》晶《あき》
発行者 早川 浩
発行所 株式会社 早川書房
郵便番号 一〇一 - 〇〇四六
東京都千代田区神田多町二ノ二
電話 〇三 - 三二五二 - 三一一一（大代表）
振替 〇〇一六〇 - 三 - 四七七九九
http://www.hayakawa-online.co.jp

乱丁・落丁本は小社制作部宛お送り下さい。
送料小社負担にてお取りかえいたします。

印刷・信毎書籍印刷株式会社　製本・株式会社明光社
Printed and bound in Japan
ISBN978-4-15-041449-8 C0197

本書は活字が大きく読みやすい〈トールサイズ〉です。